Über dieses Buch Alles auf einmal ist dieses hinreißende Buch: Autobiografie, Heimatbuch, Zeitsatire, Geschichtsunterricht und so etwas wie ein prall erzähltes politisches Phantastikum, angereichert mit streckenweise umwerfend komischen Abschweifungen in die (schlesische) Geschichte. Opitz erzählt (s)eine Kindheit zur Nazi-Zeit im schlesischen Hirschberg. Der Ich-Held wächst bei seiner alleinstehenden Mutter auf, einer Bibelforscherin. Dies Leben ohne Vater bedeutet damals Aufwachsen in Armut, harte Arbeit und hundertfache Ängste, obendrein noch Makel in den Augen von Lehrern und Mitschülern. Zumal Mutter Ida als Zeugin Jehovas ins Zuchthaus wandert. Eine bescheidene, freundliche Mitwelt beschert ihm immerhin täglich eine warme Mahlzeit, meistens ohne erniedrigenden Beigeschmack. Zum ersten Mal in seinem Leben muß er wenigstens keinen Hunger leiden. Mehr noch – sonntags lädt ihn ein alleinstehender Herr ein, der leidenschaftlich gern kocht. Er zelebriert regelmäßig »Schlesisches Himmelreich« (ein Gericht aus Rauchfleisch, Backobst und Mehlklößen). Der Junge Erwin nimmt die Erinnerung daran als Heimatbegriff mit, als es gegen Ende des Krieges gegen Westen geht.
Die Hamburger Neue Literarische Gesellschaft zeichnete ›Sonntags Schlesisches Himmelreich‹ mit ihrem Preis *Der erste Roman 1980* aus. In der Begründung dazu heißt es: »Ein spannender Roman, der mit äußerst phantasiereicher Sprache den Leser in bisher nicht geschilderter, versöhnender Weise in die Vergangenheit führt.«

Der Autor Christian Opitz, der Name ist ein Pseudonym, wurde 1924 in Hirschberg/Schlesien geboren. Nach Soldatenzeit und Gefangenschaft arbeitete er als Buchhändler im Rheinland. Lebt jetzt als Verlagsleiter in Zürich. ›Sonntags Schlesisches Himmelreich‹ ist seine erste Buchveröffentlichung. Im Herbst 1981 erschien von ihm der Roman ›Kraut und Rüben. Schütze Erwin meldet sich zur Stelle‹.

Christian Opitz

Sonntags
Schlesisches Himmelreich

Roman

Fischer Taschenbuch Verlag

Die Personen in diesem Roman,
ihre Namen und Schicksale sind frei erfunden.
Eine Ähnlichkeit mit lebenden oder verstorbenen Personen
wäre rein zufällig.
Nur das Zeitgeschehen
und die Personen der Zeitgeschichte sind real.

Fischer Taschenbuch 8020
Mai 1982
Fischer Taschenbuch Verlag GmbH, Frankfurt am Main
Lizenzausgabe mit freundlicher Genehmigung
des Kindler Verlag GmbH, München

Umschlagentwurf: Rambow, Lienemeyer, van de Sand
Umschlagfoto: Roebild/Hans Reuter
Gesamtherstellung: Hanseatische Druckanstalt GmbH, Hamburg
Printed in Germany
780-ISBN-3-596-28020-6

Meiner Frau Melanie

»Eine Seele, die nicht verloren wäre?
Wo ist sie, daß man sie zu Protokoll bringe,
auf daß sie der Wissenschaft, der Heiligkeit
und der Komödie nicht entgehe?«

E. M. Cioran

Immer wenn ich eine krümelnde Wassersemmel in süßen Kakao tunke, immer wenn meine Zunge im Modder von speichelgeweichtem Teig und Leberwurst rührt und die Maulfülle, gegen den Gaumen pressend, zu Brei zerdrückt, immer dann werde ich wieder der Fünfjährige.

Ich hocke auf der Ritsche, eingemummelt in ein Frotteetuch, wie ein Fellache im Sandsturm, und dampfte noch feucht vor mich hin.

Es ist Samstag, kann nur Samstag sein, das weiß ich. Nicht weil ich schon den Kalender lesen oder die Tage an meinen Fingern zählen kann, sondern weil ich knusprige Wassersemmel mit Leberwurst kaue, den Kakao darüber hinwegschlürfe und mich fühle wie ein dickwurmgeatztes Vogeljunges im Nest. Und es kann nur Samstag sein, denn ich habe gebadet, wurde geweicht, geseift, geschrubbt, gespült, gerubbelt, gemummelt. Nun wird es, kann es Sonntag werden.

Mit meinem stieren, genießerischen Blick nehme ich die ovale Zinkwanne kaum wahr, die in der Pfütze auf dem Küchenlinoleum steht und in der das heiß dampfende Wasser träge schwappt.

»Dreh dich um!«

Gleich werde ich mich, bewegt von den kleinen Trippelschritten meiner sich seitwärts setzenden nackten Füße, auf meiner Fußbank drehen, bis ich gegen die Wand starre. Dann steigt Mutter Ida keusch hinter meinem blinden Rücken in die von Kernseife und etwas Erwin-Pipi getrübte Brühe. Ich mampfe und Ida versinkt in der gefährlich bis zum Wannenrand ansteigenden, platschenden Flut.

Jederzeit kann ich diese Reise in meine Vergangenheit machen. Schneller als das Denken katapultiert mich ein Geschmack, ein Geruch in meine Kinderzeit: Gehe ich durch Herford so vor mich hin und bleibe stehen. Im Fenster einer Bäckerei, die sich »schlesisch« nannte, lag auf einem schwarzen, fettglänzenden Blech Kuchen mit Streuseln so groß wie Murmeln. Ich brauchte ihn nur anzusehen, da füllte sich meine Nase mit seinem Duft, der mich zum Steppke verzwergte. Die Streusel zergingen mir auf der Zunge, Buttercreme-Geschmack breitete sich bis hinters Gaumenzäpfchen aus, ich stand vor der Klasse, Gottvater Bundschuh saß auf dem Katheder hinter meinem Rücken und ich deklamierte durch Bäckermeisters Schaufensterscheibe hindurch in die Hirschberger Vergangenheit:

»Schläs'scher Kucha, Sträselkucha, dos is Kucha, sapperlot.«

Auf dem Herforder Kopfsteinpflaster fielen mir Worte ein, die ich zum letztenmal nach dem Rohrstocktakt von Bundschuh geleiert hatte: »Konn ich ei der Nacht nich schlofa, rück ich mir a Taller har. Asse sieba Strefla Kucha, und do schlof ich wie a Bar.« Und hatte bis dahin vergessen, daß es so etwas wie schlesische Mundart wirklich gegeben hatte.

Im Gasthaus in Altenahr bohrte ich beim Einschlafen, auf Fährte wie ein Jagdhund, meine Nase schnuppernd in das Kissen. Sein Bezug hatte, als ich ankam, noch draußen auf der Leine im Heuduft heranwehenden Winde getrocknet. Ich roch Wiese, ihre Halme kitzelten meine nackten Beine, ihr Geruch verwandelte mich in den spielsatten, vom Tage müden Erwinknirps. Und ich krümmte mich im Schlaf zum Embryo, hinein in die Geborgenheit meines Anfanges.

Ich wehre mich gegen das Aufwachen. In mir heult die geprügelte Rotznase los und an ihrem Gebrüll kann ich die Versäumnisse dessen messen, der ich heute bin. Ich fühle und ich weiß – wahrhaft gelebt habe ich nur damals. Alles, was nach dem fünfzehnten Jahr kam, war nur noch Austrieb, Frucht eines Früchtchens, war durchtränkt mit und übergossen von Erfahrungssud aus Ergrübeltem und Erlebten, Gewünschtem und Erträumten, das meine Wurzeln bis dahin genährt hatte. Weil der Vierjährige seinen Hintern vor Ungeduld auf dem hölzernen Küchenschemel wetzte, thront heute der Hintern des Vierzigjährigen nur mit Kribbeln im Schreibtischsessel. Weil ich, kaum das Alphabet kennend, vor Dunkelangst und Mutterschimpfe in die Buchstabendschungel dicker, geliehener Bücher floh – wer sollte mich da je finden? –, baue ich zeit meines Lebens um mich herum Mauern aus Büchern, innerhalb derer die Wirklichkeit schimmelt. Würde ich mir eine Hütte errichten, in einem Hochhausbienenstock eine Wabe kaufen, ihre Fenster müßten Ausblick gewähren auf jenen Hektar Wald, jene Hügelkrümmung, das Rinnsal, das der barfuß durchlaufenen, erstiegenen, durchwateten Landschaft meiner Kindheit gleicht. Die Leberwurstsemmel, die ich verschämt esse, der sündensüße Kakao, in den ich mir heimlich noch einen Löffel Zucker rührte, sie machen, daß die Zunge »Heimat« sagt.

Und liegt sie auch weit weg, so taste ich mich in Ängsten und Ekstasen, auf Phantasiewegen und Traumpfaden listenreich wieder in sie zurück.

Um den Weg zu finden, pinne ich ein riesiges weißes Blatt Papier an die Wand und beginne, den Stadtplan von Hirschberg zu zeichnen, jeden Tag ein paar Straßen, durch die ich nachts träumend gegangen bin, täglich einen Häuserwinkel, eine Pinkelecke, aus der mir jetzt der Uringeruch in die Nase weht. Ich markiere dünnstrichig den Holzsteg über dem Wasser und greife wieder nach den schlüpfrigen Steinen im flachen Fluß. Mein Stift schraffiert die Felsen da draußen hinter dem Bahnhof, diesen Everest für affenartig kletternde Jungen. Und plötzlich schmiege ich mich wieder in die vom Urstrom ausgewaschene, eiförmige Höhle, genieße – bequem eingerollt – meine Angst. Denn Böen, die in Rußland Anlauf genommen und in Polen auf Sturmtempo gekommen waren, wehen heran, treiben die Wolken zu schwarzen, sich drängenden Himmels-Elefantenherden zusammen, die, zu massig, nicht übers Gebirge abziehen können. Dunkelheit breitet sich aus, der Himmel beginnt auf der Erde zu lasten, macht das Atmen beklemmend. Im Gras und auf den Bäumen wird es still, alles um mich her scheint auf etwas zu warten, reglos. Der letzte Streifen Himmel verengt sich zum schneidend gelben Lichtriß, wird so schwefelfarben, daß dahinter nur die Hölle sein kann. Wie ein müdes Auge schließt sich der Spalt – und die Welt explodiert. Blitze zucken rasend in die Erde, müssen sie irgendwo aufbrechen.

»Indem erhub sich ein unerhörter Sturm und fuhr durch den Wald, daß die Baumwipfel knarrend und krachend sich fast zur Erde neigten. Ferne Stimmen schrien dazwischen in den mannigfaltigsten Tönen ... Und immer wütender raste der Sturm und immer näher kamen die Stimmen, und endlich waren sie ganz nah« – Serapionsbruder Contessa hatte sie schon so gehört, damals vor zweihundert Jahren, hatte dem E.T.A. Hoffmann bei der Tischrunde im »Luther« davon berichtet, in dessen Ohr manchen Meister Floh gesetzt und selber seine Hirschberger Wetterängste ver-dichtet – »waren endlich ganz nahe und zogen heulend, krächzend, schnalzend, miauend und blökend durch die Luft«.

Mit trockenem Krachen scheinen die harten Stützen, die den Himmel trugen, zu brechen. Ein Vogel wird in meine Höhle gegen meine angstgeschnürte Brust geschleudert und hockt sich dicht an mich. Da kommen die Wasser, Fluten, wie von Riesen aus berggroßen Eimern geschüttet, ein gleißender nasser Vorhang zieht sich vor meinem Schlupfloch zu. Und die Erde trinkt, säuft, saugt und schlürft alles in sich hinein. Das Gras dunkelt sattgrün, der Waldweg wird zum Bach, der Vogel schüttelt die Flügel, zirpt mich an und stürzt sich hinaus in den Regen, während der Himmel wieder höher wird. Es regnet nur noch monoton. Ich lasse die nackten Beine über die Felskante meines Nestes baumeln, sie werden gekühlt und gewaschen.

Ich stehe vor meinem Blatt und noch immer strichelt mein Stift die Welt, der ich gerade entkommen bin. Ich senke den Blick auf meine Beine, um zu sehen, ob sie noch naß sind und es ist, als könnte ich den Regen schmecken, der mir – damals? Jetzt eben? – übers Gesicht gelaufen war und dessen imaginäre Tropfen meine Zunge von der Oberlippe leckt.

Eine Unendlichkeit an Kilometern, eine Ewigkeit an Jahren von diesem mäusedreckgroßen Fleck auf dem Atlas entfernt, bin ich voller Hirschberggefühle, bin wieder der Junge im Felsennest. Hier stehe ich, ein Mann mit drängenden Terminen, kitzle zeitvergeudend auf das Blatt, und meine Empfindungen lassen aus dem Planskelett der Stadt, in der ich geboren wurde, Mauern wachsen, durch die ich mich nach Hause taste. Damals, als ich jener Junge war, wußte ich es nicht, sondern war es eben. Animalisch hatte ich mich in das Leben geschmiegt: Die spröde Pore des Felsgesteins unter meiner nackten Fußsohle – das war ich. Das schnurrende Buckeln von Minka unter meiner streichelnden Hand war Teil von mir. Aber erst hier vor dem Blatt, jetzt beim Stricheln und Liniieren begegne ich diesem Jungen, erkenne ich mich wieder. Ich sehe, wie gierig, weil unwissend und lebensvertrauend, ich mir die Fetzen der Erfahrung aus dem Koloß Wirklichkeit biß, wie ich die Welt um mich in mich fraß und zu meinem Teil machte, ohne zu denken. Ich schwamm wie ein Fisch im Wasser meines Seins, glotzte auf die Welt mit hungrigen Augen, atmete mit den Kiemen der Phantasie, schwamm in das Reich der Illusionen ... in dieses Haus am Markt mit seinen unerhörten Wirklichkeiten. Nirgends sonst war es möglich, so die Wunder der Erde, die außerhalb der von mir erlaufbaren Meile lagen, zu erleben:

Ich hocke im »Panorama« auf einem von unzähligen Ärschen aus- und blankgewetzten Buchenschemel, rutsche auf ihm im Schweiß meines unruhigen Hinterns. Ich sitze verkrampft, vorgebeugt, aber ich spüre weder Ermüdung noch die Unbequemlichkeit.

Denn durch den meine Augenpartie umschließenden Sehschlitz, dessen druckdämpfender Plüsch längst bis aufs blanke Metall so weggewetzt ist, daß sich jetzt der Umriß einer Karnevalsmaske in mein sich ausdrückendes Gesicht preßt, sehe ich alle Herrlichkeit der Erde. Doch das nicht etwa nur als flachen Abklatsch, auf Bildern, sondern rund und eckig, geradezu betastbar und so wirklich wie ich selber. Sie haben Länge, Breite und Höhe – wie der Marktplatz vor der Tür mit seinem Himmel fern drüber. Die Menschen, die ich sehe, brauchen Platz genauso wie ich hier. Zum Beispiel die Beduinen auf ihrem Ritt durch den von Kamelhufen aufstaubenden Wüstensand, der mir, ich sehe es so deutlich, daß ich die Lider fast schließe, gleich ins Gesicht stieben, in den Augen brennen wird. Ich brauche nur eine Hand auszustrecken, um den Zipfel der weißen, wehenden Mäntel zu fassen, spüre den Windzug, der sie wehen läßt, höre den pfeifenden Atem der Reiter und sehe, wie der Schaum aus den Lefzen der Kamele tropft. Ich kann, gewissermaßen bis zu den Knöcheln im Wüstendünensand, jede Einzelheit dieses nie endenden Galopps betrachten, denn die Zeit steht still, das Geschehen ist eingeschlossen wie eine Fliege im Bernstein, eingefroren in den Augenblick wie eine Alge ins Eis.

Mit einem Druck meines Dreckfingerchens auf einen Knopf katapultiere ich mich ins nächste Wunder, setze mich ans trockene Ufer einer verheerenden Flut. Sie schießt quellend, gurgelnd, wallend aus der Lücke eines geborstenen Dammes hervor. Auf ihr treibend brüllende Kuhköpfe, in ihr versinkend strampelnd Schafe durch das Gewicht ihres sich vollsaugenden Fells. Sie reißt Menschen, die verzweifelt mit den Armen rudern, mit sich und scheint, während sie an mir vorbeischießt, so anzuschwellen, daß ich meinen Hocker etwas nach hinten schiebe, weil ich meine, meine Füße seien schon naß. Es wird gefährlich, und ich drücke wieder den Knopf, der mir achtundvierzig Szenen aus Welt und Wirklichkeit vor meine sich rötenden, glotzenden Augen bringt. Jeden davon konnte ich gelassen vorbeiziehen lassen, schnell in die Vergangenheit stoßen oder zur kleinen Ewigkeit dehnen. Ich konnte das Glück der Mutter, die ihren heimkehrenden Sohn umarmt und das Entsetzen im Blick des Wilden, den die Boa erstickt, jederzeit aus dem Nichts zurückholen, beliebig Schauder und Freude miterleben. Wenn ich wollte, mußten die Beduinen ewig reiten, Tiere und Menschen immer wieder ertrinken. Denn ich war der Herr über das Geschehen in der Welt, über seine Dauer. Ich gebot der Flut Einhalt, wies den Reitern den Weg. Durch mich erwachten sie, ich war zum Schauen bestellt, war Gott, denn ich gebot über Raum und Zeit – dort im Dunkeln vor meinem Guckloch. Und ich war meist allein. Denn vor der dreidimensionalen Welt des »Panoramas« wurde die Erde immer leerer. Hierher kamen die Leute nicht mehr. Sie gingen lieber zwei Straßen weiter, wo der kugelige Ulrich schon das zweite Kino eröffnet hatte, in dem die Bilder nicht nur laufen gelernt hatten, sondern die Darsteller zu hören, Musik zu genießen war – und das alles im Plüschsesselkomfort.

Und weil das so war, kostete der Eintritt ins »Panorama« nur noch fünf Pfennig. Einen halbem Groschen kostete für mich die Welt.

Ihre Wirklichkeit kostete viel mehr, mußte viel teurer bezahlt werden.

Auf den Rand des Riesenbogens an der Wand zeichnet mein Stift die Treppe in einen Keller. Ich spüre seine stockige Feuchtigkeit, mein Fuß zögert vor Furcht. Diese blieb unverändert in mir, die Jahre haben sie nicht ausgelöscht. Und in mir blieb der Duft der Frau, zu der ich in dieser Angst floh, blieb jenes vergessene Mädchen, das den brüllenden Dreijährigen am Fuß der Treppe wieder auf die Beine stellte und auf ihren Arm hob, wo er sein rotzverschmiertes Gesicht an ihren so weichen, angenehm riechenden Hals drückte und zufrieden schniefte.

Ach wüßten wir doch mehr über unsere Kindheit, wüßten wir doch alles über die Kindheit gerühmter Männer und Frauen – wir kämen endlich dahinter, warum die Menschen die Welt verändern: Warum Hannibal den elefantenmordenden Zug über die Alpen wagte und ungerührt seine afrikanischen Kolosse in den Abgrund stürzen sah, wir ahnten, warum Karl der Große, Schlächter, die Hekatomben von Sachsen mordete, wir könnten die Inquisitoren verstehen, die unter Tränen Jeanne d'Arc auf den Scheiterhaufen schickten.

Auch ich werde das Rätsel um die Erziehung der Gefühle nicht lösen, aber ich weiß: Die Jahre der Kindheit, jene in unserer Erinnerung meist dunkle, verlorengegangene Zeit birgt Ursachen. Dort gründen Taten, die wir später aus rätselhaften Gründen tun müssen.

Und diesen weißen Flecken frühen Lebens könnten nur unsere Eltern Farbe geben. Mit ihnen beginnt unser Schicksal. Doch für jeden Neugeborenen auch die große Ungewißheit. Oder, wie Doktor Meinberg, dieser grobwortige und feinfingrige Geburtshelfer, zu sagen pflegte: »Trau keinem Weib, wenn's ohne Kleid.« Waren ihm zwei hausbrauchbare Gedichte gelungen und hatte der Ahrburgunder Bukett, dann löste sich seine Zunge: »Die Bäuerin vom Eifelhof schreit, wenn's so weit ist, in meinem Kreiß-Saal genauso laut wie die Frau vom Casinocroupier oder die Gattin des Baulöwen. Alle liegen sie in der gleichen Haltung, in der sie empfingen, was sie jetzt an die Welt bringen sollen. Alle pressen sie, aber was ihnen den Angstschweiß auf die Stirn treibt, ist oft nicht der Schmerz. Wenn sie meinen, sterben zu müssen, dann klammern sie sich an mir fest, machen mich mit gekeuchten Worten zum Beichtvater, offenbaren mir mit reuiger Stimme, wer der wahre und wirkliche Vater ihres Kindes ist, dessen Kopf ich bereits sehe. Aber kaum wird ihnen bewußt, daß sie nicht gestorben sind, kaum liegt der geheime Bastard in ihrem Arm, versichern sich diese Mütter meiner ärztlichen Schweigepflicht. Wenn ich dann sehe, wie stolz die ›Väter‹ auf ›ihre‹ Stammhalter sind, die, wie könnte es anders sein, ›so ganz nach dem Vater gerieten‹, kann ich mich schon nicht mehr darüber amüsieren. Ich möcht' wirklich mal wissen, wieviel Väter Kinder großziehen, die nicht von ihnen sind. Was ein verlogenes Durcheinander in der Ahnenfolge und den Erbeigenschaften.«

Meinberg sah mich kritisch und herausfordernd an. »Können Sie mit Gewißheit sagen, wer Ihr Vater ist? Haben Sie vielleicht Ihre Mutter auf Ehre und Gewissen danach gefragt? Und glauben Sie vielleicht, sie würde Ihnen die Wahrheit sagen?«

Da hatte mich der weinselige Doktor doch genau an meiner ungeschützten »Siegfried-Stelle« getroffen, wo ich doch alles tat, in dieser Hinsicht meine Seele empfindungslos zu machen, verhornen zu lassen. Denn schließlich war die Ungewißheit meiner Herkunft der Dorn in meinem moralischen Fleische.

Ich kann mir schon denken, wie das gewesen war: In den ersten Lebenstagen des Säuglings Erwin hatte der Vater, wie das eben alle Väter tun, nach den Ähnlichkeiten mit seinem Sohn gesucht. Und je mehr er suchte, um so weniger fand er sie. Also wird er eines Abends mal, friedlich sein Kotelett kauend, lässig und nebenher gemurmelt haben: »Also ich möcht' bloß wissen, woher er diese schwarzen Haare und Augen hat. Von mir nicht.« Und wird Mutter angesehen haben. Und die hat geschwiegen. Also wird Vater nachgerechnet haben, also wird seine Ungewißheit gewachsen sein. Und er begann, russisches Psycho-Roulette zu spielen, Variante jenes Zeitvertreibs gelangweilter Zaren-Offiziere, die in die sechs Kammern ihres Revolvers eine Patrone steckten, die Trommel rotieren ließen, die Pistole an die Schläfe setzten und abdrückten – mit der Chance eins zu fünf. Eins zu fünf, Vater! War ich ein Blindgänger oder ein

Treffer? Hatte ich ein lebensbejahrendes Naturell, so wie du, oder würde mich eine dir fremde Melancholie prägen? Würden sich meine Haare noch aufhellen zu deiner Haarfarbe, oder würde ich exotisch dunkel bleiben, von Tag zu Tag mehr ein Kuckuck in deinem Nest? Was sollte unter dieser Last von Zweifeln aus mir werden? Kaiser, König, Edelmann, Bürger, Bauer, Bettelmann – sollten wir es auszählen wie die Gören draußen auf der Straße? Da tatzte ein Großer auf die Brust jedes Kleinen rundherum im Kinderkreis und spielte Schicksal. Denn der letzte, der Bettelmann, mußte sich beim »Fang mich«, beim »Räuber und Gendarm« die Luft aus den keuchenden Lungen jagen, um einen zu erhaschen und den Makel weiterzugeben. Zweifelnder Vater, würde ich auf den »Bettelmann« abonniert sein? Ich ahne es: in welche Horde ich auch einsickerte, in welchen Kreis ich mich auch drängte, die auszählende Tatze wird mich immer als Letzten treffen – wie ein Keulenschlag. Offenbarte sich vielleicht darin der chancenlose Sproß eines väterlichen Schwächlings? Warst du ein solcher?

Die Wahrheit, Vater, die Wahrheit! Ach, ich spiele um mich selbst schon »Chinesisches Roulette«, dieses moderne Gesellschaftsspiel um verpaßte und verpatzte Gelegenheiten, um Zukunftshoffnungen und Seelenängste. Man fragt den Delinquenten: »Was wäre gewesen, wenn ...«, »Was könnte sein ...?« Natürlich müssen alle versprechen, die Wahrheit und nichts als die Wahrheit zu sagen. Und natürlich bringt die offenbarte Wahrheit den ausgelosten Befragten psychisch langsam um, skelettiert seine Seele. Kein Wunder, denn das Spiel ist die abendländische Variante der »Chinesischen Folter«: Gleichgültig, nachdem er mit einem Lächeln ohne Freude sein Frühstück genossen hat, schneidet der Scharfrichter dem Verurteilten mit chirurgischer Akribie und unter äußerster Beachtung aseptischer Wundhygiene den kleinen Finger ab und verbindet die Wunde. Mit verheilter Vierfingerhand begegnet der Hoffende nach Tagen, Wochen, seinem Henker wieder und verläßt ihn mit noch einem Finger weniger – er durfte wählen, welcher gekappt werden sollte. So geht es Finger um Finger, Hand um Hand, Arm um Arm, so geschieht es Zeh um Zeh, Fuß um Fuß, Bein um Bein. Darüber vergehen Tage, Wochen, Jahre, und es sind an der Reihe zwei Ohren, zwei Augen, sechsunddreißig Zähne in täglichem Abstand, die Hoden einzeln, der Penis. Die Zeit verrinnt, längst wird der wachsende Torso gesäubert, gefüttert. Heilen die Wunden langsam, stirbt darüber ein Henker und es folgt ein neuer, zuerst vielleicht etwas ungeschickt. Doch seine Sicherheit wächst, bis da nur noch ein Rumpf bleibt und das unversehrte Hirn, das sich den letzten, erlösenden Schnitt wünscht – eine Unendlichkeit lang. Doch nur Prinzessinnen, die man verurteilte, wurden der Gnade schneller Folter teilhaftig. Sie starben innerhalb Tagesfrist, gebunden an einen Pfahl, umringt von Haufen Volks. Am Abend, kurz ehe die Dunkelheit den Ausharrenden das Schauspiel verdeckte, verhauchte die zarte Schöne, stellvertretend für ihre ehrgeizige, geflohene Sippe, den letzten Atem. Der Henker überließ das Fleisch den Gaffern, die es zu Reliquien dörrten. In unserer abendländischen Version geht es mehr um das Heil der Seele. Mit diesem Spiel kann man in dem Sanften den Sadisten wecken, im Individualisten den Massenmenschen freilegen. Hier kann das Wörterbuch des Unmenschen wieder nützlich werden, um mit seinen Begriffen Charakteren Profil zu geben: Blockwartforschheit, Hitlerjungennaivität, Deutschheldentum, Gauleiterdurchhaltebegeisterung – Wortschocks, mit denen man dem Opfer die heilsamen Leiden der Selbsterkenntnis bereitet. Vater, deine Zweifel müssen gewachsen sein. Stell dich dem Spiel: Warst du ein Ausbund an Moral oder hattest du Ida nur über? Hast du, als du Ida fragtest: »Ist er von mir?« auch erwogen, was durch ihre mögliche Ehrlichkeit dir – und damit mir – entgehen würde? Nie hast du deinen, die Arme nach dir streckenden Steppke auf den Arm gehoben, nie in die Luft geworfen und seinen Jauchzer gehört, nie hat er sein Kindergesicht an deinen Bartstoppeln gerieben. In seinen Augen hast du nie die Dankbarkeit für dein gutes Wort gesehen, hast nie sein Pfötchen in deiner Pranke gehalten, warst für ihn nie der Größte, nie Schutz, Ratgeber und Zuflucht. Hast du das bedacht, als du die sanfte Ida vors Tribunal deines »Chinesischen Roulette« stelltest und die Wahrheit wissen wolltest, nichts als die Wahrheit?

Wir werden uns begegnen, Vater, später, nachdem du mich Jahre vergessen hattest, in einer Zeit, da Deutschland, Deutschland über alles aufsteigen sollte. Sie kam für mich barfüßigen Hirschberger Bettelmannssohn leise, unmerklich. Sie begann in der Schule mit der Abschaffung der Quäker-Speisung in der Zehnuhrpause. Jahrelang hatten irgendwelche nette Menschen in Amerika dafür gesorgt, daß ich ein Milchbrötchen in heißen, süßen Kakao tunken oder köstliche Brühe mit viel matschig durchtränktem Reis löffeln konnte. Sie taten das, weil sie wußten, daß wir zu klein, unterernährt und hungrig die Schulbänke in diesem deutschen Land der Arbeitslosen wetzten. Aber plötzlich befahl Hitler, der Gute, daß wir keine hilfsbedürftigen Kinder, sondern deutsche Jungens zu sein hätten – zäh wie Leder, hart wie Kruppstahl und flink wie Windhunde. Und als solche hatten wir natürlich keinen ordinären Hunger mehr zu haben, und erst recht keinen Appetit auf diese jüdisch vermanschte Quäkerspeisung, diese Abfälle vom Tisch des prassenden Auslands. Nein, da sei die Volksgemeinschaft vor. Erstes Aufsatzthema: Was ist die Volksgemeinschaft, wie können wir ein Teil von ihr werden und wie kann sie von jetzt an Deutschlands Probleme lösen? Einer für alle, alle für einen! Also erhob sich Klassenlehrer Bundschuh, klappte sich zur Riesenlatte hinter seinem Pult auf und sagte:

»Ab morgen bringen alle Kinder, denen die Mutter Schulbrote einpackt, eine Schnitte mehr mit. Extra eingepackt. Die gibt unsere Volksgemeinschaft denen, die kein Pausenbrot mitbekommen.«

Also brachten der Bärsch (Elektrogeschäft), der Ludeck (Möbelhandel und Schreinerei) und der Waller (Schneiderei) und eben all die wohlversorgten Söhne eine Schnitte, Bemme, Stulle mehr mit. Und zwei Äpfel statt einem. Und der olle Bundschuh ließ alle – auch der Schüler eigene Freßpaketchen – auf seinem Pult zum Haufen schichten, zählte seine Lieben und seine Freßbeute, mischte die durchfettende Pausenatzung noch ein wenig und verteilte sie dann an die im Gänsemarsch vorbeidefilierenden Buben. Da bekam der mäkelnde Salamiesser ein Leberwurstbrot, der pingelige Jung sah unter Qualen seine Schinkensemmel in Schulzens Rachen verschwinden und Tanner verzichtete angeekelt auf das salatbelegte Graubrot von Dietrich, der – seinen rohköstlerischen Eltern zum Trotz – am Bratenbelag von Kasper selig kaute. Es war eine echte Volksgemeinschaftsstimmung, deren hehrer Zweck sich aber doch wohl nicht ganz zu den Eltern herumgesprochen hatte. Denn die anfangs dick belegten Brote wurden immer magerer, Zahl und Größe schrumpften. Schon sah man auf dem Schulhof hinterm Baum den verfressenen Driest verstohlen in sich hineinmampfen, was ihm seine Mutter heimlich zugesteckt und zugedacht hatte. Ich hab ihm, unsere wahrhaft neue Gemeinschaft verteidigend, in den Wanst getreten und sein herrlich knuspriges, angebissenes Brötchen geklaut: hart wie Kruppstahl. Mit zwei Bissen war es weg: flink wie ein Windhund. Ich fand die Volksgemeinschaft genauso prima wie Quäkerspeise. Denn ich hatte immer Hunger.

Vieles andere hatte ich nicht. Zum Beispiel Schuhe. Während um mich Stiefel immer martialischer das Pflaster traten, fand meine Mutter Schuhwerk zwischen März und Oktober für ihren Sohn überflüssig. Also patschten meine Füße durch die pissige Wärme des durch die Rinnsteine abfließenden Regenwassers, quetschte ich zwischen den Zehen den quatschenden Schlamm, spürte ich unter meinen Sohlen die brennende Hitze des sonnenheißen Sommertagpflasters, den körnigen Sand, den plötzlichen Schmerz spitzer Steinchen und erlitt die Martern des auf Kies tanzenden Fakirs. Ich kühlte meine Füße auf den vermoosten Kugelsteinen im flachen Zacken- und schnellfließenden Boberwasser, und war einer hinter mir her, schüttelte ich ihn mit lässiger Wasserdurchwatung ab. So hat alles seine Vorteile. Bis der Führer befahl, daß auch seine Pimpfe mit festem Schritt zu marschieren hätten. Barfuß gibt das nichts her, ist man zu leise. Also verkündete Lehrer Bundschuh den neuen Geist und sagte, daß alle Kinder, die zwar getragene, aber noch tragbare Schuhe zu Hause hätten, die sie selbst nicht mehr trügen, diese für die Bloßfüßigen mitbringen sollten. Es sammelten sich abgelatschte Bodden, Babygrößen, Absatzlose. Sie waren zu klein, zu schmal, zu groß. Es wurde schwierig, denn unbeschuht waren meine Füße in bequeme Breite ausgeufert. Das dafür einigermaßen passende Paar, mit dem ich mehr die Mühe von Lehrer Bundschuh als mich selbst belohnte, war braun, reichte hoch bis über die Knöchel und ließ sich durch viele Ösen über Kreuz schnüren. Als ich in ihnen die ersten Schritte tat, konnte ich nachfühlen, was die eingeschnürten Füße der Chinesinnen auszuhalten hatten. Ich zog die feinen Braunen, wie meine Mutter sie bewundernd nannte, nur zur Schule an und blieb ansonsten Barfüßler, schon weil ich den feisten Molle, der sie einst getragen hatte und der nur mit gespitztem Mündchen redete, nicht ausstehen konnte. Für meine Füße begann so etwas wie Disziplin, der neue Geist quetschte ihre Zehen zusammen. Zehengemeinschaft, Volksgemeinschaft. Vorurteile und Abneigungen dagegen begannen in mir buchstäblich Fuß zu fassen.

Damals hatte ich eine andere Variante des »Chinesischen Roulette« – das Spiel wird interessant – spielen können: »Wie wäre es mir in einem anderen Zeitalter ergangen?« Unter Ludwig dem XIV. wäre ich sicher nur eines Holzfällers Sohn gewesen. Aber ich hätte die Ästchen vom Rasen des Hirschparks aufgelesen, hätte den Kavalieren – als heimlicher Bote – die Liebesbriefe von Pavillon zu Pavillon getragen, wäre hinter dichter Hecke vor unsorgfältig verhängten Fenstern zum Voyeur mit neugierigen Augen und offener Hand geworden. Man hätte mich belächelt, geduldet, getätschelt, denn ich sah herzig aus – wie ein schwarzgelockter Amor, dem liebesmüde Damen zerstreut die Wange streicheln. Und im Rom Cäsars? Da wäre ich Lustknabe geworden, hätte mich wie ein unvertreibbarer Straßenköter von den am Tisch der Reichen aufgeschnappten Köstlichkeiten genährt, hätte mir, ansonsten überall schlank, einen kleinen strammen Hintern unter die lädierte Tunika gemästet. Mein brauner Plüschaugenblick und das zum Zerwühlen lockende Kraushaar hätte mir von lüsternen Senatoren den Kosenamen »schwarzer Cupido« eingetragen. Und hätte ich auch viel lieber am nackten Busen einer samthäutigen Dame gezuzelt, wäre meine Seele doch käuflich und mein Körper willig geblieben für die Stunden mit den Patriziern, deren Sesterzen mich mehr gerührt hätten als die Tränen der Schönen. Wahrlich, ich hätte, barfuß im Olivenhain, mein Leben genossen.

Aber das einzig Römische in meinem wirklichen Leben als Schuljunge war die neu aufkommende Gewohnheit, beim Grüßen »nach Art der römischen Legionäre«, wie Bundschuh uns belehrte, den gestreckten Arm zu heben und »Heil Hitler« statt des gemütlichen »Guten Tag« zu sagen, nein, zu brüllen. Dabei ließ sich der Name Hitler gar nicht so gut schreien. Irgendwie klang er nach Turnvereinskassierer. Da war so gar kein Bis»marck« drin, das klang nicht nach Staat oder Reich und jener ganz großen Zukunft, die – immer nach Lehrer Bundschuh – nun für uns Deutsche als Auftrag der Geschichte begonnen hatte. Aber offenbar fanden es die Menschen um mich herum heroisch, sich fast den Arm auszureißen und »Heil Hitler« zu schreien. Und vielleicht liegt da das eigentliche Verhängnis der deutschen Vergangenheit, in diesem so bedeutungslosen Namen Hitler. Denn welcher Müller, Meier oder Lehmann könnte sich schon vorstellen, er sei dazu berufen, die Welt zu verändern und könne die Menschen dazu bringen, »Heil Meier!« zu schreien?

Vielleicht ist der Führer nur so maßlos ehrgeizig gewesen, weil er sich eigentlich schämte, Adolf Hitler zu heißen. Wie ja die Namen, die unsere Eltern uns geben und vererben, so oft verhängnisvoller Teil unseres Schicksals sind. Ein großnasiges Mädchen namens Reinhilde ist eben zur Liebe im Mai nicht gemacht und die Flachbusige aus der Sippe Schönefuß kann nur errötend alle Hoffnung fahren lassen, soll sie dem Jüngling ihren allseits belachten Namen flüstern.

Doch klang auch dieses »Heil Hitler!« ganz und gar nicht wie der Schrei, der den Blick der Weltgeschichte endlich gnädig auf uns Deutsche lenken würde – wir übten ihn auf dem Schulhof während der Turnstunde, rissen die gestreckten Arme bis zum Erlahmen hoch und brüllten mit piepsiger, stimmbrüchiger, heiserer Stimme »Heil Hitler!« Wir defilierten mit gleichem Schritt an unserem imaginären Feldherrn, dem knickebeinigen Lulatsch Lehrer Bundschuh, vorbei, der mit kurzsichtigem Brillenblick seine Schülerarmee musterte. Er wäre im Zeitenwirbel eines »Chinesischen Roulette« immer, unter allen Herrschern, nur Lehrer und nichts als Lehrer gewesen, würde es auch heute sein und verstört-zaghaft die Partei wählen, die ihm der Schulrat empfehlen würde.

Der längste gerade Strich, den ich auf meinem Papier an der Wand durch das Gewinkel der Gassen und Straßen des aus mittelalterlicher Enge ausgewucherten Hirschberg ziehen konnte, war die Wilhelmstraße.

»Wie lang ist ein Kilometer?«

Es war Lehrer Bundschuh, der das fragte. Und es waren sechsundvierzig Jungen, in die Holzbänke der zweiten Klasse der Wilhelm-Wander-Schule eingeklemmt, die im Chor antworteten:

»Vom Jägerdenkmal bis zum Landgericht!«

Während ich mitbrüllte, habe ich mich sicher gefragt, woher der lange Bundschuh das wußte und mir sicher vorgestellt, wie er diese Strecke auf der viel längeren Wilhelmstraße nachgemessen hat. Er setzte den Absatz seines Schuhs an einem imaginären Strich, den seine Phantasie genau von der Mitte der Eingangstür des Landgerichts aus aufs Pflaster gezogen hatte, um dann mit seinen staksigen, von grauen Röhrenhosen umflatterten Beinen auszuschreiten, etwas gravitätisch-hagestolz, seine sonst kürzeren Schritte überdehnend, grätschend und messend und dabei mit den sich kaum bewegenden Lippen zählend – bis zum hörbaren »tausend«, bei dem seine Schuhspitze an das Mäuerchen stieß, mit dem das Jägerdenkmal umgrenzt war. Heftig atmend wird er mit seinen tintengefleckten Händen zwei der spitzen Lanzen umfaßt haben, die, gewissermaßen in der Umfriedung steckend, einen Zaun um das Denkmal zogen. Befriedigt wird er sich umgedreht haben und in seine gewohnte Schrittlänge zurückgefallen sein. Das ergab vielleicht tausendzweihundert Schritte für diesen Kilometer, und er brauchte sicher zweitausend, wenn er mit seiner so winzigen Tochter, die, ihr schwitzendes Pfötchen in seiner Flosse, nur sehr mühsam Schritt halten konnte, den gleichen Weg ging, brauchte elfhundert, wenn sie langbeinig und er kurzatmig geworden sein würde. Würde sie so langbeinig werden, wie ich es mir wünschte? Sie war das erste Mädchen, das ich schön fand, vor deren Anblick ich zum Wurm schrumpfte, die bewirkte, daß ich aus lauter Dankbarkeit dafür, daß er ihr Vater war, der zahmste Schüler Bundschuhs wurde. Ich sah einmal von weitem, wie er sich zu ihr niederbeugte, die blaue Schleife am Ende eines der langen, bis zum Po reichenden blonden Zöpfe band und dabei sein strengstes Lehrergesicht aufsetzte, um eine maßlose Zärtlichkeit zu verbergen. Ich erhob mein Pickelgesicht in unendlicher, nie wahrgenommener Anbetung zu ihr und spürte meine Verzweiflung über meine Unzulänglichkeit. Ich konnte das Wort Liebe kaum schreiben, wußte nichts von seiner Bedeutung und war vor Liebe gierig nach einem Blick von ihr, verrückt danach, an meinem Gesicht die Wärme des ihren zu spüren. Alles war dumpf und eindeutig und unaussprechbar. Ich war zornig und mein ganzer Körper haßte sie, weil sie, noch keine sieben Jahre alt, ihre Hand nicht in meine, sondern in die ihres Vaters schob.

Meine Gefühle waren finster, und hätte ich mit mir selber »Chinesisches Roulette« gespielt, sähe ich mich in einem Bahnhofswartesaal als einen Mann sitzen und hörte ihn zu sich selber sprechen:

»Sie kommt nicht mehr.«

Er setzt das Glas, aus dem er nicht getrunken hat, ab, stützt seinen Ellenbogen auf eine winzige Insel Trockenheit zwischen den Bierpfützen und legt seine ungeheuer leer wirkenden Hände aneinander. Er hebt seinen Kopf, seine Augen blicken klar und verzweifelt. Mit einer kaum merklichen Bewegung eines Fingers lehnt er die Zigarette ab, die ein Gast an seinem Tisch ihm anbietet. Sie sitzen sich in dieser Bahnhofspinte schon einige Zeit gegenüber.

»Sie hat mich ausgesetzt«, sagt er.

Es ist Nacht. Die kleine Kneipe ist wie ein winziger, bergender Kokon auf der kalten Oberfläche des Planeten. Der Bahnhof wirkt wie eine verlassene Oase. Vielleicht hat sich, seit die Wüsten leben, die Einsamkeit in den nächtlichen Bahnhöfen eingenistet. Hier ist man verlorener als der treibende, langsam erfrierende Schiffbrüchige über seinem im Meer versunkenen Kahn, ist heimatloser als ein verflogen am grauen Himmel richtungslos dahinschwirrender Vogel.

»Ich bin verlassener als das Mädchen vorhin auf dem Bahnsteig«, sagt der Mann zu seinem Gegenüber, der ihn verständnislos ansieht. »Sie sah verzweifelt dem Zug nach, als er längst nicht mehr zu sehen war, stand vor Enttäuschung wie versteinert. Der Wind preßte ihr die Kleider an den für sie nun so nutzlosen Körper, in ihren Händen war Hilflosigkeit, Hoffnungslosigkeit in ihrem Gesicht. Ich habe den unterdrückten Schrei des Entsetzens gehört, der tief drinnen in ihr etwas zerriß. Aber ich weiß genau: wenn wir Verlassenen rufen, hört man uns nicht, wen wir berühren, der spürt es nicht. Wir sind verloren, die Gleichgültigkeit der Erde ist ohne Trost. In uns nistet sich die Angst ein. Jede Begegnung, jedes mögliche Glück wird vom Zweifel an Erfüllung und Beständigkeit angenagt, Gefühle können altern, die Sonne auch kalte Strahlen werfen.«

Der Kellner steckt seine Trinkgeldgroschen in die Musikbox. Zum unzählbaren Mal der gleiche Schlager. Die Monotonie der gleichbleibenden Melodie läßt die Köpfe der Männer, die sich an die blindgegriffene Messingstange der Theke klammern, ermüdet in die hochgestellten Mantelkragen sinken. In einer halbdunklen Nische verwächst ein Pärchen ineinander.

»Vielleicht weiß sie nicht, daß ich vor Liebe Schmerzen habe, wenn ich nur an sie denke«, redet der Mann weiter ins noch immer verständnislose Gesicht des andern. »Ich weiß nicht, wie ich ihr sagen soll, daß ich ohne sie friere, daß schon ein Blick auf ihr Gesicht mich wärmt und daß ich, wenn sie mit mir spricht, weiß, warum ich lebe. Aber – sie müßte es doch wissen, sie muß es endlich erfahren.«

Linkshändig, dahindämmernd, füttert ein Thekensteher den hinter ihm hängenden Glücksspielautomaten. Das herausscheppernde Kleingeld vergißt er.

»Wenn man ein solches Mädchen haben und behalten will«, sagt der Brabbelnde, »muß man bedeutend sein. Ich bin aber nur mittelmäßig, wie die meisten. Ich bin auch kein guter Mensch. Ich bin nichts und niemand, deshalb kommt sie nicht. Ach, ich möchte ein Stein sein, am Wege liegen und warten, bis mich ihr Fuß tritt. Oder bemoost und vulkanisch-grau schimmernd als Erdwarze aus dem Meer ragen. Meine weit vorspringende Felsnase würde sich von den Winden umwehen lassen, in der Höhle meines Nabels könnten sich die Fische paaren und Haie auf ihre Beute warten. Schmollschnütige Tropenflößer würden in meinem Tanghaar spielen und regenbogenfarbene Seelilien würden mir aus den Zehen wachsen. Nichts würde mir weh tun, denn ich würde auf nichts warten.«

Während er spricht, wendet er sein Gesicht immer wieder zur Tür hin.

»Schiffe würden im Sturm an mir scheitern, und für ihre Gestrandeten wäre ich die lebensrettende Insel, an deren poröse Oberfläche sie sich immer dankbar erinnerten. Ich hätte die Geduld, Jahrhunderte auf einen neuen heiligen Gregor zu warten, um ihn in der dörrenden Sonnenglut meines Plateaus mit dem Wasser aus meinen Stirnfalten zu tränken. Ich bekäme in den Sagen der Menschheit meinen Platz.«

Er hebt sein Glas und stellt es wieder, ohne zu trinken, auf den Tisch zurück.

»Ein kurzer Schlaf«, bramarbasiert er kaum vernehmbar weiter, »hätte nach menschlichem Maß die Dauer von Jahrhunderten, und erwachte ich, umspülte mich noch immer kühlend das Meer. Es könnte mein Leben so wenig verkürzen wie jener Vogel, der alle tausend Jahre einmal mit seinem Schnabel am Koloß der Ewigkeit wetzt. Auch auf ihn würde ich nicht warten.«

Noch während der letzten Worte sinkt sein Kopf müde in die Beuge seines auf dem Tisch liegenden Armes. Er schläft ein.

Nach wenigen Augenblicken öffnet sich die Tür. Ein Mädchen betritt die Kneipe, sieht sich kurz um, tritt an den Tisch des Schlafenden und sieht auf ihn hinab. Der andere Mann am Tisch sagt: »Ich glaube, er hat sich müde gewartet. Er ist gerade eingeschlafen.«

»Er ist völlig betrunken«, sagt voller Verachtung das Mädchen, dreht sich um und verläßt mit schnellem Schritt das Lokal. Sie hat ihm nicht ins Gesicht gesehen. Ihre hochgesteckten Zöpfe sind mit einer Schleife gebunden.

Ach, auch meine Blondzöpfige hat mich nie angesehen. Ich war ein glühender Knubbel diffuser Sehnsucht mit einem ungestillten, gefräßigen Hunger nach Zärtlichkeit. Ich habe heimlich meinen auf quietschenden Rädern rollenden, von meinen Umarmungen räudig gewordenen Riesen-Stoffhund zerkuschelt, und ich habe die Schneide eines Küchenmessers auf ihre Eignung zum Mord geprüft, als ich eines Tages aus der Schule kam und meine Mutter mir sagte, daß es Zeit gewesen sei, diesen verspeckten Stoffkadaver zum Müll zu geben. Bundschuhs Tochter hat mich nicht getröstet.

Aber wo sie gegangen war, bin auch ich gegangen. Vom Jägerdenkmal bis zum Landgericht brauchte ich tausendsechshundert Schritte. Und ich brauchte viel länger als die zehn Minuten, die Lehrer Bundschuh »für den Weg im Spazierschritt« von seiner Taschenuhr abgelesen hatte. Denn ich befragte auf meinem Weg das

Orakel, beschwor das Fatum: Wenn ich jetzt zehn Schritte mache und nicht ein einziges Mal auf eine der Rillen zwischen den Steinplatten des Bürgersteiges trete, dann wird sie mich morgen ansehen. Wenn ich zwanzig schaffe, wird sie mich anlächeln. Barfüßig beschwor ich mein Schicksal, war beim achten Schritt einer verderblichen Rille beängstigend nahe, sagte mir, daß die Schritte übertrieben weit gewesen und kürzere erlaubt wären. Ohne zu mogeln. Und wußte gleichzeitig, daß ich mich belog. Ich würde sie morgen nicht sehen. Ich krümmte die Zehen, polkte mit den Zehennägeln die Erde aus den Ritzen zwischen den Platten, versuchte Zeit zu schinden und tat drei kürzere, gemogelte Schritte. Weil das Schicksal sich nicht von mir betrügen ließ, deshalb, so denke ich mir, hat sie mich auch am nächsten Tag wirklich nicht angesehen, nicht angelächelt, mich nicht geliebt, nicht auf mich gewartet und mich nie geheiratet. Deshalb bin ich den Kilometer vom Jägerdenkmal bis zum Landgericht immer ohne sie, immer allein gegangen.

Aber immer wieder habe ich das Schicksal bemogeln wollen: Dreißig Schritte, ohne auf eine Ritze zu treten und Mutter merkt nicht, daß ihr zehn Pfennig im Portemonnaie fehlen. Sie hat es gemerkt.

Fünfzehn Schritte, und ich muß heute abend nicht beim Spülen helfen. Man drückte mir, gerade als ich nach draußen entwischen wollte, das Trockentuch in die Hand.

Hundert Schritte, und Mutter wird morgen abend nicht wieder zu ihren Betbrüdern gehen, die Lampe wird brennen und das schwarze Grauen wird draußen vor dem Fenster bleiben. Aber sie ging fort und die Finsternis kam und ich wagte – die Bettdecke über den Kopf gezogen – vor Angst kaum zu atmen.

So wurde die Wilhelmstraße, zwischen Jägerdenkmal und Landgericht, zum Kinderschicksals-Kilometer, eine Unendlichkeit für tausendsechshundert zögernde, befragende, mogelnde Jungenschritte.

»Wie lang ist ein Kilometer?«

Sechsundvierzig Schüler brüllten markig Antwort.

Bundschuh hatte die Kilometer-Frage nicht erfunden. Er stellte sie jedes Jahr den neuen Zweitkläßlern – so oft, bis sie gehorsam im Chor die Antwort schrien und dabei gelangweilt aus den Klassenzimmerfenstern auf den langen Kiesweg blickten, der zum Tor an der Schützenstraße führte und den nur die Lehrer begehen durften. Die Schüler hatten sich auf dem schmaleren Sandweg zur Bergstraße hin zu drängeln.

»Vom Jägerdenkmal bis zum Landgericht«, litaneiten sie, aber ihr Blick ging durch die riesigen Fenster der Turnhalle gegenüber, von deren hoher Decke die Klettertaue hingen, an denen die Jungen wie Affen hangelten. Und nach Ostern, in die nächste Klasse und in die höhere Etage versetzt, konnten sie die Turnenden sehen, wie sie schlapp an dem Seil abspringend, auf dem Boden der Halle landeten. Der Blick war jetzt frei auf das Dach des vielgenannten Landgerichts, aber Bundschuh fragte sie nicht mehr.

Der hatte die Frage von Oberlehrer Döring geerbt, dem wir einen freien Tag verdankten, als der schwarzbetuchte Lehrkörper sich wie ein Pulk Raben zur Beerdigung um Dörings Sarg versammelte.

»Wie lang ist ein Kilometer?« Frühestens im so glorreichen Jahr der Preußen, 1871, konnte ein aus Frankreich heimkehrender Sieger die Frage gestellt haben. Denn noch im Taumel des Sieges hatte man, »dem Andenken der tapferen Hirschberger Jägerregimenter gewidmet«, auf einen Steinsockel einen erzernen Fahnenträger gestellt. Er war von einer Kugel getroffen, brach gerade unter der hochgereckten Fahne tödlich zusammen, war ein heldisch Sterbender Tag um Tag, grünspanansetzend, taubenverdreckt, erzgewordene Erinnerung an jene Tage von 1813, da Friedrich Wilhelm III. mit seinem Aufruf »An mein Volk« auch die Hirschberger aus dem taltiefen Schlaf riß, sie die neugebildeten Jägerregimenter füllten und eine Bürgerwehr entstand, zum Sterben bereit und mit bunten Röcken die Tradition der Schützenfeste begründend. Hier stand der Urahne in Erz, verrottendes Vorbild für Heldengeschichten. Und für Generationen von Zweitkläßlern ein trigonometrischer Punkt. Bei ihm begann der lange Marsch zum Landgericht.

Dessen Tür war so hoch wie ein Scheunentor. Sie machte den, der hindurch mußte, klein, beugte den Antragsteller, bückte den Vorgeladenen, ließ den Angeklagten schrumpfen und schloß sich hinter dem Verhafteten wie ein Höllentor. Sie, die von Polizei Eskortierten, hörten hinter sich den Torflügel einrasten, durchquerten unter neugierigen Blicken der die Halle bevölkernden Beamten und Passanten den weiten Flur; die kleine Tür in dessen hinterer Ecke öffnete sich auf den Gefängnishof. Seine schwarze Asche spürte man durch die Schuhsohlen wie glühende Kohlen, der Weg bis hin zur eisernen Pforte des Gefängnisses, einem Verlies, hinter dessen dicken Ziegelmauern und eng vergitterten Fenstern unsere Schülerphantasie Unschuldige scchmachten, Lebenslängliche verzweifeln und die zum Tode Verurteilten röchelnd auf den Henker warten sah, wurde zur Marter. Hier ritzten finstere Gestalten jeden vergehenden Tag mit einem Nagel in den Kalk der Zellenwand, einst prassende Betrüger nagten an ihrem trockenen Brot, Verratene schmiedeten Rachegedanken.

Eine Zelle zwischen den ihren war sicher leer und bereit für den Mann, der die taubstumme Hella gemeuchelt und in einer Aschengrube verscharrt hatte. Ich hatte mit Hella im gleichen Haus gewohnt, aber sie hatte nicht mit mir gespielt, denn sie war schon vierzehn und größer als ich und ein richtiges Mädchen mit deutlichem Halbkugelbusen und nackten Beinen weit über das Knie. Sie konnte nicht schreien, wenn ihr Vater sie schlug, weil sie erst spät in der Dunkelheit nach Hause kam, und sie konnte nicht reden, um ihrer Mutter zu sagen, wo sie gewesen war. Aber sie kam immer später nach Hause und eines Tages gar nicht. Ich hörte den Vater toben und die Mutter weinen und sah die Polizisten kommen und wieder gehen und Hella blieb verschwunden. Bis am dritten Morgen der Hausmeister eines großen Wohnblocks an der Warmbrunner Straße in der ummauerten Aschengrube hinterm Haus einen Damenschuh liegen sah, der für den Müll zu schade schien. Er wollte ihn aufheben, da merkte er, daß noch ein Fuß darin steckte, an dem Fuß ein Bein, an dem Bein ein Mädchen war: Hella, tot, erstickt, Asche im Mund. Hirschberg hatte einen Mord, Steckbriefe wurden ausgehängt, eine Stadt jagte einen Mörder. Vergebens. Hella wurde beerdigt, ihre Schulklasse und die neugierigen Frauen zu Hunderten umstanden ihr Grab, der Regen wusch die Steckbriefe von den Mauern, Hellas Vater schrie, die Mutter weinte auch ohne sie und die Akte »Mord an Hella« wurde unter »unaufgeklärt« abgelegt.

Dreh dich, Rädchen, rolle Kugel, häute meine Seele, »Chinesisches Roulette«: Hätte nicht ich ihr, hätte nicht ich überhaupt ein Mörder werden können? Er hätte noch nie von einem Verbrechen gehört, das zu begehen er nicht in der Lage gewesen wäre, hatte ich in Texten, die zur Vorbereitung in Deutsch nicht vorgesehen waren, zufällig bei Goethe gelesen – eine Selbsteinschätzung, die sicher seiner Vorstellung von eigener Größe gedient hatte. Aber ich?

Würde ich in meinem Leben je ein Motiv zum Mord haben? Je vor einem Richter stehen?

»Verzeihung, Euer Ehren«, sagte der bescheiden auftretende, sauber gekleidete Angeklagte, »das alles ist ein einziges großes Mißverständnis. Ich kann es aufklären.

An einem Samstag berichtete der Sprecher in den Fernsehnachrichten, daß Wissenschaftler des angesehenen Massachusetts Institute of Technology einen Computer mit Daten gefüttert und nach den Überlebenschancen der Menschheit gefragt hätten. Dessen mathematisch unbezweifelbare Prognose hätte prophezeit, daß es spätestens im Jahre 2100 mit der Spezies Mensch auf diesem Planeten zu Ende sei. Man stände dann dicht an dicht, es sei absolut kein Platz mehr. Dies Schicksal sei nur abzuwenden, wenn die Menschen sofort aufhörten, sich zu vermehren.

Am nächsten Morgen, es war ein strahlender Sonntagmorgen, las ich in einem wissenschaftlichen Magazin, daß seit dem Dreißigjährigen Krieg die Erdbevölkerung um drei Milliarden Köpfe zugenommen habe, sich aber von jetzt an bis zum Jahre 2000 verdoppelt haben wird. Da hörte ich vor meinem Fenster einen Säugling weinen. Es zerriß mir das Herz, denn ich dachte daran, daß ihm als Vierzigjährigen wahrscheinlich nur noch ein Lebensraum von einem Quadratmeter zustehen würde, zu hocken wäre ihm dann ein Problem, zu liegen unmöglich, jeder Schritt wäre eine Rempelei. Ich malte mir die ganze grauenvolle Enge aus, den Kampf Körper gegen Körper um auch nur einen Bissen Brot. Ich sah den Angstschweiß über den Köpfen in dunstigen Schwaden, sah sie in ihren steigenden Exkrementen waten, mein jetzt besonnter Säugling dann als Mann mittendrin. Mein Mitleid wurde grenzenlos. Ich beschloß, etwas gegen dies unabwendbare Elend zu tun.

Und Sie klagen mich hier an, weil ich etwas dagegen getan habe! Ja, ich habe sechzehn Säuglinge, die vor Läden und Kaufhäusern in ihren Kinderwagen lagen, entführt, habe ihnen die Sonne gezeigt, sie gekitzelt und zum Lachen gebracht und ihnen süße Milch – verrührt mit schmerzlosem Tod – zu trinken gegeben. Sie machten ihr ›Bäuerchen‹ in meinem Arm und starben friedlich. Sie werden in jener furchtbaren Zukunft nicht mehr leiden. Sie werden nicht zeugen und nicht gebären, und durch ihren Tod habe ich all die unzähligen Nachkommen glücklich gemacht, die nun unmöglich geboren werden ...«

Nein, ich glaube, schon damals als Junge wußte ich: Diesen Gefallen würde ich der Menschheit nie tun. Mir graute es vor der leeren Zelle dort im Gefängnis hinter dem Amtsgericht – dessen Stufen wollte ich nie hinaufsteigen.

Doch meine Mutter ist die hohen Stufen zum Tor des Landgerichtes hinaufgestiegen. Sie hat mir nie genau erzählt warum. Auch ihre ins »Feinere« geheiratete Schwester, meine Tante Ella, und meine zigarrenrauchende Großmutter, die traurig behauptete, daß sie nicht meine Großmutter sei und es doch so gern war, begnügten sich mit Andeutungen. Also bekam meine Phantasie reichlich Nahrung.

Ich sah meine Mutter mit ihren krummen Beinen, die einem Dragoner Ehre gemacht hätten, den Gang vor den Sitzungszimmern entlanggehen, sich auf eine vom unaufhörlichen Hin- und Herrutschen der unruhig Wartenden spiegelblank polierte Bank setzen und hocken, bis der Gerichtsdiener gerufen hatte: »Schuler gegen Schuler!«

Dann wird sie vor dem Richtertisch gestanden haben, den Kopf ganz in den Nacken gelegt, um den Schwarzberobten überhaupt sehen zu können, und wird auf seine Frage: »Bekennen Sie sich schuldig, Frau Schuler?« leise, aber deutlich geantwortet haben: »Ja, Herr Richter.«

»Aber«, wird der verdutzte Herr gesagt haben, »wieso denn? Sie sind doch kein liederliches Frauenzimmer, sondern eine ordentliche Frau!«

»Ach wissen Sie«, wird die kleine Frau Schuler Atem geholt haben, »er ließ mich doch immer so lange allein, er war immer unterwegs, seit ich ihn kenne immer auf Montage, wie man das nennt, er baute in alte Windmühlen Motoren ein, und ich wußte nie, wann er kommen würde und hab' jeden Tag gewartet. Immer. Und wenn er kam, der Mann, der mein Mann war, dann sah er mich an, als müßte er sich daran und an mich erst mal erinnern.

Im vorigen Jahr, er war schon die vierte Woche weg, kam die Frau Rechtsanwalt zu mir und sagte, ihre Köchin sei krank geworden, und sie hätte doch jetzt zwei Tage lang Gäste, und ich koche doch so hervorragend. Ob ich da nicht mal für Essen und gutes Geld aushelfen würde. Ich sagte ja, denn das Geld konnte ich brauchen und die Arbeit würde mich ablenken.

Es war ein vornehmes Haus und es waren viele Gäste. Als ich in der Küche fertig war, war es spät und so dunkel, daß ich mich vor dem Heimweg fürchtete. Da sagte die Frau Anwalt, ich könne oben in einem Gästezimmer schlafen und wäre dann gleich morgens im Haus, um das Frühstück zu richten. Zufrieden hab' ich mich ins Bett gelegt. Aber ich hab noch nicht geschlafen, als die Tür zum Zimmer nebenan, an die ich gar nicht gedacht hatte, aufging und ein ziemlich junger Mann, den sie beim Essen nur den ›Student‹ genannt hatten, reinkam. Er war ganz schwarzhaarig und sehr groß und schlank. Er legte mir, bevor ich was sagen oder schreien konnte, die Hand auf den Mund und kroch unter meine Decke. Er hatte überhaupt nichts an. Er begann mich zu küssen, drückte sich an mich und in meine Arme kam die ganze aufgestaute Sehnsucht nach meinem Mann. Sie drückten fest. Ich hab' nichts mehr denken, nur noch fühlen können und in der ganzen Nacht keinen Moment geschlafen.

Er ist nicht zum Frühstück gekommen, war schon abgereist, während ich mich beim Brotschneiden in der Küche noch darauf freute, ihn gleich zu sehen. Mittags gab mir die Frau Rechtsanwalt einen großzügigen Lohn, ich ging nach Haus, war wieder allein und begann wieder zu warten. Erst drei Wochen später kam mein Mann. Ich hab ihm nichts erzählt. Aber als der Junge vor zwei Monaten geboren wurde, hat er, der Braunhaarige, ihn kritisch angesehen, hat skeptisch zu rechnen begonnen. Da hab ich zu ihm gesagt: ›Du brauchst nicht nachzurechnen. Er ist nicht dein Sohn.‹ Da hat er gleich seinen Koffer gepackt und ist wieder weggefahren. Diesmal für immer. Aber der Junge war schon auf dem Amt eingetragen und trug seinen Namen.«

»Und wie heißt der wirkliche Vater?«

»Ich kann es nicht sagen!«

War sie tapfer, stur, oder war sie dumm? Das wird sich der Richter gefragt haben, als er sie des Ehebruchs schuldig fand und die Scheidung aussprach. Mutter wird aus dem Sitzungssaal hinaus, den langen Gang hinunter, die Treppe abwärts, durch das große Tor auf die Straße und den ganzen Kilometer und noch mehr direkt nach Hause gegangen sein, um meine Windeln zu wechseln. Jetzt wußte sie nicht, wovon sie leben und mich ernähren sollte, aber sie wußte, daß sie in den nächsten Jahren nie mehr allein sein würde.

So jedenfalls stellte sich die ganze Geschichte nach Tante Ellas verschämten Andeutungen und den Reden, die mir Oma, die nicht meine Oma war, mit sonorer Stimme vortrug, und nach meiner Phantasie, dar. Das Ende vom Lied – in der Küche zu singen.

Für seinen Anfang war ich noch mehr auf meine Phantasie angewiesen. Leise und heimlich stellte ich die Fragen an mein ganz privates Roulettespiel: Wo kam sie her? Wer war sie gewesen? Wo hatte es mit ihm, meinem Vater, der dann doch nicht mein Vater wurde, begonnen?

Auf jeden Fall in Haynau, Kreis Goldberg, in jenem Teil Schlesiens, der schon vor 1163 so hieß, also noch ehe die Söhne des polnischen Königs Uladislav – Boleslav, Konrad und Micislav – dem geringen Teil der Lausitz, mit dem sie sich begnügen mußten, allgemein diesen Namen gaben: Schlesien. Und darüber berichten die Pandekten:

»Im sechsten Jahrhunderte, ohngefähr ums Jahr 550, sollen die Slaven, wie man behauptet unter Anführung des Lechus, und die Vandalen, vom Schwarzen Meer her, alles unterjocht haben, bis ihnen die Thüringer Einhalt taten, und sie zum Theil zu Knechten machten (daher Slave oder Sklave einen Knecht bedeutet), die aber nachmals wieder von den Sachsen und Franken überwunden wurden. Unter dem Lechus, der, als er sich ein Schloß bauen wollte, ein Adlernest gefunden haben soll, was auf polnisch Gniudzo heißt und der deshalb den Ort Gnesen nannte, auch deshalb einen Adler im Wappen führt, den Schlesien auch hat, soll erst der Name Slesia entstanden sein, weil zle auf slavisch so viel als quad oder böse, auch tapfer bedeutet, woraus in neueren Zeiten Slezien (Quadenland), Slesien, Silesien und Schlesien entstanden ist.«

Ich werde nicht noch einen weiteren Bogen an die Wand pinnen und geographische Ahnenforschung treiben in einem Land, »... da die Wissenschaften aller Art hier noch bis ins elfte Jahrhundert unbekannt waren und man erst um diese Zeit Lesen und Schreiben zu lernen anfing«. Außerdem würde ich auf den Landkarten von heute Haynau nicht finden, denn es gehört, nach Jahrhunderten, wieder einmal zu Polen und seinen polnischen Namen kenne ich nicht. Freilich muß ich auf alten Karten auch dies Nest mit der Lupe suchen, und allzuoft ist es vom Kartenstecher einfach weggelassen worden, ein Städtchen, ein Weiler, ein Dorf.

Dort, auf einem Hof mit Haus und Scheune, so denke ich mir, war meine Mutter ein Kind, nicht größer als der nach Würmern scharrende Hahn, kaum zu sehen im hohen Gras der Wiesen. Ich denke mir, daß sie mit kleinen Fingern das weichere Fell am Bauch der Kuh kraulte, während ihre Mutter an den Zitzen molk, daß ihre nackten Füßchen immer schwarz-dreckig von der satten Erde des Hofes waren und ein bißchen nach dem Mist des Stalles rochen, daß sie sich nachts fürchtete und im Schlaf weinte, fast erdrückt von den riesigen Bergen der karierten Federbetten, daß sie glücklich war, wenn die Katze sich an ihr wärmte und in Tränen ausbrach, wenn der Becher Milch ihr aus den zu kleinen Fingern rutschte. Wenn man sie rief, rief man nach Ida. Kaum jemand wird gemerkt haben, wie Ida wuchs. Vielleicht der Hahn, weil sein Kamm ihr eines Tages nur noch bis zum Nabel reichte, vielleicht die Kuh, weil nicht mehr eine Kinderpfote sie am Bauch, sondern eine Mädchenhand sie am Rücken kraulte. Und ihre Mutter, als sie ihr zeigte, wie man den Teig für einen mürben Kuchen rührt, eine Gans rupft und köstlichknusprig brät, lockere Hefeklöße im Tuche dämpft, Muskatplätzchen so bäckt, daß sie Weihnachten am besten schmecken. Und eines Tages werden die Burschen des Dorfes ihr nachgepfiffen haben und da war sie ein Weibchen, siebzehn, aber so klein wie die meisten Zwölfjährigen im Dorf. »Entzückend«, sagten die Erwachsenen. »Die Zwergin«, höhnten die Jungen. Und sie war sehr allein.

Um diese Zeit – und das Roulette meiner Phantasie rotiert – ließ sich der Müller von Haynau ein mechanisches Mahlwerk in seine Windmühle bauen. Deshalb kam ein ziemlich junger, aber sehr geschickter Mühlenbauingenieur ins Dorf. Die Arbeit dauerte einige Zeit, er hatte ein Zimmer bei der Witwe Selte, aß mal im »Goldenen Krug«, briet sich mal was in der Pfanne. Und schlenderte abends gelangweilt die Dorfstraße auf und ab, auch vorbei am Zaun eines Hofes, auf dem ein kleines, zierliches Weibwesen herumhuschte und die Hühner zum Füttern lockte.

»Verkauft ihr auch Eier?« fragte er das Mädchen.

Sie sah ihn verschreckt an und sagte schüchtern »Ja«.

»Dann nehme ich heute drei. Und morgen abend komm' ich wieder vorbei und hole drei. Und übermorgen auch.«

Und das machte er. Und übermorgen wartete sie bereits auf ihn, und am Tag darauf trug sie ihm schon die Eier bis zum Haus der Witwe Selte und am nächsten Tag gingen sie ein Stück über die Wiesen, sie stumm wie ein Fisch, er geschwätzig wie ein Buch. Er erzählte ihr von seinen vielen und weiten Reisen, und wie aufregend und abwechslungsreich sein Leben sei und wie staunenswert die Welt. Ach, er würde sie ihr so gerne zeigen.

Es muß wirklich sehr langweilig gewesen sein damals in Haynau, sehr mild an den Abenden, mondhell und stimmungsvoll. Denn wenige Tage, bevor er seine Arbeit in der Mühle beenden sollte, nahm der geschwätzige Ingenieur Idas Hand in die seine, sagte, er wolle sie mitnehmen in die große, abenteuerliche Welt und fragte sie, ob sie nicht seine Frau werden möchte. Da wird die Schüchterne, deren Horizont nicht mal bis zur Kreisstadt Goldberg reichte, gemeint haben, ihr Prinz sei gekommen, um den jedes Mädchen im Ort sie beneide. Sie sah ihn an oder an ihm hinauf, stellte sich auf die Zehenspitzen und streckte den Arm nach seinem Nacken aus, während er sich zu ihr niederbeugte. Das war Idas bisher schönster Lebensmoment. Und weil sie ihn nun täglich wiedererleben wollte, nahm sie entschlossen zwei Finger der großen Männerhand, ging mit dem willigen Lulatsch direkt zu ihrem Vater und sagte: »Er will mich heiraten. Ich will mit ihm gehen.« Zwei Tage später winkten die Eltern und Geschwister dem Zug nach, aus dessen Fenster sie sich lehnte, mit einem blauen Halstuch winkend, tränenblind. Danach sah sie sich ihren Prinzen an, dachte sicher etwas verwirrt: das ist jetzt mein Mann, und war ganz und gar voller Erwartung auf die große, weite Welt.

Doch in der kam sie nie an. Die Endstation hieß Hirschberg. Der Durchmesser ihrer Welt maß einen Kilometer, reichte immer wieder nur vom Jägerdenkmal bis zum Landgericht. Und was dahinter kam, das wußte nur ihr Mann. Und der zeigte es ihr nie.

Ich hatte eine Mutter: klein, schüchtern, enttäuscht, naiv. Sie hatte mich, ihr schreiendes, illegales Bündel mit dem legalen Namen und dem Vatergeheimnis. Sonst nichts auf der Welt. Und da ihr das Vertrauen zu den Menschen fehlte, war die Erde für sie ein ziemlich unwirtlicher Ort.

Da entdeckte sie das Himmelreich.

Der Weg dorthin war nur den bedingungslos Gläubigen geebnet, von denen Gott – nach unenträtselbarem bevölkerungspolitischem Ratschluß – hundertvierundvierzigtausend in seine Herrlichkeit nehmen wollte. Sie war gewiß: einer davon würde sie sein.

Aber wehe den Ungläubigen, Zweifelnden, Lauen, die blind oder lasch und ganz diesseits dahinlebten und das sich nahende Ende, die bevorstehende Schlacht zwischen Jehova und Satan nicht wahrhaben konnten oder wollten. Ihnen ward der Sturz in ewige Verdammnis sicher. Doch noch konnten sie auf den rechten Weg gebracht werden, würden sie nur auf das Gotteswort hören, das zu verkünden nun Ida, entschlossen, Menschen zu retten, wie eine Hausiererin von Tür zu Tür vermittelte. Dafür stand sie sonntags, übermüdet von der Woche, um fünf oder sechs auf, nahm die viel zu große und schwere Tasche mit den Büchern und Zeitschriften, nahm Bus oder Bahn nach Stonsdorf, Grunau, Hermsdorf, Schreiberhau. Sie klingelte oder klopfte an die Türen, hinter denen gerade erst mit feiertäglicher Gemütlichkeit und in Pantoffelschlamperei gefrühstückt wurde, strahlte in den mißtrauisch geöffneten Türspalt und sagte:

»Ich komme, um Ihnen das Königreich Gottes zu verkünden!«

Sie ließ sich Türen vor der Nase zuschlagen, mit barschen Worten aus kuchenkauenden Mündern abweisen, sie schlüpfte an denen, die verblüfft waren, keine Worte fanden, zögerten, vorbei in den Hausflur. Dort, oder schließlich wie ein unabwendbares Übel ins Zimmer gebeten, stand sie O-beinig, müdfüßig, aber mit sendungsbewußtem, strahlendem Blick und malte diese vom Satan beherrschte Welt, zeichnete die verdammenswerte Schlechtigkeit der Menschen in den schwärzesten Farben. Der Frühstückskaffee wurde den Überrumpelten kalt, wenn Ida gestenreich den Endkampf zwischen Gut und Böse, die apokalyptische Schlacht von Harmagedon, als Vision im Sonntagmorgen erstehen ließ. Schon schmeckte den Frühstückenden das Brötchen nicht mehr, da zeigte die Missionarin den rettenden Weg zu Gott, öffnete den noch Ungläubigen gewissermaßen einen Wolkenspalt ins Himmelreich, dessen alles überstrahlende Wirklichkeit sie selbst härtesten Zweiflern beweisen konnte: mit geübtem Griff in die verschlissene Tasche holte sie den »Wachtturm« hervor, in dem jedes ihrer Worte nachzulesen war, schöpfte Bücher aus dem Seligkeitstresor an ihrem Arm, auf deren Einband ein Cherub mit dem Flammenschwert den Ungläubigen den Zugang zur rettenden Weisheit zu verwehren schien. Und Zeitschrift wie Bücher zeigten, sauber gezeichnet, Bilder vom Himmelseden. Da standen sie, die von Armeleutephantasie vergebens erträumten Einfamilienhäuser unter einem ewig blauen Himmel, da blühten Gärten in tropischer Üppigkeit, hingen viermal im Jahr die ernteschweren Früchte an den Bäumen.

»Niemand«, versprach meine Mutter beredt, »wird dort mehr Not leiden. Jeder hat sein Auto für die kreuzungsfreien Straßen der Ewigkeit. Keiner lügt, betrügt oder stiehlt. Alles Glück, das wir hier im Erdentrauertal vergebens suchen, wird dort den Erwählten zuteil: jeder wird seinen Geliebten finden, die Mahlzeiten werden üppige Festessen sein; der Häßliche wird schön sein, die jetzt Lahmen werden fröhlich springen, die hier Blinden alle Herrlichkeiten sehen können. Und jeder wird jeden verstehen, jeder mit jedem reden können, denn man wird die babylonische Sprachverwirrung überwinden und nur eine Sprache, die Sprache der Güte und des Halleluja sprechen.«

Manche, die diese Reden hörten, tunkten beruhigt ihr Hörnchen in den nachgegossenen heißen Kaffee und kauften, als Dank für die Schau, einen »Wachtturm«. Andere, die mit heimlichem Abscheu auf ihre schlampige Frau sahen und mit noch heimlicherem Begehren an die schlanke Nachbarin dachten, oder an die Schulden beim Kaufmann, oder die Qual ihres Rheumas spürten, erstanden ein Buch, denn man kann nie wissen. Einige wenige, unsicher geworden, folgten Idas Einladung und wagten sich, von meiner Mutter strahlend begrüßt, in den »Königreichsaal«, wo zwischen gekalkten Wänden ein »Bruder« vor den Gläubigen Zeugnis ablegte für Jehova – jeder Wort Verheißung, Hoffnung, Versprechen. Auf jede Lebensfrage haben sie eine Bibel-Antwort, in jeder Situation weist ihnen ein Bibelvers den Weg, jedem Zweifler gegenüber finden sie die Gewißheit in den Worten des Herrn.

Frau Idas Hoffnung glich einem Fels, ihr Glaube war unerschütterlich.

Ich befrage das Roulette-Orakel: Hätte sie zu anderen Zeiten, in anderen Verhältnissen, Chancen gehabt? Vielleicht wäre diese kleine Dorfschöne die verschwiegene Vertraute der Katharina von Medici geworden, über den Stickrahmen gebeugt die Monologe der Machtgierigen anhörend, verschwiegen, weil sie zu unwissend war, die Worte und deren Sinn zu verstehen, diskret, weil sie keine Ahnung hatte, welch brisante politische Papiere sie in die Kassettenkemenate hinter die Täfelung steckte. Und die Liebe? Ein Hofmann, der so harmlosen Gemüts war, daß man ihn nicht an den Zinnen von Amboise hoch über der Loire aufgehängt hatte, würde ihr wahrscheinlich eine kurze Gelegenheit gegeben haben, zärtlich zu sein, wenn's hoch kam, einen Anflug von Lust zu verspüren. Und danach hätte sie wieder, treu und zuhörend, in den Zimmerecken gesessen wie ein Möbel, hätte keine Geltung erlangt, keinen Einfluß ausgeübt. Denn sie war nicht raffiniert genug, hätte es auch unter einem der französischen Ludwige nicht verstanden, die Blicke auf sich zu lenken. Es hätte höchstens zu einer kurzen Affäre mit dem Kanzleichef des Petitionsbüros gereicht, dessen Abenteuer dadurch, daß er den Bittstellerinnen versprach, ihnen beim König Gehör zu verschaffen, zustande kamen.

Immer und überall wäre ihre Welt klein gewesen, so klein wie Haynau, das man auf den Landkarten und in der Geschichte kaum findet, und nicht größer als Hirschberg, dessen längste gerade Straße wenig mehr als einen Kilometer maß. Aber es war, wie alle

»Bibelforscher« wußten, eine Welt voller Heiden, Verlorenen, die alle des klärenden, weisenden Wortes bedurften.

Und je größer ich wurde, um so ausgedehnter wurden die Missionsreisen meiner Mutter. Denn jetzt weckte sie mich am Sonntagmorgen und zog mich Schlaftrunkenen hinter sich her. Ich stand mit vor den Türen, die zugeschlagen wurden, mit in den Zimmern, in die wir gebeten wurden. Und während meine Mutter vor Glauben glühte und redete und redete, mampfte ich verwöhnenden Kuchen, trank süßen Kakao, bekam Streicheleien von alternden Frauenhänden. Da fand ich es herrlich, ein Kind der Jehovas Zeugen zu sein, was das auch immer sein mochte. Doch wehe, wenn der Mittwoch- oder Freitagabend kam. Da ging Mutter in die »Versammlung«. Immer wenn es dunkel wurde.

Kaum war sie aus der Tür, überfiel mich unbeschreibliche Angst. Denn dies finstere Zimmer war eine Zelle in einem Haus in einer Straße in einer Stadt in Schlesien, einem Land, in dem der Mystiker Jakob Böhme seinen schwierigen Gott beschworen hatte, durch dessen Riesengebirge Rübezahl gestampft war, in dem er enttäuscht gewütet hatte, seine Rüben immer wieder zählend, willkürlich Glück und Unglück verstreuend. Im gebirgigen Nest Agnetendorf hatte ein Dichter namens Hauptmann »Hanneles Himmelfahrt« bezeugt, auf der Burg Kynast ritt noch immer auf hoher Burgmauer der werbende Ritter, hallte noch immer das todbringende Gelächter der hochmütigen Prinzessin. Auf dem eingesunkenen First unseres Hauses in der Herrenstraße lasteten die Geschichten ermüdeter Jahrhunderte, glich das Zimmer, in dem ich geboren worden war, in dem ich mich furchtsam krümmte, einer Höhle. Sonne traf diesen Raum nie, aber in tiefen Fensterhöhlen, die wie Scharten aus meterdicken Mauern ausgespart waren, lauerte in der Dämmerung ein fast mit Händen zu greifendes Grauen. Neben meinem Bett der türlose Durchgang zur fensterlosen Küche, ein Durchbruch in ein Verlies, das mit kleiner, immer unruhig flackernder Gasflamme beleuchtet wurde. Dort wohl mußten sich, ich ahnte es mit Gewißheit, spürte es in den Stunden ohne Schlaf genau, die Hexen um Mitternacht versammeln, in ihrer Küche. Dann würde sich auf dem Fußende meines Bettes die Eule niederlassen, lautlos eingeflogen durchs geschlossene Fenster, eine verwandelte Vettel mit dem teuflischen Auftrag, mir jeden Wunsch zu erfüllen, gäbe ich nur meine Seele. Und hielt ich mir auch Augen und Ohren zu, es war noch zu spüren – dieses ausgefranste, modrig riechende Gefieder, aus dem mich die Glotzaugen anstarrten und eine todkündende, krächzende Waldkauzstimme lockte.

Wie konnte es auch anders sein in einem Gemäuer, in dem viele Generationen Tode der Qual – und manchmal vielleicht der Gnade – gestorben waren? Ihre Körper hatte man zum Friedhof gekarrt, die Seelen aber waren geblieben. Jedes Jahr einige, in Jahrzehnten viele, in Jahrhunderten Legion. Deshalb drängelten sich um mich zu ihrem Mitternachtstreff böse und gute Geister, die sanften cherubinhaft blaß und klein an Zahl, die Gewaltsamen lemurisch blutrot, ein Höllengewusel voller Dämonenfratzen, satanshörig, Gemeinheit als Aussatz, Drohung als Geschwür am wabernden Gespensterleib. Die schrecklichsten hockten sich als bleckende Nachtmahre auf meine Bettdecke, den Blick auf meine Kehle gerichtet, einige Knochenhände schraubten meinen Arm – und ich schreckte auf, weil meine Mutter mich, den Keuchenden, Schreienden wachgerüttelt hatte.

Sie weckte mich auch, wenn draußen eines der trocken-krachenden Nachtgewitter sich entlud und in allen Häusern die Mütter ihre Kinder aus den Betten trieben, sie in Decken wickelten und wie kostbare Lasten in den Keller schleppten, blaß vor Angst, »Vorsicht ist besser als Nachsicht« murmelnd. Ein Blitz, und die Häuserreihen wären wie Zunder entflammt. Doch wir Kinder verschliefen des Himmel Unheil in den Kellerecken.

Sie riß mich auch in jener Nacht mit schreckgeweiteten Augen aus dem Bett, als die Fenster der Beierschen Wohnung im zweiten Stock gegen die Hauswand gegenüber explodierten und als klirrender Glassplitterregen auf die Straße fielen. Die Häuser ringsum wurden von dem Flammenschein der brennenden Beierwohnung gespenstisch beleuchtet und Beier, der zum Kaffeewärmen ein Streichholz an den Gaskocher und in Wahrheit an die mit Gas gefüllte Küche gehalten hatte, floh, eine lichterlohe Fackel, mit gellenden Schreien über die Treppe in den Keller, wo Hausbewohner seinen Brand mit Decken erstickten. Er blieb, zernarbt, am Leben, aber jedesmal, wenn ich ihm einen »guten Tag« wünschte, wurde ich an diese Nacht erinnert. Und an all die vielen Nächte des Grauens.

Wer hat eigentlich die Mär erfunden, der Schlaf der Kinder sei selig und süß? Seine Ängste nisten ein Leben lang in des Menschen Seele. Noch heute würde ich nachts – in der Geisterstunde – allein und ohne Zwang nicht über einen Friedhof gehen, denn vielleicht sind die Toten Neider aller Lebenden, ihre Feinde in Ewigkeit. Warum sonst versuchen wir, sie mit Blumen, Gebeten und namensbewahrenden Steinen zu versöhnen, bewahren ihnen unser Gedenken? Doch vielleicht sind sie unversöhnlich, weil sie die leere Lüge unserer Trauer durchschauen. Ihre einzige Freude wird die Gewißheit sein, daß jeder von uns eines Tages zu ihnen gehören wird.

Doch je größer die nächtliche Furcht, um so unwiderstehlicher zog am Tag der Friedhof an. Er breitet sich rund um Friedrich des Großen barocke Gnadenkirche.

Die Erlaubnis, eine evangelische Kirche zu bauen, wurde am 2. Februar 1709 erteilt. Die Hirschberger zahlten dafür hundertsechsundzwanzigtausend Gulden als Geschenk und hunderttausend Gulden als Darlehen an den Kaiser, zweihunderttausend Gulden an den Schwedenkönig und zwanzigtausend Gulden an den Freiherrn von Strahlenheim. Die Grafen Schaffgotsch und Zinzendorf steckten den Bauplatz für die Kirche ab, der Baumeister Martin Frantz, ein Schwede aus Reval, erbaute die Kirche für neuntausend Gulden. Und 1718 fand die Einweihung statt. Der Schleierherr Christian Mentzen stiftete für dreißigtausend Gulden eine Orgel. Auf ihr spielten fürderhin die Patriziergespenster Bach. Sie hausten in den kuppelüberdachten, einem Barockpavillon vergleichbaren Familiengrüften. Deren kunstvoll geschmiedete Schnörkelgitter gewährten Durchblick auf Marmorplatten mit eingemeißelten vergoldeten Namen: Baumgarten, Glafey, von Buchs, Geyer. Sie waren kaum zu entziffern unter staubig-welken Kränzen, und die ganze Pracht wurde belächelt von pausbäckigen Engeln, die an der rückwärtigen Gruftwand emporschwebten, als suchten sie verzweifelt ein Loch, um wieder in ihre Himmel zu entkommen.

Die Rückseite der Gruftpaläste aber bekam nie eine feierliche Trauergemeinde zu Gesicht. Sie war eine unverputzte, bröckelnde Ziegelmauer, vom Regen durchfeuchtet, zu ebener Erde durchbrochen von einem glaslosen, vergitterten Fensterloch. Dorthin zog es mich, zog es uns: den Linke, den Beier, den Tack. Wir legten uns vor dem Loch auf den Bauch, ins Gras, und starrten hindurch. Da standen im Halbdunkel der Gruft über- und nebeneinander die Särge mit den Toten aus vielen Generationen, die untersten in Staub und Splitter zermalmt von den polierten Kästen jüngerer Toter. Man sah aus dem morschen Holze die durch gemütlich nagende Zeit blankgeputzten Knochen, Schädel mit Augenlöchern, die so groß und vorwurfsvoll blickten. Und Gebisse bleckten uns entgegen, in deren Zahnreihen manchmal noch Gold blinkte. An manchen Stellen war auch noch diffuses Haargefilz erkennbar.

Das war alles einmal lebendig, war einmal ein Mensch gewesen, atmend wie wir, erschauernd vielleicht wie wir. Vielleicht habe ich auch gedacht: so werde ich einmal aussehen. Denn sie beschäftigten uns mächtig, diese modernden Gerippe, und wenn wir, Verschworene des Gruftgeheimnisses, am Marktplatz auf den Stufen zu den Laubengängen hockten, dann erzählten wir uns, wie die Toten den Lebenden ihre Botschaft senden. Während die Gemüseweiber den Flanierenden unter den Lauben ihre Äpfel und Rüben aufschwatzten, redeten wir Jungen uns in die Welt des pickelnden Schauders. Tack beschwor, daß in dem Augenblick, als seine Großmutter in Lauban starb, bei ihnen hier im Wohnzimmer das Omabild von der Wand gefallen, der Nagel aber unverbogen geblieben wäre. Bei Linkes war in Opas Todesstunde die Uhr stehengeblieben und die Mutter seiner Schwester hatte berichtet, daß es bei ihr eben in jenem Moment an die Tür geklopft habe, aber niemand draußen gestanden hätte. Einer wußte von lautem Namensruf in jener Nacht, als sein Onkel von einer kippenden Kabelrolle erdrückt worden sei und Brüse, dessen Eltern ein Wochenendhaus im Katzbachtal hatten, behauptete, man könne dort, und er selber sei Zeuge dafür, manchmal nachts herzzerreißendes Wehklagen hören. Doch man dürfe nie antworten oder gar die Tür öffnen, denn das sei der Ruf eines einsamen Toten, der nach Geselligkeit verlange. Zu dieser Zeit trug Linke einen großen Zahn an einem Band um den Hals, der ihn angeblich gegen alle bösen Geister schützte.

Weil ich keinen Zahn hatte, prahlte ich, ich bräuchte auch keinen. Denn wer glaubte am hellen Tag im Sonnenschein schon an Geister. Aber je näher der Abend kam, um so mehr wuchs die Beklemmung. Und kaum war meine Mutter aus dem Haus, auf dem Weg zu ihrer Versammlung, bekam ich keine Luft mehr vor Angst. Denn dann begannen unheimliche Winde zu wehen und es brauste in meinen Ohren. Eine fremde Macht schüttelte mich so, daß ich willenlos zu zittern begann. Mit äußerster Anstrengung schleppte ich mich zum Fenster und öffnete es mit letzter Kraft. Dann hockte ich mich in die Höhlung und heulte meine Angst in die leere Straße, schrie wie von Sinnen nach meiner Mutter. Die war schon ein, zwei Straßenzüge weiter, hörte meine Stimme, kehrte um, zog mich am Schlafittchen zurück in die Stubenhöhle, verdrosch mir mit vor Zorn gesteigerter Kraft den nackten Hintern, packte mich ins Bett, Lampe aus, Tür zu, ich war wieder allein. Und schon ließ sich, spöttisch grinsend, andere herbeiwinkend, wieder ein Alp auf meiner eingedrückten Brust nieder. Welche Mühe, sich unter ihm hervorzuwinden, welche Anstrengung, seine nach mir greifenden Hände abzuwehren, wieder ans Fenster zu gelangen, es zu öffnen und Luft genug zu bekommen, um die Verzweiflung hinauszuschreien.

Mutter Ida kam wiederum zurück, praktizierte ihre Prügelkur, jetzt schon etwas ermattet, zum zweiten Mal. Beim dritten Mal gab sie auf, blieb zu Hause. Hier wollte ich sie haben, hier sollte sie sein. Nur in ihrer Nähe entkam ich der Angst. Also bekam ich Fieber. Sie fühlte meinen Kopf: heiß. Sie machte kalte Umschläge. Nur eine herzlose Barbarin läßt ein krankes, hilfloses Kind allein. Meine Seele wurde erfinderisch, mein Körper ihr genialischer Schüler. Ich bekam die Masern und Scharlach, hatte ausgedehnte Angina oder legte mir bejammernswerten Sonnenbrand zu. Ich hatte hohe Temperatur und genoß Mutters kühlende Hände, ich bekam Schüttelfrost und sie umarmte mich wärmend. Mutter kam nicht vom Bett weg, probierte Teerezepte und jeden geheimnisvoll geflüsterten Kräutersud, ging nicht zur Versammlung, sondern betete zu Hause. Darüber konnte ich einschlafen. Aber nicht ein, zwei Stunden, nein Nächte, Tage, Tage und Nächte. War ich sicher, daß Ida bei mir blieb, versank ich in eine Art Monatsschlaf wie die eisgrauen Murmeltiere Kanadas, schlief mich gesund. Mutter ging darauf ein. Doch eines Abends im Sommer wusch sie mir nach dem Abendbrot die am Tag verdreckten »barbsen Beene«, zog mir Strümpfe – im Sommer! – und Schuhe an und nahm mich mit in ihren Königreichsaal. Das wurde von nun an zur Gewohnheit. Und mit schuhschweren Füßen im Sommer, eingemummelt im Winter, schlief ich prompt auf meinem Stuhl ein. Auch das wurde zur Gewohnheit. Bis Ida entdeckte, daß ich ellenlange Texte leicht auswendig lernte, den mir vorgelesenen »Max und Moritz« nahtlos aufsagen konnte. Das fand sie herzig, das war nützlich. Und fortan lernte ich endlose Gedichte voller Gott und Lobpreisung, man stellte mich im Versammlungssaal auf einen Stuhl, ich leierte die Elogen zum Entzücken der Brüder und Schwestern herunter, und erst hinterher konnte ich auf meinem Stuhl versacken.

Eine Mutter also hatte ich, unbezweifelbar. Was mir aber unbedingt fehlte, war ein Vater. Alle Jungens hatten einen. Ich hätte jeden genommen: den etwas lädierten Nuschler, der immer angetrunken war, wenn er uns besuchte und mir einen Roller für den Tag versprach, an dem meine Mutter ihn heiraten würde. Ich mußte auf den Roller verzichten. Den Rentner, in dessen Haus wir wohnten und der meine Mutter so verehrte, daß er ihr die Miete erlassen wollte, wenn sie nur etwas nett zu ihm wäre – als ob meine Mutter für monatlich dreiundzwanzig Mark ihre Hoffnung auf ausschließlich himmlisches Glück aufs Spiel gesetzt hätte. Den Meister in der Fabrik, der es nur bei ihr nicht wagte, den Hintern zu tätscheln, wie es sich sein Arbeiterinnen-Harem gefallen lassen mußte. Jeden hätte ich genommen, schon um den Jungen drohen zu können: »Ich sag's meinem Vater!«, womit man die meisten Handgreiflichkeiten auf Schulhof und Straße im Keim ersticken konnte. Eine Mutter nützt da nichts.

Ein einziges Mal habe ich meinen Vater gesehen, der nicht mein Vater war, aber so hieß wie ich und von dem ich damals noch nicht wußte, wie alles zusammenhing und wie unordentlich meine Geburt gewesen war. Mit ihm hätte ich nicht einmal dem schwächsten Gegner imponieren können, denn er saß in einem Rollstuhl, den die Frau, die meine Stiefmutter gewesen wäre, wenn er mein Vater gewesen wäre, schob. Es war am Tag vor dem Geburtstag meiner Mutter Ida. Wir wohnten damals in der Hellerstraße in dem Haus, in dem auch die gemeuchelte Hella gewohnt hatte.

Es klopfte an unsere Wohnungstür, und als ich öffnete, stand davor ein schwarz gekleideter, alter Herr. Er sah mich an, neigte leicht den Kopf und fragte mich, ob ich der sei, der ich war. Da stand schon Ida hinter mir, stumm und fragend.

»Ich bin«, so sagte der fein und traurig gekleidete Herr, »Oberkellner aus dem ›Hotel zum Löwen‹«. Der ›Löwe‹ war ein ganz feines Hotel oben an der Ecke Warmbrunner Straße. Da fuhren die Gäste mit Taxis vor.

Auf seinem Weg zu uns mußte der Herr Oberkellner, an diesem sonnigen Junitag im Frack, wie ein verirrter Pinguin aufgefallen sein.

»In unserem Haus«, so sprach er in gewähltem Hochdeutsch – im tiefsten Niederschlesien – weiter, »ist ein Gast aus Görlitz abgestiegen und hat den Wunsch geäußert, diesen Jungen zu sehen. Ich habe den Auftrag, Sie, gnädige Frau, zu fragen, ob ich das Kind zu dem Herrn bringen darf.«

In diesem Augenblick wurde Mutter zur ersten und einzigen »gnädigen Frau« der Hellerstraße, ja sicher auch deren weiteren Umkreis. Herrschaftlicher Odem streifte unser Haus.

Die »gnädige Frau« gestattete.

So legte ich meine vor Aufregung schwitzende, trauernägelige Hand in die blaßgewaschene, nägelgepflegte des Pinguins und eilte, ein barfüßiger Dreckfink, zum großen Treff.

Sorgsam streifte mein Begleiter seine spiegelnden Lackschuhe auf der Matte ab, deren Kokosfasern meine Fußsohlen so kitzelten, daß ich mit einem entsetzten Lacher durch den ledergesäumten Vorhang der Windfangtür sprang, direkt ins noch morgenstille, gästeleere Lokal, an dessen anderem Ende, zu dem der teppichbelegte Gang zwischen den Tischen führte, Otto der Große in seinem Rollstuhl saß, wie auf einem Thron, um Audienz zu halten, flankiert von seiner Hofdame, einem Gott gleich herabgestiegen aus meiner Kinderphantasie in die Wirklichkeit. Er reichte mir, wahrhaftig von »hoch zu nieder« seine Hand. Die Dame neben ihm, die, was ich noch nie gesehen hatte, selbst an diesem warmen Sommertag weiße Handschuhe trug, und die für mich deshalb eine so feine Dame war, daß sie niemals meine Mutter hätte sein können, obwohl sie, immer noch zu rätselhaft für mein Hirn, die Frau meines Vaters war, der, wie ich noch nicht wußte, dies eben nicht gewesen; diese Frau wuselte mir mit ihren behandschuhten Fingern im Haar und sagte, das sei ein schöner Lockenkopp. Vater-Nichtvater Otto aber musterte mich von Kopf bis Fuß und sagte:

»Du bist ein großer gesunder Knabe. Sicher freust du dich schon darauf, bald in die Hitlerjugend zu kommen. Der Führer wird auch aus dir einen sauberen deutschen Jungen machen.«

Und den Kopf zu seiner Dame gewendet, fuhr er fort:

»Ob sie ihn nicht wäscht? Er sieht aus wie ein neapolitanischer Tagedieb.«

Dann sah er mich wieder an und fragte: »Geht es dir gut?«

Ach hätte ich mich damals mit schnellen Gedanken bereits des »Chinesischen Roulette« bedienen können. Ich hätte ihn psychisch enthäutet, hätte ihm gesagt:

»Du dünner Nichtvater, es geht mir, im Gegensatz zu dir, gut, und meine Chancen, wenn auch nicht in Hitlers Jugend, sind hervorragend. Was aber kann aus dir, der du mich in eine saubere Uniform schnüren möchtest, in dieser großen Zeit werden? Nichts. Nicht mal ein Mitläufer, höchstens ein Mitgeschobener. Weil du dich nicht rühren kannst, möchtest du mich in ›Bewegung‹ sehen, weil du weiche Knie hast, soll ich ›hart wie Kruppstahl‹, weil dich ein Granatsplitter am Atmen hindert, soll ich ›flink wie ein Windhund‹ sein. Weil man dich mühevoll in die dünne Luft des Riesengebirges karren muß, soll ich leichtfüßig die Welt erobern. Aber weil du ein Maulheld bist, will ich kein Held werden. Und wenn du mit aller Kraft deines röchelnden Atems noch so laut ›Heil‹ schreist, ist das ›Tausendjährige Reich‹ zu lärmig, als daß man die Stimme eines invaliden Rentners hören könnte.

Ja damals, als du auf deine Ingenieur-Reisen gingst und als Provinzcasanova die Mädchen – auch Mutter Ida, die Kleine, Schüchterne – verführt hast, magst du dir als Kerl vorgekommen sein. Aber als du ein Mensch sein solltest und mich Ida verzeihn, da hast du gekniffen. Ich habe im Traum gesehen, wie lüstern und verlogen und grausam du bist, wie du – es war sehr kalt dort – behutsam, so, als berührtest du etwas sehr Kostbares, Zerbrechliches, mit deinen Fingerspitzen ihren entblößten Rücken streicheltest. Und ich hörte dich mit der Stimme, mit der du mich hier erniedrigst, in meinem Traum reden. Du sagtest, du wärest, bevor du sie kennenlerntest, auf alle Glücklichen neidisch gewesen, ja hättest ihre Wunschlosigkeit gehaßt. Du sagtest:

›Aber als sie kam, verstand ich sie plötzlich, diese sich selbst genügenden Glücklichen. Alle meine Sinne beschäftigten sich nur mit ihr und mein unruhiger, unzufriedener Verstand glich immer mehr einer vor Wohlbehagen schnurrenden, sich zufrieden einrollenden Katze. Statt meinen Geist zu beschäftigen, streichelte ich ihren schönen, schmalen Mädchenrücken, auf dem sanft nervöse Schatten spielten. Und war glücklich. Zärtlich ritzten meine Fingernägel Ornamente zwischen die gestutzten Engelsflügel ihrer Schulterblätter. Und ich war wunschlos. Meine Fingerspitzen bekamen Augen vor Wonne. Doch plötzlich sah ich auch in die Zukunft, sah, wie dieser Rücken in dreißig Jahren sein würde: eine feiste Rückseite, großflächig, unsensibel, großporig stumpf. Gealterte Haut, glanzlos und grau. Die grazile Gazelle, die ich streichelte, würde dann unter Fettpolstern begraben, die jetzt gänsehäutig erschauernde Taille würde zur leblosen Wamme geworden sein.‹

Während du sprachst, hatten deine unruhigen Finger Male in den Rücken, der deine Hand noch immer beschäftigte, gedrückt. Erschrocken versuchtest du, sie wischend auszulöschen.

›Ich wollte nicht, daß dieser Rücken altert‹, sagtest du. Und: ›Gegen alle Vernunft wurde jedes Streichelspiel zur Beschwörung gegen die abnutzende Zeit. Je deutlicher ich mir die Zukunft ausmalte, um so mehr genoß meine Sinnlichkeit den Augenblick. Ich würde nicht zusehen, wie dieser vollkommene Leib verfiel.

Und eines Tages spürte ich, sahen meine Hände, wie sich die Anmut verwischte, wie der Rücken breiter wurde. Der Augenblick war gekommen, dem mußte ich Einhalt gebieten.‹

In der von mir geträumten Leichenhalle sahst du den Kommissar an, der wortlos das Laken über die Tote zog.

Ja, du hast sie nicht nur in meinem Traum gemordet, deine Frau. Du hast sie begehrt, gewollt, unworben, verführt, hast sie in ihre Einsamkeit gebracht, angeklagt, verlassen, umgebracht. Denn sie lebt nicht mehr auf dieser Erde. Ihrer ist schon das Himmelreich.«

Damals konnte ich ihm so nicht antworten, da ich ja nicht so denken konnte. Mein »Chinesisches Roulette« gab es noch nicht. Statt dessen stand ich vor ihm und schämte mich, versuchte meine schmutzigen Hände hinterm Rücken zu verbergen, hatte einen trockenen Mund und bekam keinen Piep heraus.

Aber weil ich mich daran erinnere, bin ich noch nicht fertig mit ihm. Die Kugel rollt noch. Und sie fällt auf das Zero meiner Wunschträume.

Da sehe ich ihn, den ach so eifrig Reisenden, ebenso geil wie gealtert und gallig verfettet. Er räkelt sich mit einer Hälfte seines Riesenhinterns auf einen filigranen Stuhl vor dem Bistro. Die Fahrer der Autos, die aus der Straßenschlucht auf den Pont Neuf drängen, blicken beim Ampelstopp gelangweilt auf einen Mann, der, nur einer von vielen, vor einer Pariser Pinte sein flüssiges Frühstück, Absinth und Café noir, einnimmt.

Sein Blick beginnt mit der tastenden Langsamkeit eines vorsichtigen Fassadenkletterers die Wand des gegenüberliegenden Hauses zu erklimmen. Tastend, sich an Rudimenten von Karyatiden, lückenhaften Mäandern und bröckelnden Acanthus-Arabesken festhaltend, erreicht der Blick das oberste Stockwerk und trifft auf Lebendiges: die Finger in das eiserne Laubgewinde des Blumenkastensimses verflochten, lehnt sich ein Mädchen über die Straßenschlucht.

Der Mann nimmt einen Schluck und schließt die Augen. Er sieht sich: schon ist er im Treppenhaus. Es herrscht tiefes Zwielicht. Die steinernen Stufen sind von den Schritten unzähliger Menschen ausgehöhlt. Die grauen Wände, mit kindlichen und obszönen Sgraffitti bedeckt, verschwimmen in der Dämmerung. Aber sein Schritt ist nicht unsicher, tastet nicht. Er setzt seinen Fuß über zwei, drei Stufen hinweg, sein Atem wird immer leichter, er wird immer jünger. Ohne Zögern findet er die Tür ihres Zimmers.

Das Mädchen dreht ihm den Rücken zu. Sie sieht, auf dem Grunde des Straßencañons, vor dem Bistro, einen trägen dicken Mann sitzen, der gerade seinen Kopf hebt. Ihre Blicke treffen sich. Einen Augenblick hat sie das Gefühl wie letzten Sonntag im Kino, als Pierre seine Hand unter ihren Pullover schob.

Der Mann geht durchs Zimmer, drängt sich von hinten an sie. Er legt seine Hände neben die ihren auf das Gitter, mit seinem Zeigefinger streichelt er ihren rechten Handrücken. Sie spürt, wie dessen feine, unsichtbare Härchen sich aufrichten und atmet schneller. Während er mit seinen Zähnen spielerisch an ihren Nackenhaaren zupft, tastet sich seine linke Hand langsam den nackten Arm empor, streift ihre Brust und drängt sich in den Rocksaum auf ihren nackten Bauch. Wie im Schmerz krümmt sich das Mädchen, beugt sich tiefer über das Gitter und spürt die Wollust, die er ihr, nun mit beiden Händen die bloßen Schenkel umklammernd bereitet.

Vor dem Bistro an der Ecke zum Pont Neuf sitzt mit halbem Hintern ein Mann auf seinem filigranen Stuhl. Unbeweglich starrt er auf den Grund seiner leeren Kaffeetasse, als blicke er durch ein schwarzes, rundes Loch in seine Seele.

Im obersten Stock des gegenüberliegenden Hauses sitzt, zusammengesunken, auf einem Fenstersims ein Mädchen. Es hat den Kopf so weit zurückgelehnt, daß es den Himmel sehen kann.

Da sitzt du nun in meinen Träumen, Vater Impotent. Ich sehe, wie deine Blicke flackern, lese deine Gedanken, während die zwei auf dich zukommen. Formidable, denkst du, und Form Diable, und die Gier ist in deinen alkoholgeröteten Augen.

Sie kommen über das Pflaster des Quai des Grandes Augustin wie über eine Spielwiese, vorbei an den glotzenden Scheinwerferaugen der vom Rot gestoppten Autos, deren Motoren wollüstig röhren: Prinzessin und Prinz. Sie haben sich vom Pflasterrand der Seine unterhalb des Quai des Orfèvres hochgeräkelt und sind auf dem Weg zum erschnorrten Pastis im Quartier Latin. Sie reicht ihm nicht bis zur Schulter.

Erinnerst du dich, Vater: so groß war Ida neben dir!

Sie hat den Kopf weit zurückgelegt, die Augen geschlossen und den Mund geöffnet. Mit plötzlichen, schnellen Bewegungen stößt er, wie ein Vogelvater auf seine schnabelstreckenden Jungen, von Zeit zu Zeit mit seinem Kopf hinunter und atzt sie mit kleinen Küssen.

Das Stück nacktes Mädchen zwischen hochgerutschtem Nicki und Jeansbund macht dich fast blind. Sein Arm rankt sich um ihre Taille – honigfarbene Haut –, seine Hand verschwindet vorn im Bund. Sie gehen an dir vorbei. Du siehst ihnen nach. Der verwetzte Drillich über ihrem kleinen, festen Kinderpopo strammt.

Du suchst in deiner Erinnerung. Wer ging so neben dir, irgendwann? Ich will dir's sagen: Ida hätte es sein können, der du die ganze

Welt versprochen hast. Aber du hast ihr den Eiffelturm nicht gezeigt. Nicht mal die Türme des nahen Breslau. In meinem Wunschtraum versinkst du voller Reue tief in deine Vergangenheit.

Eine schwangere Hündin pißt dir vertrauensvoll, den selig-verlorenen Ausdruck der Männer in den Pissoir-Rotonden der Boulevards in den Augen, ans Bein. Deine Socken kräuseln sich feucht. Du merkst es nicht.

In Wirklichkeit aber sahst du enttäuscht deinen illegitimen Dreckspatz, der sich vor dir noch nicht in die Träume und Wünsche retten konnte, an, gabst mir mit der Geste eines Fürsten, der einem lästigen Bittsteller ein Almosen reicht, ein Fünfmarkstück und sagtest:

»Für die Sparbüchse.«

Was das wohl sein mochte?

Die Audienz war beendet, erlöst rannte ich aus dem Hotel. Meine Mutter wunderte sich, daß ich so schnell zurück war. Sie wollte alles wissen: Wie er aussah, wie sie aussah, was sie anhätten, was sie, was er gesagt hatte. Ich sagte ihr, woran ich mich erinnerte.

Von meinem Schatz sagte ich ihr nichts. Denn am nächsten Tag hatte sie Geburtstag, ich war reich wie nie zuvor, und unten im Haus hatte Herr Hösel seinen Kolonialwarenladen. Daran führt kein Weg vorbei. Denn Ida schwärmte für cremegefüllte Schokolade. Bei Hösel kostete die Tafel zwanzig Pfennige, das gab fünfundzwanzig Tafeln und eine gratis. Was für eine Gabe!

Ich schmuggelte das Paket voll irrer Süße unter mein Bett. Als ich abends drinlag, malte ich mir Mutters fassungslose Freude vor solchen Freßschätzen aus. Die Tafeln würden den ganzen Tisch bedecken. Vielleicht hatten sie sogar nicht alle darauf Platz? Eine Tafel weniger würde sicher nichts ausmachen. Ich griff unters Bett und puhlte eine Tafel aus dem Papier. Himbeerfüllung! Wird doch nicht alles Himbeer sein? Die nächste war Brombeer. Köstlich! Aber nur zwei Sorten? Ach nein, da war Erdbeer. Hinreißend! Ich entdeckte Ananas, Sauerkirschfüllung, Pfefferminzcreme und Johannisbeermatsch und fraß mich in dieser Nacht durch ein Schokoladen-Schlaraffenland.

Mein Geburtstagsgeschenk war mein reuiges, schmerzverzerrtes Geständnis. Während Mutter mit zwei Nachbarinnen feierte und die drei meinen Streuselkuchen und Mohnstriezel mampften, krümmte ich mich stundenlang auf dem Lokus, widerlichen Rhizinusgeschmack auf der Zunge.

Die Begegnung mit meinem Nichtvater hatte mir wahrhaft Bauchschmerzen verursacht.

Aber damit war die Vaterfrage weniger denn je gelöst.

Nur einmal, Jahre zuvor, hatte ich gemeint, ich wäre nahe am Ziel gewesen. Da fuhr, einem Fürst im Märchen gleich, in einer Kutsche mit zwei Rappen, eingemummt in einen flauschigen Pelz, ein wohl reicher Mann vor dem Haus in der Herrenstraße vor. Das Gespann reichte in seiner Breite fast von Hausfront zu Hausfront. Die Kutsche kam täglich, hielt, der Herr stieg aus, betrat das Haus und klopfte an unsere Wohnungstür. Drinnen stand meine Mutter mit blassem Gesicht, die Lippen zusammengekniffen, eine Hand auf meinem Mund. Nachdem er mehrmals vergeblich geklopft hatte, bestieg der Gast wieder die Kutsche und fuhr davon. Erst dann erwachte meine Mutter wie aus einem Trancezustand.

Es muß Dezember gewesen sein, denn ich erinnere mich daran, daß am Heiligen Abend der unermüdliche Werber seiner Kutsche entstieg, unter deren Rädern ich wirklich den Schnee knirschen hören konnte. Aber es entstieg auch ein Dienstmann, der schwere Lasten in den Hausflur stellte. Wir rührten uns erst, als die Kutsche weggefahren war, und zogen zwei große Kisten in die dafür viel zu kleine Stube. Mutter war neugierig, ich zersprang vor Gier. Wir hoben den Deckel. Da lagen die in Pergamentpapier durchfettenden Rosinenstollen, konnte ich die Aufschrift »Liegnitzer Bomben« und »Nürnberger Lebkuchen« entziffern, da waren Mandelhaufen auf Oblaten gebacken in bunten Tüten, war Spekulatius, steckten Kartons mit Aachener Printen, stand, von Seidenpapier abgedeckt, ein schokoladenüberzogener Baumkuchen. Aus der anderen Kiste duftete eine noch nicht ganz erkaltete Gans, ein Näpfchen mit Bratfett stand daneben, ein ganzer Schinken kam zum Vorschein, Salamis sperrten sich. Wie würden Monate schlemmen, feiern, fressen, mampfen, speisen.

Mutter Ida heulte und packte alle Herrlichkeiten Stück für Stück wohl säuberlich in die Kisten, legte den Deckel drauf, klopfte auch die krummgewordenen Nägel wieder ein und stellte, keuchend und schiebend und ohne meine trotzig verweigernde Hilfe die Last wieder in den Hausflur. Dort stockte, deutlich hörbar, am nächsten Tag der Schritt des vorgefahrenen Freiers. Er lud, sicher unter nicht geringer Mühe, seine Geschenke wieder auf. Und nie mehr wieder fuhr eine Kutsche bei uns vor.

Jahrelang habe ich geglaubt, die Bibelforscherin Ida hätte, der himmlischen Seligkeit gewärtig, das irdische Glück verschmäht. Wie sollte ich wissen, daß ihr Stolz mir wahrscheinlich das Leben gerettet hat?

Da Mutter aus nicht nur für mich, sondern auch für die Hausmitbewohner und die ganze Nachbarschaft, die diese bühnenreifen Kutschenwerbungen mit Neugier, Neid und Gerede verfolgt hatte, unerklärlichen Gründen den Verzicht auf Mann und Fressalien wählte, hatten meine Hosen weiterhin Löcher und sie tippelte weiterhin frühmorgens schlaftrunken in die Fabrik. Da sie mir keine materiellen Freuden bereiten konnte, hielt sie mich empfänglich für ideelle. Wozu schließlich war Hirschberg das Tor zum Riesengebirge, wozu hatte dieses die Schneekoppe, und was Vaterdernichtvater konnte – gestoßen, gestützt, mit kaputter Lunge in dünne Luft hineinatmend, keuchend, röchelnd –, das konnten wir erst recht: diesen Berg erwandern, der mit 1605 Metern Deutschlands höchster Mittelgebirgs-Berg war.

Das zweifelhafte Wandervergnügen begann mit einem Fußmarsch von der Herren- oder Heller- oder Greiffenbergerstraße, also von unserer jeweiligen Wohnung aus, führte über die Promenade, also die spätere Adolf-Hitler-Straße in die Warmbrunner Straße, wo wir in die Straßenbahn einstiegen.

Ich sehe, mein Blatt an der Wand weitet sich zum Spinnennetz der Stadt. Ich schraffiere die Schienen auf der Warmbrunner Straße bis zur Stonsdorferei, Destille eines aus Gebirgskräutern, gesammelt von gekrümmten Wurzelweiblein, gebrauten Magenbitters, gleichzeitig die Stadtgrenze. Der Pfeil zeigt nach Hermsdorf, Ende der Straßenbahn.

Wir hatten viel Zeit, und das war einer von den großen Ausflügen, den »Wahlfluchttouren«, dann ging es zu Fuß über Heerdtberg, Agnetendorf, Bismarckhöhe, Kiesewald und Kocherfall nach Schreiberhau. Dort drei bis vier Stunden Schlaf. Dann, denn das Wandern war der Ida Lust, über Josephinenhütte, Zackelklamm, Zackelfall, Neue Schlesische Baude, Schneegrubenbaude, Elbfallbaude, Elbgrund nach Spindlermühle. Vor Müdigkeit zu faul zum Essen, schlief ich bei gastfreundlichen »Brüdern und Schwestern« unterm Tisch ein, während sie mampften und redeten und kauten. Irgendwer legte mich auf ein Sofa, Mutter weckte mich im Dunkeln und ich konnte nicht unterscheiden, ob es Abend oder Morgen war, ob ich Junge oder Mädchen, Bibelforscherssproß oder Hitlerjungenanwärter sei; meine kurzen, kleinen, schmerzenden Kinderbeine waren müde, todmüde, schlaftrunken, schlapp. Doch es ging weiter, entweder über die Spindlerbaude, den Kamm entlang, Prinz-Heinrich-Baude, Riesenbaude, Schlesierhaus, oder über Weberberg, Weißwassergrund, Wiesenbaude, oder Heuschoberweg, Geiergucke. Welch ein mühsamer, freudloser Weg. Ging es nicht anders, hätte es nicht etwa auch gehen können wie anno 1712? Da veranstaltete der Schleierherr Daniel Buchs eine Bergbesteigung: »Vier Trompeter zogen voran und zehn Bedienstete trugen Speise und Trank in das unwirtliche Gebirge. Freunde aus Schmiedeberg und Schweidnitz wanderten mit und wurden königlich bewirtet. Und als der hohe Herr oben war, schrieb er ins Koppenbuch ›Denn wir sah'n bei hellem Wetter / über große Wolken aus / Prag und Breslau, Bäum' und Blätter / Flüsse, Felder, Stein und Graus.‹«. Ja, hinter Trompetern her und Fressalien im Rücken, das wäre eben was anderes gewesen als hinter Ida kraxeln mit einer Margarinestulle im Rucksack.

Wie auch immer, jedenfalls standen wir nachts gegen drei oder zwei am Fuße der Schneekoppe, die sich jetzt noch hundertsechzig Meter hoch über den Kamm erhob, finster, unwirtlich, unbewachsen. Ein langer, breiter, langsam ansteigender Pfad – über den man den Fünfmarkschokoladenspender im Rollstuhl geschoben haben wird – bot bequemen Aufstieg. Deshalb gingen Ida und die Brüder und Schwestern im Herrn den kürzeren, kaum einen halben Meter breiten, scharf ansteigenden Zickzackweg. Ich lahmte mit, ging mit zum Angriff auf die Koppe über. Oben angekommen, setzten sich die Wanderer, ein Taschentuch übers Geröll gebreitet, auf die unangenehm in den dünnbehosten Hintern piekenden Steine, das Gesicht erwartungsvoll nach Osten gewandt. Und warteten. Wenn der Nebel zu Dunst wurde, der Dunst wich, irgendwo ein blutroter Riß entstand, der sich in einen augenquälenden, grellen Spalt verwandelte, dann war der Moment gekommen: Die Sonne brach über die Welt herein. Jehovas Zeugen, einer Ahnung des Glanzes in ihrem Himmelreich teilgeworden, falteten die Hände und beteten still vor sich hin. Einige Meter hinter uns hatten weißbebluste Maiden und braunbehemdete Pimpfe einen Kreis um seinen Stock mit Hakenkreuzwimpel gebildet und sangen lästig-laut: »... denn heute gehört uns Deutschland und morgen die ganze Welt ...«, und schmetterten das Horst-Wessel-Lied und sahen mit trotzig geschlitzten Augen mitten in den aufgehenden glühenden Ball. Von der Welt, die ihnen gehören würde, konnte man von hier oben zwar nicht alles, aber sehr viel sehen:

»Wer hier sitzt und keuchet und voll Reu nach Hause kehrt, / Der ist ein verwöhnter Weichling und kaum seiner Füße wert. / Je getroster man es wagt, ritterlich heranzugehen, / Je mehr sieht man Glanz und Pracht rückwärts in der Tiefe stehen. / Dort liegt das berühmte Hirschberg ...«

Ja, wie einst der Herr Balthasar Ludewig Tralles aus Breslau, so sah man es auch heute noch, dies Hirschberg und Liegnitz und Löwenberg, und das Waldenburger Bergland und auf der anderen Seite die Tschechoslowakei, die, später heim ins Reich gekehrt, zum Sudetenland wurde. Kahle Höhen im Sommer, Skifahrerfallen im Winter, wo die Läufer dank der bis zu ihrer Spitze eingeschneiten Pfähle die Orientierung verfehlten und in Schußfahrt hundertsiebzig Meter tief in die Schneegruben stürzten oder sich im Nebel verirrten und wenige Meter von der rettenden Baude entfernt erfroren. Dort oben und so hoch saß ich auf meinem schmerzenden Hintern und hörte mir das »Ach ist das nicht schön!« und »Das ist ein Stück von der Herrlichkeit des Herrn!« an und der ganze Sonnenaufgang interessierte mich einen Dreck und viel lieber hätte ich das matschig-durchgeweichte Rübenkrautbrot am Ufer des Zecken gegessen, die Beine im Wasser. Und wenn sie sagten »Oh, welch ein schönes Land«, dann hätte ich ihnen sagen sollen: »Aber kein Aas kennt es. Kein Schüler in Bottrop oder Köln hat je das Wort ›Schlesien‹ buchstabiert, jeder Abiturient in Stuttgart oder Rosenheim hält es für ein von fellbekleideten Slaven bewohntes Stück ›Pollackei‹.

Schreit es ihnen von hier oben aus doch zu, daß dies das Land ist, in dem einst die Elysier lebten, dies die Landschaft der Elysischen Gefilde ist, die weit in das historische Polen und Brandenburg reichte, bewohnt außerdem von den germanischen Stämmen der Marsinger und Burier, den gallischen Gothinern. Beim späteren Glogau siedelten die Quaden, um Breslau die Mainer und in dem Niederschlesien hier zu euern Füßen überhaupt die Naharvalen. Das schlug sich in Stammeskämpfen durch die Jahrhunderte, wurde regiert von Königen aus den Häusern Marbot und Tudrus, von Herrschern mit Sagen-Namen wie Leskus und Popiel. Erzählt den nichtwissenden Banausen an Rhein und Isar von Popiel dem Zweiten, der von 822 bis 830 regierte, seine Vettern vergiftete und wegen seiner Hartherzigkeit berüchtigt war. Da die Menschen ihm vor lauter Furcht nichts anhaben konnten, erbarmten sich die Tiere der menschlichen Not: Ganze Heere, ja Heerscharen von Mäusen taten sich zusammen und Popiel II. floh vor ihnen in einen Turm mitten im See Goplo. Doch die dünnschwänzigen, zartpfotigen Rächer folgten ihm auch dorthin und fraßen ihn auf. Was ist dagegen ein Rattenfänger von Hameln?

Oder beginnt eure Geschichte mit Kasimir, dem so frommen Mönch, der 1040 zum König gekrönt wurde. Damit Gott und Papst ihm diesen fast dünkelhaften Aufstieg verziehen, mußte jeder seiner Untertanen einen Pfennig an die Peterskirche zahlen, die dafür eine monströse Sühnekerze aufstellte. Diesem Herrscher des schlechten Gewissens folgte, sechzehnjährig, sein Sohn, Boleslav der Zweite oder der Große. Er fand, im Gegensatz zu seinem Vater, ein ausgesprochenes Pläsier an der Sünde und unersättlichen Gefallen an den Weibern. Das paßte seinem Bischof Stanislaus nicht, weshalb er, als der König die von seinem Vater hochherzig gestiftete Domkirche zu Breslau – dort hinten könnt ihr ihre Türme sehn! – betrat, den Gottesdienst abbrach. Man schrieb den achten Mai tausendneunundsiebzig. Der große Boleslav ließ den renitenten Bischof vom Altar reißen und hieb ihn kurzerhand und höchstselbst in Stücke – weshalb Papst Gregor VII. über den König den Bann verhängt und Schlesien von da an durch Statthalter regiert wurde.

Aber auch unter diesen wurden die Sitten nicht feiner. Der Chronist berichtet – hört zu, ihr Wimpelanbeter, hier könnt ihr was lernen aus deutscher Vergangenheit –, daß Unzucht aller Art herrschte, ja sogar in der Fastenzeit Fleisch gegessen wurde. Die Strafen dafür waren fürchterlich: Den Unzüchtigen verschnitt man – woraufhin kein Weib, weder Jungfrau noch Dirne, ihm je wieder Unzüchtiges, weder für liebe Worte noch gutes Geld, hat gestatten können; den Fleischfressern aber brach man so gründlich die Zähne aus, daß sie fürderhin nur noch Mus mahlen konnten zwischen ihren ewig wunden Kiefern.

Hört ihr Mainzer, Regensburger oder Münchner, ihr ganze taubohrige bundesdeutsche Mischpoke, wie turbulent es bereits in Schlesien zuging, wie typisch Menschliches gärte und sich auswuchs zu Zeiten, als bei euch noch kaum Katen standen, kaum Leute und schon gar keine Menschen wohnten, die, wie die Schlesier, für die Geschichte bereits heftig das Kopfeinschlagen übten.

Von diesen Berserkern, Bischofsschlitzern, Zahnamputierten stammte ich ab, aus dieser Hefe war auch ich gegoren – wenigstens mit Gewißheit von Muttern her. Freilich konnte ich mit Ausnahme ihres sturen Strebens zum Himmelreich und zur Schneekoppe wenig irdisches Durchsetzungsvermögen an ihr ausmachen. Ich würde wohl ein Sänftling bleiben, denn das Erbe des wahren Vaters hatte Ida ja in sich verdrängt und versengt. Und würde die paffende Oma nicht immer wieder, in Rauch gehüllt, dubiose Andeutungen machen, ihr nicht von Zeit zu Zeit in Rage ein streichelndes »Bastardchen« entfleuchen, kein Argwohn hätte sich in mir genährt.

Vielleicht war bei Mutter das Temperament nur verschüttet. Denn sie hatte ja Schwestern, die ganz anders waren. Zum Beispiel Tante Erna, jüngste Schwester Idas und Ellas, Quelle von unerhörten, unerschöpflichen Geschichten, ein Genie listiger Alltagsbewältigung. Auf inzwischen leicht braunstichigen Fotos sieht man sie als Kind: satt stützt sie einen Ellbogen auf das Knie ihrer Mutter, speckwülstig drücken die Pausbacken ihre Augen klein, die hell und leer durch den Betrachter hindurchblicken. Ihr feistes, mastrundes Körperchen ist in ein Matrosenkleid eingepellt, dessen Saum unter den Knien schlabbert. Ihre kegelförmigen Waden sind von grobgestrickten Wollstrümpfen überzogen und ihre Füße stecken in hohen Knopfstiefeln. Sie sieht so trotzig drein, als wüßte sie, daß sie durch Schönheit in dieser Welt nie siegen würde.

Und ihre Ahnung trog sie nicht.

Hinterhältig kam ihr das Schicksal zu Hilfe. Mutter Ida erzählt immer wieder, wie Klein Erna mit neun Jahren auf ihre kleine Schmollfresse gefallen sei – sie mochten sich nicht, die Schwestern – und sich am Knie verletzt habe. Als das immer dicker wurde, kam sie ins Krankenhaus. Man punktierte Kniewasser, gipste das Bein ein, die Heilung ging schleppend, das Wohlbehagen der Patientin am schulfreien Müßiggang, ja geradezu ewigen Ferien, wuchs. Die Ahnung, daß Mitleid, in richtiger Weise hervorgerufen, das Leben wesentlich bequemer macht, wurde Gewißheit. Als man Erna nach anderthalb Jahren aus der Klinik entließ, hatte sie ein steifes, verkürztes Bein, und wohlgefüllte besttrainierte Tränendrüsen, mit denen sie gekonnt jeden, der sie fragte, anweinte, wohl bereit, fortan vom Ruhm der Invalidität zu leben.

»Sie muß sich einfach dazu entschlossen haben«, sagte zornig Ida, immer wenn die Rede auf diese Schwester kam, »in Leiden und Faulheit zu verharren und der bösen Welt, auf der sie gestolpert war, und damit ihren Bewohnern, die ihr den Weg nicht geebnet hatten, Ernas Erhaltung zur selbstverständlichen Pflicht zu machen. Mit diesem unerschütterlichen Vorsatz schaffte sie es, zunächst jahrelang ungerührt und sich nicht rührend in der gleichen, unteren Schulklasse sitzenzubleiben. Mit vierzehn war sie von Zehnjährigen umgeben, die zu ihr, der Großen, aufblickten, ohne daß sie mehr tun mußte als da zu sein, so passiv-gegenwärtig wie zu Hause, wo sie keinen Handschlag tat. Ich und Ella mußten spülen, bügeln, auftragen, denn dem ›armen Kind‹, diesem listigen Luder, tat das Bein weh, sobald es etwas zu tun gab.

›Sie ist arm dran‹, sagte meine Mutter, deine Oma, und: ›du hast schließlich zwei gesunde Beine‹, wenn ich über mein schwesterliches Faultier in Rage geriet.«

Aus der Schule, der Höflichkeit halber ›wegen Krankheit‹ ohne Zeugnis entlassen, gab die besorgte Oma sie in die Lehre zu einer Schneiderin, die sie, weil die arme Erna ›wegen dem Bein‹ nicht so lange sitzen konnte – sie saß sonst am Gartenzaun mit der Ausdauer eines Buddhas –, nach einigen Wochen entließ. Sie wurde in einer Fabrik an eine Maschine gestellt, wo sie mit der Hand nur einen Hebel zu drücken brauchte. Weil sie ›wegen dem Bein‹ nicht stehen konnte, endete dieser Arbeitsverschaffungsversuch schnell. Oma sagte zu mir, ihrer argwöhnischen Tochter: »Ich werde ihr selber was beibringen.« Doch da war guter Rat teuer. ›Wegen dem Bein‹ konnte Erna kein Geschirr spülen, keine Eier aufsammeln, kein Gartenbeet gießen, ›wegen dem Bein‹ ließ sie die Suppe anbrennen, waren ihre Augen zu schwach zum Lesen, war der Weg zum Kaufmann zu anstrengend (wenn es draußen regnete) und konnte sie im Zimmer keine Strümpfe stopfen (wenn draußen die Sonne schien).

Deiner Oma zerriß es das Herz. Und das war Ernas erster großer Sieg. Sie hatte den Beweis dafür erbracht, wie gut es sich durch Mitleid anderer leben ließ. Jetzt machte sie ein System daraus.

›Das arme Kind‹, sagten die Nachbarn, wenn sie dem Knödel begegneten und steckten ihr die Groschen zu, die eigentlich mir für Botengänge zustanden. »Gingen wir mit Bekannten spazieren«, erinnerte sich Ida weiter, »konnte Erna genau am Eingang zum Kaffeegarten nicht mehr weiterlaufen – und bekam zur Ermutigung eine Limonade, von der sie mich nicht einen Schluck nuckeln ließ. ›Das kann das arme Kind doch nicht tragen‹, sagte der Kaufmann, wenn Erna das Einkaufsnetz mit leidend-tapferer Geste anhob, und schenkte ihr einen Riegel Schokolade. Denn Ernachen verfeinerte die Gestik der Hilflosigkeit bis ins Physiognomische. Wollte sich ein Mitmensch durch ›ihr Bein‹ nicht rühren lassen, schaltete sie auf Wasserflut. Lautlos stürzten mit der Gewalt und Plötzlichkeit eines

Wolkenbruches aus heiterem Himmel die Tränen aus ihren Augen, das ganze Elend verlassener, geschundener, vom lieben Gott ausgesetzter Waisenkinder brach aus ihr hervor. Schnelle Tröstung war geboten. Wer das sah, war zur gütigen Geste vergewaltigt.«

Ich ließ Mutter Ida gern von Erna erzählen. Da wurde sie so ganz irdisch, so böse, wie es einer Bibelforscherin, die doch die andere Wange auch hinhalten sollte, verboten war. Wenn es um ihre Schwester Erna ging, gefährdete Ida ihren ansonsten sicheren Eintritt ins Himmelreich.

»So wuchs das Kleinchen zum Quadrat ran. Mit siebzehn war sie so hoch wie breit, und wir alle standen ihr zu Diensten. Sie war tückisch und bauernschlau. Ich aber stöhnte unter ihrem Joch. ›Hol mal dies, hol mal jenes‹, raunzte sie. ›Bring das mal dahin, stell das mal dorthin‹, befahl sie, ›du hast gesunde Beine.‹ ›Du bist ein gutes Mädchen, wenn du deiner armen Schwester so zur Hand gehst‹, sagten die ahnungslosen Nachbarn. Diesem Monster würde ich nie entkommen.

Da geschah ein Wunder: Erna hatte einen Mann kennengelernt. Unfaßbar! Er mußte ein Held, eine Art Heiliger Franz von Assisi – oder blind sein. Denn ich wußte, wie Erna aussah, wenn sie nackt in der Wanne plätscherte. Hätte ihr Verehrer sie so gesehen, er wäre wohl lieber Trappist, Eremit oder Eskimomissionar geworden. Aber nicht der Ehemann eines Fettklößchens. Der schnauzbärtige Ernaverehrer aber hatte von den Versuchungen des Fleisches offensichtlich ganz andere Vorstellungen. Vielleicht hatte er die Bibel mißverstanden, wo steht: Wenn man einen Menschen liebt, liebt man nicht nur seinen Geist, sondern auch sein Fleisch. Und wenn es an Geist mangelt, so kann man um so mehr das Fleisch lieben. Hier bot Erna freilich unermeßliche Möglichkeiten.«

Wenn Mutter Ida hier unterbrach, hatte sie immer einen leicht grübelnden Zug im Gesicht, so als könne sie Ernas Ehe immer noch nicht fassen. Ich glaube auch nicht, daß sie versuchte, sich auszumalen, welche Rolle »das arme Bein« im Bett gespielt haben mag. Offensichtlich keine hindernde, denn zu meinem fassungslosen Erstaunen waren ja meine Verwandten Gerhard und Berta die Kinder von Tante Erna.

»Selbstverständlich machte ›das Bein‹ es unmöglich, daß Ernamutter sich um die Kleinen kümmerte«, fuhr Ida auf mein Bitten fort. Inzwischen zum Format eines mittleren Nilpferds ausgereift, überließ sie die Aufzucht Oma, die deshalb jahrelang außer Atem geriet. Die vital-fruchtbare Lahme aber, die bisher auf Omas Kosten existiert hatte, lebte nun vom Soldanteil ihres tapferen, das Vaterland verteidigenden Mannes. Sie gab an wie eine Millionärin mit tausend Dienstboten.

Doch einmal war der für Erna so schöne Krieg, es war ja noch der Erste, zu Ende. Ihr Mann kam heim und lief, obwohl in Stahlgewittern gehärtet, vielleicht vor Grausen erfüllt, davon. Er ließ sich scheiden, sein Unterhalt rettete Erna vor der Notwendigkeit, an Arbeit zu denken, bis er, nach kurzem Glück, in den Armen einer mageren Witwe, die nun die Rente kassierte, starb. Tante Ernas Lage wurde kritisch, ihre Hände konnten sich ja auch jetzt ›wegen des Beines‹ nicht rühren. Da entdeckte Monsterchen, daß der Staat die Pflicht habe, seine unterprivilegierten, körperlich behinderten Bürger zu ernähren. Deshalb wurde sie Fachfrau für die Aktivierung gesetzlich garantierter Unterstützungen. Doch sie war darin nicht egoistisch, nein, sie sammelte um sich eine Schar Schlechtweggekommener, und ihre größte Zeit begann.

Von jetzt an wurde sie zum Schrecken der Amtsstuben, Stadtnspektoren, Wohlfahrtsamtssekretäre. Sie suchte sie im Namen asylbeherbergter Greise, kaum behauster Flüchtlinge, kriegsbeschädigter Mütterleins heim, besorgte ihnen Unterstützungsgelder und Kohlengutscheine, Weihnachtsspenden und Zuckerzuteilungen. Sie wußte immer wann und wo.

»Einmal«, und in die Stimme meiner Mutter kam so etwas wie Bewunderung, »gab es Wolldecken für Bedürftige. Erna hatte zwar zwei, aber nicht von Amts wegen. Dort wollte man ihr keine geben. Es muß ein neuer Beamter, ein Anfänger, gewesen sein, der Ernas Bedürfnisse und ihr Rechtsbewußtsein so unterschätzte. Sie ging zum Angriff über. ›Bitte Ida‹, sagte sie, wohl dem neuen Ahnungslosen gegenüber etwas unsicher, ›bitte Ida, komm mit!‹ Deshalb war ich dabei, habe es gesehen, kann es bezeugen:

Schwer atmend, das ›kranke Bein‹ anklagend vorgestreckt, stützte sich Erna mit scheinbar letzter Kraftanstrengung auf die den Besucher vom Beamtenbüro trennende Barriere. Mit brüchiger Stimme erbat sie ihr Recht auf Wärme und Geborgenheit, flehte um die zwei ihr zustehenden Decken. Der Neuling bewies ihr, daß sie keinen Anspruch habe, also verlegte sich Erna, nun klagendes Timbre in die Stimme einbringend, aufs Drängen, focht mit erstickten, röchelnden Urlauten gegen vermeintliches Unrecht. Der Beamte begann langsam zu ahnen, daß er sich nicht mit einem Menschen, sondern mit einem Naturereignis angelegt hatte. Aber er erfaßte offensichtlich die Lage noch unzureichend und schüttelte weiter verneinend den Kopf. Da mobilisierte Erna ihre letzten, von Kind an geübten Reserven: ihr Gesicht geriet aus den Fugen, über krebsrote Fettwangen quollen nicht Tränen, nein, floß Bitterwasser, die Barriere, Ernas einziger Halt in der für sie in Ungerechtigkeit versinkenden Welt bebte in ihrer ganzen Zimmerlänge, Gefahr für Amtseigentum war im Verzug. Schluchzen von der Stärke eines mittleren Wolfsrudels füllte den Raum und schlug über dem Inspektor zusammen. Blaß und ergeben schrieb er den Bezugsschein für zwei Wolldecken aus. Da überzog strahlender Sonnenschein Ernas Gesichtshügel und das ›arme Bein‹ bewegte sich mit kessem Schwung bei siegreichem Abgang.«

Triumphierend und, wie mir schien, etwas abwägend, sah Mutter Ida mich an.

Hatte ich etwa etwas vom Charakter meiner Tante Erna? War ich Oma ähnlich, von der ich fast nichts wußte, Opa, von dem Mutter so gut wie nie sprach? Wer war ich überhaupt, jetzt gelangweilt und erschöpft auf den Kieseln der Schneekoppe hockend, gleichgültig gegenüber der aufgehenden Sonne, in mir schon die Angst davor, den ganzen Weg wieder zurückkrebsen zu müssen.

Denn wer kurzbeinig bergab geht, das wußte ich aus Erfahrung, hat dabei manchmal mehr Mühe als auf dem Weg nach oben.

Wenn ein Mädchen aus Haynau einen Mann aus Görlitz heiratet, mit ihm nach Hirschberg zieht und sich dort in fleischlicher Tröstung mit einem Studenten aus Breslau zusammenlegt, dann ist das Ergebnis, ganz gleich, welchen der Herren man Vater nennt, ein Schlesier. Und wenn er in Hirschberg zur Welt kommt, dann ist es eben ein Hirschberger. Konnte, sollte ich darauf stolz sein? Mehrte es meine Lebenschancen? Prägte es meinen Charakter? Lehrte das mich anders leben, als Cottbus es mit einem Cottbusser, Boston mit einem Bostoner oder Canberra mit einem Canberraner tat?

Die Mixtur zwischen gesichertem, aber unerforschbarem Muttererbteil, unbestimmtem weil herkunftsverschwiegenem Vatererbteil verrührte sich in einer geschichtsprallen Stadt, in die nun Idas Witwenarmut und meine Gassenjungenfreiheit einflossen, psychischer Sektenglaubensseim und politische Gewaltsamkeit eintropfen. Das machte wach, war meine Geburt unordentlich, so war mein Leben unordentlich. Kein Wunder, daß Hirschberg, wenn es und wo es am unordentlichsten war, mir am meisten behagte.

Also während der Feste, nein des Festes schlechthin, der Riesengebirgswoche. Mit dem grellstimmigen Angstschrei des Rathaustürmers: »In der Rosenau brennt's!« begann der Aufbruch der historisch kostümierten Laienspieler-Heerscharen, bewegten sich die Landsknechtshaufen durch die Langstraße in Richtung Cunersdorf und die Rosenau, um sich der andrängenden Hussitenheere zu erwehren. Das war außer den Liegnitzern 1428 nur den Hirschbergern gelungen, und das gelang ihnen jedes Jahr wieder, obwohl die Hussiten mit rüdem Zorn gegen die Stadt anbrandeten, zornig deshalb, um ihren Reformator zu rächen, der durch den gebrochenen Schutzeid des König Sigismund nach Konstanz ausgeliefert, daselbst verurteilt und am sechsten Juli 1415 auf den Brühl geführt worden war, um schließlich auf das Zeichen des Reichsmarschalls Pappenheim hin verbrannt zu werden. Während seine Asche noch den Rhein hinunterschwamm und den Fischen den Appetit verdarb, brütete der entsprungene Prämonstratensermönch Johann von Selau bereits über einer Rede, mit der er dann in der Prager Kirche Maria Schnee das herbeigeeilte Landvolk, fünfzigtausend an der Zahl, zum Sieden brachte. Die Haufen stürmten das Rathaus, warfen sieben der Ratsherren aus den Fenstern in die gereckten Lanzen und begannen in Rotten die Welt zu zerstampfen. Alle vereinten Heere der deutschen Fürsten, der Könige und des Kaisers konnten den Sturm nicht dämmen. Die Rächer plünderten die Schatzkammern und Altäre der Kirchen, schnitten den Christen die Knebelbärte, den Juden die Schmachtlocken und allen beiden die Zeugungsorgane ab, rissen den Damen den Schleier vom Gesicht, den Schmuck vom Hals und sprangen hurtig in jede zwischen deren Schenkeln gewaltsam geöffnete Lücke. Die mitziehenden Hussitenweiber wurden darob zu eifersüchtigen Megären. Sie zogen in Komotau alles, was Röcke trug, aus, trieben die Nackten in eine Hütte und verbrannten sie. Priester und Mönche kamen auf die gleich schockweise errichteten Scheiterhaufen, die auf Gnade hoffenden Bewohner der Städte, Weiler und Landstriche wurden mit Dreschflegeln erschlagen und vertrieben. Die Kunde dieser Greuel hatte die Hirschberger längst erreicht, bevor der erste Hussit in Sicht war. Sie verschanzten sich in ihrer Feste Hausberg, hielten dem Ansturm stand, gingen selber zum Angriff über, und siegten. Um all das zu feiern, war ein Tag zu wenig. Das Riesengebirgsfest dauerte eine Woche.

Sieben Tage lang füllte sich die Stadt mit Menschen, gekleidet in die ihrem Wohnort zugehörende Tracht. Das Gedränge war groß, kunstvolle Klöppelspitzenhäubchen wurden geknickt, die Säume brokatener Röcke wurden abgetreten, bebänderte Knotenstöcke schafften ihren Schwingern Umfeld, den Töpfern aus Bunzlau wurden ihre bunten Krüge entrissen, die man mit dem sauersten Wein Deutschlands, dem aus Grünberger Fässern, füllte. In der ganzen Stadt war Jahrmarkt, ganze Quadratmeter schlesischen Streuselkuchens wurden vertilgt, und wir Kinder hatten schulfrei.

Welch eine Chance für mich, Geschäfte zu machen. Ich verkaufte mit kleinem Gewinn – die Masse macht's – meinen Lockenkopf als charmante Verführung, meine flinken Füße ohne Ermüdung einsetzend, Riesengebirgsabzeichen. Denn jeder, der sich in den Trubel stürzen wollte, mußte sich eines an den Rockaufschlag heften. Nachschub wurde von den Jacken und Blusen derer, die schon im Festrausch versanken, wendig abgezupft. Ich war geschickt wie ein neapolitanischer Gassenjunge. Am Abend durchfilzte mich Mutter, bis auch nicht ein Nickel mehr im Saum meines Hosensacks verborgen blieb. Das war bitter, aber schnell vergessen, denn der nächste Tag bot neue Chancen. Ich war klüger und versteckte einen Teil der Beute, ich war vollgefressener, denn ich investierte in Würsten, Magenbrot, Kuchen, ich war besoffen, denn ich kippte die Neigen der Grünberger Sauerernte aus den auf den Tischen verlassenen Krügen in meinen Schlund. So mutig geworden, schlich ich mich in »Ulrich-bleibt-Ulrich's« Familien-Nachmittags-Kabarett, ein nachsichtig lächelnder Ober servierte mir für zwei Groschen eine Limonade, und ich war hingerissen von den Schlappseilakrobaten, sprachlos vor den Messerwerfern, fasziniert von den Hypnotiseuren und Gedankenlesern, fassungslos vor den Schlangenmenschen und Entfesselungskünstlern. Ich quetschte mich am grünbefrackten Türsteher vorbei zum »Talentnachmittag« im Tanzsaal des »Hotel Drei Berge« und durfte – jeder durfte alles – barfuß und mehr einem levantinischen Hirtenjungen als einem Sohn Hirschbergs ähnlich, das Orchester dirigieren. Ältliche Kaffeetanten klatschten verzückt Beifall, und kaum saß ich wieder an meinem Tisch, schleppten die Kellner von allen Seiten den von den Matronen spendierten Kuchen, ein Schlaraffenland, an, durch das ich mich durchfraß, während die Damen an meinen Tisch kamen, »was für ein reizender Lockenkopf« nuschelten, »was für schöne schwarze Augen« säuselten. Ich aber rutschte auf meinem löchrigen Hosenboden hin und her, schlenkerte ungeduldig mit den nackten Dreckbeinen. Denn die Muttis störten mich beim Mampfen.

So feierten wir die Feste.

Doch plötzlich schien das irgendwem nicht mehr zu gefallen. Als in Bundschuhs Rede das Wort Volksgemeinschaft immer öfter einfloß, mich die engen Treter vom dicken Bolle immer unerträglicher an den Füßen quetschten, da wurden die braunen Uniformen beim Riesengebirgsfest häufiger und die Trachten immer weniger. Statt bunt zu wimmeln, wurden die Haufen Volks in geordnete Reihen gedrängt, marschierten sie nun, von SA-Kohorten angeführt. Nichts mehr von gemütlichem Daherlatschen, sondern stramme Kolonne in Richtung Marktplatz. Dort stellten sie sich auf, statt wie früher an Tischen zu hocken, hatten trockene Kehlen, statt wie einst zu saufen, und standen schweigend, statt sich wie Anno dazumal das Maul fußlig zu quatschen. Ein feister Brauner, der sich Kreisleiter nannte, trieb mit markiger Rede den Versammelten das Feiern aus und bleute ihnen die Volksgemeinschaft ein, lobte – und keiner schien das zu begreifen – das arische Heldentum gegenüber slawischen Kohorten und endete mit einem dreifach gebrüllten »Heil«, das die Menge unter Hochreißen des rechten Armes lautstark mit »Hitler« ergänzte. Da verging einem die Lust zum Feiern, da endete das Vergnügen, für 'nen Groschen im Kino Shirley Temple zu sehen, sich in sie zu verlieben und mit ihr zu lachen und zu heulen, da schloß der familien- und kinderfreundliche »Ulrich-bleibt-Ulrich« seinen amüsanten Schuppen, vor dessen Tür nun breitbeinig ein Braunhemd stand und zögernd Vorübergehenden verkündete:

»Volksgenossen und die deutsche Jugend haben jetzt Besseres zu tun, als sich von einem jüdischen Geschäftemacher das Geld aus der Tasche ziehen zu lassen.«

Deshalb spielte im Ballsaal der »Drei Berge« nicht mehr das Orchester, fiedelte nicht mehr der Stehgeiger, sondern schmetterte der Fanfarenzug des Jungvolkes zackige Märsche. Matronen verwöhnten nicht dreckspatzige Amateurdirigenten, sondern »die Partei« bewirtete kinderreiche Mütter mit Kaffee und Kuchen und ehrte sie mit dem Mutterkreuz.

Vorbei war die Zeit, in der Linke, Beier, Tack und ich die Schulranzen in die Ecke feuerten und grölend durch die halbe Stadt zum Zacken rannten.

Also wende ich mich meinem Blatt an der Wand zu und in Erinnerung, die plötzlich voll Sonne und Straßenlaub ist, renne ich mit dem Stift durch die Berndtenstraße, die Auengasse, vorbei an der Schüler- und Studentenherberge, in der bald nur noch Hitlerjungen »auf großer Fahrt« schlafen durften, durch den Weg, den man Am Rahmberge nennt, über den Zipfelsteg und bin am Zacken, sitze auf dem knochentrockenen Holzgeländer und sammle Mut, um wie die andern von hier aus ins Wasser zu jumpen. Ich tauche ein, es spritzt mächtig, und unsere Lustschreckensschreie sind laut, wenn der nackte Hintern das Wasser teilt. Wir fangen Elritzen zwischen glitschmoosigen Steinen, lassen uns scham- und badehosenlos am Ufer dörren, vertreiben mit wedelnden Händen die harmlosen Libellen und quatschten.

Worüber quatschten wir?

Meist über Mädchen, innerlich ziemlich durcheinander von der Existenz dieser so anderen, so unerreichbaren Wesen. Äußerlich aber maulheldisch keß, denn wer wollte schon zugeben, daß er eigentlich von nichts eine Ahnung hatte. Noch keiner hatte einen nackten Mädchenarm gestreichelt, geküßt oder gar unter einen Rock gegriffen. Nur Linke wußte viel, denn er hatte eine Zwillingsschwester, schlief mit ihr im gleichen Zimmer und konnte uns sogar schildern – verdammt, wieso eigentlich? –, wie sie nackt und zwischen den Beinen aussah. Solch enormes Geheimwissen machte ihn für uns selbstverständlich zum Anführer; er hatte das große Wort dort am Zacken, organisierte die Klautour zwischen den Marktständen, verhandelte über Preise mit dem Förster, wenn wir zentnerweise Kastanien sammelten und mit den Hühnerhaltern, wenn wir am Hausberg die Maikäfer von den Bäumen geschüttelt und in Zigarrenkisten gesteckt hatten. Die Hände kribbelten vom Wuseln in den übervollen Schachteln, und die Groschen, die wir dafür bekamen, juckten zum Ausgeben. Was wir auch kauften, Linke bekam immer was ab. Denn er hatte eine Schwester. Und er hatte uns versprochen, daß wir sie mal heimlich beobachten, mal ohne Hemd begucken durften, jeder für 'nen Groschen. Wir alle kannten sie vom Sehen, deshalb glaubte ich nicht daran, daß sie sich je so ohne alles sehen ließe. Stellte ich's mir vor, konnte ich ihr nicht ins Gesicht sehen.

Laß kreisen die Kugel des »Chinesischen Roulettes« meiner Phantasie, zeig mir die lose liebende *Lotte Linke* und ihr Schicksal mit mir, der nicht sehen sollte und konnte.

»O ja, Erwin!«

Meine Hand ist die erste fremde Hand auf ihr. Sie krault ihr das Fellchen. Es war für sie *das* Gefühl. Meine Finger verwandelten sie in eine Katze, sie buckelte sich ihnen entgegen. Von meiner Berührung gingen Schauer bis in ihre Fußpfoten. Sie schnurrte vor Behagen.

»Mach weiter, Erwin!«

Taschenspielerschnell streifte sie sich das Höschen ab. Mein Zeigefinger schlich sich in ihr Nabelgrübchen. Sie bekam Gänsehaut am Bauch. Ich fühlte, daß sie auf Armen und Beinen und überall mit Härchen bewachsen war. Der Flaum sträubte sich. Meine Virtuosenfinger streichelten zögernd, mit einer sie fast schreienmachenden Langsamkeit den Bauch abwärts und kamen wie ein leichter Wind in ihr schon sehr deutliches spürbares Dreieck. Biene vor dem Blütenkelch.

»Mehr, Erwin!«

Sie ließ die Schenkel auseinanderfallen. Meine Finger kamen die Leiste entlang, über das sich spannende Bein und bespielten die Haut bis zum Knie. Ihre eigenen Hände waren nie so gut zu ihr gewesen. Mein Streicheln näherte sich der Mitte. Sie war ganz offen.

»Mach den Finger naß, Erwin!«

Züngelnd streckte sie ihre Zunge heraus, schnell leckte sie seinen Zeigefinger über die Spitze und legte sich zurück. Zuerst berührte ich sie ganz außen, wie mit Kinderküssen auf brennenden Lippen. Ihre Knie berührten das Gras. Mein Finger tastete tiefer.

»Sei vorsichtig, Erwin.«

Die Zeigefingerkuppe umschmeichelte eine kleine, harte Mitte. Mit Flaumfedersanftheit brachte ich sie zum Zucken. Das ganze Mädchen lebte nur noch an dieser Stelle.

Nie vorher so ein Gefühl. Nie vorher einen Erwin. Nie vorher solche Hände.

Ich schob ihr das Kleid hoch bis zum Hals, sie half mir, machte ein Hohlkreuz. Ich kniete neben ihr. Zwei Hände, zwei Erhebungen, zwei Spitzen, so berührungsempfindlich als wären sie wund. Sie hielt es nicht mehr aus.

»Jetzt, Erwin!«

Tremolo. Finale in Lust.

Sie klappte die Beinklammer zu, preßte die Hand dazwischen, stöhnte mich an. Ich befreite mich, zog ihr das Kleid herunter. Sie lag mit geschlossenen Augen, schwer wie eine gefallene Frucht, süß voller Seligkeit. Es war ihr Geburtstag. Sie war das wachgeküßte Schneewittchen. Und keinen Augenblick hatte sie sich geschämt. Denn ich war blind.

In diesem Sommer hatte sie ein Verhältnis mit meinen Händen. Von ihnen ließ sie sich lieben, im Sand liegend, in den ihr Leib seine Form drückte, die der Wind nachher schnell verwehte. Sie waren auf ihr, wenn sie sich im Gras aalte und die Käfer unter ihrem bäumenden Rücken durch die zerdrückten Halme huschten. Sie tanzten und drängten, wenn sie auf dem Felsvorsprung hoch über dem Meer lag, der seinen schrundigen Stein als Ornament in ihre Haut drückte. Sie waren rieselndes Wasser auf ihrer kühlen Haut, waren Wiegenlied, das sie in den Schlaf krabbelte. Und es waren tausend Hände, zehntausend Finger. Sie ließen nichts aus, kannten jede Pore, von den Schulterblättern abwärts bis zu den Zehenunterseiten.

»Mein Rückgrat, Erwin«, und »meine Hüfte, Erwin«, und »die Schenkel, innen« und und und, »überall, Erwin. Immer!«

Sie hat nie meinen Mund auf sich gespürt, nie meinen Körper gesehen, ihn nie berührt.

Meine Hände aber waren ihr hörig.

Bis zu dem Tag im Oktober.

»Wo warst du, Erwin?«

»In der Stadt.« Meine Stimme strahlte.

Sie war beunruhigt. »Was hast du, Erwin?«

»Hoffnung.«

»Worauf, Erwin?«

»Dich zu sehen. Dein Bruder sagt, er kann das möglich machen. Bis jetzt weiß ich nur, daß du dich besser anfühlst als alles, was meine Hände je berührten. Du riechst lebendiger als Bäume und Gras. Wenn ich sehen kann, werde ich endlich mit offenen Augen in dein Gesicht schauen.«

Sie führte mich auf die Klippe.

»Tu's jetzt, Erwin. Ganz!«

Mein Finger durchstieß ihre Unschuld und nahm sie mit Leidenschaft. Ihr Schmerz, erwartet und gewünscht, war kurz. Dann war nur noch Lust. Ich hatte sie besessen.

Wir erhoben uns. Sie küßte meine Hände. Dann stieß sie mich in den Abgrund.

Sie erzählte es mir im Traum, weinte und schluchzte. Sie saß auf einem Stuhl, nach vorn gebeugt, und ihre Hände bedeckten das Gesicht, in das zu sehen ich nie gewagt hatte. Zwischen den Fingern tropften zögernd die Worte hervor.

»Warum?« fragte ich sie.

Sie ließ die Arme sinken und hob den Kopf.

Von der Nase abwärts spaltete eine blutrote Scharte die Oberlippe. Zähne und Zahnfleisch bleckten wie aus einer tödlichen Wunde ...

Als ich erwachte, war mein Kopfkissen naß.

Ach nein, Lotte Linkes Schicksal hatte ich nicht geträumt. Unsere Neugier auf ihre Nacktheit verblaßte, Lotte trat in Hitlers »Bund Deutscher Mädchen« ein, der Tanzgruppe »Glaube und Schönheit« bei. Und sie starb an Blinddarmdurchbruch, weil ihre Führerin im Zeltlager gemeint hatte, ein deutsches Mädchen müsse auch mal den Schmerz einer Magenverstimmung aushalten.

Darüber wurde die Clique älter, und auch Tack, Beier und Linke gingen zur Hitlerjugend, übten den vom Führer geforderten blauen Zukunftsblick, schüttelten nicht mehr Maikäfer von Bäumen, sondern schossen mit Gewehren auf Pappkameraden, planschten nicht mehr im Zacken, sondern machten den »Fahrtenschwimmer« im Schwimmbad, an dessen Rand der Fähnleinführer die Zeit stoppte, von der sie nie mehr so viel haben würden wie damals am Fluß.

Der Zacken fließt in den Bober, Heimat der Biber, die ihm den Namen gaben. Der Bober fließt in die Oder, was »die Reißende« bedeutete. An ihren Ufern überwand schon vor Zeiten Marc Aurel die schlesischen Quaden durch den Schrecken eines Gewitters, das der Zauber oder ein Gebet der Christen herbeigeführt hatte. Die reißende Oder versickert im Stettiner Haff, das landein hinter der Pommerschen Bucht liegt, die Teil der Ostsee ist – Weltmeer.

Wenn meine Beine in den Zacken baumelten, nahm das Wasser ihren Dreck mit, so weit, wie mich keine Füße tragen würden. Und hätte meine Mutter eines der Wäschestücke losgelassen, das sie, auf dem in den Fluß hineinragenden Steg kniend und sich gefährlich vorneigend schwenkte und spülte, es hätte im Kattegatt von einem Matrosen aufgefischt werden können.

Sie schwenkte gekonnt, Mutter Ida. Mit einer scheinbar mühelosen, lässigen Armbewegung wurden die geknüllten Laken einige Meter stegaufwärts geworfen. In der trägen Strömung entfalteten sie sich, aufgetrieben durch die Luft in den Falten, zu einer riesigen weißen Blüte. Wenn die am Steg ankam, griffen die kleinen, festen Hände der Wäscherin Ida zu, zogen das Gewebe unter Wasser, schwenkten es in den Wellen, hievten es triefend heraus, drehten es beidhändig zusammen, wrangen es aus, bis kein Tropfen mehr fiel, und dann wurde die Wäschewurst mit kurzem Schwung über die Schulter auf die Wiese geworfen. So Stück um Stück. War der Korb auf dem Steg leer, war der Berg nasser Wäsche im Gras hoch.

Mit einem leisen, wohligen »Ach!« richtete sich Mutter auf und streckte ihren Rücken, mit einem lauteren »Oje!« kam sie auf die Beine, mit einem muntermachenden »Also los!« begann sie die Wäsche Stück für Stück zu entwirren und breitete jedes Teil sorgfältig auf der kurzhalmigen Wiese aus: weiße Beete im grünen Gras, zwischen denen man gerade noch treten konnte. Das waren meine Trampelpfade, denn wie in den Gärten die Blumen und das Gemüse, so mußte man »auf der Bleiche« aus einer Gießkanne die gebreitete Wäsche immer wieder neu bewässern, sobald die Sonne sie getrocknet hatte. Nur so bekam sie den frischen Duft, in dessen Geruch man abends zwischen Laken und Decken einschlief, nur so wurde sie so bleich, so strahlend weiß, daß man vor der neugierigen Nachbarin stolz den Wäscheschrank öffnen konnte.

Ich war der Wäschebegießer und Wäschebewacher. Während die Sonne ihre Trocken- und Bleicharbeit tat, lag ich mit dem Bauch auf dem Steg, den Kopf wenige Zentimeter über dem Wasser, die Hände in den Wellen. Fische flitzten um meine Finger, das Sonnenlicht leuchtete bis auf die moosansetzenden Steine des Grundes, langfädige Wasserpflanzen wogten wie Frauenhaar, von der Strömung ständig bewegt. Es schien still, doch brummende Hummeln, sturzfliegende Schwalben, die sich an den Stegstützen brechenden Wellen waren lautes Leben.

Lag ich zwischen der Wäsche auf der Wiese, fing ich grashupfende Heuschrecken, drehte regenbogenschillernde Käfer auf den Rücken, ließ sie zappeln und strampeln, bog ihnen einen Halm zu, an den sie sich klammerten, den sie erst rauf, dann eiligst runterkletterten, um schnell in ihrem Halmwald zu verschwinden. Über die weiße Arktis der Kopfkissen und Hemden, die Wüsten der sandfarbenen Tischdecken, auf der Meeresbläue der Matrosenblusen zogen die Karawanen kleiner, ungemein aufgeregter und geschäftiger Ameisen, zockelten zerstreute Käfergreise, krümmten sich buckelnd schillernde Raupen. Schmetterlinge gaukelten noch, Bienen sumselten tatsächlich, und wollte meine Mutter wissen, ob sie auch am nächsten Tag auf die Bleiche gehen konnte, ob die Sonne scheinen würde, beobachteten wir die Schwalben. Streiften ihre Flügel fast das Wasser, spielten also die Mückenschwärme über der Flut, war Regen ziemlich sicher. Oder man sah nach den Wolken, die, gebirgig ziehend, Tage voller Sonne versprachen. Ich lag auf dem Rücken und sah zum Himmel empor. Da türmte es sich zu Gebirgen, die sich verdunkelnd vor die Sonne drängten, um schmählich zu zerfransen, da formten sich Gestalten und Gesichter, Windfinger kneteten Barockgestalten, pausbäckige Puttenköpfe, malten schenkelprächtige Rubensmädchen ins Blau. Was ich auf Erden vergebens zu sehen wünschte, dort oben offenbarte es sich: auf Wolkenkissen hingegossene Prachtweiber zeigten ungeniert ihre prallen Brüste und runden Hintern. Bilder, die nie langweilten.

Ich döste und briet braun und wartete, bis – spät am Nachmittag – Ida, die Waschfrau, wiederkam. Sie hob ihre geweißte Pracht auf, schlug sie mit kurzem Knall durch die Luft, damit das noch wuselnde winzige Getier abfiel, faltete Stück für Stück und legte es in den Korb. Den trugen wir auf den vor dem Haus stehenden Leiterwagen, Mutter pulte die Bleichgroschen aus ihrer Schürzentasche und gab sie der wartenden Wieseneigentümerin, und ich spannte mich vor die Deichsel. Auf dem Kopfsteinpflaster ratterten die mit Eisenreifen umspannten Holzräder, das Gefährt rumpelte durch die Greiffenbergerstraße, Ida ging nebenher und hielt mit ausgestrecktem Arm den schwankenden Wäscheberg in der Balance. Wie ein Karrengaul vor dem Stall, so stoppte ich vor der Mangel.

So ein Ding gibt es nicht mehr, so wenig wie Schlüterbrot oder Wassersemmeln, Wiesenbleichen und Waschfrauen, Fünf-Pfennig-Eiswaffeln, Groschen-Zuckerschnecken, Zigaretten-Sammelbilder, Landbutter aus des Bauern Butterfaß, kuhwarme Milch vom Euter, Frischeier aus versteckten Hühnernestern, Streuselkuchen mit Buttercreme, Kolonialwarenläden mit Heringsfässern und Mehlsäcken vor der Theke, Jungbier vom Wagen zur Hausgärung, rauchende Pferdeäpfel auf dem Straßenpflaster, klönende Kittelschürzenfrauen in der Mangelstube.

In die tappte man direkt vom Bürgersteig aus rein. Da standen sie, diese Mangeln, riesig wie Katafalke. Wuchtig, wie aus den Dielen gewachsen, ragten kantig hölzerne Säulen an den vier Ecken, den Sockel begrenzend, dessen gemaserte Oberfläche von den Millionen Wäschestücken, die sich über ihn gerollt hatten, wie poliert spiegelte. In der Mitte zwischen den Eckklötzen erhoben sich Säulen wie eingerammt, durch deren Bohrung im oberen Viertel die mehrere Zoll starke Achse ging, an der der Mangelkasten, Sarg eines Riesen, gefüllt mit Steinen, hing. Vorn an der Achse war eine Kurbel, mit dem riesigen Zahnrad am Mangelkasten verschweißt. Die Zähne des Rades rasteten in eine Zahnleiste ein, die mit dem Sockel verbunden war. Drehte man die Kurbel, bewegte sich der steingefüllte Sarg. Er drückte auf die zwischen ihm und den Katafalk eingelegten Rollen, die mit Wäsche umwickelt waren, den noch feuchten Laken und Bettbezügen, Tüchern, Decken, dem Unterzeug und allem, was nicht unbedingt gebügelt werden mußte.

Wenn ich keuchend und schwitzend die riesige Kurbel drehte, bewegte sich ächzend, die Rollen drückend und drehend, der Mangelkasten über den Sockel hinweg und hinaus, bis eine Stange zwischen den Eckpfosten ihn anhielt. Dann griff Mutter geübt den Knopf einer nun freiliegenden Rolle, wuchtete die auf den hinter ihr stehenden, überdimensionalen Wickeltisch, spulte die aufgedrehte Wäsche ab, legte das nackte Holz an den Rand eines noch ungebügelten Lakens, das, wie ein ausgerollter Kuchenteig mit Rosinen, mit kleineren Wäschestücken belegt war, drehte alles um die glatte Lindenholzrolle, wuchtete die Riesenwurst auf den Sockel – und ich begann erneut die Kurbel zu drehen. Der steingefüllte Kasten bewegte sich nach der anderen Seite, senkte sich auf die eingelegte Rolle und bügelte ihre Wäsche glatt.

Während ich fronte, meine Mutter genauso geschäftig hantierte wie die Frau an der gegenüberstehenden Mangel, stand der Weiber Maulwerk keinen Augenblick still. Sie handhabten die schweren Rollen, die länger waren als sie groß, mit der Routine eines Jongleurs und mit einer Leichtigkeit, als wären es Streichhölzer. Klatsch und Tratsch waren unentbehrliche Würze.

Hier hörte ich Geschichten aus der Küche, wie man bäckt, was den Männern schmeckt, hier erfuhr ich, daß die Frau Hartwig heimlich soff – Pfefferminzlikör! –, die kleine Minnich bei Woolworth eine Handtasche geklaut hatte, die Singers schon seit zwei Monaten ihre Miete nicht bezahlen konnten, hier hätte ich mit gespitzten Ohren auch erfahren können, wer was für Unterhosen und welche Löcher er drin hatte, wer seine Frau schlug, nicht mehr in die Kirche ging, beim Kaufmann Schulden machte, wessen Tochter sich »rumtrieb«, ein Kind bekommen würde, wem man und warum gekündigt hatte und was dergleichen unterhaltsame Nebensächlichkeiten des Lebens mehr waren. Hier wurden mit echauffierter – wirklich, Ida sagte so – Begeisterung die nervenkitzelnden Dramen kolportiert. Zum Beispiel das von dem jungen Tenner, dem Sohn von der langen, schmalen Frau aus Nummer siebzehn.

»Der ist zur Polizei gegangen«, berichtete eifrig die Schrader, während Mutter Ida das Gemangelte faltete.

»Und dann hat er doch das Verhältnis mit der jungen Witwe der das schöne Haus draußen im Waldstück am Fischerberge gehört angefangen und schon da gewohnt und da sollen sie vorgestern Nacht lange gefeiert haben weil er seine Prüfung bestanden hat und gestern morgen hat er zum ersten Mal Dienst tun sollen da ist er und ich hab das alles von der Frau Wipf die es von der alten Gruner gehört hat die direkt mit der Mutter vom jungen Tenner gesprochen hat also da hat er gestern morgen seinen Dienst im Revier angetreten und ist reingekommen da hat der Oberwachtmeister ihn begrüßt und gesagt zieh deinen Mantel gar nicht erst aus du mußt gleich los zusammen mit Hartmann ich hab da einen dringenden Fall und da ist der Tenner erfreut und aufgeregt gewesen weil das ja doch eine Ehre ist gleich am ersten Tag sofort eingesetzt zu werden er hat seinen Vorgesetzten erwartungsvoll angesehen und der hat gesagt ihr müßt gleich zum Fischerberge da steht so ein etwas einsam schönes Haus in dem wohnt eine junge Witwe und die ist vor einer Viertelstunde von ihrer Putzfrau gefunden worden die gesehen hat wie zwei Gestalten wie Landstreicher im Walde verschwunden sind und die haben die Witwe umgebracht ...«

Wenn dort, dann also schlichen Mörder auch um unser Haus, und wenn Mutter abends wegging, warteten nicht nur die Gespenster vor dem Fenster. Die Mangelstubengeschichten wurden in meinem Kopf Wirklichkeit, aber ich drehte die Kurbel und spitzte die Ohren, während die Frauen genußvoll-schaudernd immer neue Dönekens austauschten und die Besitzerin der Mangel mit den Münzen, die sie von morgens bis abends kassierte, in ihrer Schürzentasche klapperte. Hier war für die große und grobe Wäsche Endstation.

Anfangen tat das für die Waschfrau Ida in der Waschküche mit den immer tropfenbeschlagenen Mauern von Frau Polizeifeuerwerkermeister Sperling: Am ersten Tag in den Zubern die Wäsche mit »Burnus« einweichen; am zweiten Tag, Buntes und Weißes getrennt, im riesigen Waschkessel mit »Persil bleibt Persil« kochen; am dritten Tag, über die ovale Daubenwanne gebeugt, auf dem geribbelten Waschbrett rubbeln, im Zacken spülen, auf der Wiese bleichen, in der Mangel glätten. Vier bis fünf verschwitzte, meist gummibeschürzte, naßfüßige Tage für Mutter, an denen ihre Hände wasserleichig aufweichten, so daß ich kein Streicheln ertrug, Tage, für deren Fron sie fünf Mark bekam und mittags in der Küche von Frau Sperling das Essen. Die schätzte meine Mutter, diese fleißige und gewissenhafte Waschfrau. Bei der gab es kein graues Laken, keinen Schmutzrand am Oberhemdkragen. Die rieb sich lieber die Finger auf dem Waschbrett wund. Und deshalb bekam sie zum Geburtstag auch immer zwei Mark extra und einen Napfkuchen, zu Weihnachten fünf Mark und einen mit Fondantkringeln behängten und mit fünf Kerzen geschmückten, sehr kleinen Weihnachtsbaum. Der war wohl mehr für mich gedacht, denn Frau Sperling wußte natürlich, daß ihre Waschfrau bei den Bibelforschern war, die kirchliche Feste nicht feierten, also auch kein Weihnachten. Und die deshalb keinen Weihnachtsbaum hatten. So ging ich, das Bäumchen vor mich herstreckend wie eine Monstranz – (mein Bleistift geht mit, der Bogen an der Wand wird langsam wirklich ein Stadtplan) – von der Schönaustraße durch die Steinstraße ein Stück die Schleiermacherstraße über die Sandstraße in die Herrenstraße, Mutter etwas unwillig und verlegen hinter mir her. Unwillig, weil sie einfach nicht verstehen konnte, was ihrem Jehovas-Zeugen-Sohn an diesem verabscheuenswürdigen Kirchen-Weihnachtsbaum-Firlefanz liegen konnte, verlegen, weil die Leute, denen wir begegneten, diesen kleinen Jungen mit dem kleinen Weihnachtsbaum einfach rührend fanden. Dabei fror ich in dieser kneifenden Kälte selbst durch meine Fäustlinge hindurch bitter an den Händen.

War die gemangelte Wäsche im Schrank, ging Ida zu Sperlings bügeln. Sie war eine Meisterin im Hemdenplätten: Kragen und Manschetten gestärkt, aber halbweich, Knopfloch auf Knopfloch. Blusenrüschen penibel locker, Faltenrockfalten messerscharf und doch glockig fallend. Herr Sperling hatte die tadellosesten Hemden von all seinen Amtskollegen, strahlend weiß. Bis ein, dann immer mehr braune in die Wäsche kamen, von meiner Mutter gedankenlos und vorurteilsfrei genauso kragengestärkt und manschettengebügelt wie die weißen. Sie nahm die Schatten von Masse und Macht, die bis in ihr Waschfaß und auf ihr Bügelbrett fielen, nicht wahr, fühlte sich nicht betroffen. Was ging sie die Politik an, wo doch Herr Sperling, dessen Uniformjacke auf Kragenspiegeln und Schulterklappen immer silbriger wurde und immer mehr Sterne bekam, sie unverändert höflich grüßte. Sie mußte jetzt manchmal einen Tag für Zwischendurchwäsche kommen, besonders Tischdecken und Servietten fielen an. Denn der Herr Gauleiter und der Herr Kreisleiter waren häufig Gast bei den Sperlings. Die also brauchten die fleißige Ida, die brauchte die zusätzlichen Märker. Und weder erwähnten die Sperlings je ihre fleißige Waschfrau, noch sah Ida je einen von dieser so hohen Gesellschaft.

Zuerst rempelten sie sich an den Wohnungstüren an, die Missionarin Ida, Verkünderin himmlischer Seligkeit, und der uniformierte Sammelbüchsenschwinger mit dem irdischen Wahlspruch:

»Keiner soll hungern und frieren!«

Oma hungerte, und ich fror, denn seit sie die Arbeit verloren hatte, war die einzig sichere Einnahme die Wäschewoche bei Frau Sperling. So gesehen waren die Jahre vorher in der Papierfabrik, deren nach Parteiauskunft jüdisch-kapitalistischer Besitzer von einer Auslandsreise einfach nicht zurückgekommen war, geradezu Zeiten des Wohlstands gewesen. Dort hatte Mutter – neben vielen andern Frauen – an einem Tisch gestanden, der sich unter den Fenstern über die ganze Länge des Fabriksaals erstreckte, und täglich acht Stunden und sonnabends nur fünf Papierbogen sortiert und gezählt. Sie hatte flinke Finger, die instinktiv fleckige oder eingerissene Blätter fanden, auszogen und in die Abfallkiste unter den Tisch warfen. Dorthin wanderten auch die Millionen-, Billionen- und Trillionen-Scheine, die sich, geknickt oder gar geknüllt, nicht zählen und bündeln ließen, ehemalige Reichtümer einer armen, ja noch ärmeren Zeit um meine Geburt herum. Damals bekam man, erinnerte sich Ida, nachmittags um fünf, und das täglich, eine Aktentasche, ja einen Koffer voll frisch gedruckten Geldes: einen Tageslohn. Und der mußte innerhalb einer Stunde, vor Ladenschluß, ausgegeben sein. Denn gab es am Abend noch einen Ring Wurst und ein Brot für das Geld, war es am nächsten Morgen vielleicht gerade noch gut für zwei Semmeln. Jetzt aber, nach überwundener Inflation, wurde der ganze gedruckte Zaster waggonweise direkt aus der Druckerei in die Papierfabrik geliefert, ein Abfall-Milliardenvermögen-Spielgeld für mich, der, selig von Mutternähe und Geschäftigkeit, unter Idas Werktisch in der Kiste saß. Daß ich dort sein konnte, beruhigte Idas Gewissen und machte sie arbeitseifriger. Und weil sie so besonders fleißig war, die Akkordarbeiterin, weil sie mehr Ries in der Stunde, dem Tag und der Woche gezählt hatte als die Frauen neben ihr, bekam sie am Freitag den fürstlichen Lohn von fünfzehn harten, kaufkräftigen Reichsmark.

Ein großer Tag, dieser Freitag. Saß ich unter dem Tisch, zog sie mich aus der Kiste, nahm mich bei der Hand, und erwartungsvoll plappernd zockelte ich hinter ihr – schnell, Stift her – an den Brücken entlang. Wir kreuzten die Straupitzer- und Mühlgrabenstraße und machten in der Mitte der äußeren Burgstraße halt. Das blieb auch noch unser erstes Freitagsziel, als ich zu groß für die Papierabfallkiste geworden war. Kam ich sonst, zeitloser Nachmittags-Stadtstreicher, manchmal kaum vor dem Dunkelwerden nach Hause – am Freitag holte ich Muttern von der Fabrik ab, trödelte hin, riß von den Büschen am Zackenwehr Kletten, knuddelte sie in den Händen zu Bällen und bewarf damit die aus dem Fabriktor strömenden Arbeiterinnen, bis endlich Mutter kam mit dem Wochenlohn in der Tasche.

Mitte äußere Burgstraße – Pferdemetzger Raupach! Da gab es zunächst für zehn Pfennig ein riesiges Stück heiße Fleischwurst, krebsrot aus dem Siedewasser geangelt, saftig bei jedem Bissen tropfend, fünfundzwanzig Zentimeter Freß-Seligkeit, ausgedehnt durch Zwischenbisse in die Hälfte einer krossen Wassersemmel. Während ich, irgendwo versunken im Laden rumstehend, aß, kaute, auf der Zunge zergehen, die Zähne mahlen, den Gaumen genießen, den Schlund schlingen ließ, handelte Ida, die verführte Köchin, Fohlenfleischscheiben für Rouladen – sonntags mit Kartoffelklößen, ach Gott! – Stutenfleischbrocken für Sauerbraten oder Hengstgehacktes für Frikadellen, in ausgelassenem Pferdeflomenfett gebraten. Die Erinnerung bringt Speicheltropfen in meine Mundwinkel, der Pferdefleischwurstgeschmack wässert mir den Mund, die Nase ist voller Geruch des Brodems aus dem Wurstkessel. Dort stehe ich barfuß auf den kühlen Fliesen, der seligste Sohn der liebsten Mutter der Welt.

Danach pilgerten wir zum Schustermeister Kutsche.

Hier zeichnet mein Stift Wegelinien in eine Ecke des Blattes, die noch unbekritzelt ist. Das ging am Mühlgraben entlang, über den Bober, sofern dessen Riesengebirgsschmelzwasser die Brücke nicht weggerissen, Regengüsse sie nicht überspült hatten. Drüben lag Cunersdorf.

Drüben war, gleich links im ersten Haus, der Laden, die Werkstatt von Schumacher Kutsche, »Bruder im Herrn«, wie Mutter deutlich betonte. Der besohlte seit Jahren unsere Schuhe, der schrieb ganze Rindviecher in Form von Sohlenstückchen und Oberlederflicken auf das Konto der »Schwester« Ida, notierte den Betrag für neue Treter dazu, wenn der Oberschuh beim Nageln die Sohle nicht mehr hielt, und der zog jeden Freitag vom Saldo die drei Mark ab, die meine Mutter ihm als Abzahlung – meist zusammen mit neuen Schuhproblemen – brachte. Freundlich und geduldig führte Kutsche Buch, der Saldo zu Mutters Lasten wurde immer höher, die Geduld des Schuhmachers immer länger, bis er eines Tages mit breiter Zimmermannsbleistiftmine einen Strich durch die Schulbuchseite machte. Das war, als immer mehr Marschstiefel bei ihm verlangt wurden.

»Wenn du auch welche brauchst«, sagte er zu mir, »nur raus mit der Sprache. Für kleine Bibelforscher hab ich da welche mit besonders viel und langen Sohlennägeln, lang und spitz sind die und nach innen gehämmert, damit sie dir bei jedem Hitlerjugend-Marschtritt die Fußsohlen kitzeln.«

Weiter ging die freitägliche Abzahlungstour: zum Lebensmittelhändler Hösel, der jedesmal ein Lamento machte, weil immer noch ein Rest blieb und Mutter gleich darauf doch wieder das Netz vollpackte. Zum Bäcker Wirtz, dessen Brotkonto auszugleichen wir sogar ein-, zweimal im Jahr schafften. Hier gab es die Freitags-Quarktaschen, Genäsch für einen Sechser.

Zu Hause setzten wir uns an den Tisch, und Ida begann ihre Finanzdispositionen: einige Mark beiseite für die Miete, etwas für heimlichen Bohnenkaffeegenuß – Viertelpfund sechzig Pfennig – eine Rücklage für eventuell notwendige Hosen auf meinen Hintern – sitz ruhig, du schabst sie ab! – Reserve für Woolworth-Ausverkaufsstoff, damit ein Kleid Idas Blöße bedecke – schneidern tat es eine geschickte, mildtätige »Schwester im Herrn«. Doch wie Ida auch rechnete, wie wendig sie auch die Münzen schob, es reichte nicht. »Ach«, sagte sie in mildem und hilflosem Zorn, »man kann sich drehen und wenden, wie man will, der Arsch bleibt immer hinten.« Keiner jener weisen Sprüche aus der Bibel, die sie sonst für alle Lebenslagen parat hatte.

Es galt, zusätzlich Geld zu verdienen.

Irgendwer hatte irgendwann Mutter das Flechten von Rohrstuhlsitzen und Körben gelehrt. Also brachte sie es mir bei. Statt in der Gosse zu patschen, saß ich in der dämmrigen Stube, hockte auf einer Fußbank und kämpfte mit Peddigrohrstreifen, Pfriem und Holzspeilen. Am Eckloch beginnen, horizontal von Loch zu Loch die Basis spannen, zurück Loch an Loch verdoppeln, schräg vom linken Eckloch oben zum rechten Eckloch unten, drüber und drunter durchziehen, schräg vom linken Eckloch unten zum rechten Eckloch oben durchziehen, einen Deckstreifen über den Löchern festzurren. Drei Stunden Ungeduld, brechendes Rohr, Zornestränen, geschlitztes Fingerfleisch. Fertig! Bloß raus aus der Bude, bloß weg von allem, was nach Stuhl mit Rohrsitz aussieht. Und dafür bekam Mutter drei Mark, kaufte neues Rohr für sechzig Pfennig, gab mir einen Groschen als Belohnung, und am nächsten Tag standen die nächsten durchgesessenen, ausgefransten Stühle im Zimmer. Warum konnten die Leute ihre Hintern nicht auf Kissen plazieren? »Sei doch froh«, sagte Mutter. »Sonst hätten wir nichts zu beißen!«

War Flaute, diente ich mich Krause an, kroch in die brütend heiße oder erbärmlich kalte Lastwagenkabine, und Krause, immer hemdsärmelig, fuhr von Kramladen zu Kramladen durch alle Dörfer im Hirschberger Tal. Er hatte am Abend vorher den Wagen beim Großhändler, dessen Fahrer er war, vollgepackt. Jetzt luden wir bei jedem Halt ab: Riesentüten voller Zucker, Beutel mit Kichererbsen, Säcke mit Graupen und Grieß, wir stemmten die so vielen Menschen den Koffer ersetzenden Persilkartons, kanteten die Kannen voller Petroleum von der Ladefläche – Öl für die Lampen Schlesiens –, ließen Bierfässer über die als Rampe dienende Ladeklappe rollen. Zwischen Hermsdorf und Reibnitz vielleicht, oder auch Voigtsdorf und Krommenau, Seiffersdorf und Kaiserswaldau hielten wir, setzten uns an den Straßenrand, mampften Krauses Blutwurststullen und er ließ mich an seiner Bierpulle nuckeln. Beim Bauern in Gotschdorf kaufte er Hühnereier, das Stück für drei Pfennig, in Maiwaldau hatte eine Alte die frischeste Butter, das Pfund neunzig Pfennig, und in Märzdorf probierte und erhandelte er selbstgebrannten Klaren, alles für den Kramladen seiner Frau, wo es Pfenniggewinne einbrachte »... und meine Alte beschäftigt«, wie er sagte.

Zweimal in der Woche gab ich dem langen, blassen Besser, den zwei alte, vornehme Tanten verzärtelten und verwöhnten – ich sehe ihn wieder vor mir mit seinem hilflosen, blauen Basedowblick –, Nachhilfeunterricht im Rechnen. Das brachte jedesmal fünfzig Pfennige, bis der fahrradkettenschwingende Rabauke Klemm neidisch wurde, vor mir die Kette kreisen ließ und mir deutlich machte: »Von jetzt an werd' ich mit dem rechnen und abrechnen.«

Da begann ich, den »Beobachter« auszutragen, Haus zu Haus auf meinem Kilometer vom Jägerdenkmal bis zum Landgericht, die Wilhelmstraße weiter bis zur Wanderstraße, durch das feine Viertel der Gerhart-Hauptmann- und der Hermann-Stehr-Straße, bis zum »gelben Haus« am Noeggerathplatz, das jeder kannte. Denn dort wohnte Augenarzt Dr. Reiz, dessen jungenschlanke, jungenwilde Tochter immer öfter im Lokalteil des »Beobachter« Schlagzeilen machte, wenn sie in Grunau einen neuen Rekord mit ihrem Segelflugzeug aufgestellt hatte.

Steckte die Zeitung dort im Kasten, stieg ich aufs Fahrrad, Richtung Warmbrunner, jetzt schon Hermann-Göring-Straße, nach Cunersdorf, alle fünf Minuten ein Haus, ein Halt, eine Zeitung, bis zur Stonsdorferei, am nickenden Pförtner vorbei, vorbei an der Tür, hinter der die Bottiche mit süß-klebrigem Seim standen; anklopfen, hinein ins Büro des Chefs, der, wie Flasche und

Glas auf dem Tisch zeigten, tatsächlich seinen eigenen Bitter soff und zurückgelehnt auf meinen »Beobachter« wartete. Weihnachten bekam ich eine Pulle für Ida.

Dann fuhr das Rad allein abwärts bis zur Zellulosefabrik, wo ich mich voll in die Pedale legte, denn rechts und links standen gebläht die Kessel, von denen schon mal zwei geplatzt waren. Danach begann die Erleichterung und das Kunstradfahren eines übermütigen, einmaligen Akrobaten und Zeitungsträgers: Rechtes Bein nach vorn strecken, beugen, über die Lenkstange hieven, dito das linke Bein, mit den Kniekehlen lenken, zurück, auf einem Pedal stehen, gewinkeltes Bein schwenken zur Kunstfigur – die sich drehenden Speichen schnitten mir Pedalentänzer eine Scheibe von der Fußsohle ab. Doch weder Mutter noch das Zeitungsbüro noch die Leser entließen mich aus meinen Pflichten. Mit dickem Verband radelte ich weiter mühsam meine Tour, ließ mal ein abseitsliegendes Haus aus – und wäre dafür prompt beinah gefeuert worden. Schon sah ich einen anderen Burschen am Heiligen Abend das Weihnachtsgeld einstecken, das die meisten Bezieher ihren Boten zahlten und mit dem Ida aufs Jahresende fest rechnete.

Wahrlich, ich glaube, ich ernährte mich selbst.

Besonders listig in jenen Monaten, in denen die Papierfabrik »wegen der Wirtschaftskrise« zeitweise schloß und meine flinkfüßige Mutter in des Bäckers Sommer Dienste trat. Sie wurde Brötchenfrau, weckte mich morgens um fünf, wir liefen schnell durch die Hellerstraße, Warmbrunner Straße (sind schon fett auf den Plan gestrichelt) in Sommers Backstube. Ich wärmte mich auf, durfte Teig rollen, ihn flach patschen, mit Messern schlitzen, und auf dem Blech lag ein Nikolaus mit Rosinenknöpfen am Bauch. Währenddessen belud meine Mutter den vor der Backstube stehenden Schlitten, auf den ein Gestell geschraubt war, in das man Bleche schob: ganz unten die cremeverzierte »Bismarckeiche«, die vanillig gefüllten Cremeschnitten, die voll Sahne gespritzten »Windbeutel«; darüber die voll Füllung klaffenden Mohrenköpfe, die buttercremegefüllten Vierecke des Bienenstichs und Streuselkuchen; in der dritten Etage Mürbeteigplätzchen, Sandkuchen, Napfkranz; auf dem Oberdeck zwei Henkelkörbe, in dem einen Semmeln und Brötchen, in dem anderen Hefeteilchen.

In der Kälte aus Mund und Nase dampfend wie Brauereirösser aus ihren Nüstern, faßten Mutter und ich die Ziehstricke und stampften los. Um halb sieben klingelte Mutter beim ersten Kunden, am rechten und linken Arm einen Henkelkorb. Sie reichte den verschlafen Öffnenden die noch warmen Wecken, leicht klebrigen Teilchen, sie setzte die Körbe nieder, kam rausgeflitzt, hob mit dem Tortenheber Gefülltes, mit der Zange Gespritztes auf ein Papptablett, brachte es den ungeduldig, leicht frierenden Wartenden, kassierte, hing sich die Körbe in die Armbeugen, klingelte gegenüber, huschte die Treppen hoch, schoß aus der Haustür, wuchtete die Körbe obenauf, und schon hatte ich den Schlitten in Fahrt gebracht zum nächsten Haus. Unser Revier war die Schmiedebergerstraße, einen Schlenker in den Engerweg, eine Visite in der Schießbahnstraße – bisher weiße Flecken auf meinem Wandplan –, und dann wurden die Bleche leer, die Körbe leichter, die Häuser spärlicher, und vom letzten aus lief die leere Straße nach Straupitz, das man gerade noch sehen konnte.

Ich weiß, ich hatte den Schlitten zu bewachen, unersetzliches Gut vom Bäcker Sommer, speziell gefertigt das Blechgestell. Aber es war fast neun, keine Sonne wärmte, ich kriegte weder beim Gehen noch wenn ich auf der Stelle trampelte die Füße warm, spürte meine Daumen in den Handschuhen kaum noch. Nein, ich mußte einen Augenblick in den warmen Hausflur, einen Moment mich hinter die schützende Tür verkriechen vor dem schneestöbernden Wind. Mutter war die Treppe im Haus noch gar nicht ganz unten, da fing sie schon an zu zetern und langte mir während des Türöffnens, so nebenbei, vorsorglich eine. Ihre Ahnung trog nicht. Der Platz vor dem Bordstein, wo der Schlitten gestanden hatte, war leer.

Ida wieselte auf die Straße, ließ im Laufen die leeren Körbe – ein Brötchen rollte rund in den Schnee – fallen, sah nach links zur Stadt, blickte nach rechts via Straupitz – und da war er, schon ziemlich weit weg, ein ausgreifend rennender Mann, hinter dem der geklaute Schlitten hin und her schleuderte. Doch er hatte nicht mit der zutiefst getroffenen Ida gerechnet. Ihr und dem Bäcker Sommer einen Brot-und-Kuchen-Ausfahr-Spezialschlitten klauen, das konnte nicht Gottes Wille sein. Er würde ihr wunderbare Kräfte verleihen. Denn nie würde sie den Schlitten bezahlen können. Jedenfalls war sie, während ich noch verdattert vor dem Haus stand und die Wirklichkeit so wenig begriffen hatte, daß das Brötchen noch immer im Schnee lag, bereits auf der Strecke, sprintete kurzbeinig, bewegte sich kugelig, glitt über die Glätte. Ich sah sie, sah und glaubte es nicht, wie die Entfernung zwischen dem Dieb und ihr immer geringer wurde, traute meinen Augen nicht, als sie ihn erreichte, lachte, als sie ihm, sich emporstreckend, eine Ohrfeige verpaßte, deren Knall ich zu hören vermeinte, und kicherte noch, als sie wieder bei mir ankam. Da hat sie mich warmgeohrfeigt.

Natürlich kam das alles nur daher, daß ich keinen Vater, Ida keinen Mann hatte. An dem Tage, da mein Nichtvater sie verließ, war sie belämmert und arm zurückgeblieben, den Bankert am Hals und krabbelnd zwischen den Füßen und bläkend am nächtlichen Fenster. Gut, sie blickte ins Himmelreich, aber mit meinem Sinn fürs Irdische sah ich doch, wie sie sich hier auf Erden erst mal abhetzen, abschuften, abrackern mußte, um mit mir, ihrem verfressenen Fehltritt, zu leben.

Sag, Mutter, hättest du nicht damals mal ein bißchen lügen können? Glaubst du nicht, deine Blauäuglein und Lianenarme hätten den heimkehrenden Ingenieur von seiner Vaterschaft überzeugen können? Dann wäre er geblieben, Ernährer, ob fern oder nah, Invalid mit Rente und kurzatmig im Rollstuhl, zwar mühevoll, aber nicht lästig. Ja sogar als Toter noch ein Renten- und Erblasser. Aber nein, du mußtest ja, obwohl kaum evangelisch und kein bißchen katholisch, noch nicht Bibelforscher und ohne Ahnung von Jehovas Zeugen, du mußtest ja moralisch sein und die Wahrheit sagen vor Gericht in der Wilhelmstraße am Kilometerende! Hattest du keine Phantasie, wie die Zukunft aussehen würde, warst du kurzsichtig oder zu dumm?

Oder steckte der geheime Zeuger, der »Studente« dir noch unvergeßlich in den Sinnen? Wie war er eigentlich, dein Mann für eine Nacht? Oder war er doch ein Viele-Nächte-Mann gewesen? Komm, laß uns »Chinesisches Roulette« spielen, sag, was so einmalig an ihm war, daß du ihn als Geheimnis bewahrtest. Ich werde dich herausfordern – das Spiel schont keinen. Ich denke mir, wie es in jener Nacht gewesen sein könnte:

Mit glatthäutiger Brust drängte er sich an dich. Sein Mund war an deinem Hals, sein Atem kitzelte dein Ohr. Er flüsterte:

»Im norddeutschen Moor hat man mumifizierte Frauenleichen entdeckt, die Anthropologen haben herausgefunden, daß diese Frauen lebendig begraben wurden. Das war die Strafe der frühen Germanen für Ehebruch.«

Du neben ihm zogst dir das Laken über deinen nackten Körper, als ob es dich fröre, und schlossest die Augen.

»In manchen östlichen Ländern, zum Beispiel in Polen, stellte man die Ungetreuen, zur Wehrlosigkeit gebunden, in ein Erdloch und schüttete es zu. Nur der Kopf ragte noch über den Erdboden. Solche Urteile wurden nur im Winter vollstreckt. Um den Hals gefror die Scholle steinhart. Und die Raben waren hungrig. Mit den Augen fingen sie an. Die umliegenden Bauern stopften die Ritzen ihrer Fenster mit Stroh zu, um die Schreie nicht zu hören, die furchtbarer waren als das Geheul umherstreifender Wölfe.«

Du hattest deine Hände ins Bettuch verkrallt und atmetest schwer.

»Oder in Spanien«, fuhr dein Liebhaber mit einer Stimme fort, die so schmeichelte, als säusle sie Zärtlichkeit. »Die stolzen Granden ließen einen ungeschälten, scharf zugespitzten Pfahl in die Erde schlagen, der schließlich zwei Meter ragte. Dann ergriffen Knechte die Überführte, entkleideten sie und setzten sie, die Beine speizend, auf des Pfahles Spitze. Sie durchbohrte oft erst nach Stunden die Schädeldecke der Gerichteten.«

Der Student hob den Kopf und sah auf dein Gesicht, das ebenmäßig und leichenblaß war.

»Chinas Mandarine banden Ehebrecherinnen an eine Säule und amputierten sie stückweise.«

»Hör auf«, fluchtest du leise und gequält. »Hör auf!«

»Warte«, sagte der Verführer, legte sich auf den Rücken und richtete den Blick auf die leerweiße Zimmerdecke. »Ungetreue Indianerfrauen wurden noch vor einigen Jahren, Arme und Beine gebreitet, auf die Erde gekreuzigt. An schattenloser Stelle. Man bestrich ihre nackten Glieder sorgfältig mit Honig. Aus nahem Wald holte man achtsam zwei Ameisenhaufen herbei, setzte sie zu beiden Seiten der Wehrlosen nieder, und die richtenden Männer entfernten sich. Schon nach vier Stunden soll oft nur noch das Skelett dagegelegen haben.«

»Du bist ein Scheusal!« schriest du deinen Bettgenossen an und schlugst mit der Faust nach ihm. »Geh! Geh sofort.«

Doch der Bursche sprach weiter, als führe er Selbstgespräche.

»Der Graf von Artois, so berichtet die Chronik, verfügte zu seinem persönlichen Schutz über einhundertzweiundachtzig bewaffnete Knechte zu der Zeit, als er seine noch kindhafte Frau in flagranti mit seinem Schreiber erwischte. Er ließ den Jüngling binden und wie Abfall in einen ausgetrockneten Brunnen werfen. Seine Ehefrau schmiedete er so auf dessen Rand fest, daß sie sich unfreiwillig darbot. Dann befahl er seinen Knechten, sich an ihr zu verlustieren. Die Urteilsvollstreckung währte drei Tage. Die Frau überlebte um vierzehn Stunden. Und – nein, warte, bleib liegen, mir fällt nur noch der Marschall Bompierre ein, dessen Geliebte sich unter die Marketenderinnen mischte, als man einen Sieg feierte. Er zog sie unter einem noch halb gepanzerten Landsknecht hervor und versiegelte der Angebundenen die ungetreue Öffnung mit Blei ...«

»Nein, nein, nein!« Das Laken fiel neben euer Bett. Du warst wie von Sinnen. »Nein! Du weißt genau, wie mich schon der Gedanke, daß mein Mann unser Verhältnis entdecken könnte, um den Verstand bringt. Ich weiß nicht, wozu er fähig ist, wenn er es erfährt.«

»Eben!« sagte der Eindringling und zeugte mich.

War er so, muß er nicht so gewesen sein, einsame Ida? Muß ein Mann, der dich begehrte und doch verließ, dir nicht Schrecken bereitet haben? Oder gehörte er zu den Sanften, denen man alles verzeiht? Ich, sein Sohn, will es wissen. Ich habe ein Recht darauf. Erzähl mir von seinen Gesten, seiner Stimme. Wie war seine Haut, wie roch sein Atem? Gehe ich wie er, hebe ich das Glas wie er? Ist mein Lachen wie sein Lachen, mein Zorn wie sein Zorn? Tun dir meine Fragen weh wie einst seine Gewalt dir weh tat, spürst du in meiner Ungeduld die seine? Ich bin ein Suchender, Sehnender. Ich gleiche jenem Reisenden im Zugabteil, den keine Besonderheit auszeichnet. Er starrt durch das geöffnete Abteilfenster in die Nacht. Der Zug nähert sich seiner Station, fährt langsamer, fast hält er an, es ist, als zögere er. So bewegt sich der Wagen des Reisenden kaum merklich über eine Brücke, unter der eine hell erleuchtete Vorstadtstraße kreuzt. Der Reisende erhebt sich und lehnt sich aus dem Fenster, um die Ursache der Verzögerung zu erkennen. Nichts auszumachen. Er blickt auf das Band der Straße unter sich. Da fährt langsam, tändelnd, das Gesicht zu den Straßenlampen erhoben, ein Mädchen auf einem Fahrrad vorbei. Der Wind hat den Rock hochgeweht, die langen Schenkel sind beinahe entblößt. Er sieht sie nur einen Augenblick. Und erblaßt. Das war sein Augenblick. Die Verheerung in ihm vollzog sich, wie ein Blitz trifft oder ein Beil schlägt. Von jetzt an wird er suchen, wird sich nach ihr sehnen, wissen wollen, wer sie ist, rastlos nach diesem Gesicht ausschauen. Es wird wie eine Krankheit sein.

Meine Krankheit ist die Vatersuche, meine Hoffnung, daß du das Rätsel löst. Ich hatte Zeiten, da habe ich alten Männern ins Gesicht gesehen und gefragt: Kann das mein Vater sein? Ihm zu begegnen, ihn zu erkennen, war es unmöglich? Manchmal setzte ich auf diese Unwahrscheinlichkeit.

Hast du ihn dir angesehen, bevor er unter deine Decke schlüpfte? Hast du bedacht, daß dein Sohn vielleicht viel lieber ein Blondschopf geworden wäre, Modell des germanischen Recken, nordische Lichtgestalt für all die plötzlichen Rassenfanatiker – und nicht ein kraus- und schwarzhaariges Mittelmaß, das immer im letzten Glied jeder völkischen Formation stehen würde? Du hast es nicht bedacht, nicht was er mir an äußerlichen Merkmalen noch an innneren Eigenschaften vererben würde. Ja, du hast nicht mal daran gedacht, daß es mich nachher geben könnte. Und jetzt schweigst du.

Dabei möchte ich, der Vaterlose, der Niemand, gern etwas sein. Fragte Lehrer Bundschuh: Was ist dein Vater von Beruf, sagte ich: Tot! Denn meinen Namensgeber hatte die Behandschuhte auf die Schneekoppe und aus meinen Sinnen gekarrt, und außer der vagen Erinnerung an die durch ihn ermöglichte Schokoladenorgie und die Bauchschmerzen, die sie verursacht hatte, gab es ihn nicht. Ich hatte keinen Vater, weil du es so wolltest. Doch sag mir, warum ich ihn suche, warum ich so gierig bin, etwas zu sein. Ich habe einen fremden Namen, und du hast mich nicht gewollt. Du hast mich geduldet und umsorgt, aber außer dir hat mich niemand wahrgenommen. Deshalb vielleicht wuchs in mir das Bedürfnis, etwas zu sein, zur Gier. Deshalb habe ich erleben müssen, daß es unmöglich ist, eine Ausnahme zu werden, daß man immer nur einer unter Millionen ist, und daß jeder vergeblich nach Einzigartigkeiten strebt. Noch dem Todkranken, der hofft, wenigstens an einer seltenen Krankheit zu sterben, beweisen die Ärzte, daß die Kliniken voll sind mit gleichen Fällen. Es gibt an den Pyramiden keine Tafel, die vom Heldentum des erschöpften, erschlagenen Sklaven zeugt, der mithalf, diese Monstergräber zu bauen, denn es starben zu viele. Die Geköpften der Revolutionen, Verbrannten der Inquisitionen, die Verscharrten, Verschütteten, Verbrannten, Verstümmelten der Kriege haben es höchstens zum Denkmal des Unbekannten Soldaten, zur Fußnote in historischen Abhandlungen gebracht. Und wer diese überflüssigen Heldentaten überlebte, wer stolz seine Orden zeigt, um bemerkt zu werden, der teilt diesen Ruhm mit Unzähligen.

Ach, Mutter Ida, warum hast du nicht wenigstens mit einem Genie die Ehe gebrochen, damit ich als tragischer Sohn von seinem Namen hätte zehren können? Was kann ich tun, um bemerkt zu werden, was muß ich tun, um zu überragen?

Kein Giftmord lohnt, seit die Borgias dafür allen Ruhm beanspruchen. Der Mensch wird sich immer gleichgültiger. Ob man in Peking Lokomotiven mit Kommunisten heizte oder Republikaner im Spanischen Bürgerkrieg lebend an Scheunentore nagelte – nicht eines einzigen Opfers Schicksal beweint die Welt wirklich. Kein Verwandter irgendwo, niemand, auf dessen Bilder, Bücher oder Taten ich wenigstens ein bißchen stolz sein könnte?

Und ich stelle noch mehr dieser Fragen. Was zum Teufel studierte der legendäre Herr Student? Wenn du, Mutter, schweigst, so antworte du, Orakel meines »Chinesischen Roulette«, laß es Geschichte sein, damit ich dem hoffentlich gelehrten Erzeuger beweisen kann, daß er sich mit der Sinngebung des Sinnlosen befaßt. Laß mich mit ihm diskutieren, ihm den Glauben an seiner Wissenschaft, einzig weil er sie wählte, und vielleicht zugleich den Stolz auf seine Herkunft zerstören. Seine Geschichte? Sein Urahn an eines Königs Hof. Na und? Kaiser Karl des Sechsten einzige Tochter, Maria Theresia, »an Geist und Körper die vollkommenste europäische Prinzessin ihrer Zeit«, erbte mit dreiundzwanzig Jahren Schlesien. Wenige Monate vor ihr hatte in Preußen Friedrich II. das Regime, ein gedrilltes Heer von sechzigtausend Mann und acht Millionen Taler geerbt, Grund genug, der österreichischen Schönen ihr schlesisches Erbe streitig zu machen. Im Dezember 1740 begann die Kriegerei – Frieden 1742 ... Krieg bis zum Frieden 1745, Krieg bis zum Frieden 1763. Allein der »dritte Akt« hatte die Preußen hundertachtzigtausend – namenlos gebliebene – Soldaten gekostet und hundertfünfundzwanzig Millionen Reichstaler. Und das alles für die Katz, denn »nun erhielt jeder Teil die Länder wieder, die er vor dem Kriege gehabt hatte«. Was für ein Trost für den Großen Friedrich, den seine Gicht inzwischen klein machte, was für ein Triumph für Maria, die aus dem Kindbett nicht mehr rauskam und inzwischen wohl an Umfang, nicht aber an Vernunft zugenommen hatte.

Wo, Vater, ist der Sinn dieser Geschichte, deiner Wissenschaft? Wo der Ruhm deiner Ahnen?

Nicht so schnell aufgeben, sagst du?

Du hast recht. Vielleicht gibt die Sache doch noch was her. Damals zum Beispiel, als Napoleon Schlesien überflutete, so ab 1807. Das waren Zustände, als am 14. Mai die Preußen bei Kanth am Schweidnitzer Wasser gegen die viertausend Bayern antraten! Am Abend hatten die Preußen siebenhundert Mann, sechshundert Pferde, eine Kanone, eine Haubitze und eine bayerische Fahne erbeutet. Wer von den Gefangenen aus Sachsen kam, wurde nach Hause geschickt. Die restlichen machten sich in anderer Richtung auf den Heimweg, was dem napoleonischen General Lefèbre Gelegenheit gab, sie bei Adelsbach zu stellen. Die Beute des Franzmanns war total und wurde nach Breslau geführt. So auch, unter der Bewachung von achtundfünfzig Bayern, einhundertzehn Gefangene. Die wiederum befreite am 20. Mai ein Rittmeister Negro und die

Leutnants Graf Wedel, Schmidt und Witzenhausen, und die Herren zogen mit den Befreiten, der gefangenen Wachmannschaft und siebenunddreißig Wagen Beute am 21. Mai in Hirschberg ein. Freilich war die Beute anfangs viel größer gewesen, aber zuerst hatte sich der Vorhut-Leutnant Witzenhausen mit seinem Teil aus dem Staube gemacht, dann hatten die Feinde das Trüpplein erspäht und im Materiellen dezimiert.

Warum ich das alles so geschwätzig erzähle? Nun, unbekannter, wahrer Vater, die Kugel meines Roulettes rotiert: war darunter vielleicht mein Urgroßvater, weist meine Ahnenreihe den tapferen Negro, den listigen Witzenhausen aus? Ich ahne es schon, ich stoße höchstens auf einen der Gemeinen in der Gefangenenkolonne, der sich, befreit, in Hirschberg müde in ein Bett legt, in dem die Magd kaum beiseite rückt. Da kommen wir her, Vater. Solange du mir nicht das Gegenteil beweist, mir nicht deinen Namen nennst, bin ich Sklave, Abkomme von Sklaven, unerkennbar und unbekannt wie jene Millionen Marodeure, Pestopfer, Landsknechte, Soldaten, KZ-Juden, Treckflüchtlinge, von denen du, ein durch meine Phantasie installierter Geschichtsforscher, kein Wort schreibst. Solange du dich nicht zu erkennen gibst, bin ich geboren, um irgendwann vergessen zu werden, wird eines Tages von mir nicht mehr sein als Asche, die man auf Wege streut und über die Lebende dahinlaufen in gedankenlosem Trott, bin ich einer in der Masse und mein Mühen ist eine hilflose Geste vor der kalten Unendlichkeit. Zu keiner Stunde stehe ich im Rampenlicht, kein Zeitungs-Titelblatt zeigt mein Bild.

Du sagst, in zehn Millionen Jahren ist die Erde sowieso ein toter Stein im All.

Wäre es nicht trotzdem deine Pflicht gewesen, mir die Sterne zu zeigen, an denen ich meine Gefühle, meine Hoffnungen und Träume hätte aufhängen können? Hättest du mir nicht beweisen können, wie einzigartig ich, dein Sohn, bin? Aber statt dessen mußte ich lernen, daß Aufschwünge Täuschung sind. Der erste Kuß wird immer wieder gegeben, der zweite ist Gier, der dritte schon Gewohnheit. Die Defloration geht mit gespreizten Schenkeln, Schrei, Umklammerung und Lust wie eine Brise der Gleichgültigkeit über die Welt. Schwangere fühlen sich einzig und jede ist doch nur eine unter jenen Unzählbaren, durch die sich die Gattung fortsetzt, und die den Sinn davon so wenig versteht wie ein Geckopärchen im Baum oder die Urweltechsen auf den verlassenen Steinen der Galapagos. Wir Menschen sind nicht wichtiger als sie, die auch nicht wissen, wer ihr Vater ist. Wir sehen nur anders aus.

Vielleicht hättest du, gesuchter Vater, mir den Sinn des Lebens deuten, die verborgenen Zwecke der Schöpfung zeigen können? Ich finde weder ihn noch sie.

Oder steckt vielleicht Sinn darin, wenn ein spielendes Kind von einem betrunkenen Autofahrer zerquetscht wird? Wer kümmert sich um ungeborene Leben, wenn sich die Enten den gefiederten Wanst mit Laich vollstopfen und Millionen Fische nicht die Chance haben, geboren, um dann von Hechten gefressen zu werden? Haarmann zerstückelte Jünglinge und ernährte mit ihrem gepökelten Fleisch jahrelang Arme im hannoverschen Leineviertel. Für die war er ein guter Mensch. Wer will dem widersprechen?

Nein, dreh dich nicht weg, sieh mich an, Vaterphantom. Ich will diese Litanei beenden, es sei denn, ich höre dich lautstark Einhalt gebieten.

Du hast mich in die Welt gesetzt, mitten hinein in diesen vor Geschäftigkeit wuselnden Menschenhaufen, der vor Ehrgeiz glüht und an seiner Ewigkeit baut und dessen Wissenschaftler beweisen, daß uns die Sonne eines Tages ausbrennen oder wir erfrieren oder in einem »schwarzen Loch« verschwinden werden, und das Menschengeschlecht nie gewesen sein wird. Denn das Weltall hat keine Erinnerung. Auch dann nicht, wenn wir unsere Möglichkeiten nutzen und uns selbst ins All sprengen – ein Lichtblitz im Kosmos, der ohne Echo verzuckt.

So wird es sein. Und ich und wir stemmen uns dagegen. Einzigartigkeit! Gedanken denken, vor denen Gläubige in die Knie sinken. Einzigartig das Gemälde von unschätzbarem Wert, einzigartig die Empfindung bei diesem Geigenstrich, einzigartig der Stoß, der kracht, der den Gegner in die Vergessenheit des Gefängnisses stößt, einzigartig der Mörder, der unerkannt unter uns lebt. Denn was für den Pazifisten ein Verbrecher, ist für den General ein Held, und was der englischen Lady ihr Schoßhund, ist dem chinesischen Gourmet ein delikates Mahl.

Weißt du, Vater, in dem kleinen Taschenspiegel meiner Seele sollte mein Bild wenigstens einen schwachen Schatten über die Welt werfen. Doch der Anteil, den ich an ihr habe, findet in einer Nußschale Platz. Denn ich kann ja nicht einmal, damit man mich endlich hört, meinen Namen schreien. Ich kenne ihn nicht.

Nach bürgerlichen Maßstäben waren es keine einwandfreien Personalien, die Frau Ida vorzeigen konnte: Schuldig geschieden, ein uneheliches Kind, Hilfsarbeiterin, Angehörige der fanatischen Ernsten Bibelforscher. Aber wer die Kleine, Wuselnde, Fleißige kannte, fragte nicht danach. Bis in jene Tage, da ich darüber nachzugrübeln hatte, wieso ein Tag, und hieße er auch Reichstag, brennen konnte. Mit dem Ruf nämlich: »Der Reichstag brennt«, verkauften die Zeitungsjungen Extrablätter, brach in den Straßen ein lautes Lärmen der braun Uniformierten aus, die sich auf dem Markt vor dem »Braunen Haus« versammelten, der Rede zuhörten, die einer aus dem mittleren Fenster im ersten Stock hinausschrie, mit einem dreifach zackigen »Sieg Heil« die rechten Arme hochrissen und sich dann, zusammen mit der Polizei, auf die Suche, ja die Jagd nach den Brandstiftern des Tages begaben. Rätsel über Rätsel, denn wie sollte man in Hirschberg jemanden finden, der in Berlin einen Tag angezündet hatte.

»Es ist die Gesinnung«, sagte der tattrige Hauswirt aufgeregt zu meiner Mutter. »Alle Kommunisten sind Verbrecher! Und wer nicht für den Führer ist, ist gegen ihn.«

»Ach wissen Sie«, lächelte ihn Mutter Ida beruhigend an, »von Politik verstehe ich nichts.« Und ging fleißig weiter, mich heulend zurücklassend oder hinter sich herzerrend, in den Königreichsaal zur Verkündigung des Himmelreiches.

Dorthin kamen nicht nur zersorgte Idas, sondern auch junge, gestandene Mannsbilder, von denen der Kreisleiter meinte, sie sollten nicht betende Memmen, sondern stramme SA-Sturmmänner werden. Doch dazu sagten sie nein und sagten, sie hätten doch ihrem Herrn im Himmel einen Eid geleistet, nur ihm und deshalb keiner weltlichen Macht zu dienen, und im bevorstehenden Krieg von Harmagedon in der Endschlacht zwischen Jehova und dem Satan, da wären sie Teil der himmlischen Heerscharen. Hier auf Erden freilich könne man nicht mit ihnen rechnen, gegen keinen Feind, und schon gar nicht mit Gewehr bei Fuß. Denn schließlich stehe in der Bibel: »Du sollst nicht töten!« Und das sagten sie den argwöhnischen SA-Männern, die jetzt immer öfter in der Nähe des Versammlungssaales standen, um zu sehen, wer da hineinging. Ja, Jehovas Jünger fragten die Strammen freundlich, ob sie nicht auch lieber das Paradies und die ewige Seligkeit wählen wollten, denn sie brauchten nur über die Straße und zu ihnen zu kommen und wären schon auf dem richtigen Wege.

Als die SA-Männer, zusammen mit tschakobewehrten Wachtmeistern, dann über die Straße kamen, taten sie es, um den Versammlungssaal zu schließen, zu versiegeln und ein Schild an die Tür zu hängen: »Geschlossen! Verbotene Gemeinschaft!« Ich brauchte nicht mehr zu schreien, weil es keine Versammlung mehr gab, in die meine Mutter gehen konnte, keine Geschichten mehr auswendig zu lernen, weil niemand mehr da war, sie zu hören. Ob Bibelforscher oder Jehovas Zeugen oder Diener des Herrn – es war verboten, mit seinen Gedanken nicht von dieser Welt zu sein.

Da weckte mich meine Mutter eines Nachts mit den Fingern auf den Lippen, ich zog mich an, wir bückten uns und zogen unterm Bett die Bücher mit den bunten Umschlägen und den Seligkeitsverheißungen und die Stapel mit dem »Wachtturm« hervor, bündelten sie zu handlichen Paketen – größere für Ida, kleinere für mich – und zogen, unter der Last keuchend, sie absetzend, wieder aufnehmend, durch die nur mannsbreite Gasse neben unserm Haus – die Pakete scheuerten an den Wänden – über die Äußere Burgstraße, die Lichte Burgstraße, über den Mühlsteg und die Hinterhäuser Furt auf die Boberbrücke, unter der die Wasser hoch strömten. Mutter sah sich um, daß auch niemand in der Nähe war, und dann warfen wir unsere Pakete über das Geländer in die Flut, die sie mit sich riß, bis sie, in der Ferne noch eine Weile sichtbar, vollgesogen versanken. Mutter, eifrige Missionarin, hatte viel Bücher und Schriften gestapelt. Also gingen wir in der Nacht gleich zweimal, und in der folgenden zweimal zum Zacken, und beim letzten Mal hielt sie sich weinend am Geländer der nur vom Mond beschienenen Brücke fest, aber ich verstand wirklich nicht ganz, was es da zu heulen gab. Schließlich hatten wir jetzt in der Wohnung mehr Platz, Mutter war abends immer zu Hause, und sonntags hetzte sie nicht immer mit der Tasche los, um zu missionieren.

Wenn ich mal fragte, warum der und jener Bibelforscher-Bruder, diese oder jene Schwester der Jehovas Zeugen uns nicht mehr besuchte, flüsterte meine Mutter immer ängstlich, daß dies nun verboten sei. Das war die Auskunft, die Tage betreffend. Aber in manchen Nächten, meist in denen zum Sonntag, wurde ich wieder aus dem Schlaf gerissen, angezogen, und ich tippelte an Mutters Hand in ein Waldstück am Hausberg, in ein verfallendes Lagerhaus am Mühlgraben, ans Boberufer unter dem Viadukt. Dort trafen sie sich nun, beteten flüsternd, sangen verhauchend leise, redeten gedämpft, besprachen Strategien und machten Pläne. Denn es wurde brenzlig: sie sollten, nein, mußten wählen. Der Führer, der die Stimme des Volkes hören wollte, machte den Urnengang zur

Pflicht. Der SA-Sturm war aufgeboten, am Wahlsonntag an die Türen säumiger Wähler zu klopfen, sie zu belehren, zu holen, zu zerren, zu knüppeln. Ob mehr lebendig oder mehr tot – gewählt mußte werden.

Also brachen die Bibelforscher zu nachtschlafender Zeit aus ihren Häusern und Wohnungen auf. Geübte Gebirgs- und Schneekoppenwanderer, ging es über die Goldene Aussicht und den Veilchenstein zur Kappenbaude, dann zur Turmsteinbaude, ans Weltende, zum Sattler, um schließlich über die Halbe Meile und die Schanzen die Nacht und Hirschberg wieder zu erreichen. Da waren die Wahllokale längst geschlossen, die braunen Wahlhelfer saßen beim Bier, und der Führer freute sich, daß auch Hirschberg, wie befohlen, mit 99,9% für ihn gestimmt hatte. Die 0,1% Bilbelforscher, und nur die konnten es sein, würde man schon noch drankriegen.

Man kriegte. Mutter kam nach Hause und sagte: »Sie haben mir gekündigt, ich habe keine Arbeit mehr.« Sie ging zum Arbeitsamt. Der Beamte zog eine Karteikarte, sah Muttern an, sagte: »Sie sind ja Bibelforscher!« und winkte ab. »Arbeitslosenunterstützung?« echote er empört auf die schüchterne Frage meiner Mutter. »Doch nicht für Staatsfeinde.«

Die Brüder und Schwestern im Herrn intensivierten ihre Märtyrerrolle, versammelten sich, gleich den römischen Christen in den Katakomben, in Hirschbergs Wäldern.

In den Straßen der Stadt löffelten die Leute mit den SA-Männern, Blockwarten, Hauswarten Erbseneintopf aus der Gulaschkanone, flanierten, jetzt nicht mehr durch die Lang-, sondern durch die Goebbelsstraße auf den Markt zum Platzkonzert der Polizei-Musikcorps. An den Häusern klebten die Plakate mit der Losung des »Winterhilfswerks«: »Keiner soll hungern und frieren!« und mit klappernden Sammelbüchsen voller Kleingeld durchstreiften die Hitlerjungen und BDM-Mädchen, des Führers zukunftsträchtige Jugend, die Stadt. Wer seinen Obolus in den Schlitz der Büchse zwängte, dem wurde ein buntes Abzeichen an den Anzug, an das Kleid gepinnt.

Und das war unsere Rettung. Denn zwar wollte die Partei meine kleine Mutter, diese große Staatsfeindin, hungern und frieren lassen, aber sie brauchte Abzeichen fürs Winterhilfswerk. Die machten ihnen keine Maschine, die wollten auch die Volksgenossen, die längst in großem Stile dabei waren, das Tausendjährige Reich aufzubauen, in mühseliger Heimarbeit nicht basteln. Also ernährte das Winterhilfswerk uns doch: da lagen, auf dem Tisch ausgebreitet, die Stapel winziger gestanzter Ärmchen und Beinchen, gedrechselter Mini-Körperchen, kleine Holz-Halbmonde, Miniatur-Pferdeköpfe und rote Bindfäden. Da standen Töpfchen mit brauner Farbe – für die Pferde –, rotem Saft – für die Reiter –, grünem Seim – für ihre Hosen und Mützchen –, und Höllenschwarz – für Menschen- und Pferdeaugen und -münder. Und im größten Topf stank flüssiger Leim vor sich hin. Da saßen wir nun, Mutter Ida und ihr Sohn, und leimten Pferdekopf auf Pferdeleib, an dessen jede Seite ein Beinchen, auf dessen Rücken ein Reiterkörperchen, an dessen Schultern zwei Ärmchen – und stellten den Rohling zum Trocknen aufs Fensterbrett. Hatten sich dort Tausende von farblosen Reiterschemen, einer geschlagenen Geisterarmee gleich, versammelt, kamen sie wieder auf den Tisch. Die Pinsel wurden getaucht, die Farben abgestreift, der Mini-Galopper bepinselt, ich färbte braun, Mutter rot, ich grün, Mutter schwarz. Oder umgekehrt, wenn ihre Hand bei Bemundung oder Beaugung mit dem schwarzen Haarpinsel zitterte, oder wenn mir die Augen zu und der Pinsel aus den Pfoten fiel. Waren die bunten Heerscharen getrocknet, knüpften wir um die Hälse der Reiter die Bindfäden – und die Winterhilfsabzeichen, Schmuck der spendenfreudigen Volksgenossen, gefertigt von der widerspenstigen Ida, konnten abgeliefert werden. Dreißig Mark bekamen wir fürs Tausend, drei Pfennig für das Stück, das war ein Stundenlohn von dreißig Pfennig, wenn's hoch kam. Wahrlich, die Errungenschaften der nationalen Sozialisten brachen mit ihrem Füllhorn in unsere dunkle Behausung ein.

»Keiner soll hungern und frieren!« Also mußten wir uns was einfallen lassen, denn nicht immer gab es die von mir so verfluchte Heimarbeit. Da ging Mutter treppauf, treppab, und immer gab es durchgesessene Stuhlsitze zum Neuflechten. Und immer gab es, denn auch in diesen Jahren wurde es Frühling und Sommer, auf den Wiesen um Hirschberg Blumen. Margeriten und Kornblumen zu Tausenden, Millionen.

»Die Volksgenossen«, sagte Ida, »haben Besseres zu tun, als sich beim Blumenpflücken zu bücken. Wir nicht.« Also gingen wir, und wieder mußte es vorm Aufstehn sein, auf die Wiesen, pflückten und rupften die weißen Margeriten und die blauen Kornblumen, banden sie mit Wollfäden zu Sträußen, stellten die in einen Wäschekorb. Und wenn der um acht voll war, daß sich die Blüten quetschten, wenn mir der Rücken vom Bücken wie Feuer brannte und ich nichts sehnlicher wünschte, als im Gras zu schlafen, dann zogen wir die Ernte auf dem Leiterwagen auf den Markt. Ohne zu fragen, plazierte meine Mutter das Gefährt in eine Lücke zwischen Obstständen und Fleischbuden, plazierte mich – »Red nicht, dir Lockenkopf kaufen die Frauen alles ab!« – dahinter, und in zwei Stunden war der Korb leer, je Strauß waren zehn Pfennig kassiert, Mutter tauchte wie aus dem Nichts auf, ergriff die Deichsel des Wägelchens und zufrieden zogen wir nach Hause, wo ich mich dann beim Stühleflechten ausruhen konnte, bis es Zeit war, aufs Rad zu steigen und die Zeitungen auszutragen. Ein erfülltes Leben.

Es hätte so weitergehen können, wäre nicht so eine sentimentale schlesische Gake auf die Idee gekommen, Jehovas verschwörerische Christen beim buschhockenden Palaver zu fotografieren, und hätte der Parteigenosse Fotograf, der den Film entwickelte, nicht Lunte gerochen. Er machte einen Abzug mehr, und so klopften, noch vor der Stunde, da der Milchmann klingelte, eines Morgens Polizisten an die Tür all derer, die auf dem Foto zum Andenken so brav stillgehalten hatten. Da Bibelforscher nie lügen, also auch nicht leugnen, betraten die Männer noch am nebligen Morgen die Stufen des Landgerichtes, gingen den Weg meiner Kinderphantasie über den Hof in die Gefängniszellen, und bald flüsterte man, sie seien ins »KZ« gekommen, was immer das auch heißen mochte. Aber es mußte etwas Unheimliches, Schreckliches sein. Denn von da an brachte die Post den Familien der Verhafteten die Nachricht: »An Lungenentzündung gestorben«, »Hat einen Herzschlag erlitten«, »Nierenversagen«, »Tod nach offener Tuberkulose«. All diese Leiden mußten urplötzlich und mit dem Ausmaß einer Epidemie über die Männer gekommen sein, die vorher kerngesund gewesen waren. Vielleicht lagen diese KZs mitten im Moor? Oder wo lag das eigentlich, dieses so mit Furcht geflüsterte Auschwitz?

Nun, 1453 hatte Johannes von Lüben diesen Flecken – was scherte ihn deutscher Mann, deutsche Frau, deutsches Kind, deutsches Land, da er doch gerade Geld brauchte – an Polen verkauft. Das war im gleichen glorreichen Jahr schlesischer Geschichte, als der Bernhardiner Mönch Johann Capistranus im Auftrag des Papstes nach Schlesien kam, um gegen den Einfluß der Hussiten zu predigen. Er erhob seine Stimme mit besonderer Inbrunst in mehreren Kirchen zu Breslau und, um auch gleichermaßen Ungläubige, ja Ketzer zu erreichen, vom Fenster eines Hauses aus, das an der Ecke zwischen Großem Markt und Salzring lag. Aber er brüllte Lateinisch, und das mußte, zum Gaudium des amüsierfreudigen Volkes, ein Ordensbruder als Dolmetscher auf gut ›Schläsisch‹ für die Gasse übersetzen. Das war dem Rat der Stadt zu viel Spektakel, und er verwies den Eiferer auf den Platz vor der etwas abseits liegenden Bernhardinerkirche. Dort ließ unser Mönchlein am Sonntag Judica Bücher, Brettspiele, Spiegel und Putzsachen verbrennen, verfügte, von den Mächtigen der Stadt unbehelligt, die Verhaftung aller Juden, überlieferte einundvierzig von ihnen dem Scheiterhaufen, beraubte die andern ihres Vermögens und – nein, verfrachtete sie nicht, noch nicht, nach Auschwitz, das ja inzwischen polnisch war, sondern – vertrieb sie in alle Himmelsrichtungen. Dies jedoch nicht, ohne ihnen vorher ihre Kinder, sofern sie noch keine sieben Jahre alt waren, wegzunehmen, zu taufen und in christliche Häuser zur Erziehung zu geben. Und je mehr er gegen die Juden wütete, ihnen alle Verderbnis der Welt, den letzten Hagelschlag und Christi Kreuzigung anlastete, um so mehr erhielt er Zulauf. »Und«, so sagte er, »deshalb dürft ihr auch der Lehre des Hus euer Ohr nicht leihen. Denn er steht im teuflischen Sold der Juden, die euch verderben wollen.«

Wo, Johann Capistranus, hat Hitler dir dein Denkmal errichtet? Haben die Wächter von Auschwitz deinen Namen in Erz geritzt? Sie hätten dich gut brauchen können als Jäger auf die Juden, aber auch auf die nun aufgestörten Bibelforscher. Einige von ihnen flohen in die Wälder des Hirschberger Tals, andere ins Gebirge, übern Kamm ins Tschechische – wo sie Jahre später, als das Sudetenland ins Reich »heimgeholt« wurde, die Häscher doch fingen und nach Auschwitz schickten, wo inzwischen die Verbrennungsöfen die perfekte Vernichtung besorgten.

Die Frauen hatte man in ihren Wohnungen gelassen, doch war man dabei, auch ihnen den Prozeß zu machen. Und plötzlich wurde, wer da Bibelforscher war, zum Paria, behaftet mit einem stinkenden Weltanschauungsaussatz. Man mußte ihn meiden, es steckte an. Angst zog in die Stuben ein. Wenn der Briefträger kam, erbleichten die Frauen, denn jede Nachricht konnte sie zu Witwen machen. Die Türen wurden leiser geschlossen – nur nicht auffallen. Radiomusik wurde nicht mehr gehört – wer darf schon meinen, daß wir fröhlich sind? Den Nachbarn, Hauswirt, Blockwart immer lauter und freundlicher grüßen! Lächeln!

Doch all das nützte nicht viel. Selbst früher so nette Leute begannen diese Frauen zu meiden, deren Männer so verdächtige Tode starben, und hörten auf, mir über meinen Lockenkopf zu streicheln. Und Lehrer Hädelt, der als erster beim Turnen das Hakenkreuz auf dem Turnhemd trug, der Bockspringen und Seilziehen durch »vormilitärische Ausbildung«, Exerzieren und Geländeübungen ersetzte und sich morgens von der Klasse mit einem zackigen »Heil Hitler, Herr Lehrer!« begrüßen ließ, der zukunftsorientierte Erzieher Hädelt sah mich an, als wäre ich ein ekelhaftes Insekt und sagte zu mir:

»Erwin, du setzt dich am besten hinten in die letzte Bank, damit ich dich nicht mehr sehen muß!« Und alle Kinder wieherten schadenfreudig und wußten nicht warum. Ich aber saß, ein Knilch, in meiner Katzenbank. Nie mehr fragte mich Hädelt irgendwas.

Ganz versehentlich geriet ich in die Prüfung fürs Gymnasium, ganz ohne Anstrengung und Argwohn bestand ich sie und packte schon meinen Ranzen, um die letzte Bank zu räumen, da rief der Rektor mich nun Schlotternden zu sich, um mir mitzuteilen, daß ich, der Sohn einer Staatsfeindin, natürlich nie und nimmer auf Kosten eben dieses Staates und der deutschen Volksgemeinschaft die Segnungen einer höheren Schulbildung erfahren könne. Und so blieb ich, unsichtbar für Hädelt, in der Katzenbank sitzen, wo eines Morgens ein Zettel mit der Mitteilung lag, daß ich, der ich nie danach gefragt hatte, unwürdig sei, in die Hitlerjugend aufgenommen zu werden. Das hatten zwölf Klassenkameraden unterschrieben. Von da an ging ich meinen Schulweg immer allein und grübelte. Denn ich wußte noch immer nicht genau, was diese Bibelforscherei war, hatte noch immer nicht begriffen, was ein Nationalsozialist ist, und ich kam einfach nicht dahinter, was die Jehovas Zeugin Ida, diese kleine, unscheinbare, nette graue Maus gegen den Führer und das Deutschland verbrochen hatte, das noch, wie sie alle immer wieder singend behaupteten, über alles, aber wirklich auch alles in der Welt ging.

Wie lang ist ein Kilometer? Bundschuh hat's bewiesen: vom Jägerdenkmal bis zum Landgericht. Doch Bundschuh irrte. Denn der Kilometer war die Unendlichkeit, als Mutter Ida ihn auf dem Weg zum Gericht zu gehen hatte.

Wir bekamen selten, sehr selten Post, und jeder Brief, der kam, bedeutete für Mutter den gleichen Schrecken wie für andere Leute ein Telegramm. Wer auch sollte ihr, uns schreiben? Als der Briefträger ihr einen deutlich als amtliches Schriftstück erkennbaren Brief aushändigte, fürchtete sie sich zutiefst, ihn zu öffnen. Sie wischte sich ihre Hände ein paarmal an der Schürze ab, setzte sich – nur gerade so – auf die Stuhlkante, so als ob sie schnell wieder wegrennen wollte, und sah das Schreiben auf dem Wachstuch des Küchentisches mit äußerstem Mißtrauen an. Es trug den Absender des Amtsgerichts, diesem Schüler-Kilometer-Meilenstein. Mutter zog eine Haarnadel aus ihrer Frisur und schlitzte, nun mit tapferer Verbissenheit gegenüber dem Unausweichlichen, das Kuvert auf.

»Sie werden ersucht, sich am ... Die Anklage lautet ...«

Und das war schon übermorgen. Es waren für Ida zwei Tage, in denen sie »nichts hinunter bekam«. Stunde um Stunde schien sie blasser zu werden, Minute um Minute kleiner. Sie sprach nicht. Ich sah, sie grübelte. Darüber kam unerbittlich »übermorgen«. Da zog sie ein schwarzes Kleid an und setzte – ich hatte sie noch nie damit gesehen, nicht gewußt, daß sie überhaupt einen hatte – einen Hut auf. »Man kann zu einem Gericht nicht mit bloßem Kopf gehen« – und machte sich auf den Weg: Hellerstraße, Hermann-Göring-Straße, die wir noch immer gedankenlos Warmbrunner Straße nannten, Stonsdorferstraße, Wilhelmstraße von dem Ende her, das dem Jägerdenkmal entgegengesetzt war. Pilgerweg der Angst und der Verzweiflung, Karrenstraße der Delinquentin zum Schafott, Triumphweg des Märtyrers zur Richtstatt, irdischer Leidenspfad ins gelobte Himmelreich. Einzig ihr Glaube hielt sie aufrecht, half ihr die viel zu hohen, viel zu vielen Stufen ins Gericht und zum Saal hinauf, dessen Türen sich für sie wie ein Höllentor öffneten. Und dann ging alles ganz schnell.

»Sie sind Frau Schuler, geboren ..., geschieden, ein Kind, gehören den Bibelforschern an ... haben sich auch in letzter Zeit heimlich getroffen ... Sie wissen, daß das nicht erlaubt ist ... und und und ... Ist das alles so? Bekennen Sie sich schuldig?!«

»Ja«, sagte die für ihren himmlischen Herrn nun vorbehaltlos eintretende Ida und sah dem Frager in der Robe fest auf den Schädel. Denn der hatte sein Gesicht in die Akten geneigt. Als er es hob, stand er gleichzeitig auf und verkündete »Im Namen des Volkes«:

»Ich verurteile Sie wegen staatsfeindlicher Tätigkeit, bewiesen durch die Mitgliedschaft zu einer verbotenen Glaubensgemeinschaft zu drei Monaten Gefängnis ohne Bewährung. Die Strafe ist am 5. Mai anzutreten. Sie fällt, im Gegensatz zur Schwere des Verbrechens, so mild aus, weil die Beklagte einen schulpflichtigen Sohn zu versorgen hat. Das Urteil wird Ihnen schriftlich zugestellt. Sie können gehen.«

Und Mutter ging, und schon zwei Tage später hatte jemand an unsere Wohnungstür einen Zettel gepinnt: »Zuchthäuslerin!« Und eine Woche später verbot mir der Recke Hädelt, an seinem staatsbürgerlichen Unterricht teilzunehmen »Für Sprößlinge einer verurteilten Staatsfeindin sind mir meine Worte zu schade«, sagte er. Also vergammelte ich die Zeit meiner »Ausweisung« auf dem Schulflur oder ging, war diese Stunde die letzte, eher nach Hause, zuerst hämisch beschimpft von den jetzt immer mehr in ihren Uniformen in den Bänken sitzenden Pimpfen, doch bald wegen solcher Freizeit beneidet. Sie schickten mich los in die Schützenstraße zum Konditor Eckel. Der drehte aus dem großformatigen »Völkischen Beobachter« Riesentüten, schmiß Kuchenränder und verdrückte Tortenstücke, Hefeteilchen von gestern und Obsttörtchen mit Geleeschäden in die Wundertütentiefe und reichte jede für fünf Pfennige über den Tresen. Man bekam, solange der Vorrat reichte, und der reichte höchstens bis zehn Minuten nach Schulschluß, wenn der Wirbel der heimstrebenden Schüler durch Eckels Laden gezogen war. Ich aber kam früher, während der Schulstunden, ich war im Vorteil. Und mit diesem Vorteil erhandelte ich mir Sympathien: Kuchenrestetüten bekam nur, wer mich nicht Zuchthäuslerbankert, Staatsfeindsproß, Bibelforschermemme nannte. Wie wurde ich beliebt, was für eine Waffe war doch die Gier der Fresser im Kampf um Ansehen. Und das alles verdankte ich dem guten Lehrer Hädelt.

Am Morgen des 5. Mai hatte Mutter wieder das dunkle Kleid vom Gerichtstag angezogen, aber keinen Hut aufgesetzt. Die Verurteilte klemmte sich einen Persilkarton, der Wäsche, ein Alltagskleid, zwei Wickelschürzen, Zahncreme und Seife enthielt, unter den Arm, bückte sich zu mir runter, sagte, ich solle artig sein und jeden Tag an sie denken, und sie würde für mich beten. Und ihre Tränen rannen mir in den Halsausschnitt meines Hemdes. Dann gab sie mir den Wohnungsschlüssel, herrschte barsch: »Und schließ immer zu, auch wenn du bloß aufs Klo gehst!« – es klang, als hätten wir den englischen Kronschatz in unseren Zimmern verborgen – und ging ins Gefängnis, als ginge sie zum Kaufmann um die Ecke.

Schon am gleichen Tag, nachmittags, kam Wachtmeister Sperling, unter seiner prachtvollen Uniformjacke sicher noch ein Hemd, das Mutter ihm noch gewaschen und gebügelt hatte, kamen mit ihm ein Schupo und ein SA-Mann, und Sperling, der so tat, als ob er mich nie gesehen hätte, verlangte so, als glaube auch er an den verborgenen Kronschatz, nicht nur den Wohnungsschlüssel, sondern auch alle Schlüssel von Schränken und Kommoden. Als ob es davon Dutzende gäbe, und als ob wir je auch nur ein Schubfach abgeschlossen hätten.

»Wo sind Briefe und Notizen deiner Mutter?« fragte Sperling, »und wo hat sie diese Bibelforscherbücher und ›Wachtturm-Zeitungen‹ versteckt? Zeig mir alles!«

»In unserer Wohnung ist gar nichts«, antwortete ich, und es war nach unseren nächtlichen Flußversenkungsaktionen die reine Wahrheit. Doch offensichtlich glaubte er mir nicht. Denn nun fielen die drei Staatsgetreuen über unsere Wohnung her wie Plünderer während der Französischen Revolution über die Gemächer eben geköpfter Barone. Jede Schublade wurde herausgezogen und ausgekippt, Kleider und anderer Schrankinhalt auf den Fußboden geleert, die Matratzen und das Bettzeug um und umgedreht, alle Möbel, die an der Wand standen, abgerückt. Die Berserker begannen zu schwitzen, zogen sich ihre prächtigen Uniformjacken aus, Gestank von Männerschweiß breitete sich aus, ich wurde in die Zimmerecke gedrängt und sah dem Untergang des Hauses Schuler mit blöder Fassungslosigkeit zu. Sie rissen die zwanzig Bücher, einziges Erbe des Vaters, der mir den Namen gegeben, auseinander, Pandekten, die von Astrologie und Handschriftenkunde handelten und von denen ich kein Wort verstand – aber sie gaben dem Zimmer was Geistiges, wie bei feinen Leuten –, sie rissen zwei Dielenbretter, die lose wackelten, wenn man darauftrat, aus dem Fußboden, aber darunter war nur Dreck. Sie gingen in den Keller, stapelten Briketts um, schaufelten den Kartoffelvorrat beiseite, leerten Sand und Früchte im Äpfelregal, fegten unmutig Gläser mit Eingemachtem vom Bord, ja guckten sogar unters Kackkistchen meiner Katze Minka. Nichts. Aber da war noch das von Kalender- und Notizzetteln überquellende Schubfach des Küchenschrankes, in das meine Mutter in wütender Manie kluge Sprüche und Kochrezepte, Tips für Fleckenentfernen und Anleitungen zum Schnapsbrennen versenkte. Es war ihre Bibliothek der Weisheit und des Wissens, die zu ordnen ihr ewiger, nie erfüllter Vorsatz war. Hier, so denke ich mir, mußten die Herren wohl konspirative Nachrichten vermutet haben. Erst drehten sie jedes Blatt um, dann packten sie den ganzen Wust in ihre Tasche, zusammen mit den Zeitungsblättern, mit denen die Hausfrau Schuler ihre Schubladen und Schrankfächer ausgelegt hatte.

»Wir werden euch schon auf die Schliche kommen«, prophezeite der feiste SA-Mann, während sich alle drei ihre Jacken anzogen. Dann durchsuchten sie noch die löchrigen Taschen meiner im Wäschekorb liegenden dreckigen Hosen, die Schürzentaschen von Mutters Schürze, ließen auch hier, was sie in die Hand genommen hatten, einfach fallen – »Wie die Sau den Dreck«, hätte Ida, immer einen guten Spruch auf der Zunge, wohl gesagt – und öffneten die Wohnungstür. »Laß die ruhig eine Weile offen!« riet mir hämisch das braune Schweißstinktier, »dann sehen eure Nachbarn wenigstens, wie's bei euch aussieht.« Sprach's, und war mit den andern aus der Tür.

So machten sie's immer. Nicht anders, als 1639 die schwedischen Truppen Schlesien besetzten, in Hirschberg die Vorstädte anzündeten, worauf der Wind das Feuer so trieb, daß fast die ganze Stadt abbrannte, so 1640, als der evangelische Golz die Stadt erneut belagerte, der katholische Stahlhantsch sie entsetzte, so als 1641 die Kaiserlichen sich nur noch an ganzen zwölf verbliebenen, optimistisch katholischen Familien das Mütchen kühlen konnten. Den Kleinen blieb immer der Müll der Gewalt.

Solche historische Tröstung wäre mir damals weder von Nutzen noch Nachteil gewesen. Ich saß bis zum Hals in den Trümmern, mir half kein Beten wie jenen Kindern, die sich 1707 auf den freien Feldern um Hirschberg und an anderen Orten Schlesiens zusammenrotteten und ohne priesterliche Anleitung den Himmel um neue evangelische Kirchen als Ersatz für die zerstörten baten. Sie wurden erhört, hundertachtundzwanzig Kirchen wurden den Protestanten zurückgegeben, in Breslau mußte den kleinen stürmenden Schwärmern sogar eine Kirche eingeräumt werden und in Hirschberg durfte man mit dem Segen des Großen Friedrich jene Gnadenkirche errichten, auf deren Friedhof ich mir Gänsehaut beibrachte.

Nein, mir half kein Beten. Also begann ich aufzuräumen, die Nägel der Dielenbretter wieder einzuklopfen, Schränke und Kommode mit Keuchen und schmerzender Schulter an die Wand zu schieben, Betten zu richten, was an Geschirr ganz geblieben war, wegzuräumen, Trümmer zu kehren, ich war beschäftigt, ich war beflügelt. Denn sie hatten zwei *Bücher* nicht gefunden, die ich am Vormittag auf dem Markt von einem Haufen geklaut hatte, der am Abend mit Fackelzug angezündet werden sollte. Dabei hatte der Schultornister, in dem sie steckten, mitten auf dem Tisch gelegen.

Als ich die Wohnung wieder einigermaßen als die unsere erkennen konnte, stellte sich ein neues Problem: Ich hatte Hunger. Der Zucker war verschüttet, das Brot von Stiefeln zertreten, die eingeweckten Früchte zumeist auf dem Kellerboden verdreckt, es war, um nochmals ein kluges Wort von Mutter zu gebrauchen – ich dachte dauernd, ja aufdringlich an sie – »Schmalhans Küchenmeister«, und das so sehr, daß ich nicht mal was hatte, um den Streicheltrost

Minka zu füttern, der sehr drängend miaute. Ich konnte doch jetzt nicht über die Straße laufen, gebrandmarkt von der Schande der Hausdurchsuchung, verachtet als Sohn der Zuchthäuslerin. Und was wollte ich auch beim Bäcker, beim Kaufmann? Einem solchen Auswurf wie mir, der ich zu Recht keinen Pfennig hatte, würde man keinen Hering und keinen Knust Brot auf Kredit, ja vielleicht nicht mal mehr für Geld verkaufen. Im Gegenteil: kaum wäre ich auf der Straße, würde man mich sicher bespucken, mit Steinen nach mir werfen, mich mit Pisse begießen. Ich sah mich als simplen Simplicissimus durch die feindliche Gasse schleichen. Sie würden mit Stöcken auf mich lauern, der Hauswirt würde gleich klopfen, um mich aus der Wohnung zu werfen, die Hunde der ganzen Straße waren sicher schon auf mich scharf gemacht. Die Angst vor den Menschen war größer als die Angst vor meinen Geistern. Ich zündete, als es dunkel wurde, keine Lampe an, hockte verkrampft, kaum atmend, meine sich müdegemaunzte Katze im Arm, im Finstern und wartete, daß man mir gleich die Scheiben einschmeißen würde.

Statt dessen klopfte es leise an die Tür. So viel Mut, wie ich jetzt brauchte, hatte ich nie besessen. Ich ließ einige Zeit verstreichen, dann schlich ich lautlos an die Tür, öffnete sie mit ebenso viel Furcht wie Vorsicht – und davor stand eine Flasche Milch, lagen zwei belegte Brote. Niemand war zu sehen. Es war unfaßbar. Minka, ich, der Abend waren gerettet, mit jedem Bissen verschwand meine Panik mehr. Ich drehte den Schlüssel in der Tür, kroch unter die Decke, Minka kroch zu mir und mit der leisen Nachricht an meine Mutter, daß wir satt wären und alles in Ordnung sei, schliefen wir ein.

Der Drang des Menschen, seinen Mitmenschen – mit Schadenfreude – seelisch so total wie möglich zu entblößen, wird durch das »Chinesische Roulette« in seinem Ursprung sicher zu Unrecht auf eine besondere Grausamkeit der Chinesen zurückgeführt. Doch entspricht dieser Drang durchaus dem Wesen des christlichen Abendländers, der das Seelenstriptease in verhängten Beichtstühlen bereits zur Perfektion und in den Folterkammern der Inquisition bis zur leiblichen Vernichtung entwickelt hatte. Deshalb vielleicht kannten sich auch unsere Urmütterlein in ihrem Heiligenschein filigraner Spitzenhäubchen gut darin aus. Den Beweis fand ich in einer der gammelnden Bücherschwarten meines Namensgebers, die dieser sich bei seiner geschiedenen Frau nie abgeholt hatte. Sie standen noch immer in einer Ecke unserer Wohnung, als ich endlich ins Lesen und dann allmählich ins wachsende Verstehen von Lesbarem hineinwuchs. Das älteste der Bücher war ein Gebetbuch, in Leder gebunden, mit der Jahreszahl 1754. Zischen den Seiten eines mehrstrophigen Liedes, das mit der Zeile: »O Herr, wir loben deine Güte« begann, fand ich zwei kleine, eng mit brauner Tinte beschriebene Zettel, so klein, als wären es entfaltete Kassiber. Auf ihnen ist das »Chinesische Roulette« in das romantische Pfänderspiel übersetzt. Da steht, mit sorgsamer Deutlichkeit von ausgeschriebener Erwachsenenhand kalligraphiert, zu lesen:

Pfänderauslösung. 1. Seine Hauptleidenschaft gestehen. Er soll seine eigenen Fehler bekennen und bereuen. 2. Er soll die Fragen, die jeder aus der Gesellschaft ihm vorlegt, wahrheitsgemäß beantworten. Wird er bei einer Lüge ertappt, so soll er Spießrutenlaufen. 3. Er soll wahr nennen, wen er heimlich am meisten liebt und welche verborgene Leidenschaft ihn am meisten ergötzt. 4. Er soll sagen, was er viel lieber jetzt oder in anderen zeitlichen Verhältnissen geworden wäre. Er soll – kein Zweifel, das Zettelchen kommt aus Schlesien – unter 5. auf den Polnischen Bettel gehen. 6. soll er sagen, wobei er das größte Vergnügen im Leben genossen habe. 7. Er soll sagen, ob es einen gäbe, den er am liebsten töten möchte. Und 8. Wenn er die Gewissensfragen nicht wahr beantwortet, soll ihm die umsitzende Gesellschaft einen Charakter nach ihrer Schätzung geben.

Ich kann sie mir vorstellen, diese biedermeierschen Abende, Marterungen mit spitzen Worten, Schlachtfeste der Indiskretion, dieses Gelächter über das Erröten, Stottern, sich winden des unglücklichen Delinquenten. Idas Großmutter, ja Mutter saßen, flink häkelnd, in der gemütlichen Inquisitorenrunde.

Dein Vater auch, der wahre Vater? Ich verlange gar nicht, daß du dich »der Gesellschaft« stellst. Aber könntest du mir nicht gegenübersitzen und Antwort geben? Auf alle meine Fragen!

Zuerst auf die, warum du nicht da warst, als Mutter ins Gefängnis ging. Wärst du dagewesen, als mein Namensvater sich scheiden ließ, wäre Ida nie in die Jenseitshoffnung geflohen, wäre höchst irdisch geblieben, niemand hätte sie angeklagt. So aber, und das ist deine Schuld, war ich allein mit meinen aufsteigenden Ängsten, wenn es dämmerte, wenn es dunkel war mit meinen handgreiflichen Schrecken, wenn es Tag war mit meinem Kainsmal. Denn ich kam mir vor wie jener berühmte bunte Hund in den Redensarten meiner Mutter, verkrümelte mich möglichst aus unserer Gegend in der Hoffnung, daß mich niemand erkennen würde. Ich wurde zum Paria und mißtraute am meisten denen, die mich anlächelten. Warum, Vater, hast du das nicht verhindert? Wo warst du? Wie warst du, daß du das tun konntest?

Du hast mit Ida geschlafen, du hast mit ihr gezeugt, du hast ein Pfand – mich – hinterlassen, doch nicht eingelöst. Warum? Wie steht auf den gilbenden Gebetbuch-Kassibern geschrieben?

»... soll ihm die umsitzende Gesellschaft einen Charakter nach ihrer Schätzung geben.« Du hast Mutter, du hast mich allein gelassen. Also wünschte ich, daß du leidest wie sie, stelle mir vor:

Sie hat dich verlassen.

Tagelang hast du dich in dein Zimmer eingeschlossen, hast auf dem Stuhl gesessen und deinen Blick durch das Fenster auf die graue Brandmauer gerichtet, die den kleinen Hof abschließt und dein Zimmer zur Zelle macht. Am Tag schläfst du, nachts wachst du. Um dich, in dir ist es immer dunkel.

Gestern hast du dein Gefängnis verlassen. Du hofftest nicht, du hofftest doch, ihr zu begegnen. Du gingst in die Kneipe um die Ecke, weil ihr dort oft gesessen habt. Sie mochte das dunkle Guinness so gern. Es machte sie fröhlich. Sie trank einige Gläser, dann stand sie auf, nahm dich an der Hand und führte dich heim.

Aber sie war nicht da.

Und so saßt, so sitzt du wieder am Fenster. Die Mauern um den Hof sind hoch. Die Vögel stoßen aus einem Himmel, den du nicht sehen kannst, gegen die Scheiben. Ihre Schnäbel machen ein Geräusch wie eisiger Regen. Aus großer Höhe lassen sie sich gegen das Glas fallen, stoßen an die durchsichtige Mauer, hocken benommen auf dem Steinsims, auf den sie früher Futter für die Gefiederten gestreut hatte. Es sind viele, aber alle grau oder schwarz. Einige haben sich die Flügel gestaucht, andere vielleicht gar gebrochen, denn sie schleppen sie, hilflos und nur halb eingeknickt, neben sich her und machen kraftlose Sprünge. Sie singen nicht, sie zwitschern nicht. Aus ihren Kehlen kommt ein Geräusch der Angst, das mit seinem verzweifelten Vibrato dein Zimmer füllt.

Wirst du wahnsinnig?

Ein schrecklicher Krake hängt über deinem Bewußtsein. Er erwürgt jede Empfindung außer der des Grauens. Hättest du nicht Angst vor den Vögeln, du würdest das Fenster öffnen und hinunterspringen. Aber du bist nicht einmal fähig, den Fensterflügel zu berühren. Denn alle Dinge in diesem Zimmer scheinen zu Stein geworden. Selbst der Inhalt der Schnapsflasche scheint zu Kristall gehärtet.

Doch draußen muß noch Leben sein.

Du betrittst die Straße, aber auch sie lenkt dich nicht ab. Wie der Krüppel mit Krücken durch sein Leben, so versuchst du dich mit deiner Erinnerung in unbekannte Bereiche deines Ichs vorzutasten. Aber da ist alles öde, nichts regt sich. Sie hat dich, als sie ging, deiner Seele beraubt. Mit ihr hat sich Gott von dir, von der Erde abgewandt und begonnen, einen anderen Planeten zu lieben. Es kommt dir vor, als seist du der letzte Mensch. Deine Ohren hören nur noch die dunklen Töne der eigenen Verzweiflung, deine Augen sehen nur noch den schrecklichen Hagel der vom Himmel Fallenden. Deine Hände – sie hätten greifen, halten sollen – sind wund, ratlos und ohne Kraft. Der Himmel über dir ist nicht dunkel, sondern so fahl, als hätte an ihm nie Sonne oder Mond gestanden.

Die Erde ist nicht ohne Leben, sondern so, als wäre sie zurückgefallen vor den ersten Schöpfungstag. Nichts, woran dein Geist sich halten, keine Empfindung, an die deine Seele sich klammern könnte. Du versuchst dich zu erinnern: an die guten, lebhaften Gespräche mit ihr, an euer glückliches, katzenfaules Nichtstun auf sonnenwarmen Steinen, an das Stocken ihres Atems vor dem Sturz in die Lust. Doch kein Gedanke daran rettet dich. Es muß alles einem andern geschehen sein.

Du weißt, die ganze Schöpfung würde sich wieder entfalten, alle Büsche hätten wieder Blüten, in der Welt wären wieder Wind und Düfte, Vögel könnten wieder singen, würde sie nur mit ihrer kindlich-sinnlichen Stimme wieder »Du!« zu dir sagen.

Du wirst in dein Zimmer zurückgehen, mit Gewaltsamkeit das Fenster öffnen. Die Vögel werden sich mit ihren scharfen Schnäbeln auf deine Augen stürzen. Der Krake wird dein Denken schnüren. Du wirst hinunterspringen.

Wirst du, Vater? Könntest du so ausweglos lieben und leiden? Oh, wie ich es dir wünsche! Ich muß dir deinen Charakter nach meiner Einsicht geben. Danach endet deine Verzweiflung, entfliehst du deinen Schuldgefühlen so:

Du springst nicht. Du heiratest drei Monate und zwei Wochen später. Eine andere.

Während die Märtyrerin in ihrer Zelle fröhlichen Glaubens Tüten klebte, wird sie sich bei dem Gedanken an mich mit jenem Bibelspruch getröstet haben, der da behauptet, daß die Vögel auf dem Felde weder säen noch ernten, Gott sie aber dennoch ernähre. Die Tatsache, daß von der Nachtigall bis zur Krähe deren Ernährung dadurch gesichert ist, daß der Mensch sät und der Vogel einen diebischen Schnabel hat, wäre für Mutter Ketzerei gewesen. Nach dem Sturm auf die Behausung einer Bibelforscherin aber fürchtete ich nichts so sehr als die Polizisten und hätte lieber den Kitt aus den Fensterscheiben gefressen als einen Apfel geklaut.

Nach dem ersten, mit Milch und Butterbroten gesegneten Abend ging ich, vielleicht ungekämmt oder unordentlicher als sonst, da Ida mich nicht gezaust hatte, in die Schule und es war selbst in den Stunden des uniformierten Hädelt nicht anders als sonst. Als ich um eins meinen Kram in die Schultasche staute, kam der braune Marschierer zu mir zur letzten Bank, reichte mir ein Päckchen und sagte, sie hätten zu viele Erdbeeren im Garten und seine Frau hätte zu viel Torte damit gebacken und die könnten sie nicht allein essen und die würde ja matschig und da er wisse, daß ich ja einfach alles in mich reinfressen würde, hätte er mir das, anstatt es in den Müll zu werfen, was ein guter Deutscher mit den Früchten des Reiches ja nicht tue, mitgebracht. Sprach's, machte kehrt, und ich stopfte zum Mittagessen so viel köstliche Erdbeertorte auf Mürbeteig in mich hinein, wie ich vorher nie in meinem Leben gegessen hatte. Herrliche Zeiten. Herrlicher noch, als mich, ich wollte grade in die Haustür schlüpfen, Kaufmann Olbers von gegenüber rief und sagte, es sei heiß und die Bananen würden braun und die Kunden wollten sie gelb und wenn ich nicht zu pingelig wäre, könnte ich die überreifen haben, weil für den Abfall waren sie ihm eigentlich zu schade. Und während er in seinen Laden zurücktappte, trug ich einen Arm voll Bananen nach Hause und dachte darüber nach, daß wir uns gerade solche und Apfelsinen, die auch bei Olbers immer seltener wurden, nie hatten leisten können. Und die Abwesenheit meiner Mutter machte mir auf einmal viel weniger Kummer.

Und dann begann das »Unternehmen Mittagstisch«. Tante Ella, neben dem Lebensgenie Erna die zweite Schwester meiner Mutter, mit krummen O-Beinen wie ein Kosak, war der Meinung, daß ein Junge in meinem Alter, der doch wachsen sollte und deshalb eigentlich besonders viel und gut essen müsse, vor allem ein richtiges warmes Mittagessen brauche. Das konnte sie allein jeden

Tag nicht bieten, denn zwar war ihr Mann Beamter bei der Stadt, der von jedem Haus in Hirschberg hätte sagen können, wem es gehört, aber ein Krösus war er nicht. Doch eben weil Onkel Erich wußte, wem wo was gehörte, konnte er auch sagen, welche alleinstehende alte Jungfrau sich danach verzehrte, Gutes zu tun. Sechs solche Wohltäterinnen brauchte Tante Ella. Kaum waren drei angezapft, wurden es nach dem Lawinensystem zwölf, und meine mittägliche Freßreise begann aufs neue.

»Also«, sagte Tante Ella, »sonntags ißt du immer bei uns. Nicht, Erich?« und tat einen Blick auf ihren etwas verlegenen Mann. »Und dann bringst du deine Wäsche mit, die Socken und Unterhosen auch. Die wasch' ich dann und die kannst du mittwochs wieder holen. Damit du oben und unten drunter immer sauber bist. Darauf mußt du achten. Denn die Damen, bei denen du zum Mittagessen eingeladen bist, sind feine Damen und die bewirten keine Dreckspatzen. Klar?«

»Klar!« sagte ich gespannt und fragte: »Wer hat mich denn eingeladen zum Mittagessen?«

»Also«, Tante Ella begann fast jeden Satz mit also, »also ich hab' dir das hier aufgeschrieben. In dieser Woche am Montag gehst du zu Fräulein Pietsch.« Die kannte ich, über die sangen wir Kinder auf der Straße:

»Seht, o seht die Mutter Pietschen.
Wenn man die am Zäppel zieht,
fängt se an zu quietschen...«,

wobei mit dem Zäppel der Zopf gemeint war, der ihr, streng geflochten, über den schmalen Rücken herunterbaumelte. Sie kaufte immer und trug es sichtbar nach Hause, das »Diät-Schlüterbrot«, weil sie, wie Mutter mal erzählt hatte, nur gesunde Kost zu sich nahm. Ich ahnte, daß ich am Montag erfahren würde, wie gesunde Rohkost schmeckte, aber ich hatte Fräulein Pietsch unterschätzt. Denn umgeben von Gemüse servierte sie mir eine fast tellergroße Frikadelle. »Ein Junge der im Wachsen ist, muß etwas Solides essen!« Tante Ella zeigte Wirkung.

Am Dienstag wartete man bei Frau Weißnäherin Rothkirch auf mich. Sie hatte einst Ellas Schwester, der genial faulen Erna mit dem nützlichen steifen Bein, das Nähen beibringen wollen und verzweifelt kapituliert. Aber es waren keine Vorurteile zurückgeblieben, denn sie verwöhnte mich – es war ein hundskommuner Dienstag, Mitmenschen! – mit Rindsrouladen, Rotkraut und Klößen, also einem Sonntagsessen. Sie packte mir dick geschnittene und belegte

Brote ein. »Für abends«, sagte sie, »denn so ein Junge muß groß und stark werden.«

Mittwoch atzte mich die Dame Krug, eine alleinlebende Jungfer von, wie man früher gesagt hätte, feinstem Gemüt und zartester Gestalt. Da sie wohl nicht mehr als ein Spatz zu essen pflegte, wurde ich von ihrer Bratwurst mit Kartoffelsalat nicht satt, behauptete aber tapfer das Gegenteil. Denn das Fräulein schien so zerbrechlich, daß sie in Weinen ausgebrochen wäre, hätte sie mutmaßen müssen, ich verließe hungrig ihren Tisch. Auch gab es bei ihr keine Pakete mit Abendverpflegung. Doch waren die durch ein Wunder, das ich in seiner ganzen Bedeutung freilich erst viel später begriff, überflüssig geworden. Polternd nämlich hatte am Dienstagabend der stark betreßte Polizist, Wohnungsdurchsucher und Träger der von Waschfrau Ida gepflegten Braunhemden, mein Zimmer betreten und mich wieder das Zittern gelehrt. Was, so fragte ich mich, hatte er vergessen? Hatte er an meine Schultasche gedacht? War ich jetzt auch verhaftet? »Ich wollte nur hören«, sagte er barsch, »ob dir noch etwas eingefallen ist wegen der Bücher und Schriften, die deine Mutter von den Bibelforschern aufbewahrt.« Ich sah ihn nur stumm an, denn noch ein Wort, und ich hätte alles gestanden. »Nein?« Er machte kehrt und ging. Erst als mein Schrecken verflogen war, sah ich auf dem Tisch das große Paket, das er dorthin gelegt und nicht wieder mitgenommen hatte. Es mußte also für mich sein. Darin war ein ganzes gebratenes Huhn und ein noch leicht warmer Napfkuchen. Dagegen konnten die Brotpakete von Frau Rothkirch nicht anstinken. Darüber war ich mir mit der hühnerbrustverschlingenden Minka absolut einig.

Donnerstag bekochten mich die so überaus distinguierten Schwestern Besser. Neben den Tellern lagen hier nicht nur Löffel, Messer und Gabel, sondern zwei Messer, zwei Gabeln, und das noch von unterschiedlicher Größe und alles aus ganz fein poliertem, glänzendem Silber. Da Tante Ella mir eingeschärft hatte: »Also benimm dich, mach den Mund zu beim Kauen, wenn eine Serviette, also so ein kleines weißes Tuch, beim Teller liegt, leg es dir auf den Schoß, schlürf nicht, wenn es Suppe gibt, nimm nicht zweimal vom Nachtisch, auch wenn man's dir anbietet, wenn du Fleisch schneidest, darf das Messer nicht auf dem Teller quietschen«, nachdem Ella mir also den ganzen Tisch-Knigge heruntergebetet hatte – bitte, ihr Mann war Beamter, man war wer, wußte sich zu benehmen –, saß ich also am Tisch der Besser-Damen und paßte genau auf, was sie mit dem vielen Besteck und wann machten. »Wie schön, daß du so langsam ißt. Dann verdaut man besser. Das setzt bei einem

Jungen in deinem Alter besser an«, sagte die ältere der Damen und ahnte nicht, daß meine Langsamkeit im Gegensatz zu meiner Gier stand, aber unerläßlich war, wollte ich Manieren lernen. Wenn ich auch nicht wußte, wofür. Denn soviel Besteck, und dazu silbernes, würden wir zu Hause nie haben, auch wenn es, wie hier für mich zum erstenmal, Suppe und Vorspeise – »Das ist Entenpastete, Kleiner!« – geben würde.

Freitags gaben sich Tante Ella mit ihrem Onkel Erich die Ehre, und während ich mampfte, mußte ich bis ins Detail erzählen, was ich während der Woche wo gegessen, wie es geschmeckt hatte.

Am Samstag aß ich Eintopf beim Kaufmann und seiner Frau im Wohnzimmer, das durch eine Tür mit dem Laden verbunden war. Immer wenn die Ladenklingel läutete, also ein Kunde eingetreten war, sprang er oder sie, regelmäßig wechselnd, auf, legte den Löffel neben den Teller, wischte sich – er mit dem Handrücken, sie mit einem Taschentuch aus der Schürzentasche – den Mund ab und ging in den Laden, um zu bedienen. Es lag eine für mich ungewohnte Nervosität in dieser Esserei: Sitzen und Löffeln, Ladenklingel, Aufstehn, Löffel ablecken und hinlegen, Mund abwischen, raus. Nach einer kurzen Weile eintreten, hinsetzen, »Die Kremer hatte Persil vergessen, sie hat heute Wäsche«, Löffel nehmen, löffeln. Klingel im Laden... Außerdem gab es keinen Nachtisch, »Weil ja nur Sonnabend ist«, sagte sie, und schob mich aus der Tür. Ich muß mir für nächsten Samstag eine Ausrede ausdenken, um nicht mehr hingehen zu müssen, dachte ich bei mir.

Sonntag: in der Lebensgeschichte meiner Erfahrungen ist dies der Höhepunkt. Ich brauch' nur eine Backpflaume zu kauen – den Kern stundenlang im Mund wälzend –, ich brauch' nur Rauchfleisch zu riechen, Muskat zu schmecken, das ist für mich der Sonntag, zwölfmal der Sonntag – in den Monaten, in denen meine Mutter im Gefängnis hinter dem Landgericht sich ins Himmelreich hungerte, kurz, ist der Sonntag bei Herrn Kolbe. Herr Kolbe war dick, sehr dick, er war ein höhergestellter Kollege von Onkel Erich, war Junggeselle und, wie Tante Ella erzählte: »Er kocht für sein Leben gern.« Hier war ich, ohne es zu wissen, auf einen Koch aus Leidenschaft gestoßen, ein Genie der Einbrennen und Aufläufe, der Gewürzprisen und Zungenexperimente. Bei ihm aß man nicht im Eß- oder Wohnzimmer. Seine Tafel, an der acht Personen Platz hatten, stand in der Küche, brutzelnde Pfannen, dampfende Töpfe kamen mit einem schnellen Schwung auf dem kurzen Weg vom Herd direkt vor die Teller auf den Tisch. Auch am Sonntag, für mich nur am Sonntag. Da saß ich und sah dem schwitzenden, seine Zubereitungen monologisch kommentierenden Herrn Kolbe zu und schnupperte, roch, begehrte, gierte nach dem, was ich nie wieder besser, nur anders gegessen habe: »Schlesisches Himmelreich.«

Da wird Rauchspeck oder Rauchfleisch, oder besser beides mit einem halben Lorbeerblatt, einem Gewürzkorn und einer kleinen geschälten Zwiebel in zugedecktem Topf weichgekocht. Vorher hat man – der Eintritt ins »Schlesische Himmelreich« verlangt Weitsicht – Backobst eingeweicht, das man nun in dem Einweichwasser, gesüßt mit zwei Eßlöffel Zucker, ebenfalls auf der Herdplatte nebenan weichkochen läßt, um es abschließend mit Stärke sämig zu binden. Während in den zwei Töpfen sich brodelnd ein Duft entfaltet, der, zwischen Deckel und Topfrand entweichend, den Speichel des Vorgeschmacks auf die Zunge treibt, wird der Kloßteig angerichtet. O Ida, ich habe genau aufgepaßt. Wenn du, wie ich mir vorstelle, abgemagert aus deinem Kerker wieder nach Hause kommst, werde ich dir das Rezept verraten. Schon jetzt fange ich an, Zutaten für dein Willkommensessen zu hamstern. Die Klöße von Herrn Kolbe müssen dabei sein. Der hat Hefe in lauwarmer Milch aufgelöst, dann Mehl in eine tiefe Holzschüssel geschüttet, es zu einem Berg gehäuft und in diesen einen Vulkantrichter gedrückt, in dessen Vertiefung den Hefemilchsud gegossen. Weiß der Berg, weiß der Kratersee. Über den Abhang des Mehlberges flossen und rieselten Eier, Butter, Zucker, Salz, wurde durch eine Reibe Muskat abgerieben, abgeregnet. Dann griffen Kolbes sensible Amtsaktenbearbeiterhände hinein, drehten, walkten, mischten, wühlten den Schüsselinhalt zur Masse, die, endlich mit allen Zutaten homogen verknetet, zugedeckt und beiseite gestellt wurde. Sie mußte vierzig Minuten »gehen«, und in jeder Minute wuchs der Hunger und die Erwartung. Aus dem lockeren, stellenweise blasigen Teig wurden danach Klöße geformt, auf ein mehlbestäubtes Holzbrett gelegt, mit leichtem Tuch bedeckt. Auch sie mußten nochmals »gehen«, ehe sie in einen breiten Topf, angefüllt mit wenig und gesalzenem Wasser, eingelegt wurden. Fünf Minuten unterm Deckel ziehen, wenden, nochmals fünf Minuten ziehen. Und währenddessen wurden Rauchfleisch und Speck in Scheiben geschnitten und auf zwei Teller verteilt, Backobst dicht ans Fleischerne gehäuft. Dazu kamen, nun tuffig, locker, zwei Hefeklöße. Und bevor wir mit der Gabel – o Schuft, der du ein Messer nähmest – den ersten Bissen davon abtrennten, träufelte der aufseufzende, sich damit selbst belohnende Kolbe leicht angebräunte heiße Butter über die Bollen.

»Schlesisches Himmelreich«, absolute Spitze schlesischer Heimatküche, Schlesien-Schlemmerei, Hirschberger Kolbe-Sonntag, nicht gekocht, sondern gebraut mit der Konzentration eines Leckermaul-Rübezahl, gefingert mit Alchimistengeduld, monologisch umraunt mit Mystiker-Inbrunst, gefressen von einem streunenden Menschenköterchen in irdischer Seligkeit an Sonntagen voller Kindheit und Verwirrung über diese Welt.

Während Mutter wohl mehr im Geiste als mit Strichen an der Wand die Tage ihrer Haft zählte, war ich dabei, mich durchs Schlaraffenland zu nagen. Ich aß regelmäßiger als je zuvor in meinem Leben, ich aß besser und ich aß mehr, kostete mir unbekannte Soßen, schmeckte Gourmetleistungen, nahrhafte Uromaküche, ausgeklügelte Pfannenabenteuer. Es war, als wäre ich Ehrengast am Tische meiner Bekocher, als hätten sie alle – aus mir unerfindlichen Gründen – ein schlechtes Gewissen, das sie nun durch Küchenkunstverwöhnung wiedergutmachen wollten. Jeder Gastgeber stand in diesem Vierteljahr zwölfmal auf meinem Freß-Tournée-Plan, es bestand absolut keine Gefahr zu verhungern.

Es bestand auch keine Gefahr zu erfrieren; nicht nur Temperatur und Jahreszeit sprachen dagegen – obendrein schenkte mir Frau Beier vom zweiten Stock einen fast neuen Anzug ihres daraus zu schnell herausgewachsenen Sohnes. Unter meinem Bett stand eine Reserve von zwei Paar Schuhen. Über solche Notwendigkeiten hinaus kaufte mir der ewig rußgeschwärzte Klempner und Mechaniker von nebenan bei Woolworth einen Roller, »weil du mein Portemonnaie gefunden und abgegeben hast«. Dabei hatte ich es ihm auf die Bitte unseres Kaufmanns lediglich hinterhergetragen. Und wenn ich früher auf meiner Zeitungstour die Leser so gut wie nie zu Gesicht bekam, sondern nur die Schlitze ihrer Briefkästen nach der Zeitung schnappten, öffneten sich jetzt manche Türen, und behäbige Frauen, die sich mit flinken Blicken vergewisserten, daß sie nicht beobachtet wurden, gaben mir Selbstgebackenes: Käsekuchen, Mohnstrudel, Rosinennapf, Streuselstücke. Oder sie steckten mir einen Groschen zu und fragten: »Na, Wuschelkopf, geht's dir gut?« Was ich wahrheitsgemäß mit einem Ja beantworten konnte.

Nur Lehrer Hädelt bereute offensichtlich den einen Moment der Schwäche mir gegenüber. Er war zur strammen inneren Parteilinie zurückgekehrt. Auf der hintersten Bank war ich für ihn weniger als

Luft. Aber in seinem Schulchor, den er jetzt in Uniform dirigierte, war ich ein optischer Schandfleck. Denn wir sangen ja nicht mehr als bunter Haufen »Kein schöner' Land in dieser Zeit«, sondern in Hitlerjugend-Uniform »Es zittern die morschen Knochen ...«. Und wenn mich Hädelt auch in die letzte Reihe, nein, ins letzte Glied, wie das jetzt hieß, verbannte, ich war ein Schandfleck in Zivil. Mein noch immer heller Knabensopran war plötzlich für ihn zum Piepsen geworden, wenn jemand falsch sang, war immer ich es, dieser »Zuchthäuslerinnensohn«. Er hielt es nicht mehr lange durch, behielt mich eines Nachmittags nach der Chorstunde da und sagte mir, daß er mich nicht mehr beim Singen sehen wolle. »Wovon lebst du eigentlich?« fragte er mich. »Plünderst du die Mülleimer? Ich kann mir nicht vorstellen, daß anständige deutsche Menschen für einen kleinen Staatsfeind wie dich was übrig haben. Man sollte auch Kinder von solchem Gesocks wie deiner Mutter im Konzentrationslager umerziehen. Ich muß mit dem Kreisleiter drüber sprechen.« Sprach's und ließ mich in Angst und Schrecken stehen.

Ich hätte ihm doch nie antworten können: »Ich hab jetzt mehr zu essen als je, alle Leute sind erstaunlich freundlich zu mir. Vielleicht hat es sich einfach noch nicht herumgesprochen, daß ich ein Staatsfeind bin. Vielleicht auch gilt alles, was die Leute an mir tun, in Wahrheit der tapferen Ida, deren Haltung die Nachbarn heimlich bewundern? Vielleicht ist das, was mir gegeben wird, für die Menschen ein heimlicher Ausgleich für das, was sie jetzt der Winterhilfe, für die Auslandsdeutschen, als Reichsparteitagsspende geben müssen?«

Mit der Befreiung vom nachmittäglichen Chorgesang hatte Lehrer Hädelt mir ein Problem geschaffen: Ich hatte zu viel Zeit. Meine Klassenkameraden hatten neben dem Chor noch HJ-Dienst, Zeltlager, Wehrertüchtigung. Sie sprinteten, sprangen und hangelten zum Zwecke vormilitärischer Körperertüchtigung, denn »ein großes Volk, das die Olympiade ausrichtet, zeigt seine Kraft und Siegesgewißheit schon in den Leistungen seiner Jugend« – so unser feister, nur mit Schnaufen dahertrottender Direktor, der sein Lehrerkollegium immer aufforderte, sich geschlossen »dem die Schule ehrenden Erwerb des Reichssportabzeichens zu stellen«, selber aber »wegen eines alten Leidens leider darauf verzichten mußte«. »Ich wette, er frißt einfach zu viel«, sagte Manfred Moch in der Bank vor mir voller Haß, weil er lieber Flöte gespielt hätte als über immer zu hohe Latten zu springen.

Weil sie also alle immer beschäftigt waren, wurde mir die Zeit lang. Ich konnte meine Zeitungstour noch so sehr ausdehnen, immer lag noch ein langer Nachmittag voll lästiger Freizeit und Freiheit vor mir.

Keine Ida wartete auf mich, keine Stühle waren zu flechten, keine Winterhilfsabzeichen zu leimen, die Schularbeiten mußte ich mir für den Abend aufheben, damit der vorüberging, und das Stadtstromern, das früher, als Mutter mir vorschrieb, wann ich zu Hause zu sein hatte, ein unersättliches Vergnügen gewesen war, wurde nun reizlos. Vorbei auch das sanfte Vergnügen, im Steinbruch die Bäuche der Feuersalamander so zu streicheln, daß sie nicht erschreckt davonhuschten, sondern sich schwanzpeitschend aalten. Und keine Geduld war mehr, Blaubeere für Blaubeere von den niedrigen Büschen zu zupfen, unter denen giftige Kreuzottern – Kitzel einer sagenhaften Todesgefahr – lauern sollten.

Da entdeckte ich das Kino, entdeckte die »Neue Schauburg« in der Schildauer Straße, das »Capitol« und den direkt daneben liegenden »Kristallpalast« in der Hindenburgstraße, das »Lichtspielhaus« an der Ecke Post- und Zapfenstraße. (Mein Wand-Stadtplan wird immer dichter.)

Dreißig Pfennig Parkett bis Mitte, fünfzig Pfennig Parkett hinten und Balkon. Die erste Vorstellung begann nachmittags um vier, die paar Zuschauer verloren sich im Saal. Ich saß, in den Sessel verkrochen, in der Dunkelheit, kaute Bonbons, Vanilleschnecken, Wienerwürstchen, Lakritze und sah »Alarm in Peking«. Wie einst im »Panorama«, so schlüpfte ich auch hier in andere Welten, zitterte in einer Pagodenecke vor den schleichenden Schlitzäugigen, rannte mit dem Helden um sein und mein Leben, fühlte, wie ich von Meuchelklingen geschlitzt, von gelben Fäusten niedergeboxt wurde, wieder aufstand, kämpfte und schließlich lädiert und strahlend den Sieg über die gelben Teufel genoß. Wenn es hell wurde, brauchte ich noch Minuten, um wieder in den Kinosaal zurückzufinden und auf die Straße zu tappen. Den Film mußte ich unbedingt nochmals sehen. Ich sah ihn ein-, zwei-, dreimal, sah ihn vom Parkett vorn, von hinten, vom Balkon, wurde kinosüchtig, kinohörig, kinokrank.

Für solche Exzesse reichten keine freundlich gespendeten Groschen, hier ging es um Mark, summierten sich Eintrittsgeld und Knabberzeug, verlangte der Balkon mehr als das Parkett. Aber ich hatte es ja. Kassierte ich nicht laufend die Abonnementsgebühren für die Zeitung, von denen mir ja fürs Austragen ein Anteil zustand? Früher hatte das Mutter beansprucht, aber die war schließlich nicht da und ich mußte selber sehen, wo ich blieb. Also kassierte ich und gab aus, erst den Austrage-Anteil nachrechnend, dann wurschtig in die Reserven greifend, mit dem Vorsatz, Lücken durch künftige Einnahmen zu stopfen, dann nicht mehr rechnend. Mit jedem Groschen, den ich ausgab, mit jedem Kinobesuch, und das war mindestens einmal täglich, wuchs mein schlechtes Gewissen. Aber ich konnte nicht aufhören. Kein Mensch merkte, was ich tat, der Buchhalter der Zeitung, von der Korrektheit meiner Mutter verwöhnt, ließ sich mit dem Hinweis beschwichtigen, daß die Leute eben noch nicht bezahlt hätten. Niemand wunderte sich, ja bemerkte, daß ich meine Nachmittage im Kino verbrachte. Niemand warnte, bremste, kontrollierte mich.

Und als Mutter aus dem Gefängnis kam und in der Redaktion vom »Beobachter« abrechnen wollte, da fehlten in meiner Kasse fast achtzig Mark. Das war in Anbetracht der Tatsache, daß Ida als Vorbestrafte und Staatsfeindin keine Arbeit, aber auch keine Unterstützung bekam, daß das Zeitungsaustragen für unser Leben und Überleben unerläßlich und nun gefährdet war, die Katastrophe schlechthin. Mutter Ida reagierte darauf zuerst mit tiefer Lethargie. Dann begann sie zu überlegen, und mit jedem Tag verringerte sich ihre Wut auf, ihre Verachtung für mich.

Und dann handelte sie.

Es begann Idas Existenz als Vermieterin eines möblierten Zimmers an einzelne Herren.

Es begann für mich die Zeit des materiellen und psychischen Darbens. Für mich war, wie Mutter sagte, »von jetzt an Schmalhans Küchenmeister!« Ida war nicht mehr Mittelpunkt vom Mutterleben.

Und plötzlich kamen mir Zweifel. War ich das eigentlich je gewesen? Hätte sie nicht auf ihr Himmelreich verzichten und sich höchst irdisch um mich kümmern müssen, hätte sie nicht meine Füße schonen und zu Hause bleiben müssen, statt mich Sonntag für Sonntag von Haustür zu Haustür auf Missionstour zu schleppen? War ich für sie vielleicht doch bloß immer nur ein unvermeidliches Anhängsel gewesen? Ich konnte mich gut an die Zeit erinnern, als ich noch nicht zur Schule, Mutter aber schon morgens um sechs in die Papierfabrik ging. Da nahm sie mich noch lange nicht mit ins Altpapierbett in der Kiste unter ihrem Sortiertisch. Da weckte sie mich, wenn es draußen noch still und dunkel war, schlug eine Decke um mich und hastete von der Herrenstraße über den Markt in die Priesterstraße, huschte in ein Haus, das noch finsterer dräute als der dunkelste Morgen, tappte die Treppe hinauf und schlüpfte ohne anzuklopfen mit ihrem Bündel in die Wohnstube der Frau Rindfleisch. Mein Gott, war die alt. So sahen in den Märchenbüchern die warzennasigen Hexen aus, von solchem Schrecken hatten Hänsel und Gretel den Märchenwald befreit. In die Krallen dieser Vettel legte Mutter das Bündel und verschwand. Die Alte pellte die Decke von mir und Aug' in Auge mit ihr begann ich – vor Angst – zu schreien. Mit Zischlauten, die auf mich ohne Eindruck blieben, wollte sie mich besänftigen. Ich schrie wie am Spieß. Sie bettete mich aufs Sofa, das nach Altweiberkleidern roch, und zerrte eine grobe, kratzige Pferdedecke über mich. Auch über meinen Kopf. Ich schlug mit allen Kleinkinderkräften um mich, die muffige Dunkelheit schien mich zu ersticken, ich bekam keine Luft. Aber die Alte hielt die Decke fest, steckte die Zipfel tief in die Ritzen zwischen den Lehnen und dem Sitz, zurrte mich fest, begrub mich gewissermaßen lebendig. Wie ich trotz dieser Tortur einschlafen konnte, weiß ich nicht. Aber das Drama muß sich sehr, sehr oft wiederholt haben. Noch Jahre später konnte ich nicht durch die Priesterstraße und am Haus der Rindfleisch vorbeigehen. Jedoch auf meine täglichen, von Geheul begleiteten Bitten, mich um Gottes willen nicht mehr zur Hexe Rindfleisch zu bringen, reagierte Ida nicht.

Also entfloh ich schon vormittags – so flink wie ich war, konnte die Blocksbergreiterin nie sein – der Priesterstraße, hin zu meinen beiden Freundinnen: dem Schokoladenfräulein und der Käsetante.

Das Schokoladenfräulein hatte ihren Laden in der Kleinen Burgstraße, mit einem von zwei Fenstern in die Boberberggasse, die, wenn man den Hirschgraben kreuzte, direkt zum Boberberg führte.

Ich muß das auf meinem Plan einzeichnen, aber es gibt natürlich nur zwei, drei Striche und überhaupt keinen Hinweis auf diesen im Sommer staubig getretenen, sich steil hinunter zur Äußeren Burgstraße senkenden Boberberg, unmöglich zu begehen für alte Leute und Fußkranke, unmöglich darauf zu bremsen für uns Kinder beim Fangmichspiel. Hier gab es dreckige Hosen, aufgeschürfte Knie, geratschte Ellbogen, hier machten wir bergab Tempo unter ohrenbetäubendem Lärm. Im Winter aber war der Boberberg die schnellste Rodelstrecke, wenn auch nur für Könner. Denn wer über die vereiste Schräge schlitterte, fuhr, peste, der raste direkt auf das Haus vom Drogisten Dräger am Äußeren Hirschgraben zu; der mußte mit infernalischem Schrei Fußgänger warnen und mit gekonntem, zugleich bremsendem und lenkendem Hackentrick scharf rechts in den Hirschgraben einlenken. Das Manöver ist – zu meinem Vergnügen – dem rabiaten Klemm mißglückt, der, bäuchlings auf seinem Schlitten liegend, voll in das Schaufenster vom Dräger raste. Sein Vater wird's bezahlt haben müssen. Danach hat die Polizei versucht, die Rekordbahn zu sperren, die Anwohner haben die Piste mit Kies bestreut, die Lehrer haben gewarnt. Es half nichts, wir ließen uns den Boberberg nicht nehmen. Bis der Gauleiter kam, sich oben an den Hirschgraben stellte und zu dem abwärts über den Berg gestaffelt stehenden Volk eine Rede hielt. Da wurden anschließend terrassenbreite Stufen zementiert, begrenzt von Mauern, auf daß bei künftigen Besuchen des Herrn Gau- oder Kreis- oder Reichsleiters das Volk sicher stehen und hören konnte. Da wurde der Abstieg im Sommer sicher, die Abfahrt im Winter unmöglich.

Aber wie zeichne ich auf meinem Wandpapier die kühne Schräge des Boberberges, den man immer kurzatmiger hinaufstieg, der bei Regen lehmglatt wurde, von dem aus man in die Boberberggasse kam, an deren Ende das Fenster vom Laden war, über den das Schokoladenfräulein regierte?

Sie redete nicht viel, bediente dauernd, griff mit silbernen Zangen oder kleinen glänzenden Schaufeln in Schubladen, Kästen, Säcke, Tüten, Kartons, in denen Süßes, Schokoladenes, Verzuckertes, Gefülltes, Kandiertes, Geliertes, Mürbes, Weiches aufbewahrt war. Hinter der Theke, in deren Glausaufsatz Rumkugeln und Marzipanhäufchen, Weichtoffées und Petits fours zu Pyramiden gestapelt waren – gewissermaßen augennah das Feinste vom Feinen –, standen zwei Stühle: der eine, meist leer und für sie zum Ausruhn bereit, der andre für mich. Ich saß, besah mir die Kunden, hörte die Gespräche, und hörte und sah eigentlich nichts. Denn das gute, einfühlsame Schokoladenfräulein hatte für mich in einem Karton immer die verschiedensten Süßigkeiten gesammelt: Durch die Hitze der Sonne im Schaufenster zerflossenes Konfekt, weich gewordene Tafeln Schokolade, der Zange entfallene, leicht angedötschte Kremhütchen, von der übervollen Schaufel herabgerutschte Schokoladenplätzchen. Damit trocknete mir das Mädchen, freilich ohne es zu wissen, die unter der Grabdecke bei Frau Rindfleisch geweinten Tränen. Hier, auf dem Stuhl, konzentrierten sich alle meine Sinne auf die Zunge, den Gaumen, und mit geschlossenen Augen war ich zu nichts anderem fähig als zu genießen.

Am andern Ende der Boberberggasse, kurz bevor man den Hirschgraben kreuzte – also dieser Hirschgraben, First der ehemaligen Stadtmauer, die auf einem Stich von 1580 noch wie ein schützender Ring um die Stadt liegt und jetzt nur noch in der einen

Richtung bis zur Schildergasse, in der anderen bis zur Zapfenstraße erkennbar ist und begangen werden kann.

Diesen Hirschgraben muß ich schnell einstricheln, vielleicht mit grünem Stift als »historisch« verdeutlichen, bevor ich mich in das Schaufenster der Käsetante setze, das eben am andern Ende der Boberberggasse rechts neben der Eingangstür liegt.

Der Laden war so klein, daß ein Stuhl für mich keinen Platz gehabt hätte. Denn kamen die Kunden beim Schokoladenfräulein meist nacheinander und ganz selten zu mehreren, so standen die Frauen mit ihren Milchkannen im Laden der Käsetante meist zuhauf. Hier konnte man schwatzen, reden, palavern, geifern, klagen, prahlen, hier leistete man sich ja nicht teures Naschwerk, sondern einen Liter Milch für achtzehn Pfennig, ein, zwei Ecken Streich-, einige Scheiben Schmelz-, ein Stückchen rezenten Radkäse. Hier kaufte man das Viertel-, ja Achtelpfündchen Butter, den Kubus echte Wagner-Margarine, das Pfund für fünfundfünfzig Pfennig. Und während die Käsetante aus Kannen schöpfte, Käseleiber über den Hobel schob, Quark aus dem Bottich ins Pergaminpapier auf der Waage klatschte, erfüllte das Summen der Belanglosigkeiten der wartenden Frauen den Raum. Nein, da war für mich kein Platz.

Also fand die dralle Milchverkäuferin einen für sie höchst praktischen Ausweg. Sie setzte mich ins leere Schaufenster. Dort hatte, zum Sitzen, eine Fußbank Platz, dort konnte sie mir auf ein Brett Käse aller Sorten, Kümmel- und Sahnequark häufen, ein Glas mit Milch oder Kakao danebenstellen und sich getrost darauf verlassen, daß ich mich gemächlich darüber hermachen würde. Und während ich schmatzte und süffelte, sammelten sich vor dem Fenster die neugierigen und belustigten Zuschauer, die ich von meiner Warte aus betrachtete wie aufgeregte Affen im Zoo. Und den Frauen vor dem Fenster fiel plötzlich ein, daß sie noch eine Dose Libby's mitnehmen, Butter besorgen wollten. Solange ich im Fenster saß, nahm das Gedrängel im Laden beängstigende Formen an. Mich störte es nicht, die Leute freute es, der Käsetante nutzte es, und alle waren zufrieden. Sogar meine Mutter fand sich mit meinem seltsamen Milch- und Broterwerb ab und holte mich, wenn sie abends von der Fabrik kam, im Milchladen ab. Es sparte ihr meistens das Abendbrot für mich und sicherte ihr oft dick belegte Käsebrote.

Eines habe ich merkwürdigerweise in diesem Milcheldorado nie gekostet: Schlagsahne. Was die betraf, so sollte an meinem vierzehnten Geburtstag die Premiere sein. Aus der schuldenbelasteten

Kasse wurde eine Mark abgezweigt und mit einer sauberen Glasschüssel pilgerte ich zur Käsetante, in deren Fenster ich schon lange nicht mehr saß, und ließ mir für die Mark Sahne schlagen. Sie machte es aus alter Freundschaft reichlich, die Schüssel war übervoll, das Pergamentpapier bauschte sich hoch. Es sank auf meinem Heimweg, der etwa zehn Minuten dauerte, immer mehr ein. Es waren fast dreißig Grad, die Sonne brannte, ich schwitzte, die Sahne schmolz. Wir haben sie zu Hause nicht gelöffelt, sondern getrunken, und es hat weitere drei Jahre gedauert, bis ich wirkliche, steife Schlagsahne gegessen habe. Denn die Käsetante war, als ich meine Schüssel reichte, schon dabei, Lebensmittelmarken anzusehen, die ihr als Muster vorlagen und zu lernen, wie man mit ihnen umgeht. Es war der Hochsommer, in dem alle Menschen den Gedanken an jenen Krieg verdrängten, der für unseren nach Lebensraum suchenden Führer und seine Generale längst beschlossene Sache war. Der Sahnekauf war der Abschied von der Käsetante.

Der vom Schokoladenfräulein ereignete sich viel früher, nicht lange, nachdem Mutter aus dem Gefängnis zurück war und ihr sie von mir ablenkendes Vermietergewerbe aufgenommen hatte. Da bat mich das Schokoladenfräulein, eine große, leere Kiste, in die ich mich hätte zweimal verstecken können, mit einem Leiterwagen in ihre Wohnung zu karren. Sie wohnte in der Bolkenheiner Straße, also weit hinter dem Bahnhof, ganz in der Nähe von Sportplatz und Schlachthof – ein weiter, weiter Weg.

– Stift her, einzeichnen! Hirschberg weitet sich aus an meiner Wand, ich erinnere mich und die Träume schwinden. – Also zog ich Gefährt und Last durch die Boberberggasse, Plätzchen kauend über den Hirschgraben, an letzter Marschverpflegung zehrend über die Schildauer Straße. Die Straßenbahn drängte mich an den Rand, vor Autos mußte ich auf den Bürgersteig ausweichen, die Fußgänger wiesen mich, weil ich den Weg versperrte, auf die Straße zurück, das Kopfsteinpflaster machte das Ziehen des mit eisenbeschlagenen Rädern holpernden Leiterwagens zur enormen Mühe. Ich war müde, erschöpft, zermürbt und hockte mich verzweifelt auf den Deichselansatz. Als ich den Kopf hob, sah ich die Rettung: Eisdiele Hofer. Alle Sorten! Und ich hatte noch einen Groschen. Also zog ich meine Last quer über die Straße, direkt vor das Fenster des Ladens, um diese von drinnen sehen zu können. Denn seit man uns damals den Schlitten mit dem Kuchenverkaufsgerüst geklaut hatte, traute ich keinem Menschen mehr. Ich verlangte mein Eis, und während mir der weißbeschürzte Eismann die Tüte reichte, fragte er: »Ist das deine Kiste?« Und auf mein »Ja«, weiter: »Willst du sie mir verkaufen? Ich könnte eine so große grade gebrauchen!«

Mein Körper war matt, mein Gewissen schlief, meine Gier nach Eis unbezähmbar, das Angebot unwiderstehlich.

Der Kerl verfolgte meinen inneren kurzen Kampf auf meinem Gesicht und doppelte nach: »Ich zahl dir fünfzig Pfennig und du kannst jetzt hier soviel Eis essen, wie du willst.«

»Laden Sie die Kiste ab«, sagte ich und setzte mich.

Vielleicht zwei Stunden später schien mir das Speiseeis aus den Ohren, ja aus allen Löchern zu quellen, drückte nicht nur auf mein nun schwarzes und reuiges Gemüt. Ich spannte mich vor den Wagen und zottelte gleich einem erschöpften Karrengaul zurück zum Schokoladenladen in der Kleinen Burgstraße, überzeugte mich vorsichtig spähend, daß meine Gönnerin beschäftigt war, zog den Leiterwagen behutsam so vor die Tür, daß der herauskommende Kunde darüber stolpern mußte, und rannte, rannte, rannte, während mir Tränen und Rotz übers Gesicht liefen.

Ich habe mein Schokoladenfräulein nie wiedergesehen.

Wäre ich ein Pimpf gewesen, mit schwarzem Dreieckstuch um meinen Hals, nordischem Zukunftsblick und Händen, die das Gewehr bereits auf einen imaginären Feind richten konnten, ich wäre, meinen Klassenkameraden gleich, »... hart wie Kruppstahl« – langsam hingen allen die martialischen Parolen zum Halse raus – geworden. So aber hatte ich in meiner Seele keine Barrieren gegen ein so weich, ja matschig machendes Gefühl des Heimwehs und heulte Rotz und Wasser, als ich von Ida in den Zug nach Obernigk gesetzt wurde. Da hatte nämlich eine Dame der Reichsfrauenschaft einen Gang durch die Schule gemacht und mein Anblick hatte ihr Gewissen geweckt. Nichts ahnend von meiner Pariasituation, fand sie mich für mein Alter zu dünn – keine Ahnung, wo all das hinkam, was ich maßlos in mich reinschlang – und zu blaß – was durch onanistische Exzesse vielleicht erklärbar gewesen wäre – und einer Erholung bedürftig. Also leitete sie meine Verschickung in ein Kinderheim der NS-Frauenschaft ein, und als sie merkte, welches Kuckucksei ihr da in die Liste geraten war, war es zu spät. Mutter schob meinen Persilkarton, also Zahnbürste, Wäsche zum Wechseln, in den Gang des Zuges nach und ich heulte. Mir schien, sie war froh, mich los zu sein. Sie wollte so schnell wie möglich zurück zu ihrem »möblierten Herrn«, dem Skrowonnek.

Das Erholungs- und Kinderheim Obernigk wurde von Schwestern geführt, deren Häubchen ein Hakenkreuz schmückte. Es war alles reglementiert: . Um sieben Uhr aufstehen, kalt waschen – warmes Wasser verweichlicht, weshalb es nur in der Küche welches gab – Frühstück: Haferbrei, Brot mit Vierfruchtmarmelade, Malzkaffee. Waldspaziergang in schnellem Schritt, angeführt von einem geländeerfahrenen Fähnleinführer der Hitlerjugend, zurück im Lager Liedersingen: »Flamme empor...«, »Wenn die bunten Fahnen wehen...«, »Auf der Heide blüht ein kleines Blümelein...«, jeder Ton voll ungehemmter Begeisterung für Führer, Volk und Vaterland. Mittags Eintopf. Es hatte sich unter den Schwestern schnell herumgesprochen, daß und warum Mutter eine Zuchthäuslerin gewesen war. Es war auch schnell bekannt, daß mir von Graupensuppe das große Kotzen kam. Also durfte ich am Graupentag, der zweimal in der Woche dräute, den Kessel auskratzen, damit »vielleicht aus dir doch noch ein deutscher Junge wird«, meinten hämisch die Maiden. Mittagsschlaf auf den Matratzen der gedeckten Veranda. Man mußte schlafen, auf dem Rücken liegen, durfte nicht sprechen, weder sich drehen noch pinkeln gehen. Ich konnte es eines Mittags nicht mehr aushalten und strullte zwischen die Matratzen. Anschließend stand das Volk der Schwestern auf, der Sturm brach los. Mein Hinweis, daß mir ja ob der strengen Verbote keine andere Wahl geblieben wäre, wurde als Gipfel der Unverschämtheit gewertet. Ich war der Sohn einer Zuchthäuslerin, bis ins Mark verdorben, hatte auf Eigentum des Reiches uriniert, es ruiniert, die Großzügigkeit des Führers zwar nicht mit Füßen getreten, aber mit meinem Strahl verwässert, ich war Auswurf, Staatsfeind, Superferkel. Von nun an mußte ich im Freien schlafen, von den andern getrennt. Ich war glücklich, so glücklich, daß ich für den Geburtstag einer Schwester ein Gedicht machte mit reimenden Zeilen, Blumen und Blüten drin und schönen Gefühlen. Es war ein weiteres Zeichen meiner völligen Verdorbenheit, denn wie konnte ein Junge in meinem Alter eine Schwester der Reichsfrauenschaft andichten. Ich dachte sie zu erfreuen, sie nahm es als Ausdruck meiner Lüsternheit. Ich war der Dorn im Fleische dieses Heimes, meine Nähe mußte alle sauber denkenden Jungens vergiften, ich war untragbar. Also war die Erholung, die acht Wochen dauern sollte, nach etwas mehr als zwei zu Ende, ich saß, mit Schande verabschiedet und rundum glücklich, im Zug nach Hirschberg und machte Pläne, wie ich Ida ernähren und den Skrowonnek abschaffen könnte. Mutter war nicht glücklich über meine Heimkehr, und auch der möblierte Herr fühlte sich gestört. Dabei hatte er allen Grund, zufrieden zu sein, denn er war nicht nur in Logis, sondern auch in Kost. Also bekam er zum Frühstück ein Ei, mittags Fleisch, abends belegte Brote. Der Belag dafür hatte täglich frisch zu sein. Ich mußte ihn beim Fleischer Sonntag holen, wo es für Mutter und mich am Dienstag-Schlachttag kostenlos die Kanne voller Wurstbrühe gab. Täglich also ging ich in den gekachelten Laden und verlangte für fünfzig Pfennig Aufschnitt. Aber das durfte nicht liebloses Durcheinander nach dem gegabelten Zufall der Verkäuferin sein, nein, das mußte ja täglich wechseln, damit der arme Skrowonnek nicht etwa zwei Abende nacheinander die gleiche Wurstsorte schmecken mußte. Deshalb machte Mutter den Wochen-Aufschnitt-Plan und ich verlangte, jeweils für zehn Pfennig, gekochten oder rohen Schinken, Salami, Bierwurst, Mortadella, Braunschweiger und so immer in neuen Varianten quer durch die Sorten. Der Möblierte würde schmatzen, während von meiner Abendbrotstulle im günstigen Falle das Rübenkraut tropfen konnte. Hier schürte Ida, die Verwöhnende, den Klassenhaß unter Fressern, stopfte dem Skrowonnek vorn rein, was bei ihrem Sohn hinten nie rauskommen konnte. Ich entschloß mich, die Welt etwas gerechter zu machen. War ich auf dem Heimweg, zupfte ich dem Aufschnittpaket mal ein größeres Scheibchen dies, mal zwei kleinere Scheibchen das aus dem Pergamin. Mühsam, aber köstlich nährte sich das Eichhörnchen. Und Mutter merkte nichts, Skrowonnek hatte noch immer ausreichend, ich begann, mich mit ihm abzufinden, ja half dem Verfettenden aufs Dach, in die Rinne zwischen zwei aufsteigenden Schrägdächern. Von hier aus konnte man, bequem auf dem Bauch liegend, von niemandem gesehen, die Soldaten unter zackiger Marschmusik vorüberziehen sehen. Sie mußten durch die Greiffenberger Straße in Richtung Graf-Waldersee-Kaserne. Es waren viele, denn Hirschberg war wieder einmal Garnisonsstadt. »Die Schmach von Versailles ist«, wie Lehrer Hädelt mit strahlendem Gesicht verkündete, »endlich getilgt. Dank des Führers – Sieg Heil! Sieg Heil! Sieg Heil! – sind wir wieder wer in der Welt!« Und so marschierte der bewaffnete Stolz der Nation durch die Greiffenberger Straße. Sie exerzierten in der Kaserne, die dem Andenken jenes Grafen Waldersee gewidmet war, der während des chinesischen Boxeraufstandes dem Ruf: »The Germans on the Front!« gefolgt war und wehrlose Massen heldenhaft niederkartätscht hatte. Sie robbten durch die

Wälder am nun unfriedlichen Hausberg, schlichen mit Lindenblatttarnung am Helm, durch die Schlucht zwischen dem Bierlokal »Weltende« und dem Ausflugsrestaurant »Himmelreich«. Wer hier noch spazierte, dessen Fußpfad kreuzten keuchend, humpelnd, krabbelnd, rennend Vaterlandsverteidiger unter Gasmaske und Stahlhelm, mit geschultertem Maschinengewehr, am Koppel baumelnd oder auf ihr Gewehr gepflanzt das Bajonett, Patronentaschen voller Munition am Koppelriemen und auf dessen Schnalle die Gewißheit: Ein Volk – ein Reich – ein Führer. Dieser Führer aber, dessen Stimme nun jeder durch den »Volksempfänger«, den »Bedürftige« umsonst bekamen, hören konnte, dieser Adolf Hitler sagte, beschwor, redete, schrie in allen Betonungen, Lautstärken, Zusammenhängen nur das eine Wort: Frieden! Den allein wollte er. Für den baute er Autobahnen, für den plante er den Volkswagen, den für tausend Reichsmark jeder würde kaufen können, für den mußte Österreich heim ins Reich, mußte das Sudetenland wieder urdeutsch werden. Nein, diese Soldaten marschierten, exerzierten, wurden schikaniert und kommandiert nur zur Verteidigung, nur um die Größe des Großdeutschen Reiches, dessen tausendjährige Dauer nun gerade begonnen hatte, für dessen Werden und Gedeihen jeder eintreten und Opfer bringen mußte, zu sichern. So jedenfalls sagte es Hädelt in seinem Morgenspruch, mit dem, wie früher mit dem Gebet, der Schulunterricht begann. In der Geschichtsstunde zeigte er uns die Wochenschauen vom Reichsparteitag in Nürnberg, den triumphalen Einzug des Führers in Wien. Er zeigte uns die kühne »Legion Condor«, die in Spanien so heldenhaft mitgesiegt hatte – und keiner von uns Schülern wußte eigentlich, über wen. »Deutschland ist gegen jeden Feind gerüstet«, sagte Hädelt, und »wir werden jeden ausmerzen, der sich dem Friedenswillen des Führers in den Weg stellt. Die Wehrmacht steht wachsam Gewehr bei Fuß!« Und blickte dräuend auf uns.

Die Generäle sollten ihre Bataillone lieber das Lachen lehren, dachte ich, dachte an den Bericht in meinem alten Geschichtsbuch, das erzählt, was am 7. Februar 1807 in der Schlacht bei Preußisch-Eilau ebenso Beispielhaftes wie Nachahmenswertes geschehen war. Der Chronist berichtet, daß an diesem Tage sich ein französisches Infanterieregiment anschickte, mit aufgepflanztem Bajonett die russischen Linien zu erstürmen: »In diesen entstand, man weiß nicht durch welchen Zufall oder welche Ursach, ein erst lautes, dann schallendes Gelächter, das sich dem ganzen Regiment mitteilte und die französischen Angreifer so aus der Fassung brachte, daß sie stutzig wurden und eiligst in ihre Stellungen zurückliefen.«

Hitler lachte nie, in keiner Wochenschau. Die neben ihm stehenden Generäle lachten nie, die auf der Greiffenberger Straße vorbeiziehenden Soldaten lachten nie.

Und auch ich hatte nichts zu lachen, wenn auch nicht aus soldatischer, sondern aus ziviler Ursache. Denn Mutter Ida hatte sich in den Wurstfresser Skrowonnek verliebt. Das offenbarte sich für mich zuerst durch die Erhöhung des Aufschnitt-Budgets von fünfzig auf sechzig Pfennig, was mir eine gezupfte Schmarotzerscheibe mehr einbrachte. Das wurde bedenklich offensichtlich, als sie dem Möblierten, »weil er grade mal knapp dran ist«, die Miete um fünf Mark, dann, für sie und mich bereits lebensgefährdend, um zehn Mark ermäßigte. So viel Stühle, wie wir als Ausgleich hätten flechten müssen, gab es gar nicht. Aber sosehr ich auch motzte und meckerte, für ein Lächeln des Herrn Skrowonnek war Ida gern bereit, mit mir zu hungern, unsere Suppe zu strecken. Sie schluchzte in sich rein, wenn sie ihn abends mit irgendeinem Weib vor der Haustür stehen sah und vergab ihm alles, weil er mit ihr, einsam und allein, eine Gebirgswanderung machte. Er war ein raffinierter Hund und ging mit ihr den »Königsweg«, machte mit ihr die Reise, die am 16. August 1800 die Königin Luise Auguste Wilhelmine Amalie als Gast des Erblandhofmeisters Graf Schaffgotsch in Warmbrunn begonnen und zusammen mit ihrem siebenundzwanzigjährigen Mann, dem König Friedrich Wilhelm III., am 17. August fortgesetzt hatte. Sie bestiegen den Kynast mit jener sagenumwobenen Burg, ließen sich von der Gischt des Kochelfalls besprühen, übernachteten in Buchwald auf den Besitzungen des Grafen Reden und bestiegen am 18. August die Schneekoppe.

»Hier haben sie damals gestanden, jung verheiratet, das hat Skrowonnek mir gezeigt«, erzählte meine Mutter und deutete mit dem Finger auf eine Ansichtskarte der Schneekoppe, während ihr Blick ganz verklärt vor Romantik und Erinnerung wurde. »Und wenn ich auch nur unseren König im Himmelreich anerkenne«, fuhr sie etwas verlegen fort, »so hab' ich doch gern dort gestanden, an der Stelle, von der Skrowonnek so viel wußte. Und überhaupt ist er klug und gar kein Nazi.«

Mit solchen Einsichten war für mich die Schlacht ganz verloren. Ich begriff: Der Möblierte war jede Mühe wert. Also brauchten wir auch für ihn Geld, also brauchte Mutter richtige Arbeit, ganz gleich welche. Und die bekam sie.

Natürlich nicht in einer Firma mit dem Prädikat »Reichsleistungsbetrieb«, auch nicht unter Parteigenossen oder gar in einem anerkannten »Musterbetrieb«. Nein, bei der Frau Hirschfeld. Der gehörte das größte Stoffgeschäft in der Schildergasse, sie hatte im schlauchartigen Laden Ballen auf Ballen bis unter die Decke gestapelt, hatte auch neueste Dessins aus Paris, wie meine Mutter bewundernd berichtete. Und die hatte offensichtlich einen raffinierteren Geschmack als die Konkurrenz, denn sie war Jüdin – und von ihren Angestellten als widerlicher Drachen verschrien. Natürlich hatten auch vor der zweiflügeligen, gläsernen Eingangstür ihres Ladens breitbeinig hingepflanzte SA-Männer Schilder gehalten: »Kauft nicht beim Juden!« Natürlich waren auch ihre Scheiben beschmiert gewesen: »Deutsche, kauft nur beim Deutschen!« Aber als die Uniformierten standen, schickte sie einfach ihre Mädchen nach Hause: »Ich zieh euch den Tag vom Lohn ab.« Und die Aufschriften ließ sie von den Lehrmädchen abwischen und abkratzen. Für sie war es ein Sturm im Wasserglas, denn bald kamen, zuerst durch die Hintertür, dann wieder durch den Vordereingang, die Frauen wieder, auch die der Parteigrößen und Offiziere, allein oder mit ihren Schneiderinnen. Sie ließen sich im jüdischen Laden vom arischen Personal das Neueste und Beste vorlegen und wurden bedient wie in keinem anderen Laden der Stadt.

Hier würde Ida werken. Allerdings nicht im Laden, sondern in der Wohnung, die sich über drei Etagen des Eckhauses erstreckte, in dem die raffige Vettel mutterseelenallein hauste. Als Mutter mich zum ersten Mal mitnahm, weil ich ihr helfen sollte, die Teppiche im Hof zum Klopfen über die Stange zu wuchten, sah mich eine schwarz und wohl sehr vornehm gekleidete Bohnenstange durch ein Lorgnon mit einem Blick an, als würde ich sie anekeln wie eine widerliche Küchenschabe.

»Er hat schmutzige Füße!« fauchte sie. »Er kommt mir nicht in die Zimmer. Soll er sich auf einen Stuhl in der Diele setzen. Ich will wissen, wo er ist. Jungens klauen doch alles, wenn man nicht aufpaßt.«

»Ich pass' schon auf« antwortete meine Mutter, und vor sich hin knurrend begab sich die Alte in ihren Salon. Sie lebte wie die Plüsch-Großbürger des vorigen Jahrhunderts.

Abends, wenn meine Mutter mit dem Putzen fertig war, klopfte sie zaghaft an die Salontür. Auf ein herrisches »Herein!« trat sie ein, sagte: »Die drei Zimmer im ersten Stock!« und legte der Frau Hirschfeld Münzen, manchmal auch einen Geldschein in die zu Krallen gekrümmten, gichtigen Hände. Die nahm ein Notizbuch zur Hand, schaute nach, zählte das Geld in ihrer Hand nach und sagte meist: »Stimmt! Auf Wiedersehen.« In der Anfangszeit freilich hatte sie auch ein paarmal triumphierend gekeift: »Es fehlen zwei Markstücke!«

Das hieß entweder: Du hast gestohlen, oder: Du hast nicht sorgfältig geputzt. Denn da sie nicht überall kontrollieren, nicht dauernd neben ihrer Putzfrau stehen konnte, hatte diese listige Vettel ein geniales System entwickelt. Es war dem jenes Sklavenaufsehers ähnlich, der sein Glasauge sichtbar auf einem Baumast über den Plantagenarbeitern plazierte, um ihnen zu beweisen, daß er alles sähe, auch wenn er nicht da sei. An allen möglichen und unmöglichen Plätzen, unter Blumentöpfen und Teppichecken, auf Kleiderschränken, hinter Bilderrahmen, in Ziervasen versteckte die mißtrauische Rafferin Markstücke, Groschen, Zehnmarkscheine. Sie notierte genau, wo und wieviel sie verborgen hatte. Am Ende jedes Tages hatte die Putzfrau, jetzt also meine Mutter, ihre Ausbeute abzuliefern. War es zu wenig, wurde sofort kontrolliert, ob nur lässig geputzt worden oder das Geld gestohlen war.

Nachdem Ida wußte, wie das infernalische Spiel lief und schnell die beliebtesten Verstecke raus hatte, stimmte die Beute so gut wie immer, doch war der Augenblick der Verabschiedung, der ja zugleich der Moment der Kontrolle auf Sorgfalt und Ehrlichkeit war, für Mutter immer ein Augenblick leichter Angst. Denn konnte sie nicht einen Spiegel übersehen, eine Lampe nicht angehoben haben? Es waren erniedrigende Momente, über die Ida immer wieder aufgeregt klagte. Doch die Hirschfeld ernährte uns: die Mutter, deren Skrowonnek und mich.

Aber ich haßte sie dafür. Wenn die Alte so war, waren alle Juden so, hatte offensichtlich Lehrer Hädelt recht, wenn er behauptete: »Die Juden sind unser Unglück!« Die Alte mußte doch wissen, wie man über sie sprach. Wie kam sie dazu, meine kleine, ehrliche, saubere Mutter so zu foltern? In meinen Gedanken trat ich vor sie hin, spuckte sie an, schrie ihr meine Empörung ins Gesicht, zerriß ihren kostbaren Spitzenschal. In Wirklichkeit tat ich nichts.

Das besorgte der Führer. Wenn auch nicht mir zuliebe.

Eines Morgens stand, zum erstenmal in schwarzer Uniform mit Totenköpfen und SS-Runen auf den Kragenspiegeln, Lehrer Hädelt vor der Klasse und befahl: »Raustreten!«, im Schulhof: »Antreten!«, brüllte mich mit zornrotem Kopf an: »Du gehst mit einem Meter Abstand als Letzter!«, und die Klasse der inzwischen Dreizehn- bis Vierzehnjährigen bekam Anschauungsunterricht in lebendiger Geschichte. Wir stapften vorbei an den noch schwelenden Trümmern der Synagoge, traten auf die Scherben der zertrümmerten Schaufensterfront von Woolworth, und blieben auf Hädelts schneidiges »Halt!« vor den geplünderten Vitrinen des Schuhhauses Tack stehen. Dort hatten sich viele Leute versammelt, um zuzusehen, wie das ältere Geschäftsführer-Ehepaar auf dem Pflaster kniete und unter der Aufsicht feixender SA-Leute mit Zahnbürsten das Pflaster vor ihrem Laden schrubbte.

Den nächsten Halt befahl Hädelt vor dem Haus der Hirschfeld. Die Fensterscheiben waren, genau wie das Glas der Tür, zertrümmert. Weder im Laden noch in den Fenstern war noch ein Fetzen Stoff zu sehen. Die Rächer hatten sich gründlich bedient. Die Schaufensterpuppen lagen geköpft auf dem Bürgersteig, nackt und der Draperien beraubt, und hatten die Arme verrenkt wie die Leichen nach den Martern eines Pogroms. Da sah Hädelt mich an und sagte: »Und wenn deine Mutter auch nur noch einmal die Scheiße von der alten Judenvettel wegputzt, sorge ich persönlich dafür, daß sie dorthin kommt, wo die Alte ohnehin bald sein wird.« Die Partei wußte einfach alles!

»Meine Mutter arbeitet schon lange nicht mehr hier«, log ich erschreckt. Doch Hädelt hörte nicht hin. Er sprach zu den um sich gescharten Jungen von der Judenpest und der Reinheit der Rasse und internationaler Krummnasen-Verschwörung und daß diesem Gesocks nur recht geschehen sei, daß der Volkszorn sich Luft gemacht habe, weil so ein Judenbengel in Paris einen deutschen Diplomaten erschossen hätte. Und das Volk sei in dieser Nacht – die als Kristallnacht in die Geschichte einging – nicht nur in Hirschberg zornig gewesen, sondern spontan im ganzen Großdeutschen Reich.

Die Hirschfeld kam, entgegen der Prophezeiung von Hädelt, nicht ins Konzentrationslager. Sie kaufte sich mit einem großen Teil ihres Vermögens und dem Eckhaus, das von nun an das Stadt- und Standquartier der SS war, frei und emigrierte nach Amerika.

Als Mutter erzählte, man würde alle Juden jetzt aus den Wohnungen holen, auf Lastwagen laden und in die gleichen Lager schaffen, in die man auch die Bibelforscher gebracht hätte, da empfand ich kein Mitleid, sondern nur Bedauern, daß die Hirschfeld nicht dabei war. Lehrer Hädelt verkündete triumphierend, daß der Führer dieses Gesindel endlich dorthin bringen lasse, wo sie das Arbeiten lernen könnten.

Dafür war Mutter ihre Stelle los, aber Gott sei Dank auch ihr Schoßkind Skrowonnek. Den nämlich hatte man, wohlgenährt von Idas Aufschnitt, zur Wehrmacht eingezogen, und so verschwand er unter Muttertränen in Richtung Oberschlesien, woher er gekommen war.

Ida bewarb sich, ewige Optimistin, auf dem Amt nochmals um Arbeit. Die neue Kunstfaserfabrik brauchte Frauen für die Fallschirmweberei, die Uniformnäherei, die Munitionsfabrik suchte Kräfte zum Patronenstopfen. Das war gerühmt als »Arbeit für das Vaterland«, war »Dienst am Volke«. Doch als meine Mutter dem Beamten sagte, sie wolle dem Vaterland mit gut bezahlter Arbeit gern dienen, zog der die Karteikarte Schuler, Ida, aus dem Kasten, sah das Geschriebene und den roten Reiter an, sah dann ungläubig zu Mutter auf und sagte: »Eine Auserwählte fürs Himmelreich, was? Ja glauben Sie denn, wir könnten riskieren, daß Sie sich dorthin schnell auf den Weg machen, indem Sie unsere ganze Munitionsfabrik in die Luft jagen?« Und dann lachte er schallend wie über einen guten Witz.

Und Judith trat ein und nahm Platz...« Natürlich schlug ihr das Herz des Herrschers entgegen. Natürlich geriet seine Leidenschaft in Wallung und es war nur zu begreiflich, daß er sie heftig begehrte, mit ihr schlafen wollte und nach einer Gelegenheit suchte, sie zu verführen. Aber als es spät geworden war und alle fort waren, da hatte er vor lauter Erwartung so viel getrunken, daß er jetzt schlafend auf seinem Lager lag. Sie aber, Judith, hatte den Wein zumeist hinter sich in die Palmenkübel gegossen. Sie war so nüchtern, daß sie sein schweres Schwert nehmen konnte, um ihm, weil es beim ersten Mal nicht gelang, mit zwei Hieben den Kopf abzutrennen. Diesen nahm sie als Beute mit.

Alle Judiths sind so wie die gerühmte Listige des Alten Testaments. Alle. Auch meine. Sie war die Tochter vom Musiker Moch, den auch Ida immer mit »Herr« anredete, weil er nicht zu den »Brüdern« gehörte. Frau Moch aber war »Schwester« Moch, und mit der traf Mutter sich zuweilen harmlos auf dem Wochenmarkt. Harmlos! Sie konnten es nicht lassen. Sie wogen Kohlköpfe mit abwägendem Hausfrauenblick, drückten an Tomaten rum, nörgelten und lobten, und konspirierten dabei wie Profi-Revolutionäre. Die Moch traf die Keller, die Keller die Marquardt, sie trafen sich in der Badeanstalt oder auf der Bleiche am Zacken, im Vorübergehen, bei einem kurzen Schwatz. Ob zufällig oder beabsichtigt, wer wollte das sagen. Und dann trafen sie sich plötzlich, nachts um zwei, in

Hermsdorf am Kynast, mimten einen Gebirgswanderverein, rasteten am Felsabgrund zum »Kleinen Teich« – und eine von ihnen verkündete in Stellvertretung für die KZ-fernen Männer das Wort Gottes. Sie machten sich Mut, denn es konnte das alles ja nur noch kurze Zeit währen. War nicht in der Bibel für jetzt, für bald, die Schlacht von Harmagedon prophezeit? Demnächst würde Gott den die Welt regierenden Satan zum Kampf auffordern – und sie, zu den hundertvierundvierzig Tausend der Auserwählten gehörend, würden überleben, siegen. So redeten sie am Rande wirklicher und irrealer Abgründe, so trafen sie sich, wie einst die ersten Christen in den Katakomben in den karstigen Gebirgstälern und sangen beim Heidelbeerpflücken leise ihre Lieder.

Da durfte ich natürlich nicht mit. Das wäre aufgefallen. Die Leute! Und außerdem gab Mutter nicht viel auf meine Glaubensfestigkeit und -treue. Ich war lasch, uninteressiert. Mir galt das Himmelreich wenig oder nichts, ich war ganz aufs Irdische eingestellt, auf ein Serail, das Ida und Schwester Moch mir ahnungslos geschaffen hatten. Von mir aus konnten sie jede Nacht wandern. Denn »damit die Kleine nicht allein ist, wenn mein Mann und Manfred auf Tournee sind«, und »weil die Judith im Dunkeln nachts allein so Angst hat«, wurde ich zum Hüter der kleinen Judith bestellt. Und Judith war nur ein Jahr jünger als ich.

Mehr als sie zu hüten traute man mir nicht zu. Zugegeben, gemessen an Manfred Moch, der im gleichen Alter wie ich und ein Genie war, mußte ich stark abfallen. Wenn er auf seinem Xylophon einen schnellen Marsch schlägelte, sah er aus, wie ich mir Paganini vorstellte. Wer ihm zuhörte, war begeistert. Also nahm der alte Moch ihn mit auf Tournee. Sie spielten bei Mutterkreuzverleihungen und Betriebsfeiern, man konnte sie zum »gemütlichen Teil« nach SA-Parteifeiern oder Hitlerjugend-Fahnenweihen holen, Manfred zeigte ihnen, was ein deutscher Junge außer Marschieren und Wehrertüchtigung und Treue zum Führer noch alles konnte. Daran gemessen war ich eine Niete, und obwohl Ida mir ein Schifferklavier mietete, obwohl ich jeden Tag »La Paloma«, »Fahr mich in die Ferne«, »Einen Walzer für dich und für mich« übte und das Fenster öffnete und schmachtend die Tasten drückte, damit vielleicht die zwei langbeinigen Ebert-Schwestern es hören und mich bewundern konnten – es wurde nichts. Mit meiner Fähigkeit und Fertigkeit hätte ich nicht mal in den Hinterhöfen die Leierkastenmänner ersetzen können, die man natürlich abgeschafft hatte, weil es ja im neuen Deutschland niemand nötig hatte, zu betteln. Nein, ich ließ Manfred seinen ganzen Ruhm und seine Reisen bis nach Liegnitz oder Glatz oder Hoyerswerda, und war ohne Murren, ja mit von Frau Moch sehr gerühmter Freundlichkeit bereit, Judith zu beschützen.

Damit sie gar nicht erst Angst bekam, schlüpfte sie in mein Bett. Und damit wir uns nicht langweilten, machten wir Kissenschlachten, die in Catch-as-catch-can übergingen. Und weil uns dabei höllisch heiß wurde, zog ich meinen Schlafanzug und Judith ihr Nachthemd aus, und dann war es gar nicht mehr so einfach, diese schlüpfenden Ärmchen zu halten, das Mädchen an der glatten Taille zu fassen, dem Weibchen nicht an die kleindeutlichen Brüstchen zu kommen, und es war unmöglich, nicht genau hinzusehen, wenn Judith sich auf mich hockte. Und das tat sie, wenn sie sich als Siegerin fühlte und ihr Anblick meine Hände wehrlos machte. Nur sanft berühren konnte ich sie, denn sie fühlte sich an wie ein schmeichelndes, drängendes, scheues, fluchtbereites Tier, glatt fast überall, warm allgemein, heiß an manchen Stellen.

Seit Linkes Schwester sich damals durchs Hinwegsterben ihrem Versprechen, sich uns, der Horde, für'n Groschen ohne Kleider zu zeigen, entzogen hatte, seit die Hitlerjungen mit den BDM-Mädchen ins Zeltlager gingen und mich, den Zuchthäuslerin-Sohn zu Hause ließen, war ich mit meiner Neugier nach den Geheimnissen der Mädchen nicht weitergekommen. Aber ich stellte mir viel vor, jeden Tag, seit Jahren, seit damals, als mich der Piepmatz, wie Mutter ihn verschämt nannte, dauernd juckte, Doktor Knospe in seiner Praxis zwischen Jägerdenkmal und Landgericht auf der Wilhelmstraße eine Blasenentzündung feststellte und mir Tee verschrieb. Ob er der Blase half, weiß ich nicht, aber das Jucken in meinem Pimmelchen linderte er nicht. Also kratzte ich und kratzte und hatte plötzlich statt des Juckens ein unglaubliches Gefühl, von dem ich instinktiv wußte: das war verboten, das durfte weder Ida noch irgend jemand anders merken, das hing mit den Mädchen zusammen. Denn wenn ich sie mir vorstellte, wurde er größer und ließ sich in der Hosentasche wie unter der Bettdecke handhaben. Dafür hatten meine Hosentaschen Löcher, die Mutter zur Verzweiflung brachten und über deren Ursache sie vergeblich rätselte. Was ich vorher nie bemerkt hatte, jetzt überfiel es mich wie eine Offenbarung: die Welt war voller Mädchen, und es waren darunter welche, die schnell liefen und deren Röcke wehten und deren Schenkel und Höschen man sah, und es waren welche in der Badeanstalt in ihren knappen Badeanzügen, aus denen sie gerade rauswuchsen und in die vieles, was man nicht sehen durfte, nicht mehr ganz hineinpaßte. Dort tankte ich mich optisch auf und hatte einen Phantasieharem für den Abend. Mir gefielen die nicht sehr entwickelten, kindlichen Schlanken, die immer ein bißchen erschreckte oder erstaunte Augen hatten. Ich bevorzugte für meine somnambule Gesellschaft die Langbeinigen. Ich stellte mir vor, wie sie sich vor irgend etwas Schrecklichem in meine Arme flüchten, wie sie mein Harmonikaspiel bewundern würden. Und, dachte ich zum Beispiel, die Elke, die mich nie ansieht wenn ich ihr begegne, obwohl wir in der gleichen Straße wohnen, auch die Elke ist wie alle diese Mädchen, die unsere Straße, die Hirschberg, Schlesien, Deutschland, Europa und die Welt bevölkern, morgens mal nackt, wenn sie aus dem Bett gestiegen ist und, den Schlaf noch in den Augen, automatisch das Nachthemd abstreift. Dann steht sie vielleicht da, sieht sich im Spiegel, sieht, daß da Brüste werden, daß ihr dort Härchen wachsen. Vielleicht greift sie sich dann zwischen die Beine und denkt an einen Jungen – an mich. Aber zum Teufel, warum und wohin greift sie sich da, wo doch ziemlich gewiß war, daß nur Jungens was zum Greifen da haben. Und wenn sie griff, dann sicher nicht mit dem Gedanken an mich, so wie ich an sie. Denn ich wartete ja nur drauf, mit jedem Tag und Jahr mehr, daß eine an mich dachte, eine andere es mir sagen würde, wonach sie da vor dem Spiegel griff. Vielleicht sogar mir zeigen.

Aber ich mußte lange warten, bis die Schwestern in die Berge pilgerten und Moch mit seinem Sohn auf Genie-Tour ging und sie mich baten, bei Judith zu bleiben. Da war ich schon fast vierzehn und meine Hand war meine tägliche Geliebte und ich hatte die Hoffnung schon fast aufgegeben.

Die neugierige, listige Judith machte alles wieder wett. Sie war so natürlich und verspielt wie eine Katze und viel neugieriger als ich. Sie probierte, manipulierte, fingerte. Sie spielte das Sinnenspiel mit solch intensivem Vergnügen, wie nachmittags Seilspringen oder Kästchenhüpfen: mit Konzentration, Hingabe. Sie rutschte auf, neben, unter mir rum und mir war, als läge ich unter einer ganzen Schar Judiths. Sie griff sich meine Wuschelhaare und zerrte meinen Kopf über sich; damit mein Mund sich mit ihren Brüstchen beschäftigen konnte. Sie lehrte meine Finger das Streicheln unter ihrem Bäuchlein. Und wenn es ihr wohltat, stieß sie kleine, wie ein Lachen klingende Schreie aus. Wir waren bis zur Erschöpfung miteinander beschäftigt, nahmen Vorschuß auf die Zeit, wo wir uns nicht sehen würden, und weil ich in meiner tiefen Unwissenheit alles ihr überließ, blieb sie das Jungfräulein Judith. Mein schlechtes Gewissen war grandios, mein Verlangen unermeßlich. Und Schwester Schuler und Schwester Moch, kamen sie morgens, wenn es fast noch dunkel war, von ihrem Himmelreichausflug zurück, unterhielten sich leise und lobend darüber, wie gut und tief und brav ihre Kinder doch schliefen. Kinder, Kinder!

Dann, eines Tages, wollte Judith doch lieber in den mütterlichen Wandernächten bei ihrer Schulfreundin Krause bleiben, denn da könnte ja der Herbert, der größer und älter war als ich, auf sie und seine Schwester aufpassen, dieser Herbert aus der Klasse über mir. Ich stellte mir vor, was der mit den beiden Mädchen anstellen würde und was die beiden Mädchen mit dem anstellen würden, und Judith hatte das Schwert erhoben und machte mich kopflos vor Gram und Elend. Schleppte sie meine schreiende Sehnsucht vor die Krause-Kinder? Zeigten sie auf mich, lachten sie über mich, triumphierten sie über den Dämlack, den Zauderer und Judithanbeter, den Wagenichts. Verdammt, ich hatte doch von Judith alles über die Mädchen erfahren! Zum Teufel, ich wußte über Mädchen gar nichts! Auch Ida muß mal eines gewesen sein, aber sie konnte ich erst recht nicht fragen. Oder würde sie mir vielleicht sagen, wie es mit Otto, meinem Namensgeber gewesen, warum es mit meinem Rätselvater geworden war? Nie.

Also fragte ich Schulz, dessen Schwester im knappsten schwarzen Badeanzug nicht nur mich im Schwimmbad ziemlich verrückt machte. So ein gleichaltriger Bruder, der täglich mit einer so schönen Schwester zusammen war, der mußte es doch wissen. Aber der Schulz zog mich in die Wiese und griff in meine Badehose und das gefiel mir gar nicht, und als ich in seine greifen sollte, da fand ich sogar seine Schwester nicht mehr so attraktiv. Dafür aber fast jedes andere Mädchen. Mein Name war Tantalus.

Die Zeit war reif. ›Ich konnte mir's gut vorstellen‹, wie sie an einer Straßenecke, im Milchladen zusammenstanden, zum Beispiel Mutter Ida, die Moch, die Wolfen. Klageweibern gleich würden sie palavern: Ja mein Gott, was soll jetzt aus ihm werden, wenn er aus der Schule kommt? Er, das war ich. Sie würden – ohne mich zu fragen – verschiedene Überlegungen anstellen: »Also, vielleicht kann er in einen Laden, reden kann er ja, also wird er auch verkaufen können, oder ob ihn der Buchhändler in der Schildergasse nimmt, wo er doch immer so lange vor dessen Fenstern steht, also auf den Kopf gefallen ist er ja nicht, er müßte irgendwie ins Büro, nein, Handwerker ist sicher nicht das richtige für ihn, klar wäre es für ihn besser mit einigen Jahren Gymnasium, aber man muß sich einfach mal umsehen, wenn so viel Dümmere genommen werden, warum nicht er . . .«

Ja, warum eigentlich nicht? Diese Nornen webten mir ein Zukunftskleid, ohne meine Maße, meine Wünsche zu kennen. Aber sie wußten, zumindest Mutter Ida wußte, und was sie nicht wußte, mußte sie ahnen: Da war ihr Problem, ihr Sohn: unordentlich von Geburt, unruhig auf der Suche nach dem Vater, ungebärdiger Straßenstreuner, voll ungebändigter Neugier, unbefriedigtem Zärtlichkeitsbedürfnis, unerlaubter Sinnlichkeit, ein Nichthitlerjunge, Nichtjehovaszeuge, also alles in allem ein Taugenichts, Habenichts, vaterlos, bindungslos, chancenlos.

Gut. Drehen wir am »Chinesischen Roulette«, gehen wir daran, dieses Früchtchens Seele zu schlitzen, sie zu enthäuten, die geheimen, zuckenden Wünsche freizulegen. Er braucht keine Schonung, galt doch die Maxime des deutschen Jungen, daß sich eher ein Mägdelein nackt als ein Jüngling seine Seele zeige, nicht für ihn, der Schmerzen hatte, wenn ihm was weh tat, der schlapp machte, wenn er nicht mehr konnte, der sich erbitterte, wenn man einen Straßenköter trat und der sogar heulte, abends, allein, nur weil die Judith sich neue Freunde gesucht hatte. Nein, das war kein deutscher Junge, der ließ ja wirklich manchmal Seele ahnen, der hing durch. Reißen wir ihm die Haut vom Seelchen, sehen wir, was er will.

Ja, was wollte er aus innerstem Bedürfnis? Weil er kein eigenes Schicksal hatte, war er gierig nach fremden Schicksalen. Wie sprach die Seele?

Ich möchte Memoiren und Biographien sammeln, Zeugnisse fremder Leben und mit ihnen all meine diskrete Neugier befriedigen. Ich möchte wissen, was ein General fühlt, wenn er mit seinem Befehl zum Angriff Tausende in den sicheren Tod schickt, wie er es verkraftet, den Bombenteppich über Solingen zu legen, was ihm nachts für Träume kommen. Ich will erfahren, wie sich getrennt Liebende in Briefen trösten, was im Tagebuch eines Verführers steht, welche Genüsse gefährliche Liebschaften bereiten. Wie sehen die Ekstasen der Heiligen, wie die Wonneschauer der Vergewaltiger aus. Was fühlt der Mächtige in seiner Willkür, der Betrogene in seiner Eifersucht, der Erniedrigte in seiner Wehrlosigkeit, was Othello nach dem Mord an Desdemona oder Jago in seinem zugeschmiedeten Käfig hoch über der Menge, die ihn langsam vergißt?

Ich würde sehr viel wagen, um das Innerste des Menschen zu erkunden, hätte als Inquisitor geduldig den zwischen Schrei und Gestöhn hervorgestoßenen Geständnissen der Gefolterten gelauscht, als Priester tröstend die letzte, wahre Beichte angesichts des Galgens gehört. Einmaliges Wissen wäre mir offenbart worden, Wissen um die wahre Natur des Menschen. Ich möchte den Jungfräulein ins Gesicht, in die Augen sehen, wenn der erste Liebhaber sie nimmt, unter greller Lampe sehen, wie sie sich ergeben. Ich möchte der Mann sein, der durch die Wand gehen kann, um, über Träumende gebeugt, ihren Schlaf zu belauschen, möchte sehen, welches wahre Gesicht Menschen haben, die sich unbeobachtet wähnen. Ich möchte dabei sein, wenn Kokotten ihren Liebhaber täuschen, Verzweifelte voneinander Abschied nehmen, Kapläne onanieren, Domherren urinieren – ob sie wohl ihre weißen Filethandschuhe anbehalten? Ich möchte die Infanteristen beim Angriff begleiten, ihren Angstschweiß riechen, ihre überraschte Miene beim Einschlag der Kugel in den sich aufbäumenden, aufreißenden, zusammensinkenden Körper sehen, möchte Zeuge davon sein, wie erbärmlich auch Helden sterben und sich ihr Mut als Dummheit entlarvt.

Ich möchte alles über den Menschen, diesen seligkeitskastrierten Engel, wissen. Am liebsten hätte ich ein Homo-Herbarium: aufgespießt die freigelegten Seelen, klassifiziert nach ihrem Handeln und den versäumten Möglichkeiten, nach Seelenfarben geordnet – vom schwarzen Mistkäferglanz der Verdammten bis zum blendenden Licht der Heiligen.

Von Gilles de Rais, dem Getreuen der heiligen Johanna, wird berichtet, er habe Hekatomben von Knaben gemeuchelt, um in den Opfern dem Geheimnis der Seele auf die Spur zu kommen. Seine Memoiren, gäbe es sie, müßten offenbaren, was es mit dem Kampf zwischen Gott und Satan in uns auf sich hat.

Ein schöner Beruf, so denke ich mir, wäre der des Seelenfischers, Seelenfängers. Sich treiben lassen in den Menschenbädern der Großstädte, auf der Kungsgaatan vor den Pornoläden sehen, wie die Gier hechelt, auf der Königsallee spüren, wie einen die Leere der Langeweile andünstet, auf dem Broadway bummeln und die Sucht in Gestalt des Handtaschenräubers rennen sehen.

Vielleicht war mein Vater ein solcher Menschenfischer, als ich ihn mir vor jenem Bistro in Paris vorstellte. Vielleicht hätte ich ihm hier wirklich begegnen können:

Breitschenkelig spreizt sich die unheilige Madame Pont Neuf über die Seine. Ihre dicken Sandsteinbusen hängen schwer und füllig über den Fluß, die steinernen Sitzrinnen sind ausgewetzt von den Popos der spatzenfütternden Madames, die sich hier das bißchen Hoffnung auf Liebe, das ihnen das Leben gelassen hat, krümelweise aus der gichtig gekrümmten Greisenhand picken lassen. Hier hätte er sitzen können, mein Alter, hier hätte ich mich neben ihn gesetzt und hier mit ihm die Menschenangelei geteilt: da fangen wir die Angst in einem Kindergesicht – ein Mädchen sucht seine Mutter –, dort die ratlose Verzweiflung in den Augen des vergeblich Wartenden, da blüht ein Gesicht in der Freude des Wiedersehens buchstäblich auf. Ich wäre Vater beim Sammeln nützlich gewesen, hätte in meine noch leeren Gehirnschubkästen die Befehlsmünder und Energielippen, Kußhoffnungen, Wortspeier, Schminketäuschungen legen können neben die Nasen für penetranten Sauerkrautgeruch, Näschen für Madame Rochas' verschwebende Düfte, senile Tropfgiebel, die der Gestank von Scheiße nicht mehr durchdringt, bebender Männernüstern auf der Duftspur des Weibchens. Eine Lade für Nachtaugen, Berechnungsblicke, Zwinkerlügen, Triefschlitze, Tränenblindheit und Glücksglotzer.

Ich hätte Vater hinweisen können auf die Streichelwangen, Tränensäcke, Hamsterbacken, Faltencañons. Wir hätten dort nebeneinander auf der Brüstung der tausendjährigen Madame gesessen und gelernt, wie unglaublich geschwätzig die wippenden, wechselnden, schwankenden Hinterteile der Frauen sein können, wie sie gurrend über den Druck der Schenkel, säuselnd über die Zartheit der Bauchhaut, müde über die Lust am Sesselhocken berichten.

Vielleicht auch hätte ich Vater nicht auf der Brücke, sondern unter ihren Pfeilerröcken getroffen, geachtetes Mitglied der freiesten Bürger der Welt, denen die Republik nicht das Recht zum Sterben verweigert und die sich dort im mächtigen Schatten ihren Roten in die Kehlen gießen. Vielleicht hätte ich ihn erkannt als den Clochard, der gelernt hatte, die Bürger über seinen Köpfen wie überflüssiges Getier zu betrachten und seine Küche aus den Leckerbissen der Mülltonnen zu versorgen. Hier geachtet, hätte er mich zum Gammler, zum Clochardeleven gemacht.

Ich habe mit Neugier in die Gesichter der Menschen gesehen, aber Vater war nicht darunter. Blieb vielleicht deshalb die Neugier in meiner Seele so ungestillt?

Ich beneide den Direktor des Waffenmuseums von Triest, Professor Diego von Henriquez. Er hat einen Posten ohne viel Arbeit und Nutzen, der ihn ernährt und viel Zeit läßt – welch ein Berufsziel! Er schreibt an einem Tagebuch, das bisher mehr als fünfzigtausend Seiten hat, also etwa dreihundert Bände umfassen würde. In seiner Kartothek sind noch über eine Million Zettel nicht ausgewertet. Sein Thema? Von den Mikroorganismen bis zu den Menschen umfassen die Aufzeichnungen alles, was Angriff und Abwehr betrifft. Dank dieser existentiellen Grundthematik kommt er zu einer bisher einmaligen Kombination von Wissenselementen aus Introspektion, psychologischen, parapsychologisch-magischen Erkenntnissen und sogar neuem, kernphysikalischem Wissen. Er will Ansätze neuer Verwandlungen des Menschen – para-egotistische Transsubstantiationen zu einem Menschen der vierten Dimension – entdeckt haben. Sein Tagebuch enthält die größte Sammlung von Abnormitäten. Es verzeichnet zum Beispiel obszöne Kalender und pornographische Zeichnungen aus allen Latrinen Europas. Aber es vereinigt vor allem ein beispielloses Material von Wissen über den Homo sapiens. So scheint es diesem Seelen- und Weltempiriker möglich, auch seiner physischen Beschaffenheit Herr zu werden, das heißt, er steht wirklich an der Schwelle der Möglichkeit, transsubstantiatiert durch geschlossene Türen und dicke Mauern mit Lichtgeschwindigkeit hindurcheilen oder ganze Armeen mit einer überdimensionalen, trans-egotistischen Willenskraft zum Stehen bringen zu können.

Dieses Mannes Assistent möchte ich sein, möchte beginnen, sein Manuskript zu lesen, von dem bis heute keine Zeile gedruckt ist. Welch eine Sekundärliteratur für meine Menschenneugier.

Wie es auch in mir ausgesehen, was das »Chinesische Roulette« mir auch über mich offenbart haben mochte, zweierlei stand fest: Ich brauchte einen Beruf. Und ich brauchte einen Vater. Der konnte mir vielleicht zum Beruf raten, dazu verhelfen.

Aber wenn ich mich so umsah und, meine vaterlose Freiheit nutzend, fragte, wen ich mir beispielsweise als Vater wünschte, wurde ich recht unsicher. Einen der Väter meiner Freunde? Den gasangekohlten Beier vom zweiten Stock der Herrenstraße, ebenso fleißig wie trist? Den Schneidermeister Tack, diesen Zwilling vom Meister Böck, aber sein Sohn kein Max und ich schon gar kein Moritz. Hätte ich Direktor Laun gewollt, der seine Söhne – Castor und Pollux – an den Brüsten seiner Lebensenttäuschung quellenden Ironie zuzeln ließ? Mit ihm als Vater hätte ich die Welt verabscheut,

Klavier spielen gelernt, Frösche zugebunden, um ihren Wasserhaushalt zu studieren bis sie platzten, hätte als Professor der Zoologie die Kopulation der Spinnen studiert, die Vermehrung der Schaben im Universitätsinstitut beobachtet, wäre eines Tages aufgewacht, um erschreckt festzustellen, daß ich kein international gefeierter Pianist, sondern der müde Mann einer mich mit aussaugender Liebe entkräftenden Frau und Vater der vier von ihr auf mir gezeugten Kinder war. Nein, Laun war auch keine Möglichkeit.

Vielleicht wäre was Beschränkteres besser gewesen, so nach dem Motto der Deutschen Arbeitsfront, Abteilung Handwerkskammer: »Handwerk hat goldenen Boden.« Anstreicher? Der kleckert. Schmied? Der klotzt. Aber Schreiner. Natürlich nicht einer, der Bretter hobelt, um im Neubau Dielen zu nageln oder Balken zubeilt, um den Dachstuhl zu errichten. Nein, wenn, dann einer, der vielleicht Möbel macht, Betten entwirft, in denen man nur gute Träume hat, Schränke zeichnet, die beim Türöffnen nach Kirschblüte duften, Stühle zimmert, in denen man wie hineingeboren sitzt. Auch wenn ich es damals nicht so formulierte, daß ich so etwas wollte, wußte ich genau.

Und so traf ich – wenn die Not am größten, ist die Zeitung am nächsten – auf Herrn Ludeck, der als Inhaber des größten Einrichtungshauses – nur sein Möbelladen trug im Ort dieser Bezeichnung – einen »Anlernling für den Beruf des Raumgestalters« suchte. Ich sagte Ida nicht, daß ich mich bewerben würde, denn alle Wohnungen, die sie und ich bisher bewohnt hatten, waren höchstens in Zimmer, die diese Bezeichnung kaum verdienten, nicht aber in Räume aufgeteilt gewesen. Und wozu man jemanden brauchte, der die gestaltet, hätte sich Mutter nicht vorstellen können. Im Himmelreich-Reihenhaus würde sie darauf nicht angewiesen sein. Nein, ich mußte eine einsame Entscheidung treffen, nahm allen Mut zusammen, betrat den riesenhaften Ausstellungsraum des Ludeck-Hauses am Markt (schnell ein rotes Viereck auf meinen Plan an der Wand!) und drückte auf eine Klingel, über der stand: Bedienung. Ich hatte den Kopf noch kaum losgelassen, kam, nein schlitterte über den roten Kokosläufer, der die Steinstufen des uralten Gemäuers bedeckte, ein junger Mann, bremste vor mir und fragte mich, offensichtlich etwas ratlos, nach meinen Wünschen. Ich sagte ihm, daß ich Herrn Ludeck sprechen wolle, wir stiegen in den ersten Stock, gingen durch zwei, drei prächtig ausgestattete, offensichtlich raumgestaltete Räume, der junge Mann klopfte an einer Tür, und als er dahinter verschwand, sank all mein anfänglicher Mut auf einen Nullpunkt. Das war zu fein, zu vornehm, zu edel für mich. Hier regierte mit Sicherheit kein stämmiger Tischler, der sich vom Balkon zur Kannelierung hochgehobelt hatte. Dies war das Reich eines Herrn, eines besitzenden dazu. Gib's auf, sagte ich mir, hau ab, bevor du dich blamierst, bleib brav unten. Da öffnete sich die Tür und eine zigarrerauchende Wohlwollenskugel winkte mich mit einer generösen Geste ins Büro.

»Du kommst doch nicht etwa auf meine Anzeige?« fragte er, mich ziemlich genau musternd.

»Doch, genau wegen der«, sagte ich. Und dann dachte ich, wenn das nun mein Vater wäre und er wäre einer, der seinen Sohn gern hätte – wonach er aussieht – und ich könnte ihm alles sagen, weil er zuhören würde, dann würde ich...

Und ich fing an zu reden, während er hinter den Schreibtisch ging, sich in den Stuhl setzte und weiterpaffte.

Ich redete schnell und irre, sagte, daß meine Mutter aus Haynau komme, berichtete, weil mir Haynau als Geburtsort meiner Mutter plötzlich völlig unmöglich schien, daß dies aber jenes Haynau sei, in dem Napoleon unter dem Namen eines Herzogs von Vicenza auf seiner Flucht aus Rußland, von wo ihm fünfhundertfünfzigtausend Geister gefallener Soldaten auf den Fersen waren, am 13. Dezember 1812 Station gemacht habe, fürchtete den Herrn Ludeck damit zu langweilen, sagte ihm, daß ich jetzt in Cunersdorf wohnte, früher in der Greiffenberger-, Heller- und Herrenstraße gewohnt hätte, fiel über ihn her mit der Mitteilung, daß Mutter von meinem Besuch nichts wisse, außerdem Bibelforscherin und deshalb schon mal im Gefängnis gewesen war, und daß man mich in der Hitlerjugend nicht wolle und daß ich wohl kaum eine Lehrstelle bekommen würde, weil der Lehrer Hädelt mich auch nicht möge, und daß ich auch gar keinen Vater habe.

Es muß ein unglaublicher Schwall gewesen sein und ich war schon während des Redens sicher, daß der Herr Ludeck mich gleich – nein nicht rausschmeißen, sondern freundlich hinauskomplimentieren würde, um meine Hoffnungen mild zu begraben. Statt dessen begann er mir Fragen zu stellen: nach meinen Interessen, meinen Zeugnissen, ob ich geschickt sei, gut im Schreiben, fähig im Rechnen.

»Ob du reden kannst, brauch ich nicht zu fragen«, sagte er lächelnd und dann: »Also, ich hab' keine Ahnung, wie das ausgehen kann. Aber komm morgen mit deiner Mutter, und dann machen wir den Lehrvertrag.«

Ich weiß nicht mehr, wie ich auf die Straße gekommen bin. Ich stand auf dem Marktplatz von Hirschberg, der Stadt, durch die 1609 hunderttausend Kosaken von Polen hergestampft waren, sie geplündert, ihre Frauen auf den Wiesen – zwischen meinen Margeriten – vergewaltigt hatten – und vielleicht war da mein Ururahn dabei; ich stand auf diesem Markt, der zu dem Land gehörte, das mit damals 746 gevierten Meilen ziemlich zwischen Deutschland und Polen – in der Mitte Europas – lag, wo, immer noch 1609 gemeint, rechnet man Berge, Wässer und andere unbewohnbare Stellen ab, etwa zwei Millionen einhundertsechsundsechzigtausend Menschen lebten – darunter genug Frauen für die hunderttausend durchziehenden Kosakenmarodeure –, ein Land, gegen Osten begrenzt von Galizien, gegen Mittag von Ungarn und Mähren, gegen Abend von Böhmen und der Lausitz, gegen Norden von der Mark Brandenburg, regiert von polnischen und preußischen Königen, fünf Zeiten lang von den Regenten Österreichs; ich stand am Fuße seines, das niederschlesische Land gen Böhmen abgrenzenden Riesengebirges, in Hirschberg, mitten auf dem Marktplatz, ein Stuhlflechter und Bäckerjunge, Blumendieb und -verkäufer, Zeitungsausträger, Pferdewurstfresser, Barfußläufer, Guckindieluft, Zackenbadender, Maikäfersammler, Judithkosender, Kastanienaufklauber, Idasohn – und völlig durcheinander vor Seligkeit. Denn ich hatte eine Stelle.

Und ich hatte einen Vater gefunden.

Aber reden kannst du«, hatte Ersatzvater Ludeck zu mir gesagt. Wirklich? Ich erinnere mich, daß ich nicht überzeugt hatte, damals, als ich mit einem Paket voller gehamsterter, gehorteter, nicht mehr »geschaffter« Fressalien zum Landgericht, über den Schotterhof ins Gefängnis gegangen war und Uniformierten gesagt hatte, ich wolle meine Mutter besuchen und ihr was zum Essen bringen. Ungläubig sahen mich zwei, Schnauzbart und Hitlerbart, an. »Deine Mutter kannst du nur besuchen, wenn der Herr Richter das erlaubt. Aber der Herr Richter ist nicht da. Und deshalb kannst du ihn nicht fragen. Und wenn du ihn nicht fragen kannst, kann er dir's nicht erlauben. Und das würde er sowieso nicht tun, weil Volksschädlinge und Reichsfeinde und vor allem Bibelforscher keinen Besuch empfangen dürfen und« – dabei auf mein sich zerfledderndes Freßpaket zeigend – »zu essen haben unsere Einsitzenden genug.«

Damals verstand ich in meinem krausen Kindersinn nicht, warum meine so harmlose, wenn auch gläubige Mutter für diese starken und sturen Männer, für die trampelnden SA-Kolonnen und den von Millionen bejubelten Führer, vor dem, wie Lehrer Hädelt sagte, die ganze Welt Respekt und Angst hatte, warum also für die alle meine Ida so gefährlich sein sollte, daß nicht mal ihr barfüßiger Sohn mit einem Freßpaket zu ihr durfte. Also sagte ich das den Zerberussen, packte das Paket aus, um zu zeigen, daß es nur Schinken und Brot und Margarine und eine Dauerwurst und ein halbes Huhn enthielt. Aber was ich auch immer vorbrachte, ob ich trotzig, mitleiderwekkend, traurig oder mit Tränen in den Augen sprach – ich hatte keinen Erfolg.

Was aber waren diese beiden Beamten, gemessen an meiner Mutter? Welche Überzeugungskraft, gemessen an damals, würde ich aufbringen müssen, um Ida beizubringen, daß ich mir eine Lehrstelle besorgt, die Zusage erhalten, ihre Zustimmung nötig hätte für einen Beruf, von dem sie noch nie gehört hatte und der ihr sicher brot- und zukunftslos vorkommen würde. Also nahm ich alle Kraft zusammen und berichtete ihr am Abend, daß ich den Willen hätte, Raumausstatter zu werden, daß ich deshalb auf eine Anzeige hin heute beim Ludeck – in dem großen Möbelgeschäft da am Markt – gewesen wäre, daß er mich nehmen wolle, und daß sie morgen zur Unterschrift auf dem Lehrvertrag mit zum Ludeck kommen müsse.

Und dann krümmte ich mich innerlich, bereit, ein Donnerwetter über mich ergehen zu lassen. Es kam nicht. Statt dessen strahlte Ida mich an und sagte: »Das ist viel besser als die Stelle vom Alfred.«

Natürlich: Alfred, das war der Sohn von der »Wolfen«, der Witwe im Vorderhaus, dieser von meiner Mutter mit Faszination beobachteten, unendlich beneideten Frau.

»Sie stellt was dar«, sagte meine Mutter von Frau Wolf, der Mutter meines Freundes Alfred, »sie hat Statur.« Ich fand, sie war eine dicke, vollbusige, riesige Frau, die rigorose Herrscherin im Vorderhaus, die, wenn man in ihre Stube trat, ein dreijähriges Balg auf feistem, glatt glänzendem Oberschenkel balancierte und es mit milchigem Brei und honigsüßem Gesäusel vollstopfte. – Wie mochte sie, die langjährige Witwe, wohl zu diesem Knaben gekommen sein? – Riß sie das Fenster auf, um ihren Alfred, ihren »Großen«, der sich zu mir ins Hinterhaus verkrochen hatte, zu rufen, fiel durch ihr schrilles Organ der Putz von den Wänden.

Alfred sagte: »Der Vater vom Kleinen zahlt.« Oder: »Sie haben meine Mutter jetzt zur Führerin in der Frauenschaft gemacht. Der Vater vom Kleinen hat das gedeichselt.« Das waren Alfreds Mittwochmitteilungen. Denn am Mittwochabend ging Mutter Ida ja angeblich putzen, und deshalb schlich Alfred am Mittwochabend leise wie eine Geliebte zu mir in die Wohnung. Zu einer Kosestunde. Alfred hätte lieber mit Mädchen gefummelt, ich hätte lieber Mädchen befingert. Aber wir kannten keine, hätten nie eine angesprochen und probierten es ersatzweise miteinander

Sonnengebräunt oder winterbleich machten wir Wellen unter der Bettdecke auf dem gestärkten Laken voller eiskantiger Falten, ich ritt im phantastischen Sinnenland auf einem sich winkenden Mädchenkind und meine und Alfreds Sehnsucht tropfte als Schweiß in die Kissen. Und wenn wir, Alfred kam in die Lehre, ich kam in die Lehre, den Kurzberockten und Kniebestrümpften dann auf der Straße begegneten, neben ihnen am Tisch in der Berufsschule saßen, sahen wir sie, wie wir meinten, mit einem Blick voller Abweisung an, in Wahrheit freilich optisches Phantasiefutter für unsere nächste Orgie hamsternd.

Ich konzentrierte mich auf Brigitte Hain: Elfenwesen, ganz grazil, ganz schulterlang blond, eine Geliebte unirdischer Art. Sie würde ich nicht ausziehen. Mit ihr wollte ich leise redend durch Wiesen gehen, Hand in Hand im Kino den »Bettelstudenten« sehen – »Wer Euch getraut, o sprich ...« – sie im Dunkel am schützenden Arm nach Hause geleiten. Ich betete sie an, keines »unkeuschen Gedankens« bei ihrem Anblick fähig. Ich begann, ihr anonym Briefe zu schreiben, meine Liebe zu gestehen, allen Gefühlsreichtum eines schüchtern Schmachtenden vor ihr auszubreiten, mir mein Herz auszureißen, um sie durch seine Zuckungen von meinen Gefühlen zu überzeugen. Ich nannte eine postlagernde Adresse und sie schrieb mir, wie sehr sie von meinen Gefühlen aufgewühlt, von meiner Liebe beglückt sei. Wir machten gegenseitig einen herzerschütternden Seelenlärm. Und als ich glaubte, es wäre soweit, ich könnte es wagen, mein Ich zu entschleiern, bereitete sie mir den Weltuntergang. Auf meinem Platz in der Berufsschule lagen vor dem nächsten Unterricht alle meine Briefe, obendrauf ein Zettel: »Du ostischer Stinker, wie kannst Du es wagen, mich reinrassige Nordin überhaupt anzusehen? Gib mir sofort meine Briefe zurück und wag ja nicht, Dich mir noch einmal zu nähern, ganz gleich auf welche Weise. Sonst schickt mein Vater Dich dorthin, wo Deine Mutter schon war.« Die blonde Tochter vom Friseurmeister Hain in der Großen Burkstraße hatte sich einen noch blonderen Recken, einen Waffen-SS-Welteroberer – »Du aber schreitest gelassen über das Elend von Tausenden hin« – als Absender der sie aufwühlenden

Briefe gewünscht. Statt dessen entpuppte sich ein schwarz- und krullhaariger Mittelgroßer mit Zuchthäuslermutter. Also schaffte sie Ordnung, also schmetterte sie mich nieder, also zurück ins heimliche Bette mit Alfred.

Weder dessen Mutter noch die meine hatten eine Ahnung davon. Frauenschafts-Karrierefrau Wolf hätte, vielleicht im Namen des Führers, ihren Sohn gemetzelt, einem Hitlerjugend-Fähnlein zur Feme übergeben, als entartet zur KZ-Erziehung ausgeliefert. Hatte nicht der Führer selbst die Straßen der SA-Kämpfer, die sich als Homos in Verruf gebracht hatten, umgetauft und ihre Namensgeber eliminiert. Ihr Sohn, der Sohn der Wolfen hatte so strahlend rein wie das Sonnwendfeuer zu leuchten – obwohl auch er unnordisch schwarzhaarig, ja olivfarbig sizilianisch und geradezu hurenhaft kußmündig war.

Mütter!

Die meine hätte mich mit ihren stahlblauen Blicken eingeschmolzen, denn sie hatte weder die Größe noch die Kraft für wirkungsvolle Hiebe. Sie hätte wochenlang so vorwurfsvoll geschwiegen, daß ich in ihrer Nähe buchstäblich aus Luftmangel erstickt wäre. Und mit ihrer Verachtung hätte sie ein Messer in meiner Seele immer neu gedreht. Denn wie hätte sie dann noch über die Wolfen triumphieren können, ihr beweisen, daß ihr Sohn zu etwas Besserem berufen wäre als der »so enorm begabte« Alfred. War ich nicht im Begriff, vornehmlich feinen, vermögenden Herrschaften königliche Stilmöbel – englische Sideboards, Louis-XIV.-Vitrinen, was immer das auch sein mochte – zu verkaufen, jungen, eben verheirateten und modern denkenden Offizieren für ihr Ehestandsdarlehen deutsch-schlichte Schlafzimmer zu empfehlen? Was war dagegen Alfred, der in den Kellern einer Bijouteriewaren-Großhandlung Knopfkartons und Karnevalskonfetti, Briefblöcke und DIN-Umschläge stapelte?

Ach, nur ich wußte, daß ihn in der Mittagspause in leeren Regalen die langmähnige, langbeinige Lotte so verlotterte, daß er mich allein in meinem Bett ließ. Wie gern hätte ich mit ihm getauscht!

Ja, die Wolfen und die Schuler, diese Superglucken, hielten zu viel von ihren Söhnen. Hätten wir damals, statt stumpfsinnig bis in die Nacht vor dem Radio zu sitzen und Wagners »Ring« aus Bayreuth anzuhören, »weil der Führer heute in der Loge sitzt«, hätten wir also damals »Chinesisches Roulette« gespielt, für ihren Alfred wäre die Wolfen gewiß gewesen: der wäre in des Führers großdeutschem, sicher einst weltweitem Reich ein Herrscher, ein streng, aber gerecht Regierender über die Horden minderrassiger Völker, ein Sippenvater blonder Sprößlinge – bei seinem schwarzen Haar – geworden, der sich bis ans Ende der Tage die weisen Lehren der Hohen Frau, seiner Mutter, zu deren Füßen sitzend, anhören würde. Denn konnte nicht auch sie, die Frau Wolf, eine solch Hohe Frau wie Frau Feldmarschall Göring und Frau Reichsführer Himmler werden? Bei diesem Sohn? Alfred brauchte nur die Chancen, die ihm der Führer bot, wahrzunehmen.

Und so meldete sich mein ehemaliger Buhle mit kaum sechzehn Jahren freiwillig zur Wehrmacht, nach einem weiteren halben Jahr zur Waffen-SS, ein strahlender Krieger gegen die Horden des Ostens.

Ja, hätte die Wolfen das Chinesische Orakel doch ausreden lassen. Sie hätte erfahren, wie ein russischer Panzer dem Alfred das rechte Bein abfuhr. Er würde, nicht mehr erobernder Held, sondern pedantischer Lagerverwalter, von nun an eine Prothese tragen, die ihn bei Regenwetter schmerzte, würde, vertrieben aus dem Vorderhaus und Schlesien, irgendwo in einer Firma in der Heide bei Uelzen tätig sein, vor Silvester Feuerwerkskörper, vor Fasching Karnevalsmasken und während des ganzen Jahres Kubikmeter von Papierservietten verwalten, buchen, disponieren und seinem einzigen, »hoffnungsvollen« Söhnchen die Orden – EK II, Verwundetenabzeichen, »Gefrierfleischorden«, Panzerspange – zeigen, die er als Ersatz für sein Bein vom Führer verliehen bekommen hatte.

Und wenn die Wolfen die Roulette-Kugel hätte ausrollen lassen, hätte sie sich selbst sehen können auf jenem Treck, der Schlesien von den Deutschen »reinigte«, auf dieser Wanderung der Verzweifelten und Habenichtse, deren ganzer Besitz in einer leichten Bürde Handgepäck bestehen durfte. Sie hätte sich sehen können mit ihrer nun ausgemergelten Figur, die gar keine Statur mehr hatte. Ihr breiverwöhntes Balg war zum gefräßigen Burschen geworden, ein feister Kuckuck, der ihr die Brotration aus der Tasche stahl und davonging, als sie fußmarschwund hinter dem Troß zurückblieb. »Sanitäter haben sie auf einem strohbedeckten Erntewagen mitgenommen«, würde ihr das Chinaspiel verraten. »Und der ist kurz vor Görlitz im Schnee steckengeblieben. Sie hatte keine Chance, denn erstens fraßen die hungrigen Flüchtlinge die nahrungslosen Rösser, und zweitens wußten alle, auch die Heiler, wie gehässig die Frauenschaftsführerin Wolf immer zu den Frauen gewesen war, die nicht Mitgliedsabzeichen getragen hatten. Denen wollte sie damals immer nur die halbe Lebensmittelkarte zugestehen. Schließlich müsse ja die Treue zum Führer belohnt werden. Wer laufen konnte, zog weiter. Kein Mitleid blieb bei der Wolfen zurück. Sie hat den Westen wohl nicht erreicht.« Doch wir spielten nicht »Chinesisches Zukunftsroulette«, sondern hörten Wagner. Die Frau Wolf war damals feist und satt und ließ meine Mutter spüren, wie gnädig es eigentlich von ihr, der Fast-Parteigenossin war, mit »einer Solchen« überhaupt zu reden und ihrem Sohn zu erlauben, mit mir »ein bißchen befreundet« zu sein. Dabei war er's, ganz auf Lotte fixiert, kaum noch, und ich konnte sehen, wo ich blieb.

Meine Phantasie ankerte zunächst bei der Kontoristin von Ludeck, der Edith Rados, die nicht viel älter war als ich und jeden Montag, verheult wegen des Abschieds von ihrem Bräutigam, ins Büro kam. Und nichts als Tränen standen ihr wegen ihm bevor, denn schon in den ersten Kriegstagen fiel er in Polen. Und immer wenn sie weinte, war sie hinreißend mitleiderregend, wirkte sie völlig hilflos. Aber in den Arm nehmen ließ sie sich nicht, schon gar nicht von mir, dem pickligen, jüngeren Lehrling.

Also probierte ich es mit Ilse Glindemann, älter an Jahren und Lehrzeit. Die ließ sich mittags im erstaunlich leeren Eßraum von mir abküssen. Meine Hände waren griffig, Ilse nachsichtig und entgegenkommend. Und hinter den Türen – mit dem Blick durch Schlüssellöcher – lachten sich die anderen Ludeck-Mitarbeiter über den tolpatschigen Lehrling in der Rolle des Liebhabers halb tot. Ilschen hatte eben ein heiteres Gemüt.

Und Freudenberg, der junge Mann, der mich an jenem entscheidenden Tag zum Ludeck geführt hatte, war ein Pädagoge. Er stand mit mir vor der Tür, ging mit mir durch die Straßen, hatte Augen so groß wie Teetassen und seine Blicke verschlangen alles. Er war Spezialist für Mädchenbeine, lehrte mich die Sprache der freundlichen und harschen Knie, der tanzenden und sinnenschwülen Waden, der klammernden, willigen und wehrlosen Schenkel. Er redete nur über Beine, dachte nur an Beine – und stolperte über Beine. Denn eines Tages griff er einer offensichtlich wirklichen Dame, die vor ihm die Treppe emporstieg, um eine Rechnung zu begleichen, von hinten unter den Rock. Er bekam von ihr eine Ohrfeige und vom Chef die Entlassung. »Denn«, so sagte der zum versammelten Personal, »daß ein junger Mann sich mal vergreift, dafür kann ich eventuell noch Verständnis aufbringen. Aber daß ein Führer in der Hitlerjugend, ein Vorbild für seine Pimpfe, ein solcher

Schweinekerl ist, das muß man bestrafen. Denn der Führer wünscht sich seine Jungens edel und rein.«

»Und pflanzen sich durch Knollen fort«, zitierte, mir zum Troste und zur Heiterkeit, der hinter mir stehende Tischlergeselle Müller zwo.

Zu einer Zeit – und das war immerhin um 1730 – als die Könige alles taten um die Befehdung unter den Rittern und vor allem deren noch immer übliche Straßenräuberei auszurotten, blühten schon in Löwenberg Tuchmanufakturen, in Jauer, Sagan und Goldberg die Leineweberei und wurde Hirschberg zum Zentrum der Schleierweberei. Hierhin hatte sie nämlich schon um 1470 ein Schustergeselle mit Namen Joachim Sirnth gebracht, der dieses Handwerk wiederum in Holland erlernt hatte. Die erste Färberröte wurde schon 1507 in Liegnitz erzeugt, als dort eigentlich der Gewürzhandel blühte. Aber die Händler hatten Geld, kleideten sich bunt – warum nicht mit in Liegnitz eingefärbten Hirschberger Schleiern? Dafür gab es noch andere Abnehmer, wie zum Beispiel die Besitzer der Bergwerke. Da war man in Schlesien, da waren die Kumpel in den Eisenbergwerken bei Sagan, in Kupferberg, im Goldbergwerk von Grunau bei Hirschberg schon 1498 fündig geworden und dankten dafür, jeder nach seinem Gusto, Gott. In Reichstein bekamen die Schlesier den Namen Eselsfresser, denn das Bergwerk dort hieß »der goldene Esel«, an dessen Golddukaten die Schlesischen keinen Fremden Anteil nehmen ließen. In Schmiedeberg, Gieren und Gottesberg schmiedete man das Eisen schon so lange, wie es aus der Erde kam. Und weil das durstig machte, baute man damals bei Grünberg jenen Wein an, der auf den Riesengebirgsfesten mit tapferer Überwindung – weil sauerste Traube – gepichelt wurde. Kurz: Man war schon immer fleißig und einfallsreich in Schlesien und stellte seit Jahrhunderten in Hirschberg mancherlei Bemerkenswertes her. Aber Möbel waren nicht darunter. Deshalb vielleicht war Ludecks Willy so wohlhabend geworden. Er hat mir erzählt, wie er in Uslar Schreiner gelernt und das Entwerfen geübt, wie er mit einem Lehrling im Hinterhof der Schmiedeberger Straße vor zweiundzwanzig Jahren angefangen hat, ohne Fräse und Furnierpresse, nur mit Säge, Hobel und Zwingen, wie er das Holz auf Pump kaufte, Gefertigtes zusammen mit Fabrikstücken – die in Kommission – in einem gemieteten Laden tollkühn ausstellte, und wie er es heute vermisse, nicht mehr selber an der Hobelbank zu stehen. Wie auch sollte er? Es reichte morgens für einen Gang durch die Werkstatt in der Schmiedeberger Straße, die sich über den Hinterhof bis zur Theaterstraße durchgefressen hatte, es langte zu einer Kontrolle der drei riesenhaften Ausstellungsräume an der Bahnhof-, der Schilderstraße und der Promenade, die inzwischen zur Adolf-Hitler-Straße geworden war, obwohl Ludeck und seine Holzhändler immer nur von der Promenade sprachen und über die Promenade gingen. Willy besaß mehrere Häuser nahe seiner Werkstatt und das große, hohe, am Markt mit Durchgang zu zwei anhängenden in der Marktstraße. Vom Keller bis zum Speicher waren diese Häuser voller Möbel: ebenerdig, wo der Kunde eintrat, Einzelstücke, Mauern von Schränken, die labyrinthisch zu Polstergarnituren und Clubtischen führten, vorbei an Blumenständern schleiflacklackiert, Couchtischen intarsieneingelegt, Damensalonsesselchen gobelinbestickt, Fußbänken plüschbezogen, ein Weg, der hinten bei Timm endete, dem wirklichen Architekten, der sich hier als Raumgestalter eingewühlt hatte, der alles entwarf, konstruierte, erdachte, was man aus Holz machen konnte, der in einem völlig hinter Möbeln verborgenen, geheimen Raum seine Lieblinge abstaubte: Bauhaussessel, Mies-van-der-Rohe-Stühle, Van-de-Velde-Skizzen, in einem Regal darüber Bücher, die inzwischen genauso verboten waren wie dieses Meublement. Hier klemmte zwischen den Backen des Schraubstocks einer kleinen Hobelbank immer was Geleimtes, an dem Timm mit wachsenden Feingraden von Sandpapier schmirgelte. Hier lag festgepflockt was Massives mit einsamschöner Maserung, von Timm mit Wut und Hingabe spiegelig poliert. Hierhin kam nie ein Kunde, aber um hier schmirgeln und polieren zu können, konstruierte Timm für den Salon der Frau Kreisleiter Scheußlichkeiten mit Krallenfüßen, ließ er in die Rükkenlehnen der Stühle Hakenkreuze und in die Kanten der Tische Runenmäander einschnitzen. Er schreckte vor nichts zurück. Denn Timm war Halbjude und hatte Angst.

»Quatsch«, sagte Ludeck, rund durch die Gegend rollend und sich an seiner dicken Zigarre festhaltend. »Quatsch«, sagte er auch, wenn Lychi sich in gebrochenem Deutsch fürchtete, weil Lychi Pole war und Schweißausbrüche bei dem Gedanken bekam, Deutscher werden zu müssen. Für Willy war er weder Pole noch Angstdeutscher, für Willy war er Holzfachmann. Ach, was ein armseliges Wort: Lychi war in Zakopane aufgewachsen, Sohn eines Försters in einer Einsamkeit, in der die Wölfe und Bären so wie bei uns die Rehe und Hirsche gehegt wurden. Er muß von Babybeinen an in die Bäume geklettert sein, in ihnen gewohnt, sie – noch früher als Frauen – umarmt haben. Denn er wußte alles über sie. Er kaufte sie in den Sägewerken um Zakopane ein, bestimmte noch beim Fällen und vor dem Abasten und Abrinden, welche zu Furnier geschält, welche zu Bohlen und Brettern gesägt werden sollten. Er steckte die Nase zwischen die Bretter der Trockenstapel auf dem Ludeckschen Lagerareal, wußte genau, wann eine Lage für die Dreierserie der Wohnschränke in die Werkstatt konnte und welches Brett das beste und richtig gemasertste für ein Einzelstück war. Hatte Ludeck einen Kunden, den er mochte oder auf den es ankam, dann kam er mit den Zeichnungen von Timm zu Lychi und sagte: »Das Beste dafür!« Dann durchschnupperte Lychi die Stapel, bis er sagte: »Von dem hier.« Und dann ging er zweimal täglich in die Werkstatt, stand schweigend neben dem arbeitenden Meister und seinem Schrankholz, Betthaupt, Zwischenboden, hatte Geduld beim Zargen und Nuten. Und stand das rohe Stück, dann flüsterten Lychi und Timm und Lychi redete verschwörerisch mit dem Meister, und beide zusammen gingen in die Alchimistenküche der Beizenkammer, und dort mixten sie die Beizen, Matturen und Polituren, probierten Farbnuancen und Duftnoten. Und wenn dann das gebeizte, mattierte oder polierte Möbel für Ludecks kritischen Blick freigegeben wurde, dann hatten die Alchimisten die Maserung der Flächen zur optimalen Wirkung gezaubert. Und öffnete Willy die Türen, dann war Kirsch- oder Orangenblütenduft im Raum. Von der ersten Etage an bis in den vierten Stock reichte die Ausstellung aufgestellter Polstergruppen, Küchen, Kinderzimmer, Herrenzimmer, Wohnzimmer, Schlafzimmer, alle zwischen verstellbaren Wänden plaziert, mit Teppichen auf dem Boden, Bettzeug in den Betten, Bildern an den Wänden, Vasen auf den Sideboards, Büchern in den Regalen, Geschirr und Besteck auf den Tischen. Täglich trugen sechs schwer und zufrieden atmende, keuchende, schnaufende, auf den ausgetretenen Steintreppen verharrende, bierflaschenleerende Muskelmänner Möbel rauf und runter. Es gab keinen Fahrstuhl. Sie zerlegten die Schränke – Rückwand ab, Böden raus, Decke runter, Seitenteile. Keine Schraube verlieren! Kein Schraubenzieher darf ausrutschen aufs Holz –, und trugen sie Teil für Teil – Jongleure an jeder Ecke des Treppenhauses – mit Decken umwickelt behutsam hinauf oder hinunter, sie rollten die Teppiche ein, hingen die Bilder ab, zerbrachen weder Vasen noch Geschirr, und am Abend standen völlig andere Zimmer und völlig andere Möbel an völlig anderen Plätzen und warteten auf völlig neue Kunden. Nie sah man sie beim Räumen, wenn ein Käufer herumgeführt wurde, aber mit ihren Muskeln karrten und verstellten sie unzählbare Möbel zu neuem Interieur, lieferten sie aus, stellten sie in Häusern und Wohnungen auf und hielten den Betrieb in Gang.

Und ich schleppte, keuchte, pausierte, stemmte mit ihnen, lernte von Timm das Grundrißzeichen und spinnertes Entwurfsskizzieren, jagte mir beim Gang über die Holzstapelplätze Lychis Schiefer in die brettstreichende Hand – Lychi passierte das nie, roch Beizen, bekam Polier-Muskelkater, fegte Hobelspäne, merkte mir Katalogabbildungen im Kopf, Firmenadressen im Hirn. Ich verkaufte voller Stolz den ersten Blumenhocker an eine Kundin, lernte in der Berufsschule kaufmännisches Rechnen und Buchführung – amerikanische – und wurde von Ludeck gescheucht und belehrt und beobachtet, wie das nun mal bei einem Lehrling so sein muß. Meinte Willy. Und tat gut daran. Denn ich war kaum ein halbes Jahr eifrig und glücklich, da sicherte der Führer sich Lychis Holzbedarf, indem er per Blitzkrieg das ganze polnische Holzreservoir kassierte.

Das kam eigentlich für mich wie für die Damen Brauer und Lieb und Rados in unserm Büro genauso überraschend wie für den Beinfetischist Freudenberg und das neue, rehäugige Lehrmädchen – Kontoristin! – Marta. Denn im »Beobachter« waren die Schlagzeilen nicht anders gewesen als vor dem Einmarsch in Österreich und in der Tschechoslowakai. Das Großdeutsche Reich wird eben noch etwas großdeutscher werden, sagten die Leute um mich rum und gingen ihrem Kram nach. Und daß die zwei jungen Gesellen, Freudenberg und Schuler, aus der Werkstatt zur Wehrmacht eingezogen wurden, war lediglich ärgerlich, weil der penible Ludeck versprochene Liefertermine nicht einhalten konnte.

Und dann wurde plötzlich »seit fünf Uhr dreißig zurückgeschossen«!

Eine Art Gerechtigkeit griff um sich: Die vaterlose Gesellschaft brach an. Ich, lebenslang ohne Gewißheitsvater, nur mit Namensgebervater und jetzt mit heimlichem Wahlvater, war plötzlich keine Ausnahme mehr. Um mich herum wuselten immer mehr Kinder, deren Erzeuger plötzlich verschwunden waren, nicht nur mal abwesend oder auf Reisen, nein eingezogen, abtransportiert, feindlichen Kugeln und Granaten ausgesetzt, so daß keiner ihrer Sprößlinge wußte, ob er je wieder einen Vater haben würde. Nicht mal die in den Bäuchen der Mütter hatten Gewißheit, ihren Erzeuger zu sehen, dem sie ihr Dasein – gewissermaßen als Akt des Abschiedsschmerzes – verdankten. Denn gezeugt, begattet, kopuliert, gevögelt, gepoppt, beigeschlafen wurde wie nie zuvor: Rekruten verabschiedeten sich im Gras von ihren Fastbräuten, Landser verabschiedeten sich von ihren Verlobten in den Betten, Kurzurlauber sagten ihren Frauen nackt und heldisch ade, Liebhaber stöhnten letztmalig lustvoll und verwandelten sich danach in barsche Offiziers-Befehlsgeber. Empfängnis hing in der Luft, und während die Frauen, die ob der rarer werdenden Männer immer zahlreicher zu werden schienen, sich einträchtig vor dem Volksempfänger versammelten, um durch den Wehrmachtsbericht zu erfahren, wie schnell ihre Männer die Welt eroberten, wuchs in ihnen der Nachlaß. Wurde er geboren, war er oft eines toten Helden Sohn: Der Mann auf dem Felde der Ehre für Führer und Vaterland gefallen, der Sohn als künftiger Soldat des Führers von einer tapferen, stolzen Mutter geboren.

So oder ähnlich stand es jetzt immer häufiger in den Zeitungsanzeigen.

Die Risikoquote beim Blitzfeldzug in Polen war noch gering gewesen. Die beim Blitzsieg über Frankreich noch berechenbar. Doch danach breitete sich die Männerlosigkeit immer mehr aus. Die Urlauber von der Front, mit Ordensbändchen im Knopfloch, Ordensspangen auf der Brust, daherhumpelnd, vor sich hin genesend mit Verwundetenabzeichen, Panzerspange, Nahkampfabzeichen waren begehrte Männermangelware. Ein Ritterkreuzträger gar fand Eingang in die keuscheste BDM-Maid, mit einem solchen Helden gesehen zu werden, adelte mehr als das Mutterkreuz. Soldat in der Heimat zu sein, war schön, man wilderte erlaubt unterm Weibervolk, das lange keinen Feldpostbrief bekommen hatte und sich langsam so wohl mit ihren Etappenhengsten fühlten, daß es auf einen toten Helden als Mann und ein sorglos versorgtes Leben auf Rente hoffte.

Die Moral änderte sich, neue Gesetze verschafften sich vitale Geltung. Kein Mensch fragte mehr nach meinem Vater, nein, nach den Vätern fragte man nicht mehr.

Die daheimgebliebenen Männer um vierzig motzten sich zu Paschas. Sie stülpten sich abends Stahlhelme aufs Haupt und patrouillierten durch die Straßen, mit Argusaugen nach dem geringsten Lichtschimmer in den Fenstern der Häuser spähend. Denn finster lag die Stadt in der befohlenen Verdunkelung, tastend und desorientiert schlichen die Bewohner durch die Straßen. Zwar hatte ein Reichsmarschall namens Göring getönt, er wolle Meier heißen, wenn je ein feindliches Flugzeug sich über die Grenzen wage, aber man konnte ja nie wissen, ob nicht so ein kesser polnischer oder französischer Fliegerschelm es darauf angelegt hatte, daß die großdeutsche Luftwaffe von einem Meier kommandiert würde. Also wurden die Fenster verhängt, die Türen bekamen Lichtschleusen, die Autoscheinwerfer und Fahrradlampen hatten Blaufolien vor den Strahlern, ja sogar Taschenlampen wurden vergraut und fast nutzlos. Es wurde abends Nacht über Deutschland, Schlesien, Hirschberg. Man konnte sich mitten auf der Promenadenbank lieben – Pardon, der Ruhebank am Adolf-Hitler-Platz – und keiner konnt' es sehen. Das Eldorado der Halbgaren, der Fummler, die noch zu jung für die Soldaterei, aber schon alt genug für die Vögelei waren, war angebrochen. Denn nachts waren alle Mädchen willig.

Am Tag drängten sie sich zur Pflege der Verwundeten in den Lazaretten, die über die ganze Stadt verteilt waren. Und die Knaben fuhren – der Berufsschulunterricht fiel natürlich aus – nach Grunau. Dort zog, in schmucker Fliegeruniform, des Wilhelmstraßen-Arztes Töchterlein Hanna im Segler ihre Kreise. »Kommt, Jungens, erobert die Luft!« Und dann stiegen die Kühnsten ins Grunauer Baby, saßen auf dem an zwei Flügeln hängenden, ziemlich haltlosen Sitz und machten, abgeschnellt vom Gummiseil, ihre ersten Hüpfer. »Mensch«, sagte der Draufgänger Timpe – Heringsbändiger, Lehrling bei Feinkost-Karl – »jetzt kann ich mir vorstellen, was für ein Gefühl das sein muß, im Stuka zu sitzen, abzukippen und mit Sirenengeheul drauf auf die Polen«, sprach's und meldete sich danach alle vier Wochen erneut als Freiwilliger. Er war fünfzehn. Zwei Tage nach seinem sechzehnten Geburtstag nahmen sie ihn. Auf seinem Grabstein auf dem Friedhof in Hirschberg steht: »Gefallen für Führer und Vateland mit siebzehn Jahren.« Die Zeit gab jedem die Chance, ein Held zu werden.

Während sich viele in solche verwandelten, übten die Zuhausegebliebenen den Ernstfall.

Es werden also, wie Göring-Meier gesagt hatte, keine feindlichen Flugzeuge in den deutschen Luftraum eindringen. Gut. Aber Vorsicht ist, wie meine lebensunkluge Mama zu sagen pflegte, die Mutter der Porzellanfabrik. Also wurden die Keller der Häuser »luftschutzsicher« gemacht. Es ging plötzlich Lychis gelagerten Zakopanebäumen an die Rinde. Die Keller unter den jahrhundertealten Patrizier- und Gassenhäusern der Stadt mußten gestützt und verschalt werden, die Kellerfenster mußten Splitterblenden, die Kellertüren Splitterfänge erhalten. Alles aus Holz, aus Balken und Bohlen, Brettern und Baumstücken. Was nach Lychis Willen und Ludecks Wollen einst hatte ein kirschbaumenes Schlummernest, eine nußbaumerne Anrichte oder ein nußbäumriges Sesselschen hatte werden sollen, stemmte nun ungehobelt gegen durchhängende Decken, verbarg unbehauen bröckelnde Wände, schützte grauborkig Kellerlukenscheibenglas. Und jeder, der auch nur einen Span brauchte, kam zu Lychi. Denn der war plötzlich, als Pole nun Beutegermane, als solcher des Dolmetschens mächtig, zum Gaubeauftragten für die Sektion Holz im Reichsministerium für das Rohstoffbeschaffungswesen, Bereich Ostmark und Warthegau, geworden – Posten gibt's! –, reiste in Sonderzügen mit Sonderausweis und in Sonderautos mit Sonderbenzinzuteilungen durch seine ehemalige Heimat, ließ ganze Wälder fällen, entästen, zersägen, abtransportieren, damit die Volksgenossen ihre Keller bombensicher machen konnten, was ja eigentlich überflüssig war, weil ja Hermann der Held nicht Meier heißen wollte.

Die Keller wurden gestützt. Die Holzplätze von Willy wurden leer. In seiner Werkstatt flickten zwei greisige Gesellen bestoßenes oder beschädigtes Meublement. Im Markthaus gähnten die oberen Etagen. Es gab keine Möbel mehr – oder nur noch auf Dringlichkeitsbescheinigung. Die lag vor, wenn Verlobte mit Ehetauglichkeits- und Heiratsgenehmigung eine Wohnung nachweisen konnten und die Eheschließung wegen Fronteinsatz des künftigen Ehemannes unaufschiebbar war. Dann standen den Leutchen zu: Küchenmöbel, nämlich ein Küchenschrank, eine Anrichte, ein Küchentisch und vier Küchenstühle mit Holzsitz; eine Wohnzimmereinrichtung, bestehend aus einem Wohnbüfett, einem ausziehbaren Wohnzimmertisch – Eiche imitiert und gebeizt –, vier Stühlen mit Rohrlehne (Ida, unsere Zukunft ist gesichert, wir werden zu flechten haben); ein Schlafzimmer mit Doppelbett, einschließlich Stahlrahmen- und Auflegematratzen und einem mehrteiligen Kleiderschrank, einer Frisierkommode mit dreiteiligem Spiegel, einem Frisierhocker, gepolstert. Die Küche schleiflacklackiert, das Wohnzimmer Eiche imitiert und geritzt, das Schlafzimmer Birke oder Esche. Die ganze Pracht aus der Fabrikserie, variierend nur im Beizton, versintert, unkonturiert in der Form. Willy behauptete mit Schaudern, Kartoffelkisten hätten mehr Stil als das Zeug.

Dabei hatten wir Mühe, es ranzukarren. Das wurde meine

Aufgabe. Ludeck drillte mich zum Korrespondenzartisten, Argumentenjongleur, Gründeerfinder. »Also«, sagte er, »du schreibst an diesen und jenen und erinnerst an die jahrzehntelangen Geschäftsverbindungen, ganz gleich, ob die bestanden haben oder nicht. Die Prokuristen und Geschäftsführer sind eingezogen, die Karteimädchen und Fakturistinnen wissen es meist nicht genau. Du tippst für die Frau und den Hersteller und versprichst Holzscheine. Sobald Lychi wieder hier ist, werde ich dem welche aus dem Leibe reißen. Du redest den und den und den mit ›Lieber Parteigenosse!‹ an, denn wozu sonst bin ich in den Verein seinerzeit eingetreten, wenn das jetzt keinen Nutzen bringen soll. Kauf, was du kriegen kannst, also auch die Ladenhüter, das Remisenzeug, kauf nicht nur Komplettes, auch Einzelteile, ich ergänz' sie schon, auch einzelne Stühle, Klubtischgestelle, Vitrinen ohne Glas, Einzelbetten, Hochschränke. Die Werkstattheinis kriegen das alles hin wie neu. Und verkaufen kann man heute alles.«

Man konnte. Denn plötzlich brauchten alle Leute Möbel, noch dies oder das Stück, ganze Einrichtungen. Und dann kamen sie aus Hoyerswerda oder aus der Bolkenheinerstraße, also vom Lande und aus dem Städtchen, hatten zwar keine Berechtigungsscheine, aber Speckseiten und Geräuchertes. Unsere Fahrer lieferten Getischlertes und hatten als Rückfracht Kartoffeln und Dörrobst. Ludeck stapelte im zweiten Stock, verteilte einen Teil einmal monatlich an die jetzt sehr übersehbare Belegschaft. Bekam er einen Ballen Gewebtes für zwei Polstersessel, ging es ellenweise an seine Leute für Kleider und Anzüge, weshalb wir manchmal rumliefen wie in Ludeck-Uniformen. Aber wir hatten mehr als viele andere, Mutter kam mit unseren Lebensmittelkarten prima aus, wir wurden satt, Ida hatte es warm und genügend Reserveabschnitte an der Kleiderkarte. Und ich kam abends in der tiefsten Dunkelheit nach Hause, eine Leberwurst aus dem Sud und sechs Eier in der Tasche. Solche Köstlichkeiten steckte mir Willy wortlos zu, wenn wir abends um zehn oder später endlich mit dem geschäftlichen und dem privaten Palaver fertig waren. Denn tagsüber war der Tischlermeister, Raumgestalter, Haus- und Grundstücksbesitzer, Parteigenosse Willy Ludeck nicht da. Er hatte den Beruf gewechselt, war Postschaffner geworden. Für die Front war Willy, schon über vierzig, zu alt. Aber für den Dienst in der Heimat, Ersatz für die Frontkämpfer, war er tauglich. Dienstverpflichtung nannten sie das. Und da Ludeck nicht nur Autos, sondern sogar Lastwagen fahren konnte und sich gut im Kreis Hirschberg auskannte, war er der ideale Postschaffner.

Morgens um fünf mußte er – bei Wind und Wetter, Sonnenschein und Hitze – raus, rauf auf den zerschlissenen Ledersitz seines zwanzigplätzigen Kleinbusses, los durch Warmbrunn und Schreiberhau in die Vorgebirgsnester. Tagelöhner und Bauern, Fabrikmädchen und Stadtgehfrauen, Schulkinder und Urlaubslandser stiegen ein und aus, Willy kassierte und ratterte über Steilwege und Serpentinen, Dorfstraßen und Teerstrecken, alles nach Fahrplan, er nahm dem einen was mit zum andern, lieferte dem nächsten was aus der Werkstatt, holte zum Reparieren und brachte Hergerichtetes. Und vereinnahmte jene Naturalien, von denen ich meinen Zehnten bekam. Denn er mußte mich bei Laune halten, war ich es doch, der den Laden in Gang hielt, schrieb ich doch in immer neuen Varianten die bittenden, mahnenden, fordernden, ersuchenden, versprechenden Briefe, die unser Lager immer wieder füllten.

Natürlich hatte Willy, der Fuchs, in die zwei leeren Ausstellungsetagen im Markteckhaus damals, als die Wehrmacht in Polen gar nicht so schnell laufen konnte, wie sie siegte, die besten Bretter und geschnittenen Stämme umgelagert. Und Timm, den sie bei der Musterung wegen zu starker Brille absolut abgelehnt hatten, ohne seine halbe Judenschaft zu merken, war, wenn auch immer weniger sichtbar, so doch ganz da. Wer also was zu bieten hatte, so wie zum Beispiel der Bauer Kretschmer aus Agnetendorf eine Sau, die er für Ludeck zum Preis eines Schlafzimmers aufzumästen versprach, der bekam ein von Timm genialisch konzipiertes, von den Werkstattgreisen solid gearbeitetes, rustikales Gemöbel, das bis zu den Urenkeln durchhalten würde. Und kein Mitarbeiter der Firma Ludeck kam in die Verlegenheit, zu hungern und zu frieren. »Und dafür zu sorgen«, sagte mit Lächeln und unter Zigarrengepaffe Wahlvater Willy, »ist schließlich nach dem Willen des Führers die Pflicht der Partei und jedes ihrer Genossen, ist doch so, Erwin, nicht?«

Er sagte Erwin zu mir, nicht Schuler.

Er sagte Erwin, wenn er, ausgeruht vom Nachmittagsschlaf nach der Postschaffner-Tour, meist gegen Ladenschluß ins Büro kam, um mit mir die Post zu besprechen, mir zu sagen, was ich zu tun und nicht zu lassen hätte am nächsten Tag, er besprach mit mir die Kunden, deren Wünsche und Angebote, setzte Hölzernes gegen Schweinernes, taxierte angebotene Emailletöpfe am Wert des kunststeinplattenbelegten Pseudochippendale-Couchtisches und sorgte für pünktliche Lieferung der Einrichtung an das bezugsberechtigte Ehepaar, damit der Herr Leutnant seine Hochzeitsnacht im eigenen Bett feiern konnte. Aber er vertröstete – ohne wirklichen Grund – den SS-Scharführer, erfand Lieferschwierigkeiten beim stellvertretenden Kreisleiter, war nicht zu sprechen, wenn der Leiter der Arbeitsfront-Geschäftsstelle vorsprach. »Ich will ihn nicht sehen«, greinte er. »Hab' ich dir nicht im ersten Lehrjahr am 1. Mai extra eine Arbeitsfrontmütze auf dein strohsprödes Schwarzhaar gedrückt, sind wir nicht geschlossen zur Kundgebung auf den Sportplatz gezogen, hat dieser Heini mich nicht lauthals dafür gelobt? Alles Gewäsch! Sie haben seit Jahren für ihren tausendmärkigen Volkswagen kassiert und statt daß die Familien damit in die Ferien fahren, kurven die Soldaten damit an der Front. Die haben uns doch beschissen! Von mir aus soll'n die auf dem Fußboden schlafen! Ich bin denen nichts schuldig, hab' nie auf ihren ›Kraft-durch-Freude‹-Dampfern Urlaub gemacht. Und dann dieser arrogante SS-Pinsel. Der glaubt, ich würde ihm seinen Wohnschrank auf dem Buckel in die Schwiegerelternvilla tragen. Da hat er sich geschnitten. Der kriegt sein Zeug erst, wenn er den Marschbefehl in der Tasche hat.«

Je weiter der Krieg gedieh, je heftiger wir siegten, je knapper Männer, Fressalien, Klamotten wurden, je mehr aus Göring-Meier eine wahre Meierei wurde, um so länger und böser wurde Ludecks Sermon.

»Paß auf«, sagte er, »die werden größenwahnsinnig. Man darf nicht auffallen. Du mußt in die Hitlerjugend, wenigstens für die kurze Zeit, bis sie dich zum Arbeitsdienst einziehen. Eine braune Uniform paßt zwar nicht in unser Empfangsparterre, aber sie hält uns die Bonzen und Schnüffler vom Leib. Denn die sind es, die alles kaputtmachen. Wenn das nur der Führer wüßte, daß die sich wie selbstherrliche Fürsten benehmen. Aber der hat keine Zeit. Glaub' mir, Erwin, der will das Beste. Aber diese Gauleiter, Kreisleiter, Ortsgruppenleiter, Amtsleiter, Hauswarte hintergehn ihn. Hitler wird nach dem Kriege mit ihnen abrechnen.«

»Meine Mutter sagt, Hitler wird den Krieg verlieren«, antwortete ich ihm. »Meine Mutter sagt, daß er in den KZs immer mehr Bibelforscher umbringen läßt, daß er der Sendbote Satans vor dieser Schlacht von Harmagedon ist, und daß Jehova siegen wird. Sagt meine Mutter.«

»Deine Mutter«, so brauste er auf, »wird sich auch noch um Kopf und Kragen reden. Kann sie nicht still sein. Wie soll ich den Sohn einer solchen Frau als Lehrling herzeigen. Braucht bloß einer dahinterzukommen, wer deine Mutter ist, dann ist es aus. Und in die HJ lassen sie dich bei einer solchen Herkunft sowieso nicht. Verdammt! Hast du eigentlich keinen Vater?«

»Doch«, sagte ich und sah ihn strahlend an, »aber über den möchte ich nicht sprechen.«

Ach, hätte Ludeck damals das Roulette gedreht, drehen können. Er hätte gesehen, wie polnische Sieger Schlesien bis zur Neiße, also auch Hirschberg, besetzten. Denn wieder einmal war dies Land im Wechselbad der Geschichte polnisch geworden, wie es das so oft schon gewesen war. Sie ergossen sich in die Straßen, drangen in die Häuser, traten in die Wohnungen, sprachen nur ihre Sprache, ließen sich auf keine Diskussion ein. Und von allem, was Ludeck besaß, vom Markthaus mit seinen heimlichen Holzstapeln und den zum Tausch wichtigen Restmöbeln, vom Büro, der Werkstatt, dem kemenatischen Timm-Museum, von Haus, Werkstatt und Gelände in der Schmiedebergerstraße, von den Bank- und Postscheckkonten, den aufgebockten und fahrenden Wagen, von all dem erarbeiteten, ererbten, erkauften und ertauschten Besitz blieben ihm nur die zwanzig Kilo Handgepäck, mit denen auch Mutter Ida (die recht behalten würde mit ihrem Gerede), mit denen auch Timm (der vor Angst noch tiefer gebückt ging), behangen war. Sie hatten verschiedene Wege und Ziele. Die Kugel rollt, und Willy hätte sich sehen können als den armen Mann aus Hirschberg, rheumageplagt, von seiner keuchenden Frau gestützt, hinter dem Leiterwägelchen herwankend, das seine zwei hungerdürren Söhne zogen. Er hätte sich sehen müssen in der Einzimmerwohnung in Dresden, nun zwischen Kisten anstelle von Schränken, genageltes Brettzeug, das er früher im Leimofen verbrannt hatte und nun mit Schmirgelpapier zu optischer Wohnlichkeit glättete. Er hätte ahnen müssen, wie ihn die neuen Herren als Hitlers Parteigenossen anspuckten, einstuften, verhörten, entrechteten, enteigneten und ihn nur angesichts seiner Gebrechlichkeit nicht einsperrten, ihn, den politischen Optimisten. Hätte er im China-Roulette um seine Zukunft gespielt, vielleicht wäre er nicht nur über die Oder, sondern noch über die Elbe getrampt, ein »Mitläufer«, dem der Lastenausgleich wieder Reichtum gebracht hätte. Aber Ludeck war blind, denn damals spielte eben noch niemand »Chinesiches Roulette«, sondern alle eroberten Europa, waren auf dem Weg zum Ural, ließen sich auf Kreta fallen, durchpanzerten den afrikanischen Wüstensand. Deutschland, Deutschland kam über alles.

Schon im Jahre 1495, als der polnische König Uladislav dem Sohn des Johann von Schellenberg seine Tochter zur Frau und Gleiwitz wie Riebnik zum Lehen gab, in dem Jahr also, in dem die Lanzenknechte zu Lanz- und schließlich zu Landsknechten wurden, ging in Schlesien nicht alles mit rechten Dingen zu. Zwar behaupteten später Geschichtsschreiber, daß die venerische Krankheit von Köln aus eingeschleppt worden sei, doch die Löwenberger, die als erste heftig darunter litten, wußten es besser. Hexenwerk mußte im Spiel sein. Denn alle, die schon dem Teufel und den Lutherischen nachliefen, mußten nun wohl der Schwenkfeldschen und Krautwaldschen und der Ketzerlehre der Wiedertäufer anhängen, die sich, gleich den Seuchen, über das Land verbreiteten. Zuerst versuchte man es mit Disputationen und Konzilien über theologische Streitfragen, und so kam 1547 Matthias Flacius Illiricus nach Langenau bei Hirschberg und diskutierte über die Erbsünde und den freien Willen, indem er behauptete, die Erbsünde sei mit der ganzen Natur des Menschen als Substanz verwebt. Das kam dem Volke, das theologischen Hintersinn nicht verstand, nur gelegen. Es begann viel Völlerei. Zu den Belustigungen in den Städten und auf den Märkten der Dörfer gehörten derbdreiste und respektlose Komödien, von Studenten und Handwerksburschen aufgeführt, bis die Geistlichkeit sie, freilich meist vergeblich, verbot. Das Scheiben- und Vogelschießen kam in Mode, und Spiele aller Art um Geld wurden erfunden, gegen die alle Gesetze nichts fruchteten. Denn, so wußten die Chronisten zu berichten, die Verordnungen der Polizei und ihre Handhabung durch die Gesetzeshüter wurden so schlaff wie laff gehandhabt, daß es nicht mit rechten Dingen zugehen konnte. Und es soll eine besonders schöne Hexe – eine Dame – gewesen sein, die zu dieser Zeit den »Beischlaf auf Ehre« erfand. Hatte ein junger Ritter einem Fräulein bei einem Feste aufgewartet und ihr gefallen, so durfte er auch mit ihr das Bett teilen, doch ohne daß er sich entkleidete und ohne ihr zu nahe zu kommen. Darauf und auf die Ehre des Ritters verließ man sich so fest, daß nie ein Verdacht auf die Tugend eines Frauenzimmers fiel, das seine Kemenate mit wechselnden Rittern bevölkerte. Und das Volk lachte und flüsterte: »Hexenwerk«, falls die Begehrte unberührt den Morgen danach sah. Sie sagten auch »Hexenpiß« und »Teufelsschiß«, als 1634 eine Pestwelle über Schlesien zog, bei der allein in Schweidnitz täglich zweihundert, am 25. August gar dreihundert Menschen starben. Alle Gassen lagen voller Leichen, so viel, daß man sie nicht begraben konnte. Denn am Ende waren von tausendachthundert Bürgern noch siebzig übrig. Es stank wie sonst wohl nur auf dem Teufelstanzplatz beim Hexenreigen. Um Vorsorge zu treffen, wurden für alle Fälle und ohne langes Gericht oder Folter ein paar verdächtige Frauenzimmer in Sagan enthauptet. Aber es half nur für den Augenblick, und es half nicht gegen die Schweden, die marodierten, und schon gar nicht gegen Wallensteins Leute. Die lebten räuberisch und verschwenderisch, während die Einwohner hungerten und gezwungen waren, Baumrinde, stinkendes Aas, ja sogar Menschenfleisch zu essen. Die Soldaten verübten Schandtaten an den wehrlosen Weibern, und Wallenstein drückte Sagan, in dem die vorsorgliche Hexenmetzelei wohl nicht mehr wirkte, aufs härteste durch die Forderung, daß ein Schloß gebaut werden müsse.

Das war kurz nach der Klipper- und Wipperzeit, wo die Herzöge zu Brieg und Liegnitz das schlechteste Geld geschlagen hatten, darunter zur Verwirrung viereckige Stücke, die man Klipper nannte. Doch auch danach war das Durcheinander in schlesischen Landen groß genug, wenn es ums Zahlen ging. Da kamen dreißig Kaisergroschen auf einen Reichsthaler und hundertzwanzig Gröschel ebenso. Da gab es außerdem schlesische Thaler und Gulden, man hatte Siebzehnkreuzer und Siebenkreuzer, rechnete mit Böhmischen oder Silbergroschen, mit Gröscheln, Dreiern, Wienern und Denaren. Es war ein wirklich höllisches Chaos. Ja sogar die übliche Zeiteinteilung war zum Teufel, denn der Tag, der bisher abends angefangen hatte, ging nun von Mitternacht zu Mitternacht, und die Uhren wurden halbe Uhren, die nicht mehr vierundzwanzig, sondern zweimal zwölf Stunden zeigten. Hexenwerk.

Davon schrieb der in Bunzlau 1597 geborene »erste gute deutsche Dichter« Martin Opitz, der als Historiograph des polnisch-schlesischen Königs Uladislav in Danzig starb, darüber mystifizierten Andreas Scultetus und Gryphius, sannen von Hohenstein und Logau. Und während sie den Ruhm der Schlesier, Anlage zur Dichtkunst zu haben, vermehrten, schrieben Curäus, Luca, Thebesius, Sinopius und Naso von Löwenfels die Geschichte Schlesiens in der polnischen und ungarischen und böhmischen und preußischen Zeit.

Doch wer auch immer historisierte, wer auch immer bezeugte und notierte, daß im Jahr 1796 in Polen, das damals ausnahmsweise nicht zu Schlesien – oder umgekehrt – gehörte, die letzte Hexe verbrannt worden sei, der irrt.

Denn ich habe noch eine Hexenvettel, und es war sicher nicht die letzte, gekannt. Sie hieß Ludeck und war das dem Willy gleichen

Namens angetraute Eheweib, dem sie, wie auch allen Mitarbeitern, vom Meister der Tischlerei bis zum Lehrling der Einrichtungsabteilung, also auch mir, täglich ihr Hexeneinmaleins vorbetete.

Ich will im Chinaspiel ein bißchen die Pelle von ihrer Vergangenheit ziehen:

Ihre Mutter hatte einen Näh- und Handarbeitsladen, den sie in stolzer Übertreibung »Atelier für feine Näh- und Stickarbeiten« nannte. Hier verbrachte die Kleine den Tag. Seit sie die Nase über die Theke recken konnte, hatte sie nur in die kurzsichtigen, müden Augen der Näherinnen gesehen, über deren Schultern sich ihre Mutter kritisierend beugte. In ihren zerstochenen Händen hielten sie Nessel und Seide, riesige Bahnen, auf denen Kosepaare im sanften Bett frühlingshafter Wiesen lagen, Schlösser in luxuriöser Pracht sich in immer blaue Himmel reckten, grazile Tiere noch grazilere Menschen umspielten. Träume entstanden in Petit-Point-Sticksklaverei, Phantasien wurden auf meterlangen Vorhangbahnen bildnerische Wirklichkeit, Rosen- und Blumenpracht blühte auf Kissenbezügen auf.

Auf der Theke im Laden stapelten sich Ballen und Deckchen, Kissen, Schürzen, Röcke, Blusen, Kleider, auf denen dünnlinig, blau, Muster gezeichnet waren. In den Regalen lagen farbige Garne und bunte Wollknäuel. Die jungen Frauen vor der Theke suchten und wühlten, zeigten auf Farben, hielten Faden und Tuch aneinander, kombinierten und verwarfen, wählten Nadelstärken und -längen. Sie hatten vor Emsigkeit gerötete Gesichter, und über dem Bauch der meisten zog der Rock Falten. Sie würden Stunden, Tage und Wochen des Wartens in Millionen kleiner Nadelstiche verwandeln. Die ewigen Staubwischerinnen unter ihnen würden den unbewohnten Glanz ihrer »guten Stuben« mit immer neuen Häkeldeckchen, Summe des abendelangen Wartens auf den versoffenen Kneipengeher und Ehemann, überdecken. Hutzelweiber mit geschickten Fingern würden den alten Lack ihrer Jungmädchenzeit-Möbel mit den Filetdeckchen ihrer Einsamkeit belegen.

Sie alle strichen, abwesend und abgelenkt, dem Kind hinter der Theke übers Haar, vergaßen es über dem Grapschen und Suchen und Gerede und merkten nicht, wie es heranwuchs, größer wurde und böser. Denn es meinte ersticken zu müssen in den Knäueln dumpfriechender Wolle, glaubte sich gefesselt von den unendlichen Fäden bunter Garne, erdolcht von den Bündeln langer und dünner, spitzer und stumpfer Nadeln. In diesem Gefängnis voller Geschäftigkeit und Enge wuchs ihre Wut. Sie wollte raus, schneiderte sich Röcke, bestickte sie nach eigenen Mustern, bis sie als steifblütiger Kranz um ihre Knie wippten, und wanderte: die zu dünnen Beine in weißen, gestrickten Strümpfen, jede Masche ein mahnendes, warnendes Mutterwort; in flachen Schuhen, grobe Klötze, die jeden anmutigen Schritt verhinderten. So wandelte sie als gepeinigtes Entlein hinter der heiteren Gruppe her, die sie um Kopflänge überragte und mitleidig übersah.

Damit Hexen zur wahren teuflischen Bösartigkeit garen, hat sie der Teufel vielleicht so gemacht, so voll unauffälliger Häßlichkeit, randvoll angefüllt mit Zorn, Wut, Minderwertigkeitsgefühlen, Freiheitsdrang, eine Psychobombe, die dem, der Hand an sie legt, in die Sinne explodiert.

Ludeck bekam die ganze Ladung ab, und zwar völlig unvorbereitet.

Sie war eine Frau ohne Glanz, aber Willy liebte sie. Sie hatte ihn verhext. Jedenfalls sah er es so, als er mir davon an einem unserer unzähligen »Vater-und-Sohn-Abende« erzählte. Er hatte, was selten vorkam, gepichelt. Nein, getrunken. Ach was, gesoffen. Sie hatte ihn wieder einmal in der Zange gehabt. Er mußte es loswerden:

»Natürlich war ich noch sehr jung. Und gierig. Und schüchtern. Ich stellte mir immer nur zwei Kategorien von Frauen vor: die allzu Willigen und die Nicht- und Eigenwilligen. Die Willigen zwingen zur Ausschweifung, sie fordern dazu heraus, die Grenze der eigenen Macht zu erproben, die Hemmungsschwelle immer weiter hinauszuschieben. Und die Eigenwilligen zeigen einem schnell die Grenzen. Jene bereiten mit ständigem Ja, diese schon mit ihrem Zögern dem Liebhaber die psychologischen Niederlagen.

Sie aber war beides, mal Naiv-Laszive, mal die abweisende Spröde. Ich wußte nie sicher bei ihr, woran ich war. Ich war auch noch nicht sicher, ob ich sie heiraten würde. Da fiel ihr etwas ganz Neues ein: sie traf sich mit mir – nicht etwa heimlich nachts, sondern morgens um sechs – in einer kleinen Parkanlage, die von der verkehrsreichen Hauptstraße nur durch eine Reihe Buschwerk getrennt war. Während sie mich, auf mir einen hindernisreichen Morgenritt absolvierend, auf dieser Heckenseite liebte, konnte sie auf der anderen Seite – auf gleicher Höhe mit dem ihren – die Köpfe der zur Arbeit eilenden Menschen sehen. Mit leisen, für mich deutlichen Worten verhöhnte sie die Pflichtbewußten, noch Müden, vor denen wir verborgen waren, als wäre es tiefe Nacht. Wie hätte ich dieser Frau entgehen können?

Erst nahm sie mal alles in Besitz, mich, den Betrieb, die Häuser genauso wie die Leute. In der ersten Zeit fand ich es amüsant, wenn sie an den Hobelbänken stehenblieb, zwischen Holzstapeln spazierte, sich in den Ausstellungszimmern auf das Sofa setzte, strahlend und wortlos im Büro hinter einem Schreibtisch hockte. Bis ich begriff, daß sie gewissermaßen immer nur einen Satz vor sich her flüsterte: »Und das alles ist mein, gehört jetzt mir!« Für die Um- und Mitwelt war sie eine vorbildliche Ehefrau und treusorgende Mutter unserer zwei reizenden Söhne. Aber ich weiß nicht mal, ob ich von beiden der Vater bin. Denn sie dressierte mich wie die drei berühmten Affen: Nichts hören, nichts sehen, nichts sagen. Ich wußte, daß sie sich Gesellen, ja ein- oder zweimal auch Lehrlinge von der Werkbank weg ins Bett holte. Aber ich war ihr zu verfallen, um mich zu wehren. Außerdem: niemand hätte ihr auch nur einen unkeuschen Blick nach einem andern Mann zugetraut. Es gab Frauen aus den ›guten bürgerlichen Häusern‹ der Stadt, die sich nur von ihr, die eigentlich von Möbeln und Raumeinrichtung nicht die Bohne verstand, bedienen und beraten ließen. Bis hin zum Pfarrer, den sie am Sonntag vor der Kirche begrüßte. ›Was willst du? Das fördert den Umsatz‹, sagte sie, die absolut heidnisch war, triumphierend.

Sie hatte nicht nur mich, auch das Personal völlig in der Hand. Die weißten ihr die Wohnung, mähten ihren Rasen mit der Sichel, schleppten – je nach ihrem augenblicklichen Geschmack – Möbel in ihr und aus ihrem Haus, und während ihnen an heißen Sommertagen der Schweiß in Bächen über den Körper rann, lag sie im knappsten Badeanzug – optische Belohnung für die Gartenzwerge und Sklaven – im Garten. Erwin, ich will es klar sagen: ich hasse sie, denn sie ist eine geistige Kleinrentnerin, dumm und überheblich, eitel noch im geschmacklosesten Kleiderfetzen, frech noch in der aussichtslosesten Situation. Aber ich bin ihr ausgeliefert. Keine andere Frau – und ich hab's oft versucht – hat sie bis jetzt im Bett ersetzen können. Und sie hat mich in der Hand. Sie hat mich in die Partei gedrängt, sie weiß, daß ich dem Halbjuden Timm, dir Zuchthäuslerinnen-Sohn, Arbeit gebe und daß die Bonzen mich ankotzen. Aber sie ist inzwischen Stellvertreterin der Frauenschaftsführerin in Hirschberg, der feiste Kreisleiter tätschelt ihr den Hintern, sie bringt die Stoff- und Materialbezugsscheine, durch sie eigentlich wird der Restbetrieb in Gang gehalten. Sie ist es, die dafür gesorgt hat, daß ich nicht in einen entfernten Ort, sondern hierher dienstverpflichtet wurde. Und sie würde mich verraten und verkaufen, wäre ich nicht – scheinbar – der ihr genehme, gewünschte Ehemann. Wirklich, ich würde mich freiwillig an die Front melden, wäre ich nicht zu alt.«

Ich verstand ihn. Denn sie hatte ihre Macht auch an mir ausprobiert. Schüchtern und werbend umschwärmte ich damals das so reh- und großäugige Lehrmädchen, himmelte sie, mich meines Pickelgesichts schämend, an. Bis sie mich zu einem Ski-Wochenende in die Hütte des Riesengebirgsvereins einlud. Ich würde mir Skier leihen, würde die kühnsten Abfahrten wagen, obwohl ich bisher nur Idiotenhügel hinuntergetreidelt war. Ich würde in der Hütte Feuer machen – womit und wie bloß? –, würde ein einfach-deftiges Essen kochen – bisher brannte bei mir selbst Wasser an –, und ich würde ihr aus den schneenassen Sachen helfen – mit zwei absolut linken, zitternden Händen? – Egal, ich würde.

Da kam am Freitag vorher die »Chefin« mit süßlicher Miene. »Erwin«, flötete sie, »ich muß übers Wochenende verreisen und Sie wissen, daß mein Mann noch bis nächste Woche in Breslau bei der Gauleitung wegen der Büromöbellieferung ist. Bitte leisten Sie doch meinen Buben in den Tagen Gesellschaft. Sie können im Haus schlafen. Ich hab' mit Ihrer Mutter schon alles geregelt. Und Ihre Kleine wird für ihre Skitour sicher einen anderen Begleiter finden.« Ich war wehr- und sprachlos. Und tat, was sie wollte.

Ach hätte ich doch damals schon mein »Chinesisches Roulette« gehabt! Frage an die Belegschaft: Was hätte sie zu andern Zeiten sein können? Eine lederhäutige Königin in der Antike, die sich ihre Sklaven ins Bett kommandierte. Und wenn sie dann ihre mühevollste Nacht endlich hinter sich hatten, würden sie – nur ein toter Sklave ist ein schweigsamer Sklave – geköpft. In galanten Zeiten wäre sie eine Kurtisane geworden, gefährlich mehr durch ihr geheimes Wissen als die Reize ihres Körpers, gefürchtet von den Schranzen ob ihrer Launen, verderblich für jede andere und vor allem schöne Frau in der Nähe des Mächtigen.

Denn das war der Frau Ludecks Wesenskern: Der Verdacht, daß jemand glücklich werden, ohne sie glücklich sein könnte, machte sie zur Furie, Harpyie, Hexe, die nur noch ein Ziel kannte, Fallen zu stellen, Netze zu legen, in die der Glückliche blind, sich verderbend, stolperte.

Nein wirklich, Hexen waren noch immer unter uns. Weshalb Ludeck, im Suff zum klugen Mann geworden, resigniert sagte: »Das ›Glück‹, dessen Erfüllung vom launischen Gewähren der begehrten

Frau abhängt, ist zu teuer. Man zahlt mit den Silbermünzen des Verstehens, den Talern der Rücksicht, den Dublonen der Geduld. Berechnet man sein seelisches Kapital und die Dauer des Zusammenlebens, kann man schon mit Angst und Sorge voraussehen, wann man der arme Bettler sein wird. Denn eine große Hingabe kostet wochenlange Ergebenheit. Bei solcher Verschwendung wird das seelische Kleingeld rostig vor Zorn und Enttäuschung.«

Willys poetischer Notgesang.

Ich konnte ihn auswendig, war überhaupt ein mehr als aufmerksamer Lehrling. Wie es der Lehrvertrag befahl.

Weil sie aus Liebessehnsucht meinem Nichtnamensgebervater in einem fremden Bett nachgab, wuchs ich in ihr – unvermeidbar – wie ihr schlechtes Gewissen und ihre Angst. Ida nährte mich mit ihrem Blut, ich atmete ihre Luft, ihr Herzschlag hielt den meinen in Gang, und ihre Ängste wurden auch die meinen. Sicher hoffte meine Mutter lange, daß ihr Mann – vielleicht gar vor Freude – so genau nicht nachrechnen würde, also mich als seinen Stammhalter ansehen könnte. Aber eben: ansehen. Würde ich nicht dem Namensvater, sondern dem Wahrvater ähnlich sein, wäre ich vielleicht gar als knautschiger Nestschlüpfer sofort als Kuckuck erkenntlich? Und würde nicht ein nach Terminen reisender Mann ohnehin genau wissen, wann er bei seinem Weibe gelegen hatte? Meine arme Mutter war nicht zu beneiden. Zwischen Optimismus und Furcht hin- und hergerissen, von der Phantasie mal in Panik, von der Vernunft gar in Hoffnungslosigkeit gedrängt, blieb ihr nur diese Angst, ein das Denken und die Vorstellungskraft verdrängendes, überwucherndes Gefühl.

Und nicht wie bei anderen Neugeborenen erschreckte mich für einen Augenblick diese Welt, sondern es begann im Moment meiner Geburt für mich mein ganz privates Zeitalter der Angst.

Ich denke mir, daß ich mich aus Mutters Brüsten nicht nur vollsoff, sondern – kaum abgesetzt – stieg mit dem »Bäuerchen« die Angst in mir auf, diese Quelle könne versiegen. Der gefräßige Hunger derer, die immer das Schlimmste fürchten, ergriff von mir Besitz. Kaum ging das Licht aus über oder neben meinem Bett und machte Mutter unsichtbar, werde ich das Gebrüll angefangen haben, das sie Jahre später straßenweit hörte, das noch später in mir als Heimweh brüllte und noch heute triumphiert als Angst vor dem

Verlust von was auch immer. Am meisten vor dem Verlust der Geliebten. Ich stelle mir vor, fühle mich ein:

»Jedes Wochenende mit ihr endet hier, sagte der Mann.

Wenn wir den Bahnhof betreten, saugt uns der Menschenmahlstrom ein. Er staut sich vor dem Glaskäfig des Kartenkontrolleurs, sickert als Rinnsal durch die Sperre und zerfließt dann breit im Delta der Bahnsteige. Es bilden sich Wirbel, denn aus ankommenden Zügen ergießen sich Gegenströme. Über allem der akustische Brodem von Schritten, Stimmen, Rufen. Der Metallgeruch heißer Schienen füllt die Halle bis zu den schrägen Scheiben des Glasdaches. Ich muß sie sehr fest an der Hand halten, denn die Menschenströme wollen uns auseinanderreißen, noch bevor der Zug das ohnehin tut.

Ich sehe dem Zug nach aus dem Graben des Kacheltunnels, durch den ich zurück muß.

Sehen Sie, wie leer es hier ist? Spüren Sie die saugende Kälte, die aus dem unterirdischen Labyrinth der Gänge kommt? Und diese Stille! Man kann hören, wie der Zeiger der Bahnhofsuhr mit einem Ruck die Minute hinter sich bringt: endgültig vergangen. Dies ist das verlassene Museum des Alltags: die kalten Neonlichter der Vitrinen und Automaten beleuchten die jetzt von niemandem mehr begehrten Nichtigkeiten. Ich stehe an einem unbekannten, mir unvertrauten Ort einer unwirklichen Traumstadt.

Und ihr Zug fährt durch die Nacht, durch die fahle Mondlandschaft der Vorstadt. Die Häuserzeilen haben sich abgewandt, kehren den Zügen schamlos ihre entblößten Hinterteile zu: unverputzte Rückseiten, kariöse Ziegelwände, Ruinenkonturen. Wenn sie aus dem Fenster sieht, fällt ihr Blick in die von grellen Lichtbalken bis auf den Asphalt aufgerissenen Straßenschächte. Der Schlaf der Menschen hinter den verhängten Fenstern gibt ihnen Cañoneinsamkeit, durch die Verlorene – gleich kompaßlosen Wüstenwanderern auf der Suche nach ihrer Fata Morgana – irren. Die vereinzelten Lichtritze zwischen undicht gezogenen Vorhängen geben ihnen weder Richtung noch Oasentrost. Es sind nur die Irrlichter der Städte, über denen das starre Geranke der Neonreklamen mit nervösen Zuckungen Litaneien an leere Wände schreibt: kommerzielle Menetekel.

Der Mann knöpfte, als sei ihm kalt, seinen Mantel zu.

Wenn sie aussteigt, sagte er weiter, muß sie in diese Nacht. Ich hasse diesen Gedanken, denn sie ist so wehrlos und die Nacht ist voller Drohung, Gewalt, Exzeß, Mord. Mit kleinen Schritten, kurzatmig vor Furcht, muß sie durch die leere Helle, die sie jedem Lauernden preisgibt, muß durch das dahinter beginnende drohende Dunkel. Kein Stern über den Dächern leitet sie. Sie wird von den Schemen und Schatten, die in Türnischen lauern, gejagt.

Schlafende Städte haben keinen Frieden. Ihre Stille ist laut von lauerndem Terror. Schon beim Fallen eines unsicheren Händen entgleitenden Schlüssels zuckt man ängstlich zusammen. Mit Recht, denn hier sind die Bestien, die den Häscher und Jäger fürchten, auf Raub- und Beutezug.

Als wollte er mir ein Geheimnis anvertrauen, kam er einen Schritt näher und legte mir seine linke Hand auf die Schulter. Flüsternd fragte er:

Wissen Sie sicher, daß all diese Häuser, ausgehöhlt von den Wohnwaben der Wohnungen und Büros, Läden, Fahrstuhlschächten, Treppenhäusern, Lichthöfen, Flurlabyrinthen und Kellerkatakomben, daß all diese Häuser nur geschichteter Stein sind? Vielleicht leben sie, saugen in jeder Nacht ihres sklavischen Daseins Lebenskraft aus den Schläfern. Und in irgendeiner Dunkelstunde werden sie sich mit grausamem, knirschendem Gelächter über ihrer ahnungslosen Menschenbeute zusammenfalten. Bebt nicht manchmal auch die Erde, weil ihr die Menschheit lästig wird?

Während ich mich anstrengen mußte, seine geflüsterten Worte zu verstehen, verabschiedete sich auf einem kleinen Vorortbahnhof ein junges Mädchen lachend von einem jungen Mann, mit dem sie sich während der kurzen Fahrt lebhaft unterhalten hatte. Sie trat auf die Straße und winkte voll lebhafter Fröhlichkeit einem Taxi.

Die Fahrt bis zu dem Haus, in dem sie wohnt, dauerte nicht ganz neun Minuten, und das Haus, in das sie eintrat, war noch freundlich beleuchtet.«

Ich konnte mich an die Angst nie gewöhnen. Je größer ich wurde, um so größer wurde auch sie. Ich hatte Angst, daß Mutter meinen lebensgroßen Pelzbernhardiner, für sie ein haariges, haarendes Monstrum, für mich das Ungeheuer Zärtlichkeit, wegschaffen würde. Sie tat es. Ich hatte Angst, nach Hause zu gehen, weil ich mit den neu besohlten Schuhen durch die Regenwassermassen der Rinnsteinflut gelatscht war. Angst, zu spät zur Schule zu kommen, in der Turnstunde das Tau wieder nicht bis oben hin zu erklettern, beim Onanieren erwischt, beim Mädchenhinterhergucken entdeckt, beim Küssespiel mit Judith ertappt zu werden. Angst als Zeitungsgeldklau, während Mutters Gefängniszeit im Kino, Angst, dem bestohlenen Schokoladenfräulein zufällig zu begegnen, aus unvorstellbarem Grund über den Friedhof zu müssen, in die Hitlerjugend gezwungen zu werden. Angst, daß die Buchhaltungsaufgabe nicht aufgeht, Brigitte Hain mich als Schreiber der Liebesbriefe entdeckt, daß ich noch mehr Pickel im Gesicht kriegen würde. Angst auch vor dem toten Mädchen, der kleinen Kutsche-Tochter, der ich während der Beerdigung ins Gesicht sehen mußte, weil sie mich so dicht an den Sarg gedrängt hatten, in dem ich die erste Tote, den ersten Toten meines Lebens, sah, festgenagelt vor Angst, sie würde sich gleich erheben – mit dem ersten Blick direkt auf mich.

Irgendwann begann ich, die Angst zu lieben. Als ich nicht mehr Zeitungen austrug, »hielten« wir uns eine, und weil es billiger war, sie direkt am Schalter der Redaktion zu holen, gab Mutter mir am Montag vierzig Pfennig. Dafür bekam man eine Zeitungsbezieher-Wochenkarte: ein farbiges Pappstück, fünfmal perforiert für sechs Tagesabschnitte, jede für einen Wochentag gültig. Man trennte am Zeitungs-Ausgabeschalter den Tagesstreifen ab, ein Mädchen nahm ihn, achtlos, steckte ihn in den breiten Schlitz eines auf dem Schalterbrett stehenden Kartons, und man nahm sich eine Zeitung vom danebenliegenden Stapel. Eine Strategie – unter großer Angst, entdeckt zu werden – mußte entwickelt werden. Ich gab nicht dem Mädchen den Tagesstreifen, sondern ließ ihn, als wolle ich ihr Mühe ersparen, in den Schlitz fallen. Sie lächelte. Ich knickte den Abschnitt und warf ihn in den Kasten. Sie nickte nur. Ich trieb ein Papier in der Farbe der Wochenbezugskarte auf, riß einen Streifen ab. Makulatur, Täuschung, Betrug, Kitzel der Angst. Es klappte. Von jetzt an verfraß ich am Montag die vier Zeitungsgroschen, suchte mir farbiges Papier, wochengerecht, warf die sorgsam gerissenen Fetzen in den Schalterkasten und lebte in Angst und Freuden. Bis eines Tages hinter dem Schalter ein Mann die Hand hinhielt, der Kasten abgedeckt war. Der Erwin geht so lange zum Schalter bis . . . Ich konnte gerade noch abdrehen. Von da an mußte ich, wenn ich montags dreißig Pfennig verschnuckerte und für einen Groschen die Montagszeitung kaufte, jeden Tag irgendwo einen Groschen verdienen. Sonst gab es keine Zeitung – für Mutter undenkbar. Stundenlang die Angst: wie komme ich an den Groschen, wo verdiene ich zehn Pfennig, wen kann ich Habenichts anpumpen, wo betteln, wen bestehlen. Angst, Angst, Angst – die zehn Pfennig mußten her.

Warum bloß habe ich mir das alles nicht erspart und am Montag die Bezugskarte gekauft?

Warum bloß habe ich der Hexe Ludeck nicht mißtraut, als mir siebenunddreißig Mark und fünfzig Pfennige fehlten?

»Du hast den Blumenständer verkauft, du hast das Geld eingenommen, von dir will ich es haben«, sagte Ludeck sachlich zu mir.

»Aber ich hab's verloren, verlegt, verschlampt«, stöhnte ich ihn entsetzt an.

»Das ist mir gleich. Ich glaub' dir nicht, mich betrügst du nicht, niemand tut das. Bis morgen hab' ich das Geld. Sonst werde ich es dir vom Gehalt« – Lehrlingsbeihilfe im ersten Jahr dreißig, im zweiten vierzig, im dritten sechzig Mark monatlich – »abziehen. Und dann will ich deine Mutter sprechen.« Er war empört, von mir enttäuscht. Und ich hatte die Penunzen wirklich nicht. Aber ich hatte trotzdem ein schlechtes Gewissen und diese perverse, kurzatmig machende Angst. Denn woher nehmen? Und Mutter durfte schon gar nichts davon erfahren.

Plötzlich, am zweiten Tag, ich saß wie immer nach Ladenschluß mit Willy im Büro, sagte er mir, er müsse sich für seine Frau entschuldigen. Die habe die siebenunddreißig Mark fünfzig, die ich offensichtlich beim Auftragschreiben auf dem Tisch liegengelassen hätte, kassiert. »Nein, nicht versehentlich. Sie wollte, daß du Angst hast, wollte dich in Verdacht und Verlegenheit bringen. Sie mag dich nicht, ja, haßt dich. Du achtest sie weder als Chefin noch als Frau, sagt sie. Du seist mein Vertrauter, belfert sie. Du hättest zu großen Einfluß in der Firma, mehr als sie, räsoniert sie. Und außerdem würde ich dir zu große Anteile an meinen Freß-Kompensationsgeschäften geben, klagt sie. Ich hatte wirklich keine Ahnung, daß sie so bösartig sein kann.«

Ich schon. Dieser gierige Basedowblick. Lächelt sie, weiß man, daß ihre Zähne beißen wollen. Reicht sie die Hand, fürchtet man, untrennbar anzuwachsen: Hexensog. Ich hatte Angst vor ihr.

Und dagegen half mir auch nicht das Heldentum einer so »großen Zeit«, wo die Worte ›Mut‹ und ›Tapferkeit‹ auf keiner Zeitungsseite fehlten. Mit der »Englandfanfare« wurden die von unseren heldenhaften U-Boot-Besatzungen versenkten Bruttoregistertonnen oder gar der Kriegsschiffe gemeldet – und kein Mensch sprach von den im Kesselraum ersaufenden oder verbrennenden Seeleuten –; mit der »Rußlandfanfare« begleiteten wir den Siegesmarsch der Armeen nach Moskau und summierten die Hekatomben von Gefangenen – die wir als Untermenschen in den Lagern schon fleißig dezimieren würden – »Weg mit Schaden!« Da waren die Urlauber mit der Nahkampfspange, die »tapfer und unerschrocken das Weiße im

Auge des Gegners gesehen hatten« – um ihm dann das Bajonett in den gespießten Gedärmen zu drehen. Da waren die Helden mit der Panzerspange, die mit Hafthohlladungen oder Handgranatenwurf in die Panzerluke die stählernen Kolosse ausgetrickst und ihre Besatzung verschmort hatten. Da waren die Träger der Eisernen Kreuze Zweiter und Erster Klasse, vorgeschlagen vom Truppenführer für mutiges oder besonders mutiges Verhalten vor dem Feind. Und dann die Idole, Vorbilder der Jugend, Helden der Nation, die U-Boot-Kommandanten und Jagdflieger, Durchhaltegenerale bei armeeverbrauchenden Kesselschlachten, Etappendivisionäre mit Truppenverschleiß bei der Erstürmung sinnloser Höhen, die SS-Kommandeure mit ihrer Getto-Ausräucherung – »Es gibt keinen jüdischen Wohnbezirk in Warschau mehr, mein Führer!« – sie alle, diese »Vorbilder der Jugend« mit dem Ritterkreuz, dem Ritterkreuz mit Schwertern, dem Ritterkreuz mit Schwertern und Brillanten. Ach, man konnte jedem seinen Mut ansehen und seinen heldenhaften Einsatz, auch am Verwundetenabzeichen – in Bronze für einen Durchschuß, in Silber für den abgeschossenen Arm, in Gold, wenn man keine Beine oder keine Eier oder kein Gesicht mehr hatte.

Und die alle sollten keine Angst gehabt haben? Wo doch Heldentum, Mut und Tapferkeit nach Meinung großer Denker nichts anderes als Dummheit oder Flucht nach vorn waren. Schließlich ist die Angst für die Seele doch das gleiche wie der Schmerz für den Körper: die Warnung vor der Gefahr.

Mich warnte es dauernd.

Ich schnallte meine Brettl an und skiete in den hellen, kältekneifenden Wintermorgen, aber ich vermied ängstlich Hügel und Berg. Denn im Grunde hatte ich Angst vor diesen weißen Leichentuchflächen, die nachts in meinen Alpträumen endlos wurden, auf denen ich umherirrte, wo ich erfror. Ich krallte meine Hände um den Hausschlüssel, sicher, daß ich ihn sonst verlieren würde, steckte mir mein Geld unters Hemd in der Gewißheit, daß es sonst aus der Tasche fallen, aus ihr gestohlen werden würde. Ich hatte Angst, daß Ida ein Wort zu viel, zu laut sagen und doch noch im Konzentrationslager landen würde. Ich war in Sorge, daß Wasserhähne sich nicht schließen lassen – Überschwemmung, Minka und ich im verzweifelten Kampf gegen das Ertrinken im steigenden Wasser –, Gashähne undicht sind – eine lodernde Fackel wie damals Herr Beier, renne ich durch die Straßen –, Türen sich nicht öffnen lassen würden – Angst zu ersticken, zu verhungern, wahnsinnig zu werden.

Und ich hatte Angst, daß die SS-Helden mich fragen würden, ob mir nicht auch nach Heldentum in ihren Reihen zumute wäre. Denn sie warben Freiwillige. Also durfte ich nicht auffallen. Also drängte ich mich vor, wenn sie den »Germanenbaum« benagelten: jeder Nagel zehn, zwanzig Pfennig oder mehr, dicht an dicht in einen Baumstumpf geschlagen, und wenn das Holz gepanzert war, erhielt das Wehrmachtslazarett den Erlös oder das Winterhilfswerk oder wer auch immer. Und wo alle nagelten, schwang auch ich den Hammer, mit Minibeträgen, reuig, knausrig, aber voller Angst. Ich sammelte Wollsachen für die armen Vorwärtsstürmenden an den Fronten, lernte für alle Fälle die HJ-Lieder. Anpassen! Unauffällig werden. Wie eine graue Maus.

Wer rettete mich vor der Angst? Auf dieser Welt voller martialischer Helden, im unendlichen Raum unter den kalten Sternen, die mir mein Schicksal nicht deuten würden, war ich klein, schaudernd und häßlich. Ich hatte zu wenig Vernunft, als daß sie mich hätte bewahren können vor Furcht und Verzweiflung. Wer, so jedenfalls empfand ich, auf diesem erkaltenden Stern die für ihn schlagenden Herzen oder über sich die gnädige Empfindsamkeit der Götter sucht, um ihnen seine Angst anzuvertrauen, der wendet den Blick nach oben und findet nur Wolkenriß und fahlen Mond.

Natürlich ahnte ich, daß es die Liebe gibt. Was immer das auch sei, eines gewiß: Wärme, Angstlosigkeit. Was könnte bergender sein als sich an eine Schlafende zu drängen, ihre Wärme, ihren Herzschlag zu spüren? Es gab sicher keinen besseren Schutz gegen die größte aller Ängste: nur biologischer Zufall zu sein auf meteorischem Weltraumgestein in einer Unendlichkeit, die wir mit unseren Hirnen abrasen, um uns wund zu stoßen an den Grenzen der Leere und der menschlichen Erkenntnis. Die Atmende neben mir, deren Arm angenehm meine Brust beschwert, muß stärker sein als der Gedanke, daß die Schöpfung gleichgültig ist gegen uns und unsere, das Chaos durch Benennung ordnende und bändigende Denkkraft. Daß wir dauernder sind als unsere zerfallenden Häuserhöhlen, lebendiger als unsere Geschäftigkeit, daß wir das Zentrum des Seins erreichen mit unseren beschwörenden Gebeten oder trotzigen Kunstwerken. Unmöglich, zu denken, daß wir damit Sinn und Daseinsrecht auf Erden nicht nachdrücklicher beweisen, wie beispielsweise Ameisen es durch ihren Bau oder Amöben durch ihre bloße Existenz tun. Unmöglich, daß unsere Philosophien, Literaturen, Weisheiten sich der Ewigkeit nicht deutlicher einprägen als das Schwirren einer Eintagsfliege. Doch der Zweifel erzeugt Angst und Verzweiflung.

Denn wozu, warum, weshalb dann all unsere Quälerei. Wozu die großen Worte, das Grauen an den Fronten, der Kampf um ein Stück Erde, um eine Fahne, ein tausendjähriges Reich, einen Führer?

Nein, die einzige Wahrheit würde das Greifbare sein, die Hinwendung zum schlafenden Gesicht neben mir. Die Wärme, die meine Hände beim sanften Griff nach ihrer Schulter spüren, würde mehr Überzeugungskraft haben als alles Siegesgeschrei oder der Gesang vom heldischen Tod.

Zugegeben, ich hatte kein Mädchen, dessen Schulter ich greifen konnte. Aber ich wußte, irgendwann würde es eines geben. Und ich hatte zugleich Angst, es nicht zu finden.

Aber eines spürte ich deutlich: ich war dabei, mich den Idealen des Führers zu entfremden. Die Vorstellung von Kuß und Zärtlichkeit war mir wichtiger als die Frage, ob wir aus strategischen Gründen die Stellung verkürzt, wieder zehntausend Gefangene gemacht, einen Kreuzer versenkt oder ein Land erobert hatten. Ich marschierte in keiner Kolonne, trabte nicht im Gleichschritt, teilte meine Ängste niemandem mit, machte abends mit Ludeck ein Geschäft, hörte seine politischen Laienmonologe, sah den Mädchen nach, schlief nachts mit ihnen in meiner Phantasie. Kurz, ich war pubertär, neugierig, weltanschaulich desinteressiert, voller Ängste. Kurz: ich lebte.

Und da kam der Brief, der mir befahl, mich am soundsovielten beim Reichsarbeitsdienst, Kommando Peenemünde auf Usedom, vor der Pommerschen Bucht, zu melden. Ich hätte über Berlin, Eberswalde, Angermünde, Prenzlau, Pasewalk und Anklam zu fahren, umzusteigen in Wolgast Richtung Zinnowitz, Trassenheide, Karlshagen, Peenemünde.

Man erwarte mich.

Usedom ist ein Hundeohr am Land der Pommern. Man erzählt sich, daß die Söhne dieses Landes des Führers treueste Soldaten waren. Es ging die Fama, daß sie auf Befehl zum Sturmangriff mit aufgepflanztem Bajonett gegen die russischen Panzer angetreten wären – treu und doof wie alle Helden.

Es ist also gar nicht verwunderlich, wenn diese pommerschen Sturköpfe Ortsnamen wie Penkun, Rosow, Krackow, Grambow, Boock nicht nur denken, sondern auch aussprechen konnten. Holz im Hirn. Wer löst schon mit reinem Gewissen Fahrkarten nach

Zempin oder Koserow, Ückeritz; Bansin oder Zirchow, diese Synonyme für Wanderdünen, Sand, Strandhafer, für Nester, in denen sich nicht mal die Füchse gute Nacht sagten, sondern auf die nur gelangweilt die Möwen schissen. Die Nabelschnur, die diese Wüstenei mit Schlesien verband, war die Oder, die ins Stettiner Haff mündete, in Silesia gespeist vom Bober, der wiederum vom Zacken profitierte und die beide mit jeder Welle meiner Seele Nahrung, meines Heimwehs Trost sein würden. Denn sie flossen durch Hirschberg, sie hatten meine dreckigen Füße umspült, in ihre Strudel hatte ich gepinkelt, auf ihrem Grunde unter die moosglitschigen Steine gegriffen. Nein, was waren diese Moraz, Gülstow, Wietstock oder Dobberphul für ein Orts- und Wortgemodder gegen Löwenberg und Moys, Röhrsdorf, Schmottseifen, Ullersdorf und Lauban. Hier stand schlesische Poesie gegen pommersche Provinzprosa.

Nein, ich wollte nicht dorthin, wollte auch nicht in diese kackfarbene Uniform steigen, meine Waden von Stiefeln quetschen lassen, mir die Mütze mit dem Arschkimmenknick auf die Locken drücken. Ich wußte, hatte es in den Wochenschauen gesehen und in den Filmen vom Reichsparteitag: die Jünglinge präsentierten den mit Sidol auf Hochglanz gewienerten Spaten, das waren zackige Arbeitsameisen. Eine von ihnen sein – wie sollt' ich das überleben?

Also sagte ich's Wahlvater Ludeck. »Lassen Sie mich als betriebsunentbehrlich freistellen, dienstverpflichten. Wie sollen die Parteibonzen, Verwandten vom Kreis- oder Gauleiter, die heiratswütigen, urlaubenden Ordensträger, die Glaube-und-Schönheit garantierenden Frauenschaftsführerinnen, der Kassenwart der Deutschen Arbeitsfront, der Driller des sonst schlappen NSKK – NationalSozialistischesKraftfahrerKorps – auch noch einen Bettpfosten, ein Stuhlbein kaufen, wenn Sie den Postbus fahren und ich Sand schippe oder Torf steche?«

Willy sah das ein, ließ seine Beziehungen spielen. Aber seine Gattin, die Hexe, sagte auf Rückfragen von Dienststellen und Würdenträgern, zuckersüß, daß man mich wohl sowieso nicht einziehen könne, denn schließlich sei ich der Sohn einer Zuchthäuslerin, Staatsfeindin, unwürdig wohl, noch die mieseste deutsche Sandscholle auf den Spaten zu nehmen. Sie wußte, was sie wollte.

»Was?« bellten die Möchtegernmächtigen, »da erobert die Blüte unserer Nation unter Einsatz von Blut und Leben den neuen Lebensraum, da treten wir gegen die Untermenschen, das Geschmeiß, das sich den Friedensplänen des Führers entgegenstellt, an, und da sitzt dieses Bibelforschersöhnchen, dieser Jehovaanbeterknabe weit weg vom Schuß und wird täglich schlapper und ziviler! Nicht mit uns.«

Und so brachte ich – wozu? – meine kaufmännische Handelsgehilfenprüfung hinter mich, stellte mich der Fachkommission der Tischlermeisterinnung mit zargenreinem Gesellenstück, ließ Raumgestalter meine Haus- und Zimmereinrichtungsentwürfe begutachten, bekam Handlungsgehilfenbrief, Innungsbrief, Raumgestaltungseignungszeugnis, gab es meiner stolz errötenden Mutter, erbettelte mir vom Hösel einen so gut wie neuen Persilkarton, packte ihn voll mit den Unterhemden, -hosen, den Stricksocken und Taschentüchern, alles von Muttern mit den Initialen meines Namens bestickt, kurz, ich schnürte mein Bündel und stieg in den Zug. Ida heulte Rotz und Wasser, Ludeck Wahlvater war nicht gekommen und ich vergaß ihn, den schlappen Hund, der seinen Geheimsohn nicht gegen Frau, Partei und Arbeitsdienst verteidigt hatte, auf der Stelle.

Und der Schienenwurm dampfte aus Schlesien raus.

Ich konnte es einfach nicht glauben. Als wir über den Viadukt bei Hirschberg, er wie ich asthmatisch keuchend krebsten, floß darunter der Bober, als könne er sich an mich nicht erinnern. Der Hausbergturm ragte dort, wo er es seit meiner Kleinkinderzeit getan hatte.

Die Wiesen waren so grün wie immer, die Stadt stand, sich entfernend, da und scherte sich einen Deut darum, daß ich sie verließ.

Woher sollte ich wissen, daß ich mein ganzes künftiges Leben lang von diesem Abschied träumen würde, daß ich in alphaften Visionen immer wieder den Versuch machen würde, über den Viadukt wieder in die Stadt zurückzufahren, daß diese Träume zu Wachvorstellungen, zum Zwang werden würden, bis ich begann, das Blatt an die Wand zu pinnen und Hirschberg mit Strichen neu zu bauen, den Ort, in den ich mit jeder Markierung mehr zurückfand, mit jedem Gestrichel wieder so töricht wurde wie damals, als wir, die Horde, eingemummt, an einem eiskalten Wintertag den Boberberg zur Schildergasse hinaufstiegen, mit den Handschuhen das Eisenstangengeländer umklammernd, weil die Stufen glatt waren vom spiegelnden Eis. Da sagte Linke zu mir:

»Erwin, wenn du am Geländer leckst, du tapferes Arschloch, dann kauf ich dir ein Nappo!« – eine jener schokoladenüberzogenen Rhomben, die aus einer süßen, nahezu unzerstörbaren Masse gemacht waren, fünf Pfennige kosteten und die Zunge stundenlang mit süßem Seim beschäftigten.

»Was ist schon dabei?« sagte ich, streckte die Zunge raus und leckte am Geländerstahl. In Sekundenbruchteilen war ich festgefroren. Erst lachte die Horde sich krumm und schief. Als ich nicht loskam und immer beängstigendere Geräusche von mir gab, rannten einige einfach davon. Leute blieben stehen. Die im Haus nahe der Stelle meiner Gefangenschaft wohnenden Frauen öffneten trotz der Kälte ihre Fenster, gafften und lamentierten. Bis eine mit einem Topf heißem Wasser kam und es unter Dampfen und Zischen direkt neben meinem Gesicht aufs Eisen goß. Da konnt' ich meine leicht gebrühte Zunge wieder einstecken, danke sagen, verlegen über meine Dämlichkeit lachen – und den ganzen Nachmittag mein Nappo lutschen.

Und ein solcher Tor war nun aufgebrochen, um dem Reich und seinem Führer mit dem Spaten zu dienen? Ein solches Reich war zwangsläufig dem Untergang geweiht. Im Bibelforschersöhnchen Erwin lag nicht des Führers Zukunft.

Ich saß auf der Lattenbank in einem Abteil dritter Klasse des Zuges nach Norden und war dabei, vom Heulen matschig zu werden, zu zerfließen. Wo kam das Wasser her? Warum floß es? Der Persilkarton auf meinem Schoß, an den ich mich klammerte, begann dort, wo meine Tränen hinfielen, gefährlich aufzuweichen. Ich konnte es nicht ändern.

Ich dachte an meine traurige, etwas hilflose, erstaunlich kleine Mutter, die allein zurückgeblieben war. Aber ihretwegen weinte ich nicht. Ich dachte an den abschiedsfernen Wahlvater Ludeck. Aber um ihn vergoß ich keine Träne. Ich hatte einen viehischen Zorn auf seine Frau, die Hexe. Aber Tränen des Zorns flossen nicht.

Ich glaube, ich heulte einfach, weil die Hirschberg-Heimat ohne mich weiterlebte, dort in Schlesien, weil mich offensichtlich kein Stein vermißte, keine Straße sich meiner erinnerte, höchstens einige Leute, vielleicht, die sehr nebenher sagen würden: »Ach der? Der ist eingezogen. Aber bloß beim Arbeitsdienst.«

Es war für Hirschberg, als wäre ich nie gewesen. Und dabei hatte ich noch zwei Tage vorher auf dem Ludeck-Markthaus im Knick zwischen den zwei Spitzdächern gesessen, hatte auf das Rathaus, das Pflaster hinuntergesehen, hatte über die Dächer geschaut, über die ziegelroten Dachfalten der Innenstadthäuser, die langsam ins Grün versickernden Straßen, hatte das Tempelchen auf dem Kavalierberg, die Pseudo-Barocktürme des Stadttheaters, das Wasserauge des zementenen Schwimmbadbeckens gesehen. Und das alles gab es jetzt ohne mich?

Ah, was hätte ich getan, mich in die Erinnerung der Dinge und der Menschen einnisten, einprägen, einätzen zu können. Wie gern wäre ich ein Mächtiger gewesen, ein Unvergeßlicher, mit der Basalttafel am Haus der Herrenstraße: Hier wurde Erwin geboren! Denn der Mensch, so hatte ich irgendwo gelesen, der so gefühlt, ist zutiefst abhängig von seinem Abbild in der Seele des andern Menschen. Warum nicht vom Abbild im Stein, auf dem er sich ausruht, dem Baum, den er anpinkelt, der Welle, in der er seine Füße kühlt, der Schwelle, über die er stolpert? Warum müssen wir so vergänglich sein, so vergessen werden? Die Geliebte, die mich verließ, lebt, atmet, kost irgendwo auf diesem Planeten. Auf diesem! Und doch ist es für mich so, als wäre sie gestorben, tot, hätte nie gelebt.

Ich saß im Abteil, delegiert, befohlen, in Richtung auf ein Ziel, das ich mir nicht gewählt, das ich nicht gewollt hatte, herausgerissen aus der Kontinuität meiner bisherigen sechzehn Lebensjahre. In mir stöhnte und schrie es, meine Seele war deformiert, mein Verstand behämmert, nicht ich tat etwas, sondern ein Etwas tat irgendwas mit mir. Und diese Erde empörte sich nicht, den Menschen auf ihr war es gleichgültig.

Warum auch sollte ich in meinem dämlichen Schmerz wichtig sein? Warum sollte dieser Krieg mit seinen inzwischen so vielen Toten wichtig sein? Das alles ist in Wahrheit vielleicht nicht eine Frage der Geschichte und ihrer Moral, sondern der Mathematik. Denn schließlich werden in diesem Augenblick, wo ich durch die immer langweiligere Landschaft dampfe, Hunderttausende gezeugt, rasen Milliarden Spermen zur Befruchtung – und der größte Teil wird verschwendet, stirbt wie Heringslaich – und einer genügt, um einen Menschen werden zu lassen. In jeder Umarmung ist die ganze Summe der Menschheit, die Chance für ein Genie aus Schleim und Gosse. Hier kulminieren Geschichte und Tradition, Gewohnheiten und Leidenschaften, Rasseninstinkte, verbrecherische Begierden, der Heiligsprechung würdige Leistungen der Güte. Das kreuzt sich mit der Geographie und wird zum psychologischen Wurzelwerk des werdenden Wesens, das alle Chancen – zwischen Genialität und Verblödung – hat.

Und das alles beginnt mit dem stecknadelkopfgroßen Moment der Lust, im gleichen Augenblick, in dem Ungezählte ein Schmerz, Unzählbare der Tod trifft. Auf der Ebene der Zeit treffen sich die nackte Angst des sich eingrabenden Soldaten unter dem Geheul der

Stalinorgeln mit der immer wieder einmaligen Erfahrung des ersten Kusses Liebender. Und nur für den, den es trifft, hat es Geltung. Wir hören nicht dies letzte Stöhnen der Verblutenden, wir sehen nicht das Augenschließen der Verzückung. Beides geschieht in der gleichen Sekunde, auf dem gleichen Planeten, in der gleichen Unendlichkeit, unter gleichgültigem Himmel nach unerforschlicher Schicksalsmathematik. Und schon gleich wird es so sein, als wäre es nicht geschehen.

Ich fühlte mich verdammt verloren, einsam und ausgesetzt. Und mein Zug fuhr, während meine Seele lärmte.

Dieser Mann hatte sich über die Menge erhoben. Es war nur noch eine Frage der Zeit, da würde dieser Erhabene mit der nie ermüdenden Geste der großen Gütigen seinen Sklaven die eisernen Ketten durch goldene ersetzen. Unter ihm wären die Tränen der Jungfrauen beim Ius primae noctis versiegt. Unter seiner Herrschaft wäre die Französische Revolution überflüssig gewesen, denn wen das Volk so liebt wie ihn, von dem fordert es den Bruderkuß und nicht den Kopf als Trophäe.

»Nur die Macht erlaubt es, wahrhaft gütig zu sein!« war auf einem von mir kalligraphisch gepinseltem Spruch eines Tages über seinem, nein, nicht Bett, sondern eher raffiniertem Pfuhl, zu lesen. »Denn merken Sie sich, Sie junger Spund«, erläuterte er mir, als er den Auftrag für die Spruchweisheit erteilte, »einen Blinden über die Gefährdung der Straße zu führen, das ist die Macht des Sehenden, verwandelt in die Güte des Helfenden. Güte ist nur möglich, weil es Schwache, Benachteiligte gibt. Haben Sie das verstanden?«

»Klare Lage, Oberstfeldmeister!« krähte ich stramm und alle in der Schreibstube herumstehenden niederen Chargen brüllten vor Lachen.

»Das heißt ›Jawohl!‹, Sie ziviler Stinkstiefel«, brüllte der von allen am meisten Betreßte zurück, und klein und häßlich sah ich ihn voller Bewunderung an. Gegen diese Vaterfigur war Ludeck nicht mal ein Väterchen gewesen. Der hier flößte mir eine herrliche Angst ein. Und er wie ich genossen dies.

Ich verstand ihn so gut. Ich gönnte ihm allen Reichtum der Welt, mit dem er sich der Dankbarkeit aller Armen der Erde versichern könnte, gönnte ihm Feldherrnsiege, aus denen ihm verschworene Gefolgsleute wachsen würden, wünschte ihm genialen Erfindergeist, um der Menschheit neue Möglichkeiten zu eröffnen, Schöpfertum, das, als Musik hörbar, als Bild sichtbar, als Buch lesbar geworden, Ausdruck einer neuen, seiner Epoche, werden würde.

Wahrlich, ich war nicht kleinlich gegenüber meinem tadellos uniformierten neuen Wahlvater. Denn vielleicht würde ein Schatten seiner Größe auf mich fallen, würde mein präsentierter Spaten unter seinem Blick plötzlich, das Auge des Menschen blendend, erblitzen.

Ich sah ihn als den großen, tragischen Einsamen. Seine Träume von Unsterblichkeit sollten bereits hier auf Erden wirklich werden, er sollte seines Nachruhms sicher sein. Noch sein im bacchantischen Rausch gelalltes Wort sollte als Offenbarung gedeutet werden, das sein Volk erschauern, seine Mächtigen erzittern läßt. Demütig würde er durch die ihm bereiteten Gassen inmitten der Menge schreiten, den Jubel der Massen huldvoll als einer der ihren beschwichtigen. Er war der Mann, um dem sündhaften Erdkreis Verzeihung und Segen, Urbi et orbi, zu spenden.

Ich sah ihn aus der Dackel-, ja Regenwurmperspektive. Riesengroß. Aber schon die Wirklichkeit war imponierend genug. Oberstfeldmeister im Reichsarbeitsdienst, souveräner Herrscher über mehr als zweitausend grüngraue Maulwürfe, die in Holzbaracken, Behelfsunterkünften hausten, in Truppstuben mit je zehn, zwölf Mann wohnten, in Betten übereinander schliefen, sich wie Ochsen an langen Waschtrögen unter kalt rinnenden Wasserhähnen wuschen und nach dem Frühstück aus Kommißbrot mit Vierfruchtmarmelade oder Kunsthonig und Malzkaffee im Arbeitsdrillich antraten, perfekte Karrées zur Morgenmeldung bildeten, rechts- oder linksum machten und dann, mit geschultertem Spaten – ein befohlenes, fröhliches Lied auf den Lippen – auszogen, um Erde zu stechen, zu graben, Grasplacken zu heben, Furchen zu ziehen, flugplatzgroße Erdflächen zu planieren.

Absoluter als all die Befehlsgeber war dieser große dicke Mann, weil seine Männer zu einem so absolut geheimen Kommando gehörten, daß nur hohe, ja höchste Tiere davon wußten. Wenn der Führer gesagt hatte: »Dann kommen die Jungens in den Arbeitsdienst und werden dort wieder sechs Monate geschliffen. Alle mit einem Symbol, dem deutschen Spaten!«, dann wurden wir als Geisterarmee verbraten. Wer uns schreiben wollte, mußte dies an irgendeine Heimat-Feldpostnummer tun, und zweimal in der Woche brachte ein Geheimkurier die Post ins Lager. Er nahm die unsere mit, die zensiert worden war und keinen Absender außer jener Feldpostnummer tragen durfte. »Wer irgend jemandem sagt, wo er ist und was er tut, begeht Hochverrat!« bellte beim Wochenappell der Feldmeister.

Klar, denn wir waren in Peenemünde, dem Ort, wo alle Hoffnungen der Militärs, der Partei, des Führers mündeten. Hier, auf der sandigen, von mageren Kiefernwäldern bestandenen Landzunge, die mit Produktionshallen, Silos, Labors unterhöhlt war wie eine fette Wiese von Maulwurfsgängen und -bauten, hier lag Großdeutschlands Endsieghoffnung, hier bastelte Herr von Braun an der legendär-furchtbaren Geheimwaffe, drückte Herr Debus auf den Knopf und leitete am 3. Oktober 1942 das Raketenzeitalter ein. Ich war dabei. In einen Erdgraben gedrückt, ein, zwei Kilometer von der Startrampe entfernt, sah ich die »A 4«, die erste V-2-Rakete mit Flammenschweif und Getöse in den Himmel röhren. Sie flog neunzig Kilometer hoch und hundertzweiundneunzig Kilometer weit, raunten die immer irgendwie alles Wissenden.

Es bedürfte keines »Chinesischen Roulette«, um die Zukunft dieser Entwicklung vorherzusagen. Sie begann für uns Arbeitsdienstler in Peenemünde täglich. Aus der Mitte der Erdwälle, die wir mit unseren Präsentierspaten gruben, wurden die röhrenden Projektile, den Sand unter sich verbrennend, in den Himmel geschossen, verschwanden im Blau über der See oder gerieten aus der Bahn und taumelten brennend ins Meer. Es haperte an ihrer Steuerung, aber solche Lappalien beseitigte des Führers treueste Luftpionierin, des Augenarztes Reitsch Töchterchen Hanna aus Hirschberg, tollkühn. Sie kroch in die Kiste, für deren Kufenlandung wir schlickfeuchte Riesenflächen geebnet hatten, landete, brach sich die Knochen, sagte den Konstrukteuren, was falsch war und heftete sich im Lazarett das Eiserne Kreuz an. Und schon gingen in England die Menschen in die Keller, denn dank Hanna konnte Albions schäbige Insel ohne Einsatz deutscher Piloten durch Raketen »coventrisiert« werden. Mit meinem Spaten grub ich den Tommys mit das Grab, trug zu des Führers immer sicherem Endsieg bei. Und mein Oberstfeldmeisterwunschvater sah, so glaubte ich, wohlwollend auf mich herab.

Bis zu jenem Tag. Die Vormänner und Obervormänner unter einem Hauptvormann waren noch in geschniegelter Uniform und mit strahlendem Sadismus dabei, aus uns Zivilisten durch möglichst ständigen Kontakt mit der Erde deutsche Arbeitsmänner zu schmieden, weil AH der Große gesagt hatte: »Meine Pädagogik ist hart. Das Schwache muß weggehämmert werden. Eine Jugend wird heranwachsen, vor der sich die Welt erschrecken wird. Eine gewalttätige, herrische, unerschrockene, grausame Jugend will ich. Das freie, herrliche Raubtier muß erst wieder aus ihren Augen blitzen. So merze ich die Tausende von Jahren der menschlichen Domestikation aus.« Das alles wollten die Befehlsgeber ganz schnell schaffen, in Wochen wollten sie die vieltausendjährige Domestikation aus mir herausexerzieren, und der Schweiß lief mir in die Hosen und mein weißgrauer Drillichanzug stand vor lehmigem Erddreck und die Luft pfiff mir aus den Lungen und der harte Herzschlag machte meine Hände zittern – bis zu jenem Tag, als ich Halsschmerzen hatte, also Glück.

Vom Festland her überzog eine Diphtheriewelle die Landzunge, und Serum gab es nur im Marinelazarett von Swinemünde. Glück! Ich war völlig fieberfrei, ja puppengesund. Aber ich war »Bazillenträger«, also konnte man sich an mir anstecken, also mußte ich ins Lazarett.

Ich konnte so hinreißend leidend aussehen, daß die Schwestern mir mit vermindertem Sadismus, ja mit leicht erotisierter Zärtlichkeit die hundert Serumeinheiten in die Hinterbacken spritzten. Noch konnte ich nicht glauben, daß ich dem Schrecken von Drill und Schliff entkommen war. Ich lag im Bett, abwesend wie ein Somnambuler und höchst anwesend die sauberen Laken und Decken und das Umsorgtsein genießend. Heroisch leidend, lächelnd ließ ich die sanften Schwesternhände mich aufdecken und erwiderte ihren mitfühlenden Blick. Und ich wußte doch, wie ihre Augen boshaft, ihre Hände brutal wurden, wenn sie kurz vor dem Mittagessen im Parterre der Klinik die syphiliskranken Matrosen verarzteten. »Da stecken sie dir«, erzählte einer, den auch noch die Diphtherie erwischt hatte, anschaulich, »so ein langes, pinzettenartiges Ding in deinen Schwanz. Und du brüllst. An dem Ding ist hinten eine Schraube, an der die liebe Schwester langsam und mit viel Genuß dreht. Und du brüllst, denn mit jeder Umdrehung wird deine Harnröhre, die das gar nicht gern hat, weiter auseinandergedrückt. Und darein spritzen sie dann, und in dem wunden Penis brennt das wie flüssiges Eisen, das Quecksilber. Und jetzt brüllst du am lautesten, und jetzt beschimpfen dich die weißen Engel, diese sanften Helferinnen aller Leidenden, am unflätigsten. Guck dir die kindergesichtige Sonja an, die sicher noch keine achtzehn ist. Die hat ein Fäkalvokabular, daß wir Fahrensleute vor Neid erblassen. Sie ist die einzige, die nie brüllt. Nein, leise, aber verständlich für alle Umstehenden flüstert sie ihr ›Du Negersämling, hättest ihn halt aus der ausgelatschten Judenfotze in Le Havre rauslassen sollen. Wollte sich wohl noch Fluchtgeld verdienen, deine räudige Semitin. Aber kein Franzose würde ihr das Hemd heben. Da müssen schon solche Spülsteinmatrosen wie du kommen. Sicher weiß sie, daß sie krank ist, sicher macht sie nur in Matrosenmatratze, um die Wehrkraft zu schwächen, Sabotage zu begehen. Und du reichst ihr dazu deinen Pimmel‹, spricht's und jagt mir die Ladung rein, daß ich meine, er würde abgesengt.«

Sieh da, denke ich, ausgerechnet die Sonja. Also hat's doch was zu bedeuten, daß sie beim Serumspritzen ihre Finger immer irgendwie zwischen meinen Beinen hat. Und schon zweimal ist ihr was neben dem Bett runtergefallen und sie hat sich so tief gebückt, daß ich ihr ganzes kleinbehostes Hinterteil sehen konnte. Lange.

Aber was nutzte mir das. Eher hatte ich vor Schüchternheit Fieber, als den Mut, diese weiße Venus anzusprechen. Ich nahm sie in meinen tiefnächtlichen Traumbeischlaf, lächelte sie am Tag an, und ansonsten las ich, las und las. Ich hatte das Gefühl, daß ich zum erstenmal in meinem Leben wirklich Zeit zum Lesen und Denken hätte, und ich hatte die Gewißheit, daß in diesem Lazarett genügend Bücher waren, um auch als lebenslanger Bazillenträger nicht in Verlegenheit zu kommen.

Ich gewöhnte mich sogar an den morgendlichen Weckterror der invaliden Schiffsmaate, die offensichtlich auf alte Fahrensgewohnheiten nicht verzichten konnten. Mit einer Stimme, die Möwen tot aufs Deck fallen ließ, verkündeten sie morgens zehn vor sechs: »Der Affe, auf den Baum geklettert, hat sich dabei das Ei zerschmettert! Seemann, noch zehn Längen dösen.« Und um sechs zeterten sie, mit einem Schlüsselbund gegen die Türen rasselnd: »Eeeerhebet eure müden Leiber, denn vor der Tür da steht ein Haufen nackter Weiber!!! Seeeemannn, aufsteeeehn!« Natürlich stand keiner auf, aber es war aus mit dem Schlaf, und die Schwestern schwärmten herein, und kaltes Waschwasser schwappte aus den flachen Schüsseln auf die Bettdecken, und wir machten Katzenwäsche, und die Karbolmäuse langten sich bei den schwerer Kranken die Pißflaschen und Nachttöpfe und glätteten die Betten und taten besorgt und eifrig, und man dachte beruhigt, wie gut versorgt man doch ist. Da kam der Oberstabsarzt durch die Tür und mit ihm die Assistenten, unter deren Kittel die Uniform herausblitzte, und schneidig spielte der Äskulapeidbeschwörer den Gott und machte diesen – kriegsverwendungsfähig – Heimat, jenen kv-Truppe, gewährte dem einen vier Wochen Heimaturlaub, traute dem andern sofortigen Fronteinsatz zu. Er brauchte keinen Puls zu fühlen, keine Fieberkurve zu lesen, er hatte das, wie die Schwestern sagten, »im Urin«. Dort spürte er auch nach etwa zwei Monaten, daß ich keine Diphtheriebazillen mehr hatte, also auch nicht mehr deren Träger war. Und ohne mich anzusehen, befahl er mir – denn ein Arbeitsdienstmann war ja nicht mal ein Soldat, geschweige ein Matrose, also warum sollte man ihn ansehen? –, direkt zu meiner Einheit zu fahren. »Er soll aber in den nächsten drei, vier Wochen noch keinen Exerzierdienst machen«, sagte er zu der Schwester, die neben ihm ging und eifrig notierte.

Geschwächt vom wohligen Liegen, eine ganze angelesene Bibliothek im Kopf und wirre, absolut zivilistische, individuelle, private Gedanken im Hirn, meldete ich mich beim Oberstfeldmeister zurück. Der sah mich fassungslos an. Kein Zweifel, mein Wunschvater mußte sich erst wieder an den Anblick seines verlorenen Sohnes gewöhnen.

»Mein Gott, Sie trübe Tasse«, sagte er, »was fang' ich denn jetzt bloß mit Ihnen an? Ihr Trupp hat die Grundausbildung längst beendet, Nachschub kommt demnächst nicht, und einen Ausbilder nur für den Herrn Bazillenträger kann ich ja auch nicht abstellen. Aber warten Sie mal, Sie kommen doch direkt aus dem Lazarett. Da haben Sie doch gesehen, wie man Fieber mißt, Verbände anlegt, Spritzen gibt, Jod pinselt. Schulze!« schrie er in den Barackengang, und aus einer Tür an dessen Ende kam ohne Übereifer ein schmalbetreßter Sanitäter: der Heilgehilfe. »Schulze, Sie brauchen doch einen ausgebildeten Gehilfen für die Krankenstube. Hier ist einer. Er kann Ihnen in den nächsten vier Wochen zur Hand gehen.«

»Soll kommen«, sagte Schulze müde.

»Klare Lage! Oberstfeldmeister«, sagte ich mit Hackenklappen und bekam gerade noch mit, wie mein Gott den Rachen aufriß.

»Jawohl! heißt das, Sie müdes Arschloch!« schrie er.

Jetzt weißt du, daß ich wieder da bin, dachte ich selig.

Wahrscheinlich bin ich, noch bevor mich das Schokoladenfräulein auf jenen verhängnisvollen Kistentransport schickte, mit dem alle Verbindungen zu ihr als Folge meiner Eisleckorgie endeten, schon einmal in ihrer Wohnung gewesen. Denn diese lag jenseits des Bahnhofs, in der Nähe der Bolkenheiner Straße. Man kreuzte die Boberbergstraße, die zum Sportplatz führte, auf dem ich bei den jährlichen Sport-Ertüchtigungs-Wettkämpfen zum Meister des erfolglosen letzten Leistungsdrittels wurde.

Ich sehe, daß auf meiner Wandkarte auf der anderen Seite der Bahngleise noch ein erheblicher weißer Fleck ist, den ich jetzt ausfüllen kann. Die Schraffur des Sportplatzes deckt mächtig ab. Von der Wilhelm-Wander-Schule trabten wir im Dauerlauf, bei schönem Wetter bereits in Turnhemd und -hose, wie Gruppen von Marathonsportlern den Wilhelmstraßen-Kilometer hinunter, vom Jägerdenkmal über die Brücke, welche die Bahngleise überspannte, die Boberbergstraße hinunter auf den Sportplatz. Ich genierte mich, als ein entblößter Renner von den Passanten angestarrt zu werden, aber Hädelt, dessen Hemdbrust ein Hoheitsadler mit Hakenkreuz zierte, zeigte sich mit seinem »... und Hep Hep, Hep Hep, aufschließen meine Herren, nicht lahm werden, stellt euch vor, der Führer sähe uns« dem Volk auf der Höhe der Situation. Von mir erwartete er nichts, absolut nichts. Ich habe ihm die Peinlichkeit, als erster durchs Ziel zu gehen, die höchste Latte zu überspringen, den weitesten Sprung zu tun, erspart. Er ließ mich die kreidigen Markierungen der Anläufe und Startbahnen nachziehen, denn »... so bist du am sinnvollsten aus meinen Augen. So was wie dich müßte man vor dem Führer wirklich verstecken. Du blamierst die ganze Innung. Ihr andern auf die Plätze ... fertig ... los!« Und sie liefen und ich zog, ohne zu verwackeln, die Bahnen nach, die sie mit ihren Turnschuhen verwischt hatten.

Dort hinten mußte das Schokoladenfräulein gewohnt haben. Und als ich sie besuchte, muß ich in den Schlachthof geraten sein.

Möglicherweise aber hatte der Besuch dort auch einen völlig anderen Grund. Wahrscheinlich sogar. Denn zu der Zeit der freitäglichen Pferdewurstfeste, als die Horde noch in Richtung Zacken zum Baden zog, die Sangstraße hinunter – einzeichnen, Erwin! –, da war gleich hinter der Ecke der Greiffenberger Straße, am Anfang der Auenstraße, die Volksküche, ein niedriger, scheunenartiger Bau, dessen Verputz in mehreren Schichten auf den Putz bröckelte. In täglichem Wechsel kochten hier mitleidige Frauen ohne Entgelt in Waschkesseln Suppe, Mutter Ida am Sonnabend, nach Arbeitsschluß. Wenn früh um sieben aufgesperrt wurde, standen schon sechs, sieben Gestalten vor der Tür, Zeitungspapier und Holzknüppel aus dem Wald unter den Armen. Sie machten unter den Kesseln, in denen früher sicher Wäsche gebrodelt hatte, Feuer, und in einem der Kessel kochte die »Köchin vom Tage« Kaffee. Malzkaffee, Muckefuck, aber es war Milch da und von irgendeiner mildtätigen Hand Zucker, und mit Zichorie wurden Duft und Aroma gezaubert. Irgendein Bäcker brachte in einem Korb seine »Brötchen von gestern«, pappig und lappig und in die Kaffeelorke getunkt köstlich, und in der Auenstraße begann der Tag.

Das Fleisch für die Erbsen-, Bohnen-, Linsen-, Kartoffel-, Gemüse-, Rüben- und Wasweißichsuppe wurde vom Schlachthof herangekarrt. Samstag nachmittags. Da muß ich ein paarmal mitgefahren sein.

Es war »Freibankfleisch«, also Gefetztes von Tieren, die bei der Trichinenbeschau nicht so ganz erstklassig abgeschnitten hatten und deshalb keinen Stempel vom Fleischbeschauer bekamen. Es waren die Koteletts, Schnitzel, Lenden, Rücken, Euter zweiter Wahl, für den menschlichen Genuß auf eigenes Risiko freigegeben. Und es gab viele Risikobereite. Denn dies Fleisch kostete nur einen Bruchteil, ja vielleicht nur zwanzig Prozent des gestempelten Stückes im Fleischerladen. Und deshalb stand alles, was arm war, aber Appetit auf einen Braten hatte, am Sonnabend morgens vor dem Tor des Schlachthofes und riß sich um die zweifelhaften Rindviecher. Hier wurde der Sonntagsbraten erschwinglich.

Ein Teil dieses Freibankfleisches aber war für die Volksküche reserviert. Wir holten ihn, fuhren an den sich drängelnden Menschen vorbei durch das sich hinter uns wieder schließende Tor, kurvten zwischen den Schlachthäusern bis vor die Kühlbaracke und ließen vor deren Tor die hintere Ladeklappe herab. Drinnen war es eiskalt, beißend kniff der Frost die nackten Beine. An Haken hingen die Tierteile, wurden von Männern in weißen, zipfelmützigen Schutzschürzen, die ihren ganzen Rücken bedeckten und in denen sie aussahen wie monströse Zwerge, abgehängt und auf den Wagen gewuchtet, der nach wenigen Minuten voll war. Klappe hoch und ab bis vor die Schlachthofkantine, in der der Fahrer frühstückte.

»In 'ner halben Stunde!« rief er mir nach, wenn ich mich verdrückte. Es war zu aufregend, zu widerlich, zu faszinierend, zu brutal, ich mußte es einfach sehen, obwohl mir von dem intensiven Blutgeruch, der mir entgegenschlug, wenn ich die Tür zu einem der Schlachthäuser öffnete, hundeschlecht wurde. Drinnen kam dazu der Gestank der letzten Scheiße der getöteten Tiere und der Pesthauch ihrer Angst. Jawohl, diese Angst waberte in der Halle, über den Schlachtboxen. Ich hab die Fleischer in ihren längsgestreiften Jacken und bluttropfenden Gummischürzen gefragt und sie haben es mir, belustigt oder todernst, bestätigt: Die Sterbensangst der Tiere verbreitete einen unverwechselbaren Geruch. Hier wurde kommerziell gemordet. Die Schweine waren in einen Koben, der unmittelbar an die Eingangstür anschloß, gepfercht. Alle ihre schon durch den Transport mißtrauisch-wachen Sinne nahmen die Geräusche des Tötens wahr, hörten das über jeden menschlichen Schrei hinausgehende Gellen derer, die zur Hinrichtung in die Koje getrieben und gezogen wurden. Ihre Borstenhaut schwitzte vor Furcht, ihre Augen wurden menschlich im Flehen um Erbarmen.

Aber für die Schlächter war es Alltag, sie hörten weder Schrei noch Röcheln. War das Tier in der Nische, wurde dem sich rasend sträubenden Schreibündel ein Stirnband übergestülpt, das man mit gekonntem Griff unter dem Saukinn verschloß. Aus seiner Mitte ragte ein vielleicht fünfzehn Zentimeter langer, zolldicker Eisenbolzen. Für einen Augenblick sahen die Tiere aus wie degenerierte Einhörner. Für einen Augenblick waren sie ob dieses unbekannten Kopfgeschirrs so verblüfft, daß sie das Strampeln und Schreien vergaßen und wie versteinert standen. Sie sammelten Kraft zum neuen Widerstand. In diesem Moment schlug der Töter, einen mächtigen Vorschlaghammer zwischen den Fäusten, mit einem Rundschlag, so, als wolle er einen Keil in Fels treiben, zu. Genau auf die flache Seite des Dorns. Der versank im Kopf und Hirn des Schweins wie eine heiße Nadel in Butter. Das Tier fiel wie vom Blitz getroffen auf die Seite und nur seine Beine zuckten noch eine Weile in schreckhaft nervösem Reflex.

So haben sicher die Beine der Marie Antoinette und aller Geköpften gezuckt, so die herausgerissenen Schenkel des gevierteilten Königsmörders Damien. In Schmerz und Tod gibt es zwischen Tier und Mensch keinen Unterschied. Auch die Gehenkten scheißen sich im letzten Lebensaugenblick in die Hose. Wie die Schweine. Und auch die Henker bezeugen, sie hätten die Angst ihrer Delinquenten riechen können.

Obertruppführer Schulz behauptete das auch. Er hatte eigentlich in den Staatsdienst treten, beamteter Henker werden wollen. Er hatte im Zuchthaus Plötzensee in Berlin sein Handwerk an der Guillotine theoretisch gelernt – an Puppen: Wie man den Verurteilten bei seinen letzten Schritten stützt, ihn blitzschnell auf die Waagerechte kippt, wo und wie fest man die Riemen zurrt, wie der Kopf zu justieren und der Hals mit einem Riß vom Hemdkragen frei zu machen ist. Und wie man, nach vorheriger Probe auf Schärfe und Wucht an einem Strohbüschel, zügig das Beil auslöst, noch ehe der Sünder schreit. Heilgehilfe Schulz kannte alle Details, konnte jeden

Handgriff plastisch vorführen, ja erläuterte Ideen zur Verbesserung des Hinrichtungsablaufes. Denn er hatte ihn, dem amtierenden Scharfrichter assistierend, viermal miterlebt. Gut, er hatte nur dabeigestanden, noch kein Riemchen angezogen, kein Hemd gefetzt, keinen Deckel auf die Kiste mit dem Kopf genagelt. Aber er hätte es im Schlaf können, wußte, hatte gesehen, wie es ging. Und hatte sich jedesmal umdrehen müssen und sich jedesmal auf die extra blank geputzten Stiefel gekotzt. Da hatte man ihm eine andere Berufswahl nahegelegt. Und weil der verhinderte Scharfrichter Schulz für den Ehrendienst in der Wehrmacht um achtzehn Monate zu alt war, suchte er, wie viele verhinderte Soldaten, die Scharte durch die freiwillige Meldung beim Reichsarbeitsdienst auszuwetzen.

Aber Schulz wollte nicht Männer mit blinkenden Spaten kommandieren oder im Sumpf graben, am Bau der Autobahn mitschippen lassen. Er wollte erst hart gegen sich selber werden, den Kotzer in sich überwinden. Und deshalb meldete er sich zum Sanitätsdienst, stand hinter dem Chirurgen, wenn aufgrund einer ungeschickt gelenkten Baggerschaufel ein Bein zu amputieren war, half dem Bergungskommando, wenn es einen plattgedrückten Arbeitsmann unter der vom Waggon gekippten, tonnenschweren Kabelrolle vorzog, lernte, Furunkel zu vereisen und mit scharfem Schnitt – Narben bleiben zurück – zu enteitern, wußte, wie man Spritzen aufzieht und setzt, wie ein entzündeter Hals, ein blutvergifteter Arm aussieht. Und eines Tages wurde er, der nie mehr über einer Blessur gekotzt hatte, zum Scharführer und Heilgehilfen ernannt. Er übernahm das Revier in Peenemünde, von dessen acht Betten meist nur ein bis zwei belegt waren. Er zog einen weißen Arztkittel an, stellte jeden Morgen bei den Arbeitsmännern, die den Mut hatten, sich krank zu melden, Diagnosen, pinselte ihre entzündeten Rachen, rammte ihnen mit männlich-unzarter Geste das Fieberthermometer in den durch Bücken herausgestreckten Hintern, bohrte ihnen langsam die Spritzennadel in die Gesäßbacke, jodete Blessuren, schnitt eiternde Schwellungen. Seine Verluste, Abgänge aus dem Feld der Arbeit, waren gering und ihm peinlich: zwei Diphtheriekranke hatte er als Anginafälle angesehen – sie wurden unter präsentierten Spaten beigesetzt –, ein Vormann war im letzten Augenblick in Swinemünde durch Armamputation gerettet worden, nachdem Schulz die Spuren der Blutvergiftung bis ins Schultergelenk sorgsam verfolgt hatte. Aber sonst war alles »klare Lage«, wie Obertruppführer Schulz seinem gottgleichen Oberstfeldmeister jeden Morgen meldete. Der durfte so.

Schulz war gelangweilt, müde und urlaubsreif. Um Urlaub zu nehmen, brauchte er eine Vertretung in der Heilstube. Bedingung des Oberstfeldmeisters. Diese Vertretung war ich. Ich war qualifiziert, hatte ja wochenlangen Lazarettaufenthalt hinter mir, wußte also, wie so ein Betrieb zu leiten war, hatte Behandlung am eigenen Leib erlebt – hundert Kubikzentimeter Diphtherieserum pro Tag spitz in die wechselnden Hinterbacken –, hatte von der Syphilisbehandlung die Schreie gehört. Das kam, wie der urlaubseilige Schulz meinte, schon fast einem Medizinstudium, »... also gut, sagen wir Vorstudium«, gleich. In einem Schnellkurs am »lebenden Patientengut« brachte Heilgehilfe Schulz dem Hilfsheilgehilfenanwärterbewerber und Arbeitsmann Erwin die Heilstuben-Heilkunst des Deutschen Reichsarbeitsdienstes bei, lieh mir seinen weißen Kittel, beförderte mich zum Hilfsheilgehilfenanwärter und fuhr erschöpft in seine vierwöchigen Ferien.

Ich eröffnete meine Praxis mit der Meldung an den inspizierenden Oberstfeldmeistergeheimvater: »Heilstube beim RAD-Kommando Peenemünde belegt mit einem Angina- und einem Furunkelkranken. Sonst keine besonderen Vorkommnisse.«

»Und Sie meinen, Sie werden das schaffen, solange Obertruppführer Schulz nicht da ist?« fragte gnädig mein höchster Vorgesetzter. »Ich habe gehört«, fuhr er in geradezu intimer, mich seligmachender Vertraulichkeit fort, »daß Sie Handharmonika spielen, ja sogar ein Schifferklavier hier haben. Spielen Sie ruhig abends, das wird den Bettliegern helfen, schneller gesund zu werden.»

»Jawohl, Oberstfeldmeister!« schmetterte ich, innerlich beglückt ob so viel Zutrauens zu meinen, seit den bereits legendären Lehrstunden bei Moch – o Judith, wo bist du? – fortschrittslosen, aber für Laien immer noch wirkungsvollen Fingerübungen.

»In Ihrer Dienststellung heißt das ›Klare Lage‹, Sie Hilfsheilgehilfe«, bellte mich mein betreßtes Idol an und ließ mich in Scham zurück.

Das Schifferklavier weckte mehr Vertrauen als meine Diagnosen und Tablettenkuren. Krankheiten begannen zu grassieren, die nur durch Bettruhe zu heilen waren. Es geschah dank meiner Sorgfalt, was bisher unmöglich schien: meine Betten waren alle belegt, reichten nicht aus. Sogar Vormänner, die das Recht hatten, im Krankenhaus von Karlshagen versorgt zu werden, legten sich fiebernd bei mir in die Laken. Ich massierte, wechselte Wickel und Verbände, ließ Tabletten schlucken, gab mit wendiger Handgelenkdrehung schmerzlos Spritzen, punktierte narbenlos Furunkel und war abends so erschöpft, daß die vom Arbeitskommando zurückgekehrten Männer gegen mich wie taufrisch wirkten und ich kaum die Tasten meiner Harmonika drücken konnte. Aber ich mußte, denn die Heilstube wurde abends zum Heimwehliedersaal, hier »zitterten die morschen Knochen der Welt vor dem großen Sieg«, hier besäuselten des Führers harte Arbeitsmänner der »Heimat ihre Sterne« und bekamen beim Singen betränte Milchgesichter, hier wurden immer neue und schweinischere Erfindungen des »Sanitätsgefreiten Neumann« in zotige Refrains umgesetzt. Und Vormänner, Obervormänner, Hauptvormänner sangen mit, Truppführer, Obertruppführer und der Haupttruppführer kamen vorbei, Feldmeister, Oberfeldmeister summten schon mal en passant. Und der Oberstfeldmeister setzte sich an seinem Geburtstag für fünf Minuten zu uns.

Am Tag danach beförderte er mich zum stellvertretenden Heilgehilfen und sagte: »In vier Tagen kommt Schulz zurück. Dann sind höchstens noch zwei Betten belegt, die Harmonika steht schweigend hinterm Spind und die Heilstube ist blitzsauber. Und für Sie schlappen Hund wird es Zeit, daß Sie mal lernen, was Arbeitsdienst heißt. Wir gehen Montag in ein feldmäßiges Zeltlager und üben die Verteidigung der Insel. Sie sind der Radtruppe zugeteilt. Auf Ihrem Gepäckträger will ich zusätzlich diese Quetschkommode sehen. Ist das klar, Sie Fast-Arbeitsmann?«

»Klare Lage, Oberfeldmeister!« sagte ich erschrocken. Zornig sah er mich an. »Das heißt jetzt wieder ›Jawohl‹, Sie Karbolniete.«

Ach, er machte mich traurig, mein schwieriger Wahlvater. Ich würde es ihm zeigen. Also sattelte ich am Montag ein Fahrrad mit dem von mir noch nie benutzten Feldmarschgepäck, band den jungfräulichen Spaten an die Querstange des Drahtesels und bürdete ihm das Schifferklavier obenauf. Die erste Stunde konnte man auf geteerter Straße fahren. Dann ging es abseits in den Kiefernwald der Insel. Weicher, nadelbestreuter Boden, auf dem man das Rad nur schieben konnte. Am Nachmittag muß ich eine nasse Schweißspur hinter mir hergezogen haben. Dann überwanden wir Sanddünen. Die Räder versanken darin bis über die Felgen und drehten sich kaum. Als ich, lange hinter den andern, am Strand ankam, hatten die schon ihre Zelte aufgebaut und Essen empfangen. Der Oberstfeldmeister war im Auto angereist.

»Nach diesem Marsch haben die Männer Entspannung verdient«, sagte er zu seinen Unterführern. »Da kommt sie«, und dabei wies er auf mich. »Haun Sie gleich mal in die Tasten!« befahl er mir. Mit vor Anstrengung zitternden Händen zupfte ich die Stricke auf, nahm das Instrument zur Brust, hockte mich auf einen Knubbel Dünengras und dudelte mein Repertoire runter. Bis um zehn Uhr nach dem obligaten »Kein schöner Land in dieser Zeit« das Kommando zum Schlafengehen ertönte.

Der Wind vom Meer her war kalt. Er hatte meine schweißnasse Uniform bis aufs Unterhemd getrocknet. Ich fror und zitterte, hatte Hunger, war halbtot vor Erschöpfung und unendlich müde. Ich fragte mich gerade, in welchem Zelt wohl ein Platz für mich wäre, da erlöste mich der liebe Wunschvater aus allen Zweifeln.

»Sie sehen ziemlich mitgenommen aus!« sagte er, und sein Verständnis tat mir wohl. »Ich glaube, ich kann nicht verantworten, daß Sie hier am Strand übernachten. Sie müssen ins Bett. Also packen Sie Ihren Kram und die Musik wieder aufs Rad und fahren Sie in Gottes Namen zurück ins Lager.« Sprach's, stieg in sein Auto und brauste davon, ohne mein in zorniger Verzweiflung gehauchtes »Jawohl« noch vernommen zu haben.

Ich schob das Rad am Strand entlang um die Halbinselspitze, denn ich wußte nicht, wo unser Lager lag und wie ich sonst dorthin kommen sollte. Der Weg ums Kap war der einzig sichere. Morgens um vier war ich in der Truppstube unter meiner Pferdedecke, um sechs weckten meine Fieberphantasien die neun anderen Männer der Stube, um sieben war ich bei Schulz in der Heilstube. Ich hatte neununddreißigkommazwo Fieber, nach der Diagnose des zum Haupttruppführer beförderten Heilgehilfen eine seltene, aber ungefährliche Krankheit, das Fieber sank, die mir von Schulz zugewiesene Arbeit in der Krankenstube stieg proportional, der Oberstfeldmeister beförderte mich zwei Wochen vor Ablauf der halbjährigen Pflichtdienstzeit – ein Vater belohnt seinen Sohn – zum Vormann. Er fragte mich: »Hätten Sie nicht Lust, noch ein halbes Jahr hier in der gesunden Seeluft zu bleiben? Sie können Urlaub haben, zwei Wochen nach Hause fahren. Und danach machen Sie Dienst in der Schreibstube. Dort brauche ich so einen absoluten Zivilisten wie Sie. Dort können Sie noch was werden. Dort ständen Sie unter meinem persönlichen Befehl.«

»Jawohl! Oberstfeldmeister«, bellte ich, ohne nachzudenken. Er bot mir den Ausweg, mich noch ein halbes Jahr vor der Einberufung zur Wehrmacht zu drücken. Er bot mir eine Ausrede gegenüber den smarten Werbern der SS. Sie machten den zur Entlassung kommenden Arbeitsmännern in mitreißenden Vorträgen klar, welch einmalige Chance der Reichsführer SS Himmler ihnen, den armen

Würstchen und Sandwühlern, die sowieso bald bei den Stoppelhüpfern der Infanterie landen würden, bot. »Sie wissen, daß der Führer persönlich den Soldaten der Waffen-SS die Sonderaufgaben zuteilt. Er vertraut uns restlos. Wir sind in den Ländern, die wir erobern, die ersten Garanten des neuen Reiches, wir werden nach dem Kriege seine Herrscher sein. In unseren Reihen ist Ihre Zukunft gesichert.«

Sie redeten, als böten sie Pfründe fürs Leben und sagten nichts davon, daß die Verluste der schwarzen Totenkopfverbände in diesem Krieg weit höher lagen als die aller anderen Truppen. Die Strafbataillone ausgenommen. Was diese finsteren Helden boten, war nicht Zukunftsmusik, sondern ein russisches Roulette mit je einer Kugel in allen Kammern. Bei sowas hatte ich noch nie gewonnen. Und außerdem gehörte zu den wenigen Maximen des Soldatenlebens unverrückbar diese: Nie freiwillig melden!

Doch der Zulauf war gewaltig.

Als mich ein nordischer Heroe fragte, ob ich zu ihnen kommen wolle, sagte ich ihm, ich hätte mich für ein weiteres halbes Jahr verpflichtet. »Bei diesem Haufen?« sprach's voller Verachtung und wandte sich dem nächsten zu.

Ich konnte mir mit den Händen im Sand eine Kuhle scharren, mich zwischen die Dünengrasbüschel, die im Wind wehten, wie die Helmfedern der Ulanen bei der Attacke, bücken – so geborgen wie als Kind in jenem vom Urstrom ausgewaschenen Felsennest war ich hier nirgends, wenn die Wetter kamen. Überhaupt, das stürmte von irgendwoher heran, wühlte das bleigraue Wasser zu weißen Schaumkronen auf, See und Himmel gingen grenzenlos ineinander über, es waren monotone Stürme. Die See näßte den Strand bis auf die Dünenkuppe, aber das alles war schließlich nur oberflächlich, denn in der Tiefe, so sagte man uns, war Ruhe. Zudem war der Wind immer da. Wenn ich hier in den Dünen hockte, spielte ich »Chinesisches Roulette«. Ich sah die blankgestiefelten Repräsentanten der nordischen Herrenrasse, diese von sich so überzeugten, künftigen Herrscher der Welt, ihre Trabanten werben, und ich sah vor ihnen die Karrees des menschlichen Schlachtviehs strammstehen. Wie wäre das früher gewesen, vor zweihundert Jahren?

Ich steckte den Finger spielerisch zwischen die Seiten der schlesischen Geschichte: Laut österreichischem Kriegsplan von 1758 wurden gegen den Preußenkönig aufgeboten: Die Reichsarmee unter Prinz von Pfalz-Zweibrücken mit zweiunddreißigtausend Mann, ein russisches Hilfscorps von dreißigtausend Muschiks, fünfzehntausend Österreicher – »tapfer sa mer net, aber fesch« – und Prinz Heinrich mit vierzigtausend Mann, alles in allem knappe hundertzwanzigtausend Mann. Die sollten Schweidnitz von des Preußenkönigs Truppen entsetzen. »Friedrich II. zog immer den Angriff vor, der ihm mehr Glückswechsel und mehr Gelegenheit bot, seine Gaben zu entfalten.« Er wird ihnen seine Flötentöne schon beibringen. »Auf Ölmütz hatte es der Preußenkönig jetzt abgesehen. Konnte er diesen Platz rasch erobern, so vermochte er von da aus die Österreicher auf dem eigenen Gebiet zu beschäftigen, um mit der Hauptmacht die Russen zu schlagen, alsdann umzukehren und vor Wien den Frieden zu diktieren.« – Der Führer tat das im Salonwagen, in dem 1918 die Franzosen den besiegten Deutschen das Versailler Diktat aufoktroyiert hatten, und er hüpfte übermütig dabei wie ein Kind beim Kästchenspringen – »Denn er hoffte, Daun«, das war der Feldherr der Österreicher, »werde, um Ölmütz zu retten, seine feste Stellung verlassen und ihm Gelegenheit zu einer siegreichen Schlacht bieten. Das Gelingen des Plans hing vom baldigen Fall von Schweidnitz, von der Geheimhaltung und von der Schnelligkeit der Ausführung ab.«

Schweidnitz, obwohl tapfer verteidigt, mußte sich früher ergeben, als der flötenzwitschernde Gichtknoten von Potsdam gehofft hatte. Und der Chronist berichtet: »Von neuntausend Verteidigern zogen nur noch tausendfünfhundert aus der Festung.«

Ich, im Wind und der Salzgischt Sitzender, von niemandem beachteter Seher, dem der ewig rieselnde Dünensand in Stiefel und Socken sickerte, ich sah sie, diese Betreßten der Maria Theresia, davongekommen mit ihrem Troß, dem Offizierskuchenkoch, dem Stallmeister, dem die Soldlade hütenden Zahlmeister, dahinter einiges zerlumpteres Unteroffiziersvolk, das in Verwaltungen gewuselt, sich am bürgerlichen Kachelofen, pfeifeschmauchend, den Arsch gewärmt hatte. Aber ich sah verschwindend wenig einfache Soldaten. Die hatten, wie immer in solchen Fällen, die Festung bis zum letzten Mann verteidigt, um den letzten Lamettaträgern das Entwischen zu sichern. Die waren in den Kasematten ersoffen, am Wundfieber verendet, stanken als verwesende Leichen in den Kellergängen. Die waren die Helden der Geschichte, Bestandteil des Liedergutes von der Tapferkeit, jede Zeile voll vom Ruhm des unbekannten Soldaten. Und gestorben für nichts, absolut nichts, denn es war ein Sieg für nichts, wertlos schon nach Wochen, weil der König zögerte, wertlos überhaupt, weil es Schweidnitz nur dazu brachte, heute eine friedliche polnische Stadt zu sein, deren schlesische Herkunft die Geschichtsbücher, für keinen der Nachkommen der gefallenen Helden lesbar, weil nicht in deutsch geschrieben, kaum noch erwähnen.

Ach, warum konnten sich meine zum Graben willigen Arbeitsmännerkameraden nicht neben mir in den Sand hocken und in den Nebeln überm Meer visionär die Vergangenheit sehen, aus der sie hätten das Schicksal erfahren können, das ihnen, freiwillig, in Zukunft zum eigenen werden würde. Mußte man ihnen Musketen zwischen die Zähne rammen, damit sie den Stahl schmeckten, der sie zerreißen würde? Wie konnte man ihnen das Einmaleins der Geschichte beibringen, daß ein toter Held kein Held mehr ist, sondern eine verscharrte Hoffnung, vergebens ersehnter Liebhaber, ein Kalkül auf dem Kartentisch des aus sicherer Distanz heraus die Schlacht lenkenden Generals?

Nein, keiner saß neben mir. Doch hätten sie alle auch nicht den Blick in lehrreiche Vergangenheit gewandt, sie hätten ihre Zukunft ohne große Phantasie erahnen können. Ich hätte ihren Träumen die strahlende Haut der Illusionen abfetzen und ihnen darunter das schreiende Fleisch der Wirklichkeit zeigen können. Sie, jetzt noch in erdverdrecktes Drillichgrau und das Grün von Maikäferscheiße gekleidet, konnte man sehen, nun schwarz vom Mützenrand bis zum Stiefelabsatz, am Rande des in Polen jetzt überflüssigen Panzergrabens stehend, den sie durch Genickschußsalven in die Nacken Wehrloser in jüdische Massengräber verwandelten. Die Gnadenlosen würden sie sein, würden Rache für ihre ehemals farblose Zivilistenexistenz nehmen und alles überrollen, diese Panzer-Meiers, die den Führer im Herzen trugen, nicht mehr Weihnachten, sondern Lichtmeß feierten und mit drehenden Ketten den russischen Infanteristen wie eine Laus zu Brei zermahlten, um die nun eine Menschenfrau weinte. Sie, die Freiwilligen, würden alle zu Sieger-Meiers werden, für die der Mensch deutsch war, Soldat war, mitleidlos und siegend. Da wollten sie dabei sein.

Sie sollten dabei sein. Und ich begann im Dünennest meine neue Runde China-Roulette.

Ich sah sie: Erstarrt zu grotesk verrenktem Gefrierfleisch vor Stalingrad, während ihr General sich wärmend die Hände rieb. – Es war wie damals in Schweidnitz! – Sie würden ihren Panzertürmen entkriechen, weil Benzinmangel die Ungetüme in nutzlosen Schrott verwandelt hatte, würden die Hände heben und von den russischen

Läusen, die ihnen entgangen waren, »Behandlung nach der Genfer Konvention« erwarten. Und der Mann namens Himmler, der die Härte von ihnen auch angesichts haushoher Leichenberge namens der Geschichte forderte, würde nach dem verlorenen Krieg freiwillig ein unbekannter Tagelöhner werden, hoffend, er könne als ein Unerkannter überleben. Nur Feiglinge kommen – manchmal – davon.

Sie wollten nicht, eilten zu den Waffen, wie der Oberstfeldmeister in seiner Abschiedsansprache lobend erwähnte.

Und für vier Wochen war das ganze Lager leer, umweht wie eine texanische Geisterstadt, jede Baracke bewohnt nur von dem durch alle Ritzen dringenden Wind, Gott, hatte ich viel Platz!

Den brauchte ich. Tagelang zog ich von Truppstube zu Truppstube, prüfte die Weichheit der Strohsäcke, schnupperte nach der frischesten Füllung, fühlte nach dem glattesten Juteüberzug, schlief die eine Nacht da, die andere dort. Und hatte eines Tages das beste Bett, ein Pfühl, einen Lotterdiwan, den Jungfrauenaltar gefunden. Auf dieser Lagerstatt würde ich's mit Hella tun.

Denn den schwarzen Lebensvernichtern gerade von der Schippe gesprungen, wollte ich mich endlich der männlichsten aller Lebenserfahrungen zuwenden: einer Jungfrau meine Jungfernschaft opfern.

Zugegeben, ich hätte Sohnespflichten wahrnehmen, in Urlaub fahren müssen. Mutter Ida wartete, fragte in immer häufiger werdenden Briefen, wann ich wohl käme. Ich erfand Ausreden von Krankheit und Pflicht. Hirschberg, das hatte sich bei meinem Blick aus dem Zugfenster erwiesen, würde mir nicht davonlaufen. Ludeck war als Vater gestorben, ein viel mächtigerer, gegenwärtigerer hier erstanden. Und Ida würde sicher jedes weibliche Wesen von mir fernhalten, dessen Brust ich berühren könnte.

Das aber genau durfte ich bei Hella. Sie war so strahlend blond wie die nordischen BDM-Mädchen auf den Parteiplakaten. Es störte mich nicht. Wir gingen im Wind des völlig leeren Strandes. Ich legte ihr, die einen Kopf kleiner war, meinen Arm ausgreifend um den Hals und er reichte so weit, daß meine Hand in Hellas Ausschnitt schlüpfen und vollmundig ihren linken Busen umgreifen konnte. Es war die erste, haptisch bedingungslos genossene, ausgereifte Mädchenbrust. Für dieses Gefühl hätte es sich gelohnt, Kriege zu führen und zu gewinnen. Was waren dagegen Ehre und Vaterland? Zwischen Mittel- und Ringfinger meiner rechten Hand erweckte ich das Knubbelchen zum Wärzchen, das Wärzchen zur Warze, die

Warze zum Lustzentrum. Meine Kosereien in ihrem Höschen ließen das Mädchen gleichgültiger als meine, die Busenblüte verursachenden Finger. Deren Spitzen bekamen Augen, Instinkte saßen unter den Nägeln. In meiner Phantasie war alles klar und längst gelaufen. In Wahrheit aber hatte ich Schiß, schwitzte im Dilemma zwischen Gier und Angst, ließ Hella erbeben und brachte sie brav nach Haus, bis sie eines Abends – wie hatte ich es erhofft – unsere Schritte ins Lager lenkte. Die Stunde der Wahrheit nahte, das Bett war bereit, die Einsamkeit garantiert, die Sterne standen günstig.

Wieso gehört das Lieben eigentlich nicht zur Grundausbildung der Rekruten? Warum lehrte uns niemand, wie und woran die Mädchen ihre so schnell zerreißenden Strümpfe festmachen. Weshalb sagt uns niemand, daß man erst die Schuhe und dann das Höschen abpellt? Was nutzt es uns, den Karabiner 70 K im Dunkeln auseinandernehmen und wieder zusammensetzen zu können, wenn wir bei einem Büstenhalterverschluß hilflos fingern? Und keiner sagte uns, daß es mehr Mut als bei einem Sturmangriff braucht, einer nackten Jungfrau in die Augen oder gar – ach Heldentum, würdig des Ritterkreuzes – zwischen die erwartungsvoll gebreiteten Beinchen zu sehen.

Da lag Hella, überall rund und zarthäutig in ihrem Babyspeck, und verfaltete ihre Patschhändchen hinter meinem Nacken und zog mich auf sich, und während ihre Turmwarzen sich in meine Brust und ihre Zunge in meinen Mund bohrte, war ihr Anfang schon mein Ende. Und Hella merkte das, brach in Tränen aus, stieß mich von sich, war blitzschnell in den Kleidern und stürmte davon, noch ehe ich ganz begriffen hatte, was eigentlich passiert war.

Jung sein heißt dämlich sein. Wir durften schon auf feindliche Soldaten schießen, mit Handgranaten Panzerbesatzungen killen, Flugplätze für städtevernichtende Superwaffen bauen, Häuser samt Einwohnern in die Luft sprengen. Man hatte uns beigebracht, wie man Tellerminen schärft, mit Bajonetten schlitzt, über Leichen geht und über Tote hinwegsieht. Aber wie man ohne Versagen und Verzagen Liebe macht, Soldaten, ja Helden zeugt, stand nicht im Dienstplan.

Hella, meine rosa Sinnlichkeit, machte um mich von da an einen großen Bogen. Zu keinem Strandspaziergang war sie mehr zu bewegen, und ich hätte sie wohl ganz aus den Augen verloren, wäre sie nicht kurz nach meiner Niederlage »unserm Engel« in die Hände gefallen.

Der Engel war Putzer beim stellvertretenden Oberstfeldmeister, also dem Oberfeldmeister. Er war ein Knabe von paradiesischer Schönheit, hatte ein Botticelli-Gesicht und bewegte sich mit der Anmut eines geschmeidigen Tieres. Er war völlig amoralisch, hatte in einem Heim als Waise gelebt, das Haus aus kalter Niedertracht in Brand gesteckt und den Tod von vier Menschen verschuldet, war, weil der Richter den Tränen auf diesem Gesicht alles glaubte – der Engel hat das triumphierend berichtet –, freigesprochen und kurz darauf zum Arbeitsdienst eingezogen worden. Kaum im Lager, hatten die Herren Feld- bis Oberstfeldmeister seine Fähigkeiten erkannt: Er zog die Mädchen an wie eine Blüte die Bienen, oder, um der Sache besser gerecht zu werden, wie Scheiße die Schmeißfliegen. Sein einziger Dienst bestand darin, nach Karlshafen, der Zivilisten-Wohnstadt unserer Insel, zu gehen und abends oder an den Wochenenden mit zwei, drei Mädchen zurückzukommen. Er führte sie in die Führerbaracke, wo die Herren einen Doppelraum als »Casino« ausgestattet hatten. Bevorzugt durch die Kennzeichnung als »geheime Dienststelle« und versorgt durch den über die Insel hinaus tätigen Verpflegungs-Truppführer, konnten die Betreßten den Mädchen all die Kostbarkeiten bieten, von denen sie sonst nur träumten. Die Kleinen, immer noch auf die Gunst des Engels hoffend, der jedoch stets nur Zuschauer blieb, waren schnell betrunken, und die Samstags-Nachmittags-Orgien erfüllten mit fröhlichem Lärm die Lagerstille.

Die Zimmerwände der Unterkünfte reichten, da auswechselbar, nicht bis zu den Barackendecken. Hätten die Mädchen noch einen klaren Blick gehabt, dann wären sie sicher erschrocken über den Sims von Augenpaaren, der zwischen Wänden und Decken auf sie und ihr Vergnügen starrte. Denn in den Zimmern, die an das »Casino« grenzten, vermietete der Engel Zuschauerplätze.

Von dort aus haben es mindestens zehn Zaungäste gesehen, wie ein Obertruppführer Hella half, ihre Enttäuschung mit mir, dem Vorschnellen, zu vergessen.

Ich aber saß am Meer, vor dieser unendlichen, unschlesischen Weite, in der Neptun bedrohlich mit dem Dreizack fuchtelte, aber kein Rübezahl sich die Füße waschen würde, saß und spielte traurig mein Schicksalroulette. Ach Hella, es trieb mir jeden bösen Gedanken aus, denn zwar sah ich dich an so vielen künftigen Samstagen im »Casino«, du warst sehr launisch mit deinen Feldmeisterpartnern und sehr freigiebig mit deiner Gunst. Und der Fries der neugierigen Augen, den du sehr wohl sahst, erhöhte dein Vergnügen. Aber dann, ich sehe es, kommt jener Tag, an dem die Engländer die

Raketenküche Peenemünde ausräuchern werden, kommt die Nacht, in der sie die Leuchtzeichen ihrer »Christbäume« an den Himmel setzen, den nachfolgenden Bombern zum Zeichen, hier Feuer und Verderben auszuklinken. Und von den Arbeitsdienstlagern weg weht der unberechenbare Wind die Signale über Karlshafen hin, und was auf die Baracken fallen sollte, fällt nun auf den Ort. Keine zweihundert Menschen werden am nächsten Morgen dort noch am Leben sein. Du bist nicht dabei, hast deinen achtzehnten Geburtstag nicht mehr gefeiert.

Aber aus den unterirdischen Bunkern schossen ohne Unterbrechung die unversehrten V 1, verbesserte Version, in Richtung London.

Wo ich dann sein würde, konnte ich merkwürdigerweise nicht sehen.

Daß mir der Liebesversuch mit Hella so mißglückte, war mir unbegreiflich. In jedem Traum hatte ich diese Verführung meisterhaft vorweggenommen. In meiner Phantasie umklammerten mich in dankbar-beglückter Hingabe die schamlosesten und keuschesten Geliebten. Und als es ernst wurde über der glatthäutigen Hella, war ich der größte Versager. Nein, ich genierte mich, wurde rot vor mir selber, wenn ich meinem Spiegelbild zufällig und verschämt in die Augen sah.

Und ich war mehr denn je und verdammt allein.

Ich kontrollierte die leeren Baracken und mied dabei natürlich die Truppstube mit jenem Bett, das zum Denkmal meiner Niederlage geworden war. Die menschenleeren Räume mit ihren ausgeweideten Eisengestellen wurden zum Labyrinth. Im abendlichen Halbdunkel suhlten sich auf den Matratzen fettwanstige Strohsackrobben. Ich konnte nur noch am Strand müde Schlurfspuren der Langeweile durch den Sand unter den Kiefern ziehen, zornig dem Dünengras die Haarbüschel ausreißen. Meine rechte Hand erinnerte sich immerzu an Hellas Brust. Wenn ich aufs Meer hinaussah, wünschte ich mir dort Riesengebirgsschatten. Oder wenigstens einen Schiffsuntergang. Aber wenn das Wetter schön war, dümpelten die Boote friedlich, wenn es stürmte, war die See mit sich allein. Und wenn die Sirenen von einem Strandstreifen zum anderen den Versuchsstart der Raketen ankündigten, flitzten wahrscheinlich sogar die verschreckten Seehechte in jene Tiefen, in die auch kein aus der Bahn gekipptes Projektil versinken würde. Dann bebte für einen kurzen Augenblick die Insel, ein Feuerstrahl machte den blauen Himmel bunt und eigentlich immer neu fasziniert sah man diesem riesigen Stahlding nach, das meist irgendwo im Dunst verschwand. So etwas hatte noch niemand zuvor gesehen.

Aber meine Tage füllte das nicht aus, meine Unruhe flog nicht mit davon. Und ich konnte dem Oberstfeldmeistervater kein Leid klagen. Weshalb ich mir die Frage stellen mußte, ob meine auf ihn gefallene Wahl überhaupt die richtige gewesen war. Gut, Auswahl war kaum vorhanden. Diese smarten Truppführer und Feldmeister hätten eher ältere Brüder sein können. Dickbäuchig-väterlich war nur der »Oberst«. Aber hatte ich ihn nicht zu groß, zu göttlich, zu beherrschend gemacht? War ich ihm, er mir näher gekommen? Trennten uns nicht einfach unüberwindliche Dienstgrade? Ich wollte ihm menschlich, unmittelbar, im Unterhemd begegnen. Er sollte sich nicht im Glanz meines mühsam und immer wieder polierten Spatens spiegeln, sondern in meinen Augen. War ich, verdammt nochmal, nicht auch gut zu meinen Leuten?

O ja, ich hatte Leute. Nicht im Augenblick, zugegeben. Aber in den paar Tagen vor der großen Entlassung, als man mich zum Vormann befördert hatte, war ich plötzlich Vorgesetzter geworden, wurden die Männer auf meiner Truppstube zu meinen Untergebenen. Und ich hatte einen »Putzer«. Jawohl, mir, dem Vormann, wienerte dieser Sklave die Stiefel, sorgte für Spindordnung und bügelte meine Ausgehhose. Ein Hauch von Macht streifte mich. Betrat ich die Stube, brüllte einer der Männer »Achtung« und gnädig – während ich mich innerlich vor Verlegenheit wurmig krümmte – sagte ich »Weitermachen«.

Das System war perfekt. Wer aufstieg, hatte Untergebene, die ihm zu dienen, jeden Wunsch von den Augen abzulesen hatten. Vielleicht hatten die Feldmeister schon zwei Putzer und der Oberstfeldmeister eine ganze Sklavenschar? Jedenfalls beschäftigten die Herren höheren Führer einen Spezialisten zur Warenbeschaffung, einen Winzersohn aus der Pfalz. Sie ließen ihm keine Zeit zur Grundausbildung. Seinen Spaten wienerte der Putzer des barackenältesten Obertruppführers. Versehen mit Marschbefehl, verbrachte Heinrich die Traube, wie er schnell hieß, seine Dienstzeit auf der Bahn: von Peenemünde in die Pfalz, von der Pfalz nach Peenemünde. Sein Gepäck hin: leere Weinfässer. Sein Gepäck zurück: volle Weinfässer. An den Tagen, da man ihn erwartete, wurde ein Trupp, also zehn Mann, zum Bahnhof abkommandiert. Im Gleichschritt, seltsame Tragen geschultert, zogen sie auf den Perron, warteten auf den Zug, aus dem Heinrich die Traube stieg, entluden unter seiner Weisung dem Gepäckwagen Fässer voller Rebensaft, betteten sie auf die sinnvoll dafür eingebogenen Querholme der Tragen und zogen so, Vorboten eines Bacchusfestes, in die Führerbaracke des Lagers. Unter diese hatte man, zugängig nur vom Speisesaal der höheren Führer, den einzigen Luftschutzbunker des Lagers schachten lassen, sorgsam hergerichtet zum Depot für Faß- und Flaschenweine, mit Deckenhaken für Dauerwürste und Räucherschinken, Regalflächen für Leberwurst in Dosen und hausgemachten Arbeitsmännermüttermarmeladen. Hier wartete zur Labung der vom Spatenexerzierdienst erschöpften, von der Arbeitsüberwachung ermatteten Führer französischer Cognac, schottischer Whisky, Danziger Goldwasser, karibischer Rum, alles Beuteware von Küstenschutzbooten oder Gefälligkeit von Arbeitsmännervätern, die damit ihren Söhnen die Schwielen des Grabens ersparen konnten. Zudem wurde die Arbeitskraft der Männer an die Lagerleitung in Naturalien bezahlt, z. B. in Speckseitenstundenlohn für die Blockhütten der Genies von der Forschungsanstalt. Wie hatte der Führer gefordert? »Keiner soll hungern und frieren.« Meine Vorgesetzten waren es gewohnt, solche Befehle in strenger Selbstbetroffenheit zu befolgen.

Also kamen zwei, drei Fässer ins Verlies für den Notvorrat, eines auf den Bock im Speisesaal. Seit Mittag schon wurde in der Küche der Herren das Festmenü geköchelt, der Einmarsch der Außendienst-Arbeitskommandos erfolgte, damit die Herren genug Zeit hatten, sich in den »großen Dienstanzug« zu werfen, eine Stunde eher als sonst, und um achtzehn Uhr war man zum festlichen Mahl – ohne Damen – versammelt. Die Tische waren in Hufeisenform gestellt, mit weißem Beutelinnen aus englischer Fallschirmseide bedeckt, mit Blumenschmuck aus den verwildernden Judenvillengärten Swinemündes durch einen Gärtnergehilfen dekoriert. In der Mitte der Quertafel, frei nach der Sitzordnung am Hofe Heinrichs VIII., saß, nein thronte der Oberstfeldmeister. Hier war er ein Gargantua, ein Falstaff, mein Wunsch- und Wehevater, ein (Halb-) Inselfürst, der Nero der Arbeitssklavenheere. Ihm wurde das erste Glas gefüllt, er hob es als erster: »Auf die Wunderwaffen, die deutsches Genie hier auf der Insel schmiedet und auf den Führer, der lieber Hammer als Amboß ist!« So toasteten sie und hatten bald keinen Tropfen im Becher mehr und die Tellerchen wurden leergeputzt und die »Ordonnanzen«, noch müde von der Arbeit im Moor, flitzten und trugen auf, und die Küferknaben, für die ein ehemaliger

Schneider stilvolle Winzerschürzen genäht hatte, eilten mit vollen Krügen vom Faß zu den Gästen, und die Stimmung stieg, die Stimmen wurden lauter, Heldentaten von »unseren U-Boot-Kommandanten, unseren Fliegerhelden« schafften sich Gehör. Die Röcke wurden geöffnet, abgelegt, damit die Herren Luft bekamen für ihre mit Worten errungenen Siege gegen das perfide Albion und die russischen Untermenschenhorden. Es wurde auf die so tapferen Kameraden an den Fronten geprostet, und auf meinem Schifferklavier – Moch sei für seine kostenlosen Lektionen des kleinen Erwin erneut Dank – intonierte ich die zackigen Märsche, nach denen die Herren zu vorgerückter Stunde im Stechschritt auf den Tischen marschierten. Sie fielen und blieben liegen, sie lagen unter dem offenen, ausfließenden Hahn des Fasses und es rann ihnen in die Gurgel, und zum Atmen kamen sie nur, wenn ein Krug zwischengeschoben wurde. Während mein von mir nun mit abnehmender Zuneigung beobachteter Wahlvater zwar mit leicht abwesendem Blick, aber immer noch aufrechter Haltung in seinem Sessel klemmte, hatten sich die Leitbilder der lausigen Arbeitsmänner immer mehr in grunzende, sich in Weinlachen wälzende Menschenschweine, Stammtischmieslinge, kotzende Fleischhaufen verwandelt, die immer zungenschwerer wurden und schließlich ins Schnarchen fielen. Das war die Stunde der Putzer. Sie hievten ihren Vorgesetzten hoch, geleiteten, zogen, stemmten, schleppten ihn in sein Zimmer, pellten ihm die fuselfeuchten Uniformreste und Hemden ab und packten ihn zwischen die Decken, aus denen als einziges Lebenszeichen das röhrende Röcheln der Volltrunkenen kam. Ich packte meine Harmonika ein. Ein zur »Nachtübung« gewecktes Sonderkommando – es würde morgen früh trotzdem pünktlich zur Arbeit ausrücken müssen – begann »klar Schiff« zu machen. Der »Offiziersabend« der höheren Arbeitsdienstführer war zu Ende, denn die Ordonnanzen fraßen die Reste des Mahls.

Ich nahm keinen Bissen. Denn was kochten sie schon, diese pommerschen Ochsentreiber und Ganshüter? Ihr Pommersches Gänseklein und Entenhack, für das sich Mutter an Wochentagen geniert hätte, ihre Pommerschen Kartoffelklöße, die man nur in die Soße zergabelte, wenn man Idas schlesische Knödel nie auf den Teller bekommen hatte und vielleicht Rindfleisch mit Pflaumen, das einem vor Sehnsucht nach dem »Schlesischen Himmelreich« die Tränen in die Augen trieb. Ja, hätten sie wenigstens mich mal gefragt. Hätte ich ihnen nicht Schlesische Kümmelklöße serviert? Aus altbackenen Brötchen waren Würfel zu schneiden, kochende

Milch drüber und Gewürze, zudecken, richtig weichen lassen. Danach goldgelb angeschwitzte, buttrige Zwiebelwürfel über das Semmelzeug gießen, zerquirlte Eier drüber fließen lassen und nach dem Durchkneten Klöße formen, die dann fünfzehn bis zwanzig Minuten im Salzwasser sieden müssen. Zu den Gewürzen gehören Salz, Muskat und zwei Teelöffel fein gehackter Kümmel. Zu diesen Klößen braucht man pommersche Ochsen nur noch der Soße wegen.

Ach, wie gerne hätte ich ihnen, die am pommerschen Napfkranz trockene Gaumen bekamen, wenigstens einen schlesischen Mohnstriezel serviert, diese Götterspeise im schlesischen Himmelreich: Bei Mutter ging das so schnell, so zügig. Sie machte von einem Pfund Mehl einen Hefeteig, und während der »aufging«, mischte sie aus Mandeln, Rosinen, Zucker, Zimt, etwas Milch, einem Eigelb und viel feingemahlenem Mohn eine Masse. Die wurde auf den gegorenen Teig gestrichen, das Ganze eingerollt, mit Eigelb bepinselt und eine Stunde gebacken. Zuckerbestreut kam der Mohnstriezel auf den Tisch, vermittelte einen Gaumen- und Zungenrausch, erinnerte daran, daß man demnächst Mohnklöße machen würde, vielleicht auch Mohnstrudel, jedenfalls was mit Mohn, den es, frisch gemahlen, beim Kaufmann gegenüber gab. Ich hätte ihnen schlesische Käsetaschen und Bauernbissen als Nachtisch und, wenn ihre Zungen zu grob fürs »Schlesische Himmelreich« waren, Birnen mit Schweinebauch, »Dicke Kartoffeln« oder geschmorten Schweinebauch mit Hefeklößen empfohlen, nur um nach den Gelagen die Reste zu löffeln und Heimatgeschmack im Mund zu haben. Aber sie aßen ihren pommerschen Brei bis an der Nacht unseliges Ende.

Selig zu Ende ging auch die leere Zeit des Lagers. Sie hatte länger gedauert als sonst, weil sie sich nicht mehr wiederholen sollte. Die der Sicherheit des Reiches dienenden Rüstungsgeheimnisse der Insel durften nicht durch die sich ablösenden halbjährlichen Dienstpflichtigen in alle Winde verstreut werden, meinte der Oberstfeldmeister. Von den selbst für uns unsichtbaren und nur vom Hörensagen bekannten KZ-Häftlings-Maulwürfen in den untererdigen Bunkerproduktionshallen war nichts zu befürchten. Wenn die aus dem Loch kamen, dann nur als schweigende Leiche. Aber die entlassenen Arbeitsmänner, die könnten reden.

Abhilfe mußte sein, Abhilfe bot sich – ach, was war mein Ungernvater ein findiger Mann – jetzt an. Hatten wir nicht Frankreich besiegt, also auch das Elsaß heimgeholt, Luxemburg eingemeindet? Auch wenn die Bevölkerung die aus solcher geschichtlichen Wende resultierende Wohltat, »heim im Reich« zu sein, noch nicht fassen, begreifen konnte, der Oberstfeldmeister wußte sie zu nutzen. Zur Wehrmacht konnte man diese Beutedeutschen nicht einziehen, da würde noch eine längere Zeit der Erziehung zum Deutschtum, das ja schließlich eine Auszeichnung war, notwendig sein. Aber zur Arbeit, zum Arbeitsdienst konnte man sie verpflichten, und das ohne jede Befristung. Klare Lage, Oberstfeldmeister.

Und so kamen sie, zumeist von den Universitäten, hatten das welsche Studium, das ja jetzt unnötig geworden war, unfreiwillig abgebrochen und sprachen deutsch mit fremdem Zungenschlag. Sie bezogen, leicht angewidert, die Betten der nun fast überfüllten Baracken, lagen abends total erschöpft, todmüde von der ungewohnten Arbeit und dem widerwillig absolvierten Spatenexerzieren auf ihren Strohsäcken, summten nur noch leise und mit steigender Hoffnungslosigkeit die ihnen verbotenen Heimatlieder und lasen sich am Heiligabend – ich habe nie ergründet, warum – Nietzsches »Zarathustra« vor. Ich hielt das nicht mehr aus.

»Obervormann«, ich war jetzt Obervormann geworden, weil das der niedrigste Dienstgrad für den Schreibstuben-Diensttuenden war, »Obervormann Schuler bittet Herrn Oberstfeldmeister, sein Essen auf der Schreibstube einnehmen zu dürfen.«

»Warum«, bellte der mir gegenüber immer etwas unwirsche, unduldsame Lagerkommandant. Er hatte mich vor allem weiterverpflichten wollen, weil ich für die »Offiziersessen« die Musik liefern konnte. Und ich hatte gedacht, aus Menschen-, ja Sohnesliebe. Zwischen uns wuchs ein leises, aber beharrliches Mißtrauen.

»Weil ich sehr viel Arbeit habe und mich der Weg durchs Lager zur Truppstube zu viel Zeit kostet. Herr Oberstfeldmeister wollen ja beispielsweise bis morgen das Gedicht vom ›Wilden Mann‹ fertig haben, weil es doch Ihr Geschenk an den Herrn von der SS sein soll«, schnarrte ich runter und hatte ihn an seiner schwachen Stelle gepackt.

Ja, ja, welch eine universale Bildungsanstalt war doch die Hirschberger Berufsschule gewesen, die mir nicht nur doppelte Buchführung, sondern auch das kalligraphische Schreiben mit breiter Feder beigebracht hatte. Erst hatte ich in klassischer Antiqua die Tür der Schreibstube neu beschriftet, dann für die Zimmertüren der Herren neue Namensschilder geschrieben. Dann sahen sie über meinem Schreibstubenschreibtisch, geschrieben auf falschem Pergament, den Spruch »Einer spinnt immer«, hingen ihn mir ab, wollten alle diese oder eine eigene Weisheit »für übers Bett«. Und dann offenbarte der Herr aller Herren, daß er aus dem Zivilleben ein köstliches Gedicht gerettet habe, die Geschichte nämlich vom Hochzeitszimmer im Gasthof zum »Wilden Mann«, an dessen Bettmatratze das Band einer Glocke geknüpft war, die über dem Stammtisch läutete, sobald für ein Hochzeitspärchen die Nacht begann. Es war ein Gedicht, das der Oberstfeldmeister mit Inbrunst und schallender Stimme und lautem Lachen seinen Herren am Orgienabend vortrug, und das der Versammlung, ja dem deutschen Manne so recht aufs Gemüt geschneidert schien. Ich erinnere mich nur an ein, zwei Zeilen, jene Stelle, da die Stammtischrunde zum siebten Male das Läuten vernimmt: »Da verlor selbst der Ober den Überblick und war nicht mehr völlig im Bilde.« Da kriegte der »Oberst« sich nicht mehr ein vor Begeisterung, und alle lachten schallend und wissend, und deshalb mußte ich das Gedicht auf ein meterlanges Pseudopergament schreiben, und es wurde zur obligaten Ehrengabe für die Herren aus dem Rüstungsministerium und die den Katakomben-Untergrund kontrollierenden SS-Führer aus dem Reichssicherheitshauptamt und die inspizierenden Generäle und die mutigen Testpiloten der über uns dahinrasenden ersten Düsenflugzeuge und die Chefgenies in den Raketenkonstruktionsbüros. Ich konnte es längst auswendig, es hing mir zum Halse raus, aber es gab mir Frieden. Denn nur ich konnte so schön schreiben; »so wie gedruckt«, sagten sie, wenn sie loben wollten. Und ich formte höchst profan, einem mittelalterlichen Mönch gleich, die kühnen Rundungen der R's, zog die gravitätischen Schleifen der L's, erfand immer kühnere Anläufe zum M. Und keiner störte mich, man ließ mich in Ruhe, ja selbst die »Betreßten« baten nur mit leiser Stimme um ihren Nachturlaubsschein.

Und wenn ein hoher Besuch bevorstand und der Oberstfeldmeister etwas beunruhigt fragte, ob ich denn das Gastgedicht auch bis zum nächsten Tag fertig haben könne, antwortete ich gelassen: »Klare Lage, Oberstfeldmeister.« Denn ich hatte die Dinger längst auf Vorrat produziert, tauschte sie beim Küchenbullen und den Freßkurieren ein und lebte fast so gut wie meine schlemmenden Führer, ja wurde zum Rumpelstilzchen des Reichsarbeitsdienstes, nach dem leicht verfremdeten Märchenvers: »Ach wie gut, daß niemand weiß, daß ich auf euch alle scheiß.«

Die immer heimlichere Bibelforscherin Ida im fernen, nur noch selten geträumten Hirschberg hätte sich gefreut.

Wirklich, werde ich beim Zungenrollen eines kakaosüßen Leberwurstbrötchens in die Gefühle meiner Kindertage katapultiert, so erlebe ich diese Art der Vergangenheitsbeschwörung, dieses seelische Einmummeln in vergessene Glücksaugenblicke auch, esse ich Pumpernickel mit Butter und Gorgonzola.

Nein, ich meine eben nicht Kommißbrot mit Margarine und dänischem Edelschimmelkäse. Das mögen sich die verlorenen Heere Ost als Delikatesse gewünscht haben. Meine Genüsse waren echt.

Wenn ich heute das westfälische Edelbrot aus der Stanniolfolie pelle – es war auch damals, in verknappenden Zeiten, in Silberpapier verpackt –, wenn ich mein Messer vorsichtig zwischen zwei noch zusammenpappende Scheiben schiebe, sie lockere, trenne, ohne daß sie bröckeln oder brechen, wenn ich die kühlschrankkalte Butter in dünnen Scheiben, übereinanderlappend an den Rändern, sanft mit des Messers Breite draufdrücke, wenn ich dann den fast, noch nicht ganz spröden Gorgonzola vom Messer auf die Butter abstreife, das Ganze mit der gebutterten zweiten Scheibe Pumpernickel zudecke und reinbeiße, dann geht von der schmeckenden Zunge ein Schlag durchs Hirn. Ich bin wieder in Karlshafen, stehe vor der bis zu meiner Brusthöhe verglasten Theke des Lebensmittelladens, sage nichts, verlange nichts. Denn hinter der Verglasung, auf dem Ladentisch, packen zwei geübte Hände ein Paket Pumpernickel, ein Halbpfundpäckchen Butter und eine tortenscheibenbreite Ecke Gorgonzola sorgsam in fetthemmendes Pergaminpapier und lassen es dann in eine unscheinbare, graue Tüte rutschen. Niemand außer mir achtet auf diese Hände, denn der Laden steht voller Kunden und jede Verkäuferin kümmert sich um ihren eigenen Kram. Die Hände schieben mir die Tüte über den Glasaufsatz, ein kleines, aber deutliches Stimmchen verlangt mir vielleicht zwei Mark sechzig ab, ich laß die Münzen in eine kleine, offene, warm meine Fingerspitzen streifende Hand fallen, sage kaum vernehmbar ein Dankeschön, gucke ganz schnell und etwas verlegen in zwei sehr blaue Augen, drehe mich um und gehe. Gehe zurück ins Lager nach Peenemünde-Strand, in die Schreibstube, wo ich, wenn ich will, den ganzen Abend und die Nacht ungestört sitzen kann, hocke mich in meinen Schreibtischstuhl, breite auf der mit tintigen Liniamenten bedeckten Löschblattunterlage den Inhalt der Tüte aus und beginne das westfälische Edelbrot aus der Stanniolfolie zu pellen. Und dabei denke ich an die flinken Hände und an die Augen, die einzigen, von denen ich mir vorstelle, daß so der Puck des Sommernachtstraums seine Welt belächelt, nein angestrahlt hat. Hände und Augen gehörten dem Mädchen Christa, Freundin von meinem Bereuemädchen, der Versagererfahrung Hella.

Christa strahlte allerdings nicht im Fleische. Sie war von magerer Kindskörperlichkeit, ihr Scheitel reichte kaum bis unter mein Kinn, ihr Gesicht war zum Umfassen für zwei Hände zu klein. Sie war huschig, so Arielschwester, ängstlich wie eine getretene Katze. Ihr Vertrauen zu gewinnen, kostete Zeit. Ich füllte sie mit vorsichtiger Annäherung, jeden Schritt, jede Geste, jedes Wort bedenkend.

Das Mädchen lehrte mich körperlos lieben. Auf dem Weg zu ihr vergaß ich, daß ich Obervormann im Reichsarbeitsdienst mit Dienstplänen und Vorgesetzten, ein »Soldat des Spatens« war, und ich vergaß Mutter Ida und das manchmal noch gespürte Heimweh an Hirschberg. Und Hella. Im Gorgonzola-Butter-Pumpernickelbissen fraß ich die Liebe dieses Mädchens, kaute ich an meiner Liebe. Das füllte mich ganz aus, setzte seelisch an, meine Empfindungen bekamen Kontur, meine Gefühle wurden rund.

Christas Küsse waren klein, pickend, hungrig. Sie gab sich damit nicht hin, sondern klammerte sich an, an mich, an eine Hoffnung. Ich spürte: dieses Mädchen war auf Ewigkeit aus.

Es ist vergnüglich, »Chinesisches Roulette« zu spielen, wenn einem andern die Seele gehäutet wird. Aber wenn man selber dran ist, wenn man selber den schwarzen Kern in sich freilegen muß um der Wahrheit willen? Schmerzhaft, sehr schmerzhaft. Aber es muß sein. In den Dünen rollt die Kugel meiner Phantasie. Christa in zehn Jahren. Alles oder nichts.

»Ich hab's dir immer gesagt, Kind, du kannst doch nicht eine Ewigkeit auf einen Mann warten, den du nur die paar Monate kanntest. Das heißt, eigentlich hast du ihn ja gar nicht gekannt. Es war Krieg und keiner weiß so recht, woher die Soldaten kommen, ob sie Frau, Freundin, Kinder in irgendeinem Nest sitzen haben.

Nein, ich sage ja nicht, daß er so einer war. Es gab ja auch Ausnahmen, besonders wenn sie noch so jung waren wie er. Aber du hast mir ja selbst erzählt, wie schnell deine Freundinnen sich auf Abenteuer einließen. ›Genießt den Krieg, der Friede wird furchtbar sein.‹ Erinnerst du dich noch an den langen Karl von der Frau Wirth, die neben uns wohnte? Der hat doch erzählt, damals, als er aus der Gefangenschaft kam, wie er sich an jedem Ort, in den seine Einheit beim Rückzug verlegt wurde, verlobt hat, mit Besuch bei den Eltern und Feier und Ringen und allem. Manchmal genügten dazu drei, vier Tage, so nach dem Grundsatz einer Liebe auf den ersten Blick, und wir wollen nicht warten, und wir wissen ja nicht, was kommt.

Vierunddreißigmal hat er gefeiert, festlich gegessen, soweit das damals möglich war, hat eine Verlobungs- statt der Hochzeitsnacht genossen, und man könnte noch heute den Rückzugsweg seiner Einheit an den von ihm verlassenen Bräuten rekonstruieren, meinte er.

Ja, ich weiß, ich weiß, der lange Karl war ein Hallodri und dein Geliebter war ganz anders. Aber wieso eigentlich Geliebter? Du warst damals fünfzehn, nein, gerade sechzehn, und du hast mir doch immer wieder, ohne daß ich dich gefragt habe, gesagt, mehr als einen Kuß hätte er nie von dir gewollt. Ich hab' immer gedacht, das ist eigentlich eine nette Freundschaft, so lange sie eben dauert. Aber daß du ...

Natürlich weiß ich, daß du kein Flittchen bist. Und ich erinnere mich auch gut an seine Briefe. Er hat ja wirklich am Anfang, nachdem sie ihn aus dem Arbeitsdienst entlassen hatten, oft geschrieben.

Gut, gut, nicht oft, sondern einen Brief pro Woche.

Ja, du hast sie mir vorgelesen, wenigstens teilweise. Und sie klangen ja ehrlich, und er hat von seiner Liebe zu dir gesprochen und auch davon, daß er im Urlaub kommen will. Aber er ist nicht gekommen. Und nach vier oder fünf Monaten hat er auch nicht mehr geschrieben.

Nein, Kind, ich glaube nicht, daß ihm was passiert war. Ich hab' genau beobachtet, wie die Briefe mit immer größerem Abstand kamen. Hast du ganz vergessen, wie verzweifelt du auf den Briefträger gewartet hast? Du hast nächtelang geheult. Erst hast du dich mit dem Gedanken getröstet, er sei verwundet und könne nicht schreiben. Dann warst du fest davon überzeugt, daß er in Gefangenschaft geraten, vielleicht nach Sibirien transportiert worden sei.

Ja, ich geb's zu, nicht einen Moment hast du gedacht, er sei gefallen. Und als der Peter Helff gekommen ist und um dich geworben hat, da hast du gesagt, du seist verlobt, und das haben die Leute dann irgendwie geglaubt und haben dich sogar wegen deiner Treue bewundert. Und ich erinnere mich noch genau an meinen Schrecken, als die Frau Püschel, die neu im Haus eingezogen war, dich fragte, warum du überhaupt nicht ausgingst und du sagtest, dein Mann würde ja auch nicht ausgehen können. Die Püschel hat das rumerzählt und die Leute haben lange gemeint, du seist nicht ganz richtig im Kopf.

Natürlich ist es mir genauso gleichgültig wie dir, was die Leute reden. Ich will ja auch nur dran erinnern, wie das in all den vergangenen Jahren ...

Gut gut, es sind neun Jahre und wieviel Tage, sagst du?

Hunderteinundsiebzig. In Ordnung. Machen wir eben den Strich drunter unter die neun Jahre und hunderteinundsiebzig Tage. Wenn es nach dir gegangen wäre, hättest du auch noch als alte Frau auf seine Rückkehr gehofft. Und ich hab' immer gedacht, so was hätten sich nur der E.T. A. Hoffmann oder der Johann Peter Hebel ausgedacht – mit ihren Geschichten vom Bergwerk von Falun.

Was sagst du? Du weißt nicht, wovon ich spreche? Na, ich denke, du liest so viel? Ich hab' jedenfalls mal als junges Mädchen in Wien ein Stück gesehen, das war von einem von Hofmannsthal und ging angeblich auf eine wahre Begebenheit oder auf Hebel und Hoffmann zurück. Da soll man vor zweihundert Jahren im schwedischen Kupferbergwerk von Falun die unversehrte Leiche eines fünfzig Jahre früher verschwundenen Jünglings gefunden haben. Vitriolwasser hatte dafür gesorgt, daß er noch ganz wie zu Lebzeiten aussah. Er wurde von einer uralten Frau wiedererkannt, denn es war ihr Bräutigam gewesen, der am Hochzeitstag nicht zur Trauung gekommen war. Und sie hatte die ganze Zeit auf seine Rückkehr gewartet. Und wie ich dich kenne, wärest du über'm Warten auch alt und grau geworden. Na ja, das ist ja jetzt vorbei. Hör endlich auf mit der Flennerei und sprich deutlich. Von wo kommt denn der Brief? Aus dem Rheinland? Und was schreibt der Herr nach neun Jahren und hunderteinundsiebzig Tagen?

Was? Das ist doch nicht möglich. Er hat zufällig einen alten Kumpel von damals wiedergetroffen und der hat gefragt, wie es dem Mädchen geht, in das er damals so verliebt war? Und erst da hat er sich an dich erinnert?

Und du hast jahrelang rumgesessen und in Treue gemacht und gedacht, er verzehrt sich genauso nach dir wie du nach ihm. Also jetzt setzt du dich hin und schreibst ihm knallhart, daß du ihn besuchen kommst. Oder meinetwegen kann er auch herkommen. Jedenfalls wird geheiratet. Das ist er dir einfach schuldig, das hast du einfach verdient.

Nein? Du kannst nicht? Ja, zum Teufel, warum denn nicht?

Ach, du lieber Himmel! Ja, warum schreibt er dir denn dann, wenn er eine Frau und drei Kinder hat? ...«

Ich habe Christa nie angerührt. Wir haben Nachmittage, Abende, halbe Nächte und ganze Tage miteinander verbracht, haben in den Dünen gelegen und in den Himmel gestarrt, beim Spazierengehen am Meer miteinander gefroren, haben im Theater in Swinemünde im gleichen Takt Beifall geklatscht und ich habe versäumt, Vorgesetzte zu grüßen, weil ich sie vor lauter Christa nicht sah. Wir haben kein Wort von Zukunft oder Heirat gesprochen. Wir waren einfach gegenwärtig, alle Zeit war für uns nur das Bewußtsein des Augenblicks. Wir führten endlose Dialoge, und es war unwichtig, was wir sagten. Denn ob Reden oder Schweigen, alles war nur ein Vorwand für das Beisammensein. Ich habe diesem Mädchen nie unter den Rock gefaßt, ich konnte mir gar nicht vorstellen, daß sie darunter so aussah wie die nackte Hella. Aber wenn wir zusammen waren, kuschelten sich unsere Seelen ineinander wie zwei schnurrende Katzen. Wir kopulierten unkörperlich auf eine Weise, die all unsere Gefühle befriedigte.

Warum bloß habe ich seit Jahren keine Pumpernickelkäsebutterbrote mehr gegessen?

Freilich, freilich, es war da mehr Sinnlichkeit unter den Wellen der Ostsee als zwischen den *ärmlicherweise* aneinandergehängten Strandläufern Christa und Erwin. Die Schnäbelei der Möwen in den Dünennestern war erotischer als des Mädchens spitzmündige Pickerei. Es fehlte was. Hellas sinnliche Bereitschaft wurde immer erinnerlicher. Aber wie sollte ich's dieser hier sagen? Schlesisch? Also barocken und verklemmt wie einst Johann Christian Günther?

»Amor läßt mich träumend siegen,
Und ich seh der Palmen-Saat
Auf der weißen Wahl-Statt liegen,
Die mein Arm erfochten hat:
Und bey meinem süßen Schlaffen,
Wenn sich Mast und Seegel regt,
Läufft mein Schiff in deinen Hafen,
Den die Venus angelegt.

Ich beschiff bey Sturm und Blitzen
Deine neu-erfundne Welt,
Wenn die Wellen um mich spritzen
Und der Schaum ins Bette fällt
Länd' ich, eh ichs mich versehe,
Bey den Zucker-Inseln an,
So daß ich sie in der Nähe
Halb entzückt besteigen kan.

Wenn ich mich in Träumen paare,
Find' ich keinen Widerstand,
Den ich oft bei Tag erfahre,
Denn im Schlaff darff meine Hand
Nach den Purpur-Muscheln greiffen,
Die dein Ufer ausgesät,
Ja ich darf noch weiter streiffen,
Weil mir alles offen steht.
Aber, ach! wenn ich erwachet,
Sincket mir mein steiffer Muth...«

Er sank mir, wenn ich von den Wandspaltguckern hörte, wie Helga unter ihrem Obertruppführer selbstvergessen genoß. Ich begann zum Trotz meine Traumorgie, in der ich, Phantasiespringer über alle Realität, in einer Dünensandkuhle, die wohlig-sonnenwarm war, Christa die Bluse aufzuknöpfen begann, um nach dem dritten Knopf doch schon wieder Hellas Busenkugel in der Hand zu haben. Meine Pumpernickel-Gorgonzola-Treue wurde der Spenderin immer phantasieuntreuer.

Ich versuchte die Annäherung im wachen Zustand, mit Wortakrobatik. Ich schrieb Gedichte. Hatte ich, zum Teufel auch, nicht Vorbilder? Wirkte in einem deutschen Arbeitsdienstmann aus Hirschberg in Schlesien nicht das poetische Erbe des Breslauer Ratsherrn und Gesandten Hofmann von Hofmannswaldau nach, dessen frivoles sprachliches Umspielen der erotischen Sphäre von üppig lasziver Sinnlichkeit zeugte? Müßte ich nicht, aus solchen Quellen gespeist, mit dem verführenden Wort auch aus Christas kindlichem Weibesleib Funken des Begehrens schlagen können? Hatte nicht Hofmannswaldaus Zeitgenosse und Freund, Daniel Caspar, der Anwalt zu Breslau, Gesandte in Wien – und sogar geadelt als von Lohenstein – mit leidenschaftlich erregtem Pathos den Damen seiner Zeit wohlige Schauer entlockt, wenn er in seinen Romanen die Lust an Tragik und Grausamkeit, Qual, Folter und Vernichtung so recht schön sadistisch beschrieb? Womit könnte ich wohl Christa zum Zittern und zur schutzsuchenden Umarmung bringen? Sollte ich den dichterischen Ahnen an Phantasie nachstehen? Laß dir was einfallen, sagte ich mir, denk an den Landesbestallten des Herzogtums Liegnitz und Ordinärreputierten der Breslauer Fürstentage Abschatz, der seinen Rang als Diplomat und Verführer festigte, indem er das erotische Vokabular so bereicherte, daß im poetischen Lexikon von 1675 nicht nur von Brüsten, sondern die

Rede sein konnte von den »liebreichen, strotzenden, fleischigen, hährenden, milchvollen, lustreizenden Alabasterbrüsten, den Milchquellen, Milchröhren, der Lilienpracht, der blanken Brüste Schild, den lilienweißen Äpfeln, dem reinsten Marmorstein«. Gut, ich gebe zu, daß dies Vokabular bei Christa ziemlich unangebracht gewesen wäre. Denn hatten Hellas Hügel meine Hand gefüllt, so würden Christas Erhebungen noch in einer Kinderhand Spielraum lassen – aber eben dann für mich wohl Spiel-Raum. Auf welche Weise aber sollte ich mich ihr nähern? War meine Redekopulantin, Seelenbeischläferin eigentlich prüder, als es weiland die Erbprinzen von Ansbach waren? Denen hatte der Breslauer Anwalt Benjamin Neukirch als Erzieher die Konversation der Kemenaten beigebracht, hatte vom »Schönen Schoß, von der Venus' Grotte, der süßen Liebesmuschel, der kleinen Rosenmuschel, ja dem gespaltenen Erdreich der Liebe« gesprochen und der Prinzen hervorragende Männlichkeit gerühmt als »Amors Opferstahl, nimmermüden Opferpriester«. Sollte ich Christa einen sündlich-schönen Brief schreiben, einen schändlichen Roman leihen, unterm Fenster ein schlüpfrig Buhlerlied in die Verdunkelung klampfen? Ach, was nützt ein poetisches Erbe, erdichtet in Breslau, der Stadt der Kirchen, angesichts einer langweiligen Ostsee, wie soll ich Christa, dem Spillerling, sinnlich lockendes Fleisch anphantasieren, dessen Rundungen ich bei Hella griff? Ich trieb in die Schizophrenie. Während meine Seele sich mit der des Mädchens in innigstem Ansaugstadium befand, klebten meine Augen an jedem BDM-Mädchenhintern, hätte ich den Obertruppführer meucheln können, der Hella orgienhalber bestieg.

»Wieso sind Sie so nervös«, fragte der Oberstfeldmeister ungehalten. »Ich habe gestern dem Kreisleiter von Pommern unser ›Wirtshaus zum Wilden Mann‹ überreicht, und er ist sauer. Sie haben drei, gleich drei Fehler hineinkalligraphiert. Sie wollen wohl doch Truppdienst machen?«

Wäre er jetzt der souveräne Herrscher, der große Vater gewesen, zu dem ich ihn am Anfang gemacht hatte, mein ratloses Elend hätte seine Privatausgehuniform genetzt, von Hoch zu Nieder hätte er mir Trost gegeben, Träume hätten sich erfüllt. Aber er war nur ein fetter, verfressener, durch Willkür herrschender RAD-Lagerkommandant. Ich nahm ihm die Vaterschaft weg. Den wollte ich doch nicht, nicht mehr.

»Es wird nicht wieder vorkommen, Oberstfeldmeister«, bellte ich und sah ihn mit jenem direkten Blick an, den ich für stählern hielt.

»Das Ganze neu schreiben!« Und ich schrieb, und meine Versalien folgten kühn den Rundungen ehemaliger haptischer Erfahrung. Ich leistete Bestes, denn ich wollte auf diesem Stuhl in dieser Schreibstube, auf dieser Insel sitzen bleiben, bis zum Hals meiner Seele in Christas Psychotümpel versackend, denn hier, wo die neuesten Hinterhältigkeiten für den Krieg ausgebrütet und ausprobiert wurden, war ich sicher. Ich wollte nicht Inhalt einer Front-Sondermeldung werden. Mutter hätte sich über ein posthumes Ritterkreuz kaum gefreut. Ich mußte vielleicht rechtzeitig vor der Entlassung leicht erkranken und einen Grund zur sonst nicht möglichen Weiterverpflichtung schaffen. Hatte ich doch alles: den Putzer, der mir Kartoffeln schälte und Stiefel putzte, mein Bett baute, Post annahm, den Spind ordnete, vor mir strammstand – und mir Gelegenheit zum milden: »Rühren!« verschaffte –, ich hätte an den Samstagen den Logenplatz am Deckenschlitz im Erotischen Theater haben können, ich konnte mir selber die Nacht-Urlaubsscheine ausstellen und sie denen vorenthalten, die ich nicht leiden konnte, mein Spaten stand spiegelblank und sidolgeputzt im Spind, ich machte mir Gedanken über die Versinnlichung von Christa, kurz: in dieser kleinen Welt wollte ich gern – angesichts der großen Zeit – klein sein. Und Mutter Ida würde, was mir viele Briefe nach Hause ersparen konnte, glauben, ich leistete als heimlicher Bibelforscher-Sympathisant noch heimlicheren Widerstand.

Da fuhr eines hundsüblichen Tages vor der Verwaltungsbaracke ein Mercedes vor, der nur durch die Vermeidung jeglicher Frontberührung so makellos glänzen konnte. Ihm entstieg ein mit golddurchwirkten Epauletten schwer posamentierter Arbeitsdienstführer, mit zwei ausgreifenden lackbestiefelten Schritten war er in der Baracke, mit drei weiteren wohl an der Tür zur Schreibstube, die ihm der Fahrer, der sich schlangengleich und wieselflink vorbei- und vorausgewunden hatte, aufriß, und herein kam der Zeus des Reichsarbeitsdienstolymps. Ich fingerte zittrig meinen obersten Rockknopf zu, sprang vom Stuhl auf, versuchte ein hörbares Hackenklappen und meldete: »Schreibstube besetzt mit Obervormann Schuler, ohne besondere Vorkommnisse!«

Der Betreßte sah mich an. In seinem Blick war jene Neugier, die man einer Laus entgegenbringt, kurz bevor man sie zerquetscht.

»Wem melden Sie das?« fragte der Pinkel in Uniformrobe.

»Ihnen!« echote ich unsicher, denn mir schwante Schlimmes.

»Und wer bin ich?«

»Das, ich muß es zugeben, weiß ich nicht«, sagte ich leise.

Es brach über mich herein. Zeus schleuderte Blitze, seine Stimme war schierer Donner, sein Atem wehte die Akten vom Schreibtisch.

»So, Sie wollen Obervormann sein und kennen Ihren obersten Arbeitsdienstführer nicht. Sie haben wohl gefehlt, als die Rangabzeichen zu lernen waren, denn sonst hätten Sie ja den Reichsführer Reichsarbeitsdienst, den Generaloberstfeldmeister zumindest, wenn Sie schon keine Sterne auf Schulterklappen zählen können, erkennen müssen. Und so was treibt sich auf Schreibstuben rum. Nun, wir werden sehen. Um sechs heute abend sehe ich mir ein Exerzieren Ihres Trupps unter Ihrem Kommando an. Parademäßig. Mit allen Schikanen.«

Sprach's, machte kehrt und verschwand.

Und ließ mich in dem größten Haufen Angst meines jugendlichen Daseins versinken. Denn erstens schlief ich zwar auf einer Truppstube, deren Befehlshaber aber war ein Vormann, den ich kaum kannte. Und von »meinen Leuten« wußte ich nicht mal die Namen. Zweitens aber hatte ich bei der Grundausbildung wegen Bazillentragens in Diphtherie tatsächlich gefehlt und nie was nachgeholt. Ich konnte gerade Gleichschritt halten, aber wann man welches Kommando gibt, was parademäßiges Exerzieren oder gar das mit allen Schikanen war, davon hatte ich nicht die geringste Ahnung, ja ich hatte davon nicht einmal gehört. Ich würde also vor meinen staunenden Truppstubengenossen stehen, und es würde das Ende meines glorreichen Aufstiegs im Reichsarbeitsdienst sein. Denn ich wußte genau: sogar meine Stimme, die gleich der Trompete von Jericho tönen sollte, würde versagen. Und was das Schlimmste war, der voraussehbare Zorn des Oberbonzen würde jeden Mann aus meiner Stube treffen. Denn sie hatten ja nicht nur für politische Straftäter die Sippenhaft eingeführt, sondern auch bei den Einheiten die Kollektivschuld: Tanzte einer aus der Reihe, klappte bei einem der Spatengriff nicht, fehlte bei einem ein Knopf, war ein Bett nicht perfekt gebaut, ein Spind nicht penibel geordnet, traf die Strafe den ganzen Trupp. »Ihr seid eine Einheit, eine verschworene Gemeinschaft«, hieß es dann. »Jeder hat für den andern die Verantwortung. Ein Trupp, ein Lager, ein Arbeitsdienst! Erzieht euch die schlappen Säcke selber.« Und sie erzogen. Da kam nachts zu dem armen Hund das Rollkommando, schmierte ihm den Hintern mit Schuhcreme ein, ließ ihn Seifenlauge saufen, den Fußboden mit der Zahnbürste schrubben. Da droschen die Kerle aus Kameradschaft den Verwirrten grün und blau, pißten ihm in den Kaffee, schissen ihm ins Kochgeschirr. Er hatte nur eine Wahl: Anpassung, Einordnung, auch mit übermenschlicher Anstrengung, oder Untergang. Wer untauglich war, endete irgendwann im Lazarett. Denn war die Wehrmacht die Schule der Nation, die aus Menschen endlich Männer machte, so war der Reichsarbeitsdienst die perfektionierte Vorschule dazu. Ihr Examen sollte ich heute abend bestehen. Und dafür hatte ich keine einzige Lektion gelernt. Sie würden die daran schuldlosen Männer meines Trupps die ganze Nacht in den Dünen scheuchen, würden vielleicht einen Gepäckmarsch ansetzen, eine Gasmaskenübung abhalten. Der Goldfasan würde seine Macht spüren lassen. Seit er eintrat, ließ ich alle Hoffnung fahren.

Ich machte einen Schnellkurs im Kommandogeben beim Truppvormann, orientierte die Männer, wir legten ein Exerzierprogramm fest, das sie auch ohne laute Kommandos abspulen konnten, bis zur letzten Sekunde wurden die Spaten gewienert, die Gamaschen gebürstet, wurde der Koppelglanz poliert. Eine Minute vor sechs stand der Trupp, der Vormann kommandierte, die Männer standen mit gespreizten Beinen, die Hände auf dem Griff des Spatens, dessen Blatt in die Schottersteine gerammt war, ich stand davor als Arbeiterdenkmal, mit stählerner Strenge auf meinen Haufen blikkend – machen Sie das mal, Sie Generalmajorsoberstreichsfeldmeister: mit braunen Augen eiskalt blicken! – und wir harrten der Ankunft meines Vernichters.

Doch es wurde halb sieben, viertel vor sieben, sieben. Niemand kam. Um halb acht machte ich mich auf die Suche nach dem Gott, nachdem ich die Männer auf die Stube geschickt hatte. Und ich wurde fündig: Er saß in der Luxusstube unseres Oberstfeldmeisters, hatte den Rock abgelegt und war so besoffen, daß er nicht einmal das kaum bekleidete Mädchen auf seinen Knien erkannte, geschweige denn mich. Der Oberstfeldmeister aber war knochennüchtern.

»Verschwinden Sie, Sie Vollidiot«, herrschte er mich an. »Gehen Sie mir aus den Augen. Wieso wagen Sie sich überhaupt noch hierher, Sie Saftsack. Wir sprechen uns morgen! Raus!«

Ob er nicht doch väterliche Gefühle für mich hegte?

Ich brauche mein Chinaspiel kaum zu befragen, was aus Christa hätte werden können. Ich ahne sie in ihrer Vierzimmerwohnung in einem älteren Haus, das in einer unwichtigen Nebenstraße in Greifswald steht. Sie hat ihren fünfzigsten Geburtstag hinter sich, wiegt noch immer kaum hundert Pfund und ist seit ihrem fünfzehnten Lebensjahr kaum mehr gewachsen. Trotzdem überragt sie mit ihren hundertneunundfünfzig Zentimetern ihren Mann um mehrere Köpfe. Denn der sitzt gebückt, gekrümmt in seinem Rollstuhl. Er ist, von der Taille abwärts, tot, war es schon, als sie ihn, kaum dreißigjährig, heiratete. Sie band sich an ihn, weil sie unter ihr Warten – auf mich – einen endgültigen Schlußstrich ziehen wollte. Sie band sich an ihn, weil er sie nie haben konnte, so wie ich sie nie gehabt hatte.

»Warum hast du mich eigentlich nie gewollt?« hatte sie, während ihr die Tränen wie Schweiß über das Gesicht liefen, mich gefragt. Fast eine halbe Stunde waren wir auf dem zugigen Bahnsteig auf und ab gegangen, hatten über Nichtigkeiten geredet, nicht mal die Hände gehalten. Dann war ich in den abfahrbereiten Zug eingestiegen. Mein Abteil war leer, ich lehnte mich aus dem Fenster. Kindergroß stand sie darunter.

»Ich hab' immer so darauf gewartet.«

Ihr Gesicht nahm einen entschlossenen Ausdruck an, so, als wollte sie ganz allein eine viel zu schwere Last heben.

»Ich bin so oft zum Strandspaziergang gekommen, und hatte unter meinem Kleid nichts an, gar nichts. Wieso hast du das nicht gefühlt? Wieso hast du meine Bereitschaft nicht gespürt, wo ich doch nur vor lauter Sehnsucht wortlos war? Ich will einfach, daß du der erste bist. Ich werde auf dich warten. Komm im nächsten Urlaub. Schreib mir jede Woche.«

Der Zug fuhr an. Ich war unfähig, zu begreifen, was sich da abspielte. Das war die Christa, die anzurühren ich zu scheu gewesen war, an deren Körper ich einfach nicht geglaubt hatte.

»Wenn du es nicht bist«, rief sie laut und voller Angst in ihrer Stimme, »dann wird mich nie ein Mann haben!«

Ich habe ihr geschrieben – vier, fünf Briefe. Zwei, drei von ihren Briefen hat mir meine Mutter noch ins Militär nachgeschickt. Ich hatte so viel Gegenwart zu bewältigen, daß mir die Vergangenheit blaß, dann lästig wurde. Ich habe Christa nie wiedergesehen.

Aber ich weiß, daß sie, aufopfernde Pflegerin ihres Nichtmannes, an jenem Tage in Peenemünde aufgehört hat, älter zu werden, die Tage und Jahre wahrzunehmen. Sie nimmt immer noch, immer wieder Abschied, ruft immer wieder hinter dem abfahrenden Zug her: »... dann wird mich nie ein Mann haben!«

Und ich hatte den Abschied weder gewollt noch geahnt. Er kam ganz plötzlich, zwei Tage nach dem Besuch des vom schweren Schulterlametta Niedergedrückten. Da rief mich der Oberstfeldmeister zu sich, strahlte mich an, stand hinter seinem Schreibtisch auf, kam auf mich zu, schüttelte mir die Hand und sagte:

»Schuler, ich befördere Sie hiermit zum Hauptvormann.«

»Ich danke, Oberstfeldmeister«, sagte ich völlig verblüfft, während er sich wieder in seinen Sessel klemmte.

»Ich befördere immer alle Obervormänner zu Hauptvormännern, wenn sie entlassen werden«, sagte er, »denn manche Einheiten beim Militär befördern dann den Rekruten schneller zum Gefreiten. Und von mir aus können Sie das so schnell werden wie irgend möglich.«

»Entlassen?« fragte ich fassungslos. »Ich hatte vor, Oberstfeldmeister, um die Weiterverpflichtung für ein halbes Jahr zu ersuchen. Waren Oberstfeldmeister mit meinem Schreibstubendienst nicht zufrieden?«

Es war überhaupt kein Problem mehr, diese Knilche im Pluralis majestatis anzusprechen, als wären sie Könige. Zeigte dieser mir nicht gerade, wie absolut er zu herrschen verstand? Wollte er mich nicht, ganz ohne Skrupel, aus meinem, mit so viel Vorsicht gebauten Nest werfen? Ich war ihm doch nützlich. Sah er das nicht?

»Also Schuler, nun setzen Sie sich mal und hören Sie mir zu. Wollen Sie einen Cognac?«

Ich verneinte.

»Sehen Sie, ich weiß über Sie genau Bescheid. Ich weiß, daß Ihre Mutter bei den Bibelforschern war und, wie ich die kenne, heimlich mehr denn je dabei ist. Meine Frau ist das auch. Sie wohnt in Boberröhrsdorf, kennt Ihre Mutter flüchtig von früher und hat mir von ihr und von ihrer Heidenangst um ihren Sohn erzählt. Ich habe vom ersten Tag an gemerkt, was für ein hoffnungsloser, unpolitischer Zivilist Sie sind. Also ließ ich Sie als Bazillenträger nicht in die Krankenstube einweisen, sondern nach Swinemünde gehn. Dann hab' ich Sie im Revier versteckt, bis die Truppführer motzten, weil Sie noch nicht mal Grundausbildung hatten. Also hab' ich Sie zum Nachtmarsch befohlen und ins Lager zurückgetriezt, damit die Herren sahen, was für eine Flasche Sie sind. Danach wollte keiner mit Ihnen seinen Trupp versauen, und ich konnte Sie in die Schreibstube setzen.

Von mir aus hätte das bis zum bittern Ende so weitergehen können. Was glauben Sie wohl, warum ich hier sitze, auf dieser öden Insel voller Sand mit ihren Wissenschaftlern, die in bezug auf ihr Tun so blind sind wie Maulwürfe oder so fanatisch wie nicht mal Hitler. Was glauben Sie, wie die mich ankotzen, diese geilen Truppführer, Feldmeister, die SS-Orgiengäste und all die Partei-Hurrabubis, die da kommen, um des Führers Wunderwaffe zu besehen und meinen, den Endsieg schon in der Tasche zu haben? Ich hab' mich hierher verkrochen, weil ich überleben will. Und das geht in dieser Höhle des Löwen am besten. Die Luxemburger haben resigniert und arbeiten gut. Die Samstagsschweinereien bleiben ›unter uns‹, weil alle Führer mitmachen und nicht drauf verzichten wollen. Wir leben wie die Made im Speck. Und in ein, spätestens zwei Jahren ist dann sowieso alles vorbei.«

Ich traute meinen Ohren nicht. Ich traute meinen Augen nicht. Aber es war wirklich der Oberstfeldmeister, der da plötzlich so menschlich mir gegenüber saß.

»Und das alles haben Sie aufs Spiel gesetzt, Sie Riesenroß. Sie waren so intensiv mit dem Schreiben von zotigen Gedichten und Ihrem platonischen Christa-Techtelmechtel befaßt – ja, natürlich weiß ich davon –, daß Sie nicht mal die Rangabzeichen gelernt, Kommandos geübt oder beim Spatenkloppen mitgemacht haben. Sie haben den Reichsarbeitsdienstführer angesehen wie einen überflüssigen, höchst lästigen Eindringling. So jedenfalls hat er mir gesagt. Und wenn es mir mit viel List und Tücke nicht gelungen wäre, ihn mit Hilfe Ihrer Verflossenen, der nur zu willigen Hella geil und betrunken zu machen, hätte er sich Ihr Exerzieren angesehen. Und wäre dahintergekommen, daß es in meiner Einheit einen Obervormann gibt, der nicht mal einen Spaten halten kann. Danach hätte ich schlicht und einfach meinen Marschbefehl zu einer Wehrmachtseinheit bekommen. Und was das heißt, Sie heilige Einfalt, davon haben Sie keine Ahnung. Ich müßte als Schütze Arsch Grundausbildung machen, weil die Kommißköppe einen Arbeitsdienst-Dienstgrad nicht anerkennen. Nein!«

Er trank mit sichtbar körperlichem Erschauern sein Cognacglas leer. »Nein, nicht mit mir! Ich mußte Sie opfern, Schuler, habe mich verpflichtet, Sie noch vor Ablauf der Dienstzeit zu entlassen. Nur so kann ich wieder in Deckung gehen.«

Böse sah er mich an. »Ich werd' mir jedenfalls nie wieder Gefühle leisten. Machen Sie einen andern Vorgesetzten unglücklich. Das einzige, was ich noch sehen möchte, ist, wie die versuchen, aus

Ihnen einen Soldaten zu machen. Sie vergessen alles, was ich gesagt habe. Wegtreten!«

Ich tat einen zackigen Hackenschlag und verließ das Büro.

Ach, hätte ich damals das »Chinesische Roulette« befragt, befragen können:

Dauert der Krieg wirklich nur noch ein, zwei Jahre? Werden wir, die wir doch nicht nur an allen Fronten, sondern in Rußland sogar wie Napoleon siegen, ihn verlieren? Wird der Oberstfeldmeister, der nun doch eine halbe Stunde lang wie ein Vater – so jedenfalls stellte ich mir das vor – zu mir gesprochen hatte, überleben?

Und teilnahmslos steinern hätte das Schicksal seine schwärenden Zukunftswunden und -narben enthüllt und gezeigt: Nein, er überlebt nicht. An jenem Tag, an dem die Bomber die Insel angreifen, wird er nicht im Lager sein, das ja die Bomben verschonen. Er wird im Haus Dünenstraße vier in einem Zimmer sein, das er vor Monaten als Liebesnest für Hella eingerichtet hat, die seither samstags fehlt und, wie sie immer wieder beschwört, nur noch ihm treu ist. Er wird im Bett liegen, in seinem Arm wird Hella liegen, noch immer köstlich rund und blond und glatthäutig. Und sie werden tief schlafen, wie immer, wenn er Hella satt gemacht hat. Keine Sirene wird sie aufschrecken. Die Bombe, dem Lager zugedacht, wird das Haus wegpusten. Nichts wird bleiben außer einem Krater von drei Meter Tiefe.

Seine Frau in Boberröhrsdorf wird das Telegramm bekommen, in dem es heißt, daß ihr Mann in tapferer Erfüllung seiner Pflicht gegenüber Führer und Vaterland im Kampfe gefallen ist.

Ich setzte meinen Persilkartonkoffer ab, holte tief Luft und drückte die Klinke. Man trat vom Hausflur direkt in die Küche. Ein großer Schritt, und ich war drin. Sie stand am linoleumbedeckten Küchentisch und fütterte mit der linken Hand das aufgesperrte, gefräßige Ovalmaul des Fleischwolfes mit Filets roher Heringe. Die Hand erstarrte, als auch die rechte mit dem Drehen der Kurbel plötzlich einhielt. Ein Auge erstaunt, eines erschrocken, sah sie mich an und sagte: »Junge! Ich kann dir die Hand nicht geben. Ich mach' grad' Häckerle.« Der Geruch von gewässertem Hering füllte die Küche vertrauenerweckend.

Häckerle! Mutter Ida hatte dieses Armeleutegericht Schlesiens, diesen Alltagsfraß der Weber, schon als Kind in Haynau gefuttert, ihrer Mutter die Fleischwolfkurbel gedreht, bei ihr die Zubereitung gelernt: Salzheringe aus der offenenTonne beim Kaufmann holen. Drei Stück 'n Groschen. Über Nacht in Wasser legen. Am nächsten Morgen Haut abziehen, von der Gräte pellen. Aber vorher ausnehmen, also den Rogen beiseite tun, Geschlunz wegschmeißen. Das Milcherne vom Männchen kommt mit in den Wolf. Und danach wurd's individuell à la Madame Schuler: mal gekochte Eier, mal ein Apfel, saure Sahne, Senf, Pfeffer, eine Prise Zucker mit durch den Wolf, unter Fingergereibe hinterher drübergestreut, mit der Gabel durchgerührt, das Ganze mit einer blitzschnellen Raffbewegung des Zeigefingers von der Schüssel in den Mund abgeschmeckt. Oder – auch à la Mutter Ida – aufwendig, mit geräuchertem Magerspeck, statt Sahne zerlassene Margarine. Ida behauptete, die feinen Leute würden es, wenn überhaupt, mit zerlassener Butter geschmeidig rühren. Und in beide Varianten Zwiebeln.

Das schmierte man, »ohne was drunter«, aufs Brot. Das aß man aber vor allen Dingen zu Pellkartoffeln. Wie heute abend. Da saßen Mutter und ich über Eck am Tisch. Die Kartoffeln waren aus dem handtuchgroßen Vorgärtchen, waren hinter Wicken versteckt knollig geworden, bewacht vom unruhigen Schlaf Idas, die extra deshalb ins frühere »möblierte Zimmer« umgezogen war.

»Die klauen wie die Raben«, sagte sie. »Alles, was irgendwie eßbar ist. Auch die Zucker- und Runkelrüben von den Feldern. Sie sagen immer, das seien die russischen und polnischen Gefangenen, die jetzt nicht nur bei den Bauern arbeiten, sondern auch hier in der Stadt für die städtische Gärtnerei. Aber neulich haben sie wieder zwei Luftschutzwarte erwischt. Die haben nicht die Verdunkelung kontrolliert, sondern ausgerechnet im Garten vom Kreisleiter geerntet, in dem Hitlerjungen gelauert haben. Waren zwei alte Männer, die Klauer, Rentner. Fünf Jahre haben sie gekriegt und noch Glück gehabt, sagt die Wolfen. Denn wer bei Verdunkelung klaut, der plündert, und Plünderer sind Volksschädlinge und werden erschossen. Da haben sie neulich einen an die Wand gestellt, direkt im Hof vom Landgericht an die Wand vom Gefängnis, und ein Kommando von der Wehrmacht hat ihn erschossen. Der hat bei den Waggons mit dem Zeug von der Wollsammlung Wache gestanden, die nach Rußland gehen sollten. Und da haben sie ihn erwischt, wie er sich ein Paar Socken anprobierte, die fast aus dem Schiebetürschlitz gefallen waren. Die Wolfen sagt, dem gehöre die Rübe ab, und das würde man sonst auch tun, und dafür kämen sie dann nach Breslau. Aber der hier war Soldat und von 'ner Verwundung grade wieder geheilt und sollte demnächst wieder an die Front. Und zu seiner Verteidigung hätte er gesagt – ich weiß auch nicht, woher die Wolfen das alles so genau weiß –, an seinen Füßen wären die Socken ja auch nach Rußland gekommen, und er hätte eben jetzt schon vor dem Einsatz kalte Füße bekommen. Und das hätten die Richter ihm als eine verächtliche Bemerkung ausgelegt und keine Gnade walten lassen.«

Ich unterbrach ihre Litanei mit der Frage, wie es ihr denn gehe. »Ach, ganz gut«, sagte sie und: »Du hast wenig geschrieben, und ich habe gar nicht gewußt, wo du warst, und warum bist du eigentlich nicht in Urlaub gekommen? Die Wolfen sagt, nach einem halben Jahr steht jedem – auch beim Arbeitsdienst – Urlaub zu. Ich gehe wieder zu Sperlings waschen. Der Mann ist jetzt ein ganz hohes Tier draußen in der Munitionsfabrik, da wo früher die Zellwollfabrik war, wo du immer die Zeitungen hingetragen hast, und der kriegt dreifache Lebensmittelkarten wegen der besonderen Gefahr, wo sie doch in der Fabrik fast nur Kriegsgefangene beschäftigt haben, weil ja nicht genug Deutsche da sind und auch keine Frau dorthin will, eben wegen der Gefahr, und auch weil ja keine unter lauter Polen und Russen arbeiten will, und jedenfalls kriegen die Sperlings auch von Bauern mal was, die sich Sprengstoff eintauschen zum Wurzelstocksprengen oder Patronen brauchen, weil sie jetzt ziemlich ohne Störung das Wild schießen können. Und wenn die Frau Sperling manchmal zuviel davon hat, dann gibt sie mir einen Hasen oder was Speck, aber sie rechnet es mir nie aufs Waschgeld an. Na, die war ja nie kleinlich. Also, bist du schon satt oder schmeckt es dir vielleicht jetzt zu Hause nicht mehr? Hast es vielleicht sehr gut gehabt da beim Arbeitsdienst. Ich dachte immer, die würden dich noch länger behalten, und wenn ich gewußt hätte, daß du kommst, hätt' ich vielleicht was Besseres kochen können. Soll ich dir noch zwei Eier braten? Ich hab' nämlich jetzt selber zwei Hühner draußen im Vorgarten, und da kann ich manchmal ...«

Es klopfte, Mutter blieb das Wort im Halse stecken, keiner sagte: »Herein«, aber die Frau Wolf kam auch so. Sie schien hier zu Hause zu sein, war noch runder geworden in dem einen Jahr meiner Abwesenheit, setzte sich auf einen Stuhl am Tisch und sagte:

»Na, wieder zu Hause?«

»Iß ein paar Kartoffeln mit«, forderte meine Mutter sie auf. »Ich hab' Speckhäckerle gemacht.«

»Ja gern«, sagte die Wolfen und hatte sich schon eine Kartoffel gelangt und mit dem Schälmesser einen Schlitz in die Schale geratscht und zog dem armen braunen Apfel nun mitleidlos gleichgültig die Hautfetzen ab. Sie drehte den dampfenden Knubbel, bis er ganz nackt war, pappte sich, geschickt wie ein Maurer beim Mörteln, massig Häckerle drauf und kaute mit vollstem Maul, schluckte und redete weiter.

»Ja, der Alfred war ja in Urlaub, bevor er zur Ausbildung in die SS-Kaserne kam und er hat erzählt, daß du – oder muß ich jetzt vielleicht ›Sie‹ sagen? – also du hast dich nicht freiwillig zur Waffen-SS gemeldet, wo ihr doch dann sicher in die gleiche Einheit gekommen wärt. Aber Alfred sagt auch, die hätten dich vielleicht doch nicht genommen, wenn sie aus den Papieren gesehen hätten, daß deine Mutter als Staatsfeindin im Kittchen gesessen hat.

Siehst du, Ida«, wandte sie sich, vollmundig deren Kartoffeln und Häckerle mampfend, an Mutter, »jetzt hast du's. So verbaust du deinem einzigen Sohn seine Zukunft. Denn Alfred schreibt, daß sie im nationalsozialistischen Schulungskurs auch darauf vorbereitet würden, Verantwortung in den eroberten Gebieten zu übernehmen. Es wären Bauernsöhne in seiner Einheit, die wären schon jetzt zur Übernahme von riesigen Gütern eingeteilt, die dann endlich richtig bewirtschaftet würden, damit das deutsche Volk endlich ohne Not wachsen und leben könne. Denn Arbeitskräfte gäbe es da ja genug. Der Führer hätte jedenfalls befohlen, daß die polnischen und russischen Kinder nicht mehr als das kleine Einmaleins und das Schreiben ihres Namens zu lernen brauchten. Das würde genügen, weil sie uns ja doch als minderwertige Rasse ein Leben lang dienen müßten. Und Alfred mit seiner kaufmännischen Begabung kann dann sicher eine Firma übernehmen. Jedenfalls ist die SS das ganz große Sprungbrett, und wenn der Krieg zu Ende ist, werden wir hier sicher nicht bleiben ...«

Wie wahr, wie wahr, klickerte die Schicksalskugel in meinem »Chinesischen Roulette« und meinte es doch ganz anders, als die Wolfen es sich vorstellte. Ihre Rederei lullte mich ein. Kein Zweifel, hier war alles beim alten. Ich trat vor die Tür, und es roch im Hausflur wie vor einem Jahr, es duftete nach Grabschmuck von den Astern wie vor einem Jahr, der Hof war vom letzten Regen leicht modderig wie vor einem Jahr. Und das war schon zu sehen gewesen vom Zugfenster aus, in der großen Kurve zum Viadukt hin. Da sah man Hirschberg zum erstenmal. Mein Herz hatte so heftig geklopft, daß ich es spürte. Was soll's. Was hatte ich mir vorgestellt? Märchentürme von Luftschlössern meiner Kinderzeit? Der Bober unterm Viadukt war flach vom wenigen Wasser, die Wälder am

Hausberg waren bunt und machten mich doch melancholisch. Vor dem Bahnhof standen zwei uralte Opel als Taxen, Frauen am Steuer und an der Scheibe des hinteren Fensters ein Schild: »Nur für Verwundete und Wehrmachtsurlauber!« Aber ich war Zivilist, ein aus dem Dienst entlassener Hauptvormann des Reichsarbeitsdienstes, für den jeder Tropfen Benzin zu kostbar war.

Es eilte nicht so, zu Ida zu kommen. Ich gab meine kartonverpackten Habseligkeiten an der Gepäckaufbewahrung ab – hier tat eine Eisenbahnerin in Uniform Dienst – und ging die paar hundert Meter zu Friebes. Ich wollte Walter auf die Schulter hauen und Hilde zumindest verschämt in die Augen gucken. Aber es war niemand da, und die Frau unten im Hause sagte, Friebe und sein Sohn wären beim Militär, Frau Friebe fahre eine Straßenbahn und käme erst abends um zehn vom Dienst.

»Und die Hilde?«

»Die war doch bei den Luftwaffenhelferinnen in Görlitz. Dort hat sie vor ein paar Wochen einen Fliegermajor geheiratet. Aber der ist kurz darauf abgeschossen worden. Ich glaube, sie wohnt bei ihrer Schwiegermutter in Lauban.«

Hirschberg stand wie eh und je, unverändert führten die Wege zwischen den Feldern auf die Gassen, die Gassen zwischen den Häusern auf die Straßen, mündeten die Straßen in den Plätzen. Wie vor einem Jahr. Aber die meisten Menschen, die ich gekannt hatte, gingen nicht mehr die Wege, Gassen und Straßen. Sie waren verstreut, verweht. Und auch an mich erinnerte sich kein Baum, kein Halm am Zackenufer, nicht die finstere Treppe im Angsthaus der Rindfleisch, nicht mein damaliger Dachsitz zwischen den Spitzgiebeln von Ludecks Markthaus. Ja, Ludeck selbst schien sich kaum und nur ungern an mich zu erinnern. Sein Laden war nur halbtags geöffnet, er verkaufte Möbel nur noch auf amtliche Bedarfsbescheinigung, fuhr das Postauto täglich acht Stunden, war müde, müde, müde und sagte nicht mehr wie einst: »Also nach dem Kriege, da werde ich ...« sondern wie ein altes Klageweib nach jedem dritten Satz: »Ach, wenn das doch alles bloß mal vorbei wäre! Es macht überhaupt keinen Spaß mehr.« Und dabei siegte der Führer doch noch an den meisten Fronten.

Vielleicht aber hatte sich doch etwas verändert. Die Treppen, die von der Schildergasse zur Mühlenstraße führten, waren nicht mehr so hoch, die Straße nicht mehr so steil. Ludeck ließ mich aufs Dach: Der ganze Markt war ein enges Viereck. Die Haustüren in der Herrenstraße waren niedriger, der Weg zum Hausberg nur ein paar Minuten weit. Selbst Mutter Ida war geschrumpft. Ich hatte plötzlich Gullivergefühle gegenüber einer Liliputwelt. Kaum konnte ich noch meine Beine richtig unter den Tisch stecken. Und schon für drei Personen war die Küche zu klein zum Atmen.

Ich stand auf dem Ottilienberg – einzeichnen, schnell einzeichnen, denn noch hängt der schraffierte und strapazierte Stadtplan an der Wand –, und das Gebirge war verdammt nah, das ganze Tal ziemlich eng. Und dabei hatte ich mir doch angesichts der horizontlosen Ostsee genau diese Begrenzung gewünscht, die mich jetzt fast zu bedrängen schien.

»Sei nicht so ruhelos«, sagte Mutter. »Überlege dir lieber, was du jetzt anfangen willst. Ludeck braucht dich sicher nicht mehr.«

»Abwarten, Mutter«, sagte ich, »abwarten.«

Und schlief bis in den Mittag und zog mich erst vor dem Abendbrot an und ging erst in der Dunkelheit raus. Da war die Welt wieder in ihrer verdunkelten und dunklen Ungenauigkeit, so weit wie vor einem Jahr und vor zweien und zehn und überhaupt.

Ich streifte, die Füße schlurften im Laub, durch die Wege am Kavalierberg, der einstens der Galgenberg gewesen war und glücksträchtig sein sollte und rempelte versehentlich ein Mädchen, das heftig erschrak. Ich sprach mit ihr, und wir gingen zusammen weiter – Christa, es muß nicht der Strand sein, um lange zu gehen und viel zu reden –, und es war tiefe Nacht, da saßen wir auf den Stufen des Helikon-Tempels, den dankbare Bürger zum Ruhme des Großen Friedrich erbaut hatten. Von den Podesten seiner feierlichen Halle sahen die Herren der Geschichte mit Mißbilligung auf mich hinab. Ich war gierig und küßte, und sie war hungrig und küßte, und dann zog ich sie aus, ließ ihr nicht mal das Kettchen um ihren Hals. Ich hatte einen hell schimmernden, sehr schlanken Körper in meinem Arm, sah nichts Genaues und fühlte alles mit meinen Händen und meinem Mund. Sie wand und drehte sich, und mein Hella-Komplex war verflogen, und ich wollte es endlich wissen und sie haben. Aber sie hielt die Beine verschränkt, und ich bekam nicht mal die Hand dazwischen und an mich gedrückt, die Arme fast zum Ersticken um meinen Hals gerankt, flüsterte sie immer wieder: »Jetzt nicht, aber morgen ganz bestimmt. Nur jetzt nicht!«

Ich brachte sie mit gebauschter Hose zu dem Hotel, in dem sie arbeitete. »Kannst du mich morgen um vier abholen? Ich hab' meinen freien Abend.«

Und ob ich konnte.

Ich ging mittags von zu Hause fort, war um drei in der Nähe vom Hotel, um viertel vor vier drin und fragte die Frau hinter dem Empfang in der Halle nach Fräulein Scheffler. »Ich lass' Rita rufen«, sagte die zur Erfüllung meiner Wünsche beitragende Fee.

Minuten drauf kam die Treppe zur Halle herunter eine dunkel gekleidete Vogelscheuche, etwas Weibliches mit einem eingetretenen Mopsgesicht, oben ein Haarwirrwar für Spatzennester, Augen von absoluter blauer Leere, fast nasenlos, aufgeworfene, geradezu obszöne Lippen. Armes Weib, dachte ich bei mir, wie kann man bloß so verabscheuungswürdig häßlich sein. Ich trat beiseite, um den Schrecken vorbeizulassen.

Sie reichte mir die Hand und sagte: »Setz dich doch ein paar Minuten. Ich zieh' mich schnell um und bin gleich fertig.« Damit lief sie wieder die Treppe hoch.

Ich muß ihr entgeistert nachgesehen haben, denn wie durch Watte hörte ich die Worte der in Wahrheit wohl sehr hexischen und ganz und gar bösen Fee hinter der Theke: »Setzen Sie sich ruhig.«

»Ich warte draußen«, preßte ich wohl grade so raus. Vermutlich bin ich sehr langsam durch die Halle gegangen. Betont langsam. Aber kaum war ich draußen, bin ich gerannt und gerannt, wie wahrscheinlich nie zuvor in meinem Leben.

Vielleicht würde ich später behaupten: Dies war der Tag, an dem ich erwachsen wurde, jedenfalls war es der Augenblick, da ich in der Haustür stand, dem weggehenden Briefträger auf den blauuniformierten Rücken sah und mit dem Daumen den Faltbrief aufriß, der mit den Worten begann:

»Sie werden hiermit aufgefordert, sich am ...«

Der Führer und Oberste Befehlshaber der Wehrmacht rief mich zu seinen Waffen. Sorgsam war meine Entlassung aus dem Arbeitsdienst den Weg zum Wehrmeldeamt Hirschberg gegangen. Wieso gingen solche Akten eigentlich nie verloren, warum traf nicht mal eine englische Fliegerbombe den dienstversiegelten Postsack?

»Dafür zieht man nun die Kinder groß«, war eine stehende Redensart von Mutter, wenn sie hörte, daß wieder der Sohn einer Bekannten gefallen war. Hatte Beier sich durch auswendig gelernte Geschichtszahlen Rechenschaft ›über viertausend Jahre‹ gegeben, damit eine Granate ihm das so merkfähige Hirn wegpustete? Wozu beherrschte Linke schon als Kind die Fähigkeit, Zähne bleckende

Hunde in die Sanftheit zu streicheln, wenn seine Hände bereits bei Kiew moderten? Die Unvollendeten sanken in die Gräber, diese frühreifen Solisten wie Tacke, von dem sie, auf Anfrage des Vaters, nicht mal mehr einen Splitter seiner Geige gefunden hatten, der Golomb, in dessen Habseligkeiten ein Bündel feuchter Zeichnungen war, Ahnung von einem nun verscharrten, zukunftslosen Genie.

Hatte ich nun die Einladung zum Heldentod in der Hand? Oder wurde vielleicht für mich gerade in diesem Augenblick irgendwo ein Holzbein gedrechselt, ein Glausauge gegossen oder eine Kunsthand modelliert, geschliffen, montiert? Mein Knie würde einsam durch die Welt gehen, »es ist ein Knie, sonst nichts«. Meine Hand würde aus dem Erdreich dorren, ellenbogenwurzellos. Eine Granate würde mir vielleicht den Arsch wegfetzen, und backenlos würde ich auf den Lokusbrillen hocken. Gibt es eigentlich Hinterbackenprothesen?

»Bete zu unserm Herrn!« sagte Ida. »Dies sind die Tage von Harmagedon. Wenn du jetzt noch den wahren Weg findest, werden wir uns im Himmelreich wiedersehen. Denn Gott wird diese Welt und den sie beherrschenden Satan mit Feuer und Schwert vernichten.«

Hoffte Mutter für mich, ahnte sie für sich, daß wir nicht überleben würden? Für ihren Teil brauchte sie nur einmal auf der Straße solches Glaubensgeschwafel laut von sich zu geben, und sie war ihres Endes gewiß. Vielleicht wartete die Märtyrerin auf ihre Stunde, um sich im Himmelreich statt eines Reihenhauses die Villa, statt des Volkswagens den Cadillac zu sichern?

Ich hatte, verdammt noch mal, andere Probleme. Nein, dies war nicht die Schicksalsstunde, erwachsen zu werden. Das wurde man ja ohnehin, glaubte man den Berichten der Frontberichterstatter, die mit Heldenblut die Annalen der Geschichte schrieben, beim ersten Einsatz in den Stahlgewittern, in denen der deutsche Zeus den russischen Untermenschen zermalmte. Meistens jedenfalls. Da mußte ich Geduld üben, noch warten, ich war ja Zivilist mit einer letzten Frist. Es war Zeit, Bilanz zu ziehen.

Wie herrlich weit hatte ich's gebracht?

Einen Vater jedenfalls hatte ich nicht gefunden. Jener, der mir seinen Namen gegeben hatte, war enttäuscht vor den barfüßigen, dreckigen Kinderfüßen in Rübezahls Reich entwichen, und ich hatte nie wieder von ihm gehört. Skrowonnek, von dessen Brotbelag ich mich diebisch-heimlich nähren mußte, wäre zu jung gewesen, der besoffne Werber um das sicher wieder jungfräuliche Fleisch von Ida zu unzuverlässig. Der pelzbemäntelte in der Kutsche, dieses Herrenstraßen-Gesprächsthema, dieser Weihnachtsgabenkisten-Absteller, ja zu dem hätte ich mit meinem schwachen kindlichen Gelaber meine Mutter überreden sollen. Seinen Pferden hätte ich gern den Zucker gegeben, den ich jetzt nicht mal für mich selber hatte. Gut, dann eben Ludeck, bei dem ich geglaubt hatte, mit den abendlichen Gesprächen immer dichter an seine Seele anzuwachsen und der seine Chance für siebenunddreißig Mark fuffzig und den Verdacht, ich, sein werbender Wahlsohn, könnte ihn beklauen, vertat. Blieb noch der Oberstfeldmeister, diese belitzte Kugel in Uniform, der in letzter Stunde sein Menschliches sehen ließ. Eher hättest du's wagen sollen, Oberstfeldmeister, damit ich dir als dein wilder Sproß »Klare Lage« hätte melden können. Aber du hast mich ziehen lassen, und das einzige, was mir aus diesem Vatererwerbungsversuch geblieben ist, war dein so dringlicher Rat: »Melden Sie sich nie, nie und unter keinen Umständen, zu irgendwas freiwillig. Lieber im dritten Glied verstecken, sich im zweiten Glied was schämen. Aber nie freiwillig im ersten Glied stehen oder gar heraustreten. Wirklich, nie freiwillig melden! Denn nur der Feigling überlebt.« Das einzige Wort, das mir auch ein Vater hätte sagen können. Der einzige Grund, warum ich manchmal an ihn dachte, den Oberstfeldmeister.

Natürlich wußte ich: Ein Held würde ich ohnehin nie werden. Ja, als Sohn eines Generals zum Beispiel wäre das vielleicht meine verdammte Pflicht gewesen. Vielleicht wäre ich auch, hätte der kinder- und sohnlose Führer mir väterlich in die Augen gesehen, für ihn durchs Feuer gegangen. Aber hier, während meiner etwas romantischen, wie ich mir einredete abschiednehmenden Spaziergänge am Zacken und im Hausbergwald, auf den Kavalierbergswegen – nur nicht hinsetzen, vielleicht streift Rita, der häßliche Männerschreck, durchs Gebüsch – hier desillusionierte meine Phantasie mein künftiges Heldenleben. Ich sah mich, Kopf und ganzer Kerl hohl wie eine Nuß, im Mondlicht auf dem Ruinenstumpf eines Hauses in einer zerstörten Stadtstraße sitzen, den Vorbeischleichenden ein harmloser Schläfer, in Wahrheit ein schon modernder Toter. Ich krümmte mich zusammen im Granattrichter, dessen brackiges Wasser in meine Stiefel lief, über den die Geschosse so nahe heulten, daß ich ihren Luftzug spürte und ahnte den Augenblick, wo eines mich treffen würde wie ein Daumen die Laus. Ich spürte schon hier, faul im friedlichen Provinznest Hirschberg, die Lethargie einer unendlichen Erschöpfung nach einem Patrouillengang, den ich als Wurm, auf der Erde kriechend und sie um

Schutz fürs Überleben flehend, gerade noch überstanden hatte. Ich sah es genau vor mir, wie der Leutnant mein Eisernes Kreuz II in den Umschlag schob, zwischen die Seiten des Briefes, mit dem er meiner Mutter den Heldentod ihres Sohnes mitteilen würde. Ich konnte ihr Gesicht sehen, wenn sie das Stückchen gestanztes Eisen, das den Führer keine zwei Mark fuffzig gekostet hatte, zwischen den Fingern wenden und ihr sicher der Verdacht kommen würde, ich hätte mich als Held für den Satan direkt in die Hölle gekämpft.

Und kein Vater würde um mich trauern.

Aber vielleicht doch ein Mädchen.

Nicht das Kind Judith, das unsere Spiele sicher längst vergessen hatte. – Ach verdammt, ich hätte ihr in ihre Kinderschulter eine Narbe beißen sollen. – Sicher Christa, würde sie von meinem Tode je erfahren. Aber wie sollte sie es, von der ich Mutter nie erzählte, an deren Stimme ich mich schon kaum mehr erinnerte, an deren Körper meine Hände keine Erinnerung hatten. Wäre ich längst vermodert, würde sie vielleicht immer noch hoffen, ich käme zurück. Ich wäre ein Wunsch ihrer Seele, ein Schemen in ihrem Geist, ein unbestimmtes Verlangen in ihrem Körper.

Vielleicht aber wäre der häßlichen Rita Trauer am heftigsten gewesen, ihre Erinnerung an mich lebhaft, die Dankbarkeit als tiefstes Gefühl eines Menschen in ihr geblieben? Sie zu erobern wäre so leicht, so ohne Triumph – und bei Licht voller Schrecken – gewesen. Ihr verschämter Blick, ihre geprügelte Seele, der schräge Gang im Wissen um die Ungeheuerlichkeit des Gesichtes, ein Wesen, das sich selbst auf Null abgeschrieben hat und das mit hautloser Schüchternheit nach Erlösung schrie. Klar, ihr genügten nicht die Bank, die Helikonstufe, sie wollte das Bett. Und vielleicht wäre es leicht gewesen: Ich hätte das Licht gelöscht. In der Finsternis hätte ich das Engelsgesicht meiner Phantasie geküßt, hätte mit Gier und Zärtlichkeit die gänsehäutig Erschauernde gestreichelt. Sie hätte ihren kleinen Unschuldsschlund geöffnet, damit ich ihn endlich füttere, und ich hätte, die Hände um die drängenden Brüste geklammert, mit dem Rasseweib meiner Phantasie gehurt. Und nie hätte sie mich vergessen.

Aber ich war davongerannt. Und meine sorgsam verheimlichte Unschuld quälte mich. Würde ich morgen fallen, ich hatte nicht einmal eine Frau besessen. Ich kam mir vor wie ein vom Leben Enttäuschter. Es gab eben, zumindest für mich, keine Liebe unter den Menschen. Die Sterne singen nicht. Der Mond ist keine Lampe für die Liebenden. Im Grasbett nisten Käfer und kriecht widerliches

Gewürm. Unter der von meiner Hand umfaßten, fremden Brust schlägt, ohne andere Empfindung als die einer biologischen Pflicht, die blutige Pumpe, das Herz. Ein aus der Ferne geliebtes Mädchen kann, nahe betrachtet, von tödlicher Dummheit sein. Den Duft einer Blume werde ich an ihr vergebens suchen.

Geschieht mir ganz recht, daß der Führer den Vorsatz gefaßt hat, aus mir endlich einen Mann zu machen.

Ich sann darüber am ungestörtesten auf dem Lokus nach, diesem störungsfreien Ort für stille Denker. Wo hatte ich nicht schon überall gehockt und meine großen Gedanken gedacht.

In der Herrenstraße war das Kackhäuschen im Gang, in den auch die Keller mündeten. Es war da auch am hellen Tag immer schummerig, der Weg vorbei an den Stufen zu den feuchten Verliesen ging ich, auch wenn ich es nicht eilig hatte, etwas atemlos. Man saß auf dem Plumpsklosett, die Tür von innen mit einem Haken verriegelt. Aber dem Zugriff der Hausgeister ausgesetzt. Was ich später als Sgraffiti auf den Lokuswänden las: »In dieser Hütte wohnt ein Geist, der jeden, der zu lange scheißt, von unten in den Hintern beißt«, hier lag es in der Luft, hier waberten die Beißer im Loch. Dabei hatte ich noch Glück. Denn für die Bewohner dieser drei Etagen der Herrenstraße gab es nur diese eine Kemenate. Und wer im dritten Stock in Not kam, der mußte im Treppenlaufen wohl schneller als Nurmi sein, um die Hose sauber zu behalten.

In der Hellerstraße war auf jeder Etage ein Häuschen, was Dringlichkeitsprobleme besser löste und nach sozialem Aufstieg aussah. In der Greiffenbergerstraße hatten wir den Plumpslokus für uns allein, also Mutter, ich und der Skrowonnek. Aufs erste Spülklosett aber ging ich sicher erst im Alter von vier, fünf Jahren bei den Sperlings. Es war ungemütlich, dem Hintern wurde kalt auf dem gelackten Holzdeckel. Und daß die Kacke nicht verschwunden war, sondern darauf wartete, mit einem Rückblick nochmals eingehend begutachtet zu werden, störte mich mächtig. Außerdem spritzte es beim Ziehen hoch übern Beckenrand.

Doch es war Fortschritt. Denn die feineren Wohnviertel bekamen Installation. Und während durch die Herren-, Heller- und Greiffenbergerstraße noch immer der Güllewagen fuhr, um durch riesige Gummirohre aus den Senkgruben der Häuser Stinkdung für die Felder zu saugen, würde das alles auch in der Wilhelmstraße bald durch unterirdische Kanäle verschwinden. Jedenfalls lagen, nicht nur vom Jägerdenkmal bis zum Landgericht, sondern weiter bis zur Kreuzung Warmbrunner Straße meterdicke Röhren und warteten darauf, in die inmitten der Straße ausgehobenen Gräben versenkt zu werden. Ich war vielleicht sieben Jahre, nur etwas größer als der Durchmesser der Röhren, und es war ein hinreißendes Vergnügen, ihren Labyrinthen zu folgen. Man mußte den Kopf gesenkt halten und konnte ihn nur in den Lücken zwischen den Rohren an die Oberwelt stecken. An einer Stelle tat ich zu spät, rammte mit dem Schädel gegen den schartigen Rand des zementenen Profils. Das Blut schoß mir unter den Haaren hervor, daß ich nichts mehr sah. Ich zog mein Hemd aus, preßte es auf den Kopf und rannte die zehn Minuten zum Zacken, warf den rot durchfeuchteten Fetzen hinein, hing meinen Nüschel in die träge Flut, holte das forttreibende Hemd zurück, tauchte die Birne wieder ein, wurde schwindlig, legte mich ins Gras, das unter meinem Kopf rot durchtränkt wurde, fühlte mit den Fingern unter den blutverklebten Haaren einen langen, wahrscheinlich bis auf die Schädeldecke reichenden Riß, wusch ihn wieder im Fluß und wankte, als es zu dunkeln begann, und die Wunde offensichtlich nicht mehr blutete, nach Hause. Mutter merkte nichts, nicht an diesem Tag, nicht an den nächsten, und irgendwann konnte ich mich auch wieder ohne Schmerzen kämmen. Nur schwindlig war mir viele Tage lang. Irgendwann später fragte mich der Schularzt mal, warum ich mir, wie er aus der Narbe sehen könne, fast den Schädel gespalten hätte. »Sieht ja grauenhaft aus«, sagte er. »Wie gut, daß Haare drüber sind. Hast du damit lange im Krankenhaus gelegen?«

»Sehr«, log ich, denn seine Neugier war mir peinlich. Aber ich begriff: Daran hätte ich auch sterben können. Doch ich hatte überlebt. Ich war auch nicht in der rauhen Pferdedecke der alten Rindfleisch erstickt, in die sie das Knäblein Erwin, zusammen mit seiner Angst, eng wie in eine Haut eingewickelt hatte. Ja, ich hatte sogar das »Moseserlebnis«, wie es meine Mutter immer nannte, lebendig überstanden.

»Die Lotte Linke war damals fünf oder sechs«, so erzählte meine Mutter unaufgefordert sicher hundertmal, »und sie wollte dich immer im Kinderwagen spazierenfahren.« Liebe Lotte, dachte ich, aber deine Brüstlein wolltest du der Bande später nur für'n Groschen zeigen, und bist auch noch vor diesem, ein Welträtsel offenbarenden Ereignis weggestorben. »Ich hab' dich immer in einen großen, tiefen Wachstuchkinderwagen gepackt, über den

Lottchen kaum weggucken konnte. Ihre Ärmchen reichten so eben an die hochgewölbte Griffstange. Aber sie war verrückt danach, dich, nur dich zu schieben. Denn die Leute bewunderten das kleine Mädchen, das den großen Kinderwagen bewältigte, sie sahen hinein und riefen entzückt: ›Ist das dein Brüderchen? Ach, das ist aber ein süßes Lockenköpfchen!‹ Lotte sonnte sich. Sie schob dich auch am Bober lang und ließ dich auf dem Weg stehen, um mit anderen Mädchen Murmeln zu spielen. Der Wagen rollte die Uferwiese hinunter und lautlos in das hochfließende Wasser. Dort schwamm er, von der Flut sanft gewiegt, wie ehemals Moses im Weidenkorb. Aber er trieb nicht, wie jener, ans Ufer, sondern der Flußmitte zu. Und da wurden die ersten Spaziergänger aufmerksam, haben wohl auch die ersten Frauen mit der Lotte um die Wette geschrien. Du warst in deinem Gott sei Dank noch wasserdichten Kinderwagenboot schon ziemlich weit getrieben, als ein junger Bursche ins Wasser sprang und dich rausholte. Du hast alles verschlafen. Den Wagen haben wir getrocknet, und wir konnten ihn noch lange benutzen. Der Herr hat seine schützende Hand über dich gehalten.«

Gut, Mutter, wenn du meinst, dann war's der Herr. Ich glaub' nicht, daß er dafür Zeit hatte, ich glaub' nicht, daß er so gut sehen kann. Ich weiß aber, ich hab' überlebt.

Ich hab' mir beim Spiel eine lange, spitze, rauhe Holzstange durch den Rachen gerannt und stundenlang Blut gespuckt. Noch heute macht mir das manchmal Schluckbeschwerden. Aber ich hab's überlebt. Ich bin vor Angst allein in der hexendurchwaberten Wohnhöhle der Herrenstraße fast gestorben – aber eben nur fast. Der übersehene Wurzelrest eines gezogenen Zahns hat meinen Kiefer vereitert und mich fast vergiftet – fast! Wenn ich mir als Barfußgeher einen Splitter in den Fuß trat, konnte ich ihn rauspuhlen und überlebte, wenn auch unter Gebrüll, die kleine Blutvergiftung. In tollkühnem Widerstand gegen die Gedichtaufsagerei bei den Bibelforschern, abends unter der Bettdecke, sprach ich leise vor mich: »Nein, ich werd' nicht mehr zu dir beten, ich werd' überhaupt nicht mehr beten. Ich will nicht in das Königreich, wo all' die alten Jehovas Zeugen sein werden, denn dann muß ich eine Ewigkeit lang Gedichte aufsagen. Und überhaupt glaub' ich nicht, daß du mir zuhörst. Beweis mir, daß es dich gibt, sonst bete ich nie wieder!« Bei jedem Wort schwitzte ich vor Angst, daß mich sofort ein Blitz treffen würde – obwohl Mutter immer behauptete, daß noch nie ein Mensch beim Gewitter im Bett vom Blitz erschlagen worden wäre.

Aber es war immer ein Risiko, ein Wagnis, so zu ketzern. Ich hab's überlebt!

Doch jetzt lag da der amtliche Wisch, und von jetzt an würden russische Granaten, englische Fliegerbomben, vielleicht eines Tages, wie Ludeck gesagt hatte, gar amerikanische Eierhandgranaten mir den Hintern auf- oder den Kopf abreißen, ohne daß ich es wollte, ohne daß ich gegen jemanden was hatte. Mit Ausnahme eines netten Wahlvaters hätte ich zwar auch niemanden in der Welt vertrauend umarmt, aber ich war auch mit keinem Menschen auf dieser Erde verfeindet – außer vielleicht mit dem alten Knilch Trepper, der als Luftschutzwart mit Stahlhelm und einem räudigen Köter immer über den Hof kam und mir verbieten wollte, auf der Schwelle zu sitzen und nach den verdammten Sternen zu gucken. Zweimal hat sein Hund das Bein an meinen Knien gehoben und mich fast bepißt. Ich hätt' ihn zumindest untern Schwanz treten sollen. Aber sonst war ich den Menschen und der Welt wohlgesonnen.

Schön, vielleicht war ich in den Augen der andern ein Feigling. Aber ich wollte ja in keiner Sondermeldung genannt werden. Ich konnte mir's so gut vorstellen: »Bei einem Panzerangriff vor Rostow hat sich der Schütze Erwin Schuler besonders ausgezeichnet. Unter heftigem Feuer gelang es ihm, an drei rollenden russischen Panzern Hafthohlladungen anzubringen und die Panzer und deren Besatzung unschädlich zu machen. Er wurde für seine mutige Tat zum Ritterkreuz vorgeschlagen und fiel beim Anbringen der Sprengladung an einen vierten Panzer.« Die Leute würden es hören, keiner würde mich kennen, jeder meinen Namen zwei Minuten später schon wieder vergessen haben. Nein, ich nahm mir vor: in den Annalen der ruhmreichen Geschichte des Zweiten Weltkrieges würde über mich kein Buchstabe stehen. Es galt, bis zu seinem Ende zu überleben. Ich wollte weiterleben, meinetwegen ruhmlos, unbemerkt, unbedeutend, aber lebendig.

Ich verstieß Ludeck nochmals als möglichen Wahlvater, denn er wollte mich nicht wieder einstellen: »Weil du ja doch bald eingezogen wirst.« Und dabei hätte er mich doch vielleicht zurückstellen lassen können, weil seine Werkstatt jetzt Munitionskisten machte und der Betrieb als kriegswichtig eingestuft war. Aber es war keine Liebe mehr für mich bei diesem Fast-Verwandten. Und langsam hatte ich es auch satt, durch die Stadt zu gehen, puppengesund den an Krücken Humpelnden, Armbandagierten, Rollstuhlgestoßenen, Blindenhundgeführten auszuweichen, die nun die »Lazarettstadt Hirschberg« immer dichter bevölkerten.

Und die Wolfen räsonnierte: »Alfred kommt jetzt bald an die Front.« Und mein Einberufungstermin stand fest.

Mutter Ida hatte einen nagelneuen Persilkarton erwischt, ein Wunder in jenen Tagen. Die Arbeitsdienstwollsocken waren gewaschen und fast unsichtbar gestopft, in die Taschentücher war genauso sorgsam das Monogramm »ES« eingestickt wie in meine Unterhosen. Als Gefallenen würde man mich daran identifizieren können. Mutter war überzeugt, ich dürfe den Pullover, wenn es kalt würde, unter der Uniform anziehen, ich ließ ihr den Kinderglauben und der Persilkartonkoffer wurde fast voll. Der letzte Abend zu Hause war angebrochen.

Ida saß irgendwie verlegen mir gegenüber.

»Was ist los?« fragte ich. »Wird schon alles gut gehen.«

»Das ist es nicht«, sagte Mutter. »Aber wenn du nicht noch durch ein Wunder zum Herrn findest, werden wir uns auch im Himmelreich nie wiedersehen. Ich habe ja keine Angst zu sterben. Doch wenn du die Vernichtung des Satans überlebst, oder wenn der Herr der sündigen Erde noch eine Gnadenfrist gewährt, dann mußt du's wissen. Erinnerst du dich noch an damals, wo wir in der Herrenstraße wohnten und vor Weihnachten und am Heiligen Abend immer ein Mann mit Pelzmantel vorgefahren kam? Ich wollt' ihn nicht sehen und ich hab' ihm seine Gabenkiste zurückgegeben, und du hast blödsinnig geheult deshalb. Du warst schrecklich verfressen damals. Na ja, also«, Mutter Ida wand sich wirklich wie ein Wurm, »also das, ich meine der Mann in der Kutsche – oder war es ein Schlitten –, das war dein richtiger Vater. Ich denke, jetzt solltest du das wissen.«

Ich war völlig baff. Nach geziemender Pause und einem, nach meiner Meinung dem feierlichen Augenblick gemäßen Schweigen – fragte ich:

»Und warum hast du ihn nicht geheiratet? Warum haben wir seine Gans nicht gefressen, seine Würste nicht gepraßt, den ganzen runden Käse verschlungen?«

»Aber ich konnte ihn doch nicht heiraten«, sagte Mutter etwas verzweifelt. »Ja, er wollte. Aber es ging doch nicht.«

Ach, was hätte damals meine Chinaspiel-Kugel rotiert, welche großartigen Schicksalsperspektiven hätte sie mir enthüllt: Sohn eines wohlhabenden Mannes, feinere Tischsitten vor gefüllten Tellern als Selbstverständlichkeit, Oberschule, Universität, eigenes Zimmer in Villa mit kostbarem Teppich auf spiegelglattem Parkett, ein Sohn der feinen Welt, wie sie sich nur Klein Erwin vorstellte.

»Also, du lieber Himmel!« sagte ich, »du mußt ihn doch mal geliebt haben. Schließlich bin ich ja« – ich konnte es einfach noch immer nicht fassen – »das leibhaftige Ergebnis davon.«

»Ach natürlich habe ich ihn geliebt. Aber nach jenen Nächten ist er wieder an die Universität gefahren, nach Breslau glaube ich, und hat jahrelang nichts von sich hören lassen. In dieser Zeit hat mir Gott den einzigen Weg zu sich gezeigt, und ich wußte, in seinem Reich würde ich glücklich werden.

Dann kam der Brief von deinem Vater und er schrieb, er hätte eine Anwaltskanzlei aufgemacht und wäre durch den Tod seines Vaters wohlhabend geworden und brauche nun keine Rücksichten mehr zu nehmen, und deshalb wollte er mich und dich jetzt legalisieren. Ich hab' ihm nicht geantwortet.«

»Aber warum denn nicht? Besseres konnte dir und mir doch nicht passieren. Oder? Wenn er ein Krüppel, Schielauge oder Buckliger gewesen wäre, wenn er Krätze oder Aussatz gehabt hätte, würde ich dich verstehen. Aber ich hab' ihn doch gesehen, er sah doch gut und maßlos vornehm aus in seiner Kutsche. In der wären auch wir gefahren, auch wir hätten Pelzmäntel angehabt. Nicht du wärst waschen gegangen, sondern hättest deine Waschfrau gehabt. Die Wolfen hätte dich schon von weitem gegrüßt. Ich darf mir das gar nicht vorstellen, sonst werd' ich verrückt.«

»Der Herr sagt, daß man seinen Sinn nicht an weltliche Güter hängen soll. Ich brauchte sie nicht. Aber als dein Vater kam, habe ich einmal mit ihm gesprochen, habe ihm gesagt, wenn er sich zum rechten Glauben bekenne und mit mir des Herrn unerforschliche Wege gehen wolle, dann würde ich ihn heiraten. Doch das lehnte er eindeutig ab, ja er wollte, daß ich seinen Glauben annähme. Ich sollte ihm die Gewißheit des Königreiches opfern. Ich!«

»Also hast du ihn nicht geheiratet, weil er nicht Bibelforscher werden wollte?«

»Na ja, das war's nicht ganz«, druckste Ida. »Er ist übrigens dann nach Amerika gegangen, ich weiß aber nicht wohin.«

»Wieso sagst du, das war's nicht ganz? Was war denn noch? Mein Gott, nun sag's doch endlich!«

»Er war Jude.«

Was deutsch ist und was dem deutschen Volke nützt oder schadet, kann nur der das gleiche Schicksal teilende Blutsverwandte empfinden. Der Nationalsozialismus hat daher den Satz aufgestellt, daß im völkischen Staat die Ausübung der Staatsbürgerrechte von der Volkszugehörigkeit abhängig sei.«

Natürlich kannte ich das, man las es überall, ob im »Völkischen Beobachter«, im »Reich« oder brutal im »Stürmer«, man hörte es überall in den Reden von Lehrer Hädelt, den Ansprachen des Kreisleiters, dem Appell des Oberstfeldmeisters, den Worten des Führers an sein Volk: »Die nordische Rasse ist das beste und reinste Element der Volkwerdung«, »Rassisch bedingte Opferwilligkeit ist für einen Deutschen Selbstverständlichkeit«, »Durch Rasse und Blutschutzgesetz ist es dem Führer gelungen, die durch Vermischung mit dem artfremden Judentum weitere Verbastardisierung des deutschen Volkes zu verhindern.«

Von mir aus. Mich ging das doch nichts an.

Kein Mensch war bisher auf die Idee gekommen, selbst von der zuchthäuslerischen Staatsfeindin Ida einen »genealogischen Nachweis der deutschen oder artverwandten Abstammung auf Grund der Nürnberger Gesetze vom 18. September 1935« zu verlangen, niemand erwartete von uns einen Stammbaum oder eine Ahnentafel, wie sie zur Erlangung aller, selbst der niedrigsten Stellen im öffentlichen Dienst und in der Partei gefordert wurden. Hier machten die »Deutschblütigen« Karriere, hier waren die Juden und Artfremden rechtlos.

Außer der alten Hirschfeld war ich wissentlich nie einem Juden begegnet, und wenn Ida mir's nicht gesagt hätte damals am Morgen nach der Kristallnacht, hätte ich nicht mal das gewußt. Denn sie sah genauso aus wie die etwas vornehmen, runzligen alten Weiber aus den Arztvillen der Wilhelmstraße, die mir Weihnachten meinen Obolus fürs Zeitungsaustragen gaben, sie war genauso geizig wie die Bäuerin in Straupitz, die keifend auch beim Kauf von einem Dutzend Eier keinen Pfennig nachließ. Zwar behauptete Ludeck, der manchmal den »Stürmer« las, man könne einen Juden eindeutig erkennen: an seinen fettigen Ringellocken, seinem gebuckelten, feigen und devoten Gang, seinen Wulstlippen und der Hakennase, aber gezeigt hat er mir nie einen. Und wieso hat er mich nicht entdeckt?

Da stand ich nun, über den Rand des Brunnens meiner Vergangenheit gebeugt, dessen Tiefe bisher vor Unwissenheit dunkel war. Ich starrte hinein und wußte, daß es vergebens sein würde, auf seinem Grund Antwort auf alle meine Fragen, und fielen sie schwer wie Steine in die Tiefe einer unermeßlich fernen Wahrheit, zu finden. Noch am gleichen Abend ging ich, in der doppelten Finsternis meiner Fragen und der Verdunkelung, zu dem Haus an der Promenade, der jetzigen Adolf-Hitler-Straße, sah durch den Staketenzaun auf die dunklen Fenster und die Umrisse des Gemäuers. Hier wohnten jetzt zwei Ärzte, hier hatte vor fast zwanzig Jahren mein Vater gewohnt, die Ärzte hießen Krager und Wallau – wie mein Vater geheißen hatte, daran konnte sich meine Mutter nicht mehr erinnern. Nur daß sein Vorname Samuel gewesen war, das wußte sie. Daß sie Samuel geflüstert, gerufen, geweint hatte, das ahnte ich. Und daß niemand mehr, jetzt in dieser Zeit, da man sich schon mit der Frage nach einem Juden verdächtig machte, etwas von Samuels Verbleib oder gar seinem Weg nach Amerika wußte, hatte Mutter erfahren: Denn natürlich hatte sie irgendwann nach ihm gefragt, sogar eines Tages auf dem Einwohnermeldeamt. Aber auch da gab es keine Akte, kein Papier. Samuel existierte nur noch in Mutters Erinnerung. Samuel existierte nur noch in mir.

Vielleicht war Samuel daran schuld, daß aus mir so gar nichts wurde, werden konnte. Hätte ich mich, wie Alfred, zur SS gemeldet! »Bei SS-Führern ab Untersturmführer« – reicht mir den mir zustehenden Marschallstab, Freunde! – »hat sich der Stammbaum bis 1750 zu erstrecken.« Klar, was edlen Gäulen und rassigen Hunden recht war, mußte des Führers Elite schließlich billig sein. Mit diesem Vater, liebe Mutter, kam ich kaum bis ins vorige Jahrhundert.

Nein, ich mußte Samuels Namen wieder vergessen, als sein Sohn dankbar den Namen eines andern tragen, weil Mutter, Samuels Geliebte, die Bibelforscherin ihm, dem Jesusmörder, hatte nicht gehören können. Weil sie lieber Wohlstand und Glück verschmäht, vielleicht mein »Großes Daseinslos« gewissermaßen achtlos weggeworfen hatte.

Dafür wußte ich nun, wer ich war: ein Judenbankert mit erschlichenem Vaternamen, ein straßenstreunender Halbdeutscher, der hitlerjugendunwürdige Sohn einer Staatsfeindin, der Balg einer Zuchthäuslerin. Ich war ein mutterbedauerter Nichtjehovaszeuge, ein unschuldstrotteliger Mädchenersehnender, der Christaliebe vergessende Nochnichtmensch. Kurz, ich war nichts und niemand.

Doch ich hatte es schriftlich: auch aus mir würden sie in der

Schule der Nation einen deutschen Soldaten machen. Mutter hatte bis dahin geschwiegen, sie würde weiter schweigen. Vielleicht hatte ich nur deshalb überlebt. Auch ich würde schweigen, und vielleicht würde ich an diesem Schweigen sterben – als aufrechter Deutscher. Für Führer, Volk und Vaterland.